U0078807

史坎德

幽魂騎手

A.F. STEADMAN

A.F. 史黛曼——著 吳 華——譯

三民書局

奪取不死之命，報應即將降臨。血濺元素同盟，五個都別想逃。

獻給爸爸。謝謝你教給我，改弦易轍，隨時不晚。

N
W
E
S
水之象限
孵化所
漁人海灘
墓園
野花山
鏡面峭壁
土之象限
荒野
愛爾蘭
英格蘭
島嶼
威爾斯
優芬頓白
堊獨角獸

島嶼
荒野
銀色要塞
火之象限
競技場
禽巢
祕密私販
肆端市
氣之象限

目次

序章

無月黯淡的夜晚，戰後狼藉的平原，兩頭獨角獸橫穿荒野。其中一頭獨角獸應著蒙面騎手的催促，風馳電掣地跑著。另一頭獨角獸的腳步，則和著背上騎手漸漸腐壞的心跳。那節奏緩慢、穩定、慣於混沌。

蒙面騎手率先抵達了碰面的地點。無盡黑暗中，他眼中的火焰是僅有的光亮。他看著織者靠近，座下衰敗的獸蹄，拖過塵土，一聲一聲，彷彿葬禮上的鼓點。

織者的不朽神獸步步進逼，逡巡打轉。蒙面騎手的眼睛裡閃過恐懼。他一直怕她。這懼意讓他覺得，自己還有一口活氣。

織者知道他怕了。人人都怕她。她已毫無感覺。

「開始吧。」織者的聲音不像人。那些字句和她的獨角獸的翅膀一樣，正在消溶。

火眼間諜垂首應諾，向肆端市折返。

疾風捲起黑色的裹屍布，織者目送他離去。她不去想失敗，不去想背叛的兒子。她只想著未來——如果贏不了比賽，那就徹底變天好了。

肯娜——有人敲門

夏至前夜，肯娜．史密斯坐在沙灘上，遙望夕陽沉入大海。馬蓋特的燈光在她身後閃爍著，她從口袋裡掏出史坎德的信，看看信封，又收起來了——沒有打開。信是三天前收到的。她很想看。真的很想。她想念弟弟，很想很想，常常在半夢半醒間，借著黑暗向他喃喃吐露——傻氣的話、可怕的話，以及祕密——然後才想起他的床是空的。已經空了將近一年。他如今睡在島嶼的樹屋裡，與專屬於他的獨角獸相伴，和他一起學習元素魔法。

所以，信，成了難題。它們提醒著肯娜，她永遠不會擁有獨角獸。兩年前，她在孵化所考試中失利，再無機會成為命定的騎手。這意味著，她不可能與獨角獸形成縛定，也不可能到島嶼生活。

幾個星期前，肯娜去探望了史坎德，見到了他的獨角獸惡棍之運。從那以後，讀弟弟寄來的信，就愈發像是折磨了。

她忍不住去回憶史坎德和惡棍之運的動作，一舉手一投足，都像是源自同一個靈魂。那黑色的獨角獸脖頸肌肉發達，如水波泛起漣漪，翅膀上火花飛濺，猶如星塵散落。史坎德望向惡棍之運時，眼睛裡流淌著熾熱的愛意。那樣的羈絆比姐弟間的血緣更深更近，是能夠創造奇跡的所在。

肯娜甩掉腳上的沙子，穿上學校發的鞋子。她的朋友們剛才來過——新交的朋友，不在意獨角獸的朋友。觀摩史坎德的訓練試賽回來，人人都向她打聽島嶼的一切。她受夠了，於是告訴他們，島嶼比大陸更糟，獨角獸模樣嚇人，不過是長著醜陋翅膀的馬。大部分人不愛聽這種話，但反對獨角獸的那些人，卻把她奉若女王。

課間休息時，他們圍著肯娜，聽她講騎手們穿的夾克有多破，住在樹上有多難受。肯娜看到了一絲希望：或許，她終究是屬於大陸的。這才是她力所能及的。她今年都沒跟爸爸一起看混沌盃。她裝作沒看見他流露的傷感，把他一個人丟在電視前面，看那些舉世聞名的獨角獸競技奪冠。肯娜不准自己去想媽媽會有多失望，只管和新朋友在空蕩蕩的城裡閒逛。

那天，她錯過了大場面：妮娜．卡沙瑪接任混沌司令，成為首位贏得混沌盃的大陸騎手。她若無其事，可回到自己的臥室，關上門，卻把尼娜和她的閃電之誤衝過終點拱門的片段反反覆覆地看了幾百遍。她這才意識到，新朋友並不是真朋友。都是她裝出來的。

回到落日高地大樓時，肯娜輸入了家門的密碼，想起了在島嶼上遠遠瞥見的樹屋。她忍不住遐想：自己也像史坎德一樣，和朋友們一起住在禽巢，獸欄裡也有一頭屬於她的、惡棍之運那般獨特的獨角獸。整整兩年過去了，肯娜仍然渴望擁有獨角獸，勝過世上一切。這才是真的。

「是肯娜嗎？」

「是我，爸爸。」肯娜走進了二〇七號公寓。

他已經換好了工作服，準備去加油站上夜班了。她鬆了口氣——她有時得好言相勸，爸爸才肯去工作，但有時就怎麼也勸不動。看來今天算是輕鬆——是可以寫在信中、告訴史坎德的那種「輕鬆」，不是肯娜常常獨力承擔、卻沒說出來的那種「艱難」。

父女倆在門廊裡繞過彼此——像是熟悉的舞蹈：她把夾克掛在他背後的掛鉤上，他摘下鑰匙裝進自己的襯衫前兜。

「你看過郵箱了嗎？」爸爸問。

其實，他是想問，史坎德有沒有來信。

「看過了，沒有。」肯娜撒謊了。

「啊，好吧。應該不會等太久吧。」爸爸親了親她的頭頂，「晚安，親愛的，明早見。」

肯娜回到了臥室。史坎德的信彷彿在她的口袋裡燃燒。

她知道應該告訴爸爸，但她做不到——今晚，不行。這是夏至前夜，大陸所有十三歲的孩子都在白天參加了孵化所考試，都等待著今天午夜有人敲門，敲響五聲——等待著接受召喚，成為獨角獸騎手。肯娜知道，要是告訴爸爸史坎德來了信，他肯定會聊起去年今日、弟弟應召登島的事。

其實，爸爸只想聊史坎德和他的惡棍之運。這讓肯娜覺得，無論自己做什麼——數學考試得了高分、交到了新朋友、哭著入睡——都不值一提。當然，她也是真心地願意看到爸爸開心——從小時候起，爸爸就不怎麼笑。所以，肯娜只能困在他的開心和自己的不開心裡，掙脫不得。

除了這些不開心，肯娜還有別的事情瞞著爸爸。她確信史坎德登島沒有那麼簡單，必定另有不尋常之處。她翻遍了圖書館裡的每一本書，查遍了每一個網站、每一個論壇，想找到輔證：如果一個孩子天賦異稟，他能否不參加孵化所考試，就直接被錄取？

她沒查到。每年夏至前年滿十三歲的孩子都要參加孵化所考試。這是寫在條約裡的。是法律。但顯然，它不適用於史坎德。肯娜為自己滿腦子的刻薄念頭感到羞恥：她才是更強壯、更敏捷、更聰明的那個；是她輔導史坎德進步的；如果弟弟是個例外，她應該知情；可是他什麼都沒提——這不對勁，他一向依賴她。這只能說明，史坎德隱瞞了什麼。

夜深了。肯娜縮在被窩裡動了動，把史坎德的信放在床頭櫃上。

明天再看吧。也許。她仰面望著天花板，希望自己別耗到午夜。這將是第三次：沒人敲門，也沒有島嶼召喚。她極力不去想改變一生的夏至前夜，不去想像自己的獨角獸：會是什麼顏色？翅膀什麼模樣？以哪種元素縛定？

嚐，嚐。

肯娜蹭地一下坐了起來。爸爸忘記帶鑰匙了嗎？不對，她看著他把鑰匙裝進口袋的。

嚐，嚐。

她沒有做夢。她清醒得很。

肯娜踮著腳尖走向大門，有些猶豫。如果再敲一下，她就開門；否則就恢復理智，回去睡覺。

嚐。

肯娜的心怦怦直跳。她打開二〇七號公寓的門，看見門外站著一個面色蒼白、全身黑衣的男人。那男人的一雙綠眼睛上上下下地打量著她，而後咄咄逼人地盯住了她的臉。他顴骨高聳，映著走廊裡的燈光，顯得非常突兀。開口說話時，他的口舌裡閃過一絲異樣的銀光。

「我是朵里安．曼寧。」他伸出了手。

肯娜沒碰。

「孵化所所長，銀圈的領袖。」他刻意地清清嗓子，皺起鼻子，好像在等她說些什麼——那模樣就像下水道裡的老鼠。

「哦……」肯娜一聽他提起孵化所就心臟狂跳。但她還是努力地保持平靜，把一縷棕色的頭髮別到耳後，淡淡地說，「您有何貴幹？」

「來跟妳做筆交易。」他傲慢地說道。

肯娜準備關門了。這人顯然只是個獨角獸支持者或反對者，在夏至前夜的最初幾分鐘裡敲響她家的門，不過是個巧合。失望劈頭蓋臉地壓下來，把肯娜的心壓得更實、更硬了。

但門仍然開著。朵里安．曼寧用他光可鑑人的黑色靴尖卡住了門框。

「妳就不想找到自己命定的那頭獨角獸嗎，肯娜．史密斯？」

第一章——血腥野餐

史坎德．史密斯看著他的獨角獸惡棍之運舔掉牙齒上的血。這是個適合野餐的好天氣。八月的天空似乎比水元素更藍，暖融融的太陽暫且將冬天的寒冷攔在未來。

「三明治去哪兒了？」米契爾．韓德森問。他跪在地上，慢條斯理地在柳條籃子裡翻找，茶棕色眼鏡滑到了他的鼻尖上。

「我吃掉了啊。」巴比．布魯納連眼睛都懶得睜開。

「可那是每人都有的啊！」米契爾大聲說，「我還非常公正的均分了我們的——」

巴比用手肘撐起身子：「這是野餐吶，吃掉三明治不正是應該的嗎？」

「這樣好了，米契爾。」芙蘿倫斯．薛克尼從毯子上蹭過去，「吃我的吧，我已經從包裡拿出來了。」芙蘿不喜歡爭吵，她寧願用一份三明治換回安寧。

「是巴比做的嗎？」米契爾咬著三明治的一角，滿肚子懷疑。

芙蘿大笑起來：「不知道。但是你咬過的我可不要！要是你不想吃，就給赤夜之樂吧。」

史坎德倚著惡棍之運的肚子。獨角獸的翅膀收攏著，羽毛蹭著他的脖子。登島一年多來，這是史坎德最放鬆的一刻。他很開心。怎麼可能不開心呢？他有了歸屬，有了命定羈絆的獨角獸，有了願意陪他一起來野餐的朋友——巴比、米契爾、芙蘿。四個朋友組成一支小隊，在禽巢——也就是騎手特訓學校——共用一座樹屋。作為雛仔的第一年年末，他們都通過了訓練試賽，即將開始修習幼獸的課程。

史坎德回想著訓練試賽那天的情景，不由得緊張起來，心跳加快，惡棍之運低低地咕嚕了幾聲，安慰著自己的騎手。剛經過試賽的考驗，史坎德就和朋友們直面死敵——織者——粉碎了她慫恿野生獨角獸進攻大陸的企圖。

那之後，史坎德就儘量不去想織者，不去想那駭人的真相——她竟然是他的媽媽。那時，她騎著一頭存在於死亡中的、朽爛腐壞的獨角獸，向他和他的惡棍之運衝來……他不願回想那一幕，也不願想起肯娜——他還沒告訴姐姐，他們的媽媽還活著。他把手伸進口袋裡，去找她夏至前寄來的那封信。他沒有把信拿出來，只是用拇指撫摸著信封的邊緣，彷彿這樣就能貼近她，就能緩解自己隱瞞真相的愧疚。

「再過幾個星期就又要開始訓練了，真是過分。」芙蘿焦慮地望著她的獨角獸。在前面幾公尺處的一條小河邊，銀刃正在喝水。

「我倒希望明天就開始呢。」巴比卻很興奮。她胳膊上因突變而生出的羽毛豎了起來。

「妳只是想用元素魔法跟別人打架吧。」米契爾咕噥道。

巴比不懷好意地一笑。「當然啦。騎手相爭勇者勝！我們大陸人才不喜歡躲起來吃喝玩樂呢！」

「我更想待在這裡，」米契爾往後一仰，閉上了眼睛，「這多簡單輕鬆啊。」

史坎德也這麼想。剛登上島嶼時，史坎德也以為，只有火、水、土、氣這四種元素。但惡棍之運出殼以後，卻清楚地證實，他們是以第五種元素——靈元素——結盟的，而他，是個靈行者，與織者一樣。在四人組的互相掩護之下，史坎德假扮水行者，混過了第一年。然而，紙是包不住火的。現在，除了肯娜和爸爸，所有人都知道，史坎德和惡棍之運與所謂的死亡元素有關。通道上、梯子上，竊竊私語和指指點點無處不在。要禽巢接納、相信一名靈行者，絕非朝夕之事。

「在訓練之前還得備好鞍具呢。」芙蘿意有所指。

史坎德歎了口氣：「是你們準備好了。至於我，大概沒有哪個製鞍師願意選我吧。」

「你總是這麼說，」芙蘿皺起眉頭，「傑米就不介意你是靈行者啊。既然鐵匠沒問題，製鞍師肯定也沒問題。」

「那不一樣，傑米是先認識我，後來才知道的。」

「而且傑米很善解人意，」米契爾補充道，「他說我的頭髮很酷。」一縷縷火苗代替了頭髮，熊熊燃燒著，這就是他的突變。

「說到披鞍儀式，」巴比坐直了身子，「我可聽說了不少關於薛克尼鞍具的八卦。據說他們並不是每年選一位騎手，而是只為能殺進混沌盃的那些種子選手提供鞍具。」巴比滿懷期待，眼睛亮晶晶的。「芙蘿，妳可是薛克尼家的人吶，肯定知道一些消息吧？」

芙蘿搖搖頭，黑髮裡透出的銀色映著陽光。「爸爸什麼都不跟我說。他說那樣不公平。我覺得也是啊。」

「公平，哼！妳可真是個老實的土行者。」巴比不高興地咕噥著。她站起來，走到獵鷹之怒旁邊，去刷她腿上的泥。灰色的獨角獸垂頭望著騎手，看看她是不是都刷乾淨了。「知名製鞍師的女兒，竟然一點消息都不透露，還要她當朋友幹嘛呀！」

也不只是巴比，其實幾個星期以來，人人都想跟芙蘿拉近關係、探聽消息。芙蘿不願意讓大家失望，便只好躲在樹屋裡誰也不見。史坎德理解幼獸們的熱切。畢竟，擁有一名優秀的製鞍師，是通向成功的關鍵，所有騎手都想知道，薛克尼鞍具在披鞍儀式上會如何選擇。如今，島嶼上最好的製鞍師是奧盧．薛克尼，可他已經被新任混沌司令妮娜．卡沙瑪委以重任。史坎德至今還不敢相信，那位和他一樣的大陸生，竟然贏得了混沌盃，成了島嶼上舉足輕重的混沌司令。

惡棍之運站起來了——調皮地用翅膀拍拍史坎德——然後就和獵鷹之怒一起跑到河邊，

去找銀刃和赤夜之樂。牠們嬉鬧起來，似乎在比賽「看誰殺的魚多」。史坎德不知道獨角獸吃不吃魚，不過惡棍之運和赤夜之樂用鋒利的牙齒把魚扯出水面，似乎玩得很開心。惡棍之運甚至還用自己的黑色獸角戳中了一條魚。幾個回合以後，獵鷹之怒偷偷地用水元素凍結了河流，害得惡棍之運和赤夜之樂在冰面上滑來撞去。銀刃不屑地哼了一聲，好像很不稀罕這樣的打打鬧鬧，只管用銳利的目光追著魚兒在玻璃般的冰面下游泳。

史坎德覺得在水邊野餐是個很不錯的選擇。這裡距離禽巢只有不到三十分鐘的路程，但地貌風景卻大為不同。大河小溪，支流縱橫，像藍色的血管一般，覆蓋著寬闊的平原，河灣植被茂盛，鬱鬱蔥蔥。來的時候，他們飛過一叢叢的垂柳，看見定居於此的人們在樹上搭建了樹屋，在運河上架起了橋梁，駕著漁船，悠然駛過。

米契爾把那著名的水上市集指給大家看。來自島嶼各地的商人在水上架起攤子，顧客們站在睡蓮葉子上挑選商品，或是隨波逐流，邊漂邊逛。在河道轉彎的地方，河水溢出，聚集成湖，人們便可在清澈的湖水中游泳，口渴的動物則也可停下來喝水——如果有幸沒被獨角獸吃掉。這一帶，就連氣味都不太一樣……

突然，史坎德愣住了。

「你吃巴比做的三明治了嗎？」米契爾有些同情地說，「我都跟她說了，沒人愛吃夾果醬、乳酪和馬麥醬的三明治，可她從來不聽勸，更不用說——」

「你聞見了嗎？」史坎德著急地問。

水邊的獨角獸大聲嘶鳴起來。惡棍之運連連後退，驚慌地拍打著黑色的翅膀。他的恐懼通過縛定傳遞給史坎德，並且急速加劇。不會來這裡，他想，肯定不會是這裡。

芙蘿抓住他的胳膊：「怎麼了，小坎？」

一陣微風掠過，芙蘿驚恐地睜大了眼睛。於是，史坎德知道，這危險不是他想像出來的。芙蘿也聞見了：腐敗的皮肉，潰破的傷口，死亡的惡臭。這氣味只屬於一種生物。

「我們得離開這裡。氣味這麼重，牠們肯定距離不遠！」史坎德朝著惡棍之運跑去，想在危險來臨前帶他飛走。

愣在河邊的獨角獸汗水淋漓，浸溼了脖頸。水裡似乎有什麼東西，惹得他不停尖叫，眼睛由黑色變成紅色，又從紅色變成黑色。史坎德循著他的目光望去，朋友們也趕過來了。

血壓一下子升高了，撞得史坎德耳朵嗡嗡響。不遠處，芙蘿的叫聲、米契爾的咒罵、巴比的喘息，同時響起。

河水裡有一頭野生獨角獸。

已經死了。

史坎德的腦袋裡亂成了糨糊：這怎麼可能呢。

「我不明白。」米契爾啞著嗓子說道。他通常可不會承認自己「不明白」。

水流裹挾著野生獨角獸不滅的鮮血打轉，玷汙了光滑的岩石和近旁的蘆葦。蒼蠅嗡嗡嚶嚶，圍著牠胸腔上的傷口大快朵頤。史坎德覺得，屍體應該是隨著水流漂到了下游，最後被卡在了河灣裡。

「牠真的死了嗎？」芙蘿輕聲說。

米契爾抱著胳膊：「我可不想去檢查。」

史坎德和巴比走到河岸的低窪處，蹚著水往深處走。腐爛的臭氣濃不可當，熏得史坎德眼淚都出來了。惡棍之運憂心忡忡地叫喚著，聲音又細又尖，聽起來就像剛出殼的幼獸。史坎德想通過縛定讓他的獨角獸放心，可他身上的每一根神經都高度戒備著：只要屍體動一動，他就要立刻衝回岸上。巴比卻靠近了那頭栗色的野生獨角獸，在牠透明的獸角旁跪了下來，抿著嘴，神情堅定。

她搖搖頭。史坎德湊過來，俯身細看，褲子已經浸透了血汙的河水。野生獨角獸側臥著，一隻紅眼睛壓著，看不見。史坎德伸出手，拂過皺巴巴的眼皮，替牠闔上了另一隻眼睛。那睫毛厚厚濃濃的觸感——就像他自己的那頭獨角獸——讓史坎德感到了難以置信的悲傷。岸上的惡棍之運感同身受，低低地回應著。

「牠應該年紀不大，」巴比咕噥道，「和我們在荒野看到的野生獨角獸相比，牠朽敗得沒那麼厲害。」

「史坎德！」米契爾的聲音和著汩汩的河水，「你得趕緊走！靈行者和野生獨角獸？要是被人看到就糟了！」

史坎德抬頭看看米契爾和他的赤夜之樂：「靈行者殺不死野生獨角獸。」

「誰也殺不死野生獨角獸。它們是不死的、刀槍不入的。可是瞧瞧，我們撞見了什麼。」米契爾煩躁地撥弄著自己的烈焰紅髮。

「走吧，小坎，」芙蘿已經騎上了銀刃的背，「肯定會有人把這事扯到你頭上的。」

史坎德腦海裡閃過了朵里安．曼寧的臉。去年年底，這位銀圈領袖可是明確反對靈行者重返禽巢的。

史坎德騎上惡棍之運，離開前，最後看了一眼浸在河水中的野生獨角獸的屍體。恐懼攀上了他的脊背：野生獨角獸是不死的。牠們本該困在死亡之中，不傷不毀。可是如果，有人——或有某種方法——能夠殺死牠們，那將會是怎樣可怖的黑暗力量啊？竟能奪去這永存於生死之間的怪物的性命？

媽媽？史坎德抗拒著這顯而易見的答案。一想到她竟能剝奪不死之物的性命，他就覺得害怕。他希望她與此事無關，希望那個潛在的殺手，是比她更兇險、更邪惡的角色。

然而，史坎德實在想不出，還有誰比織者更險惡。

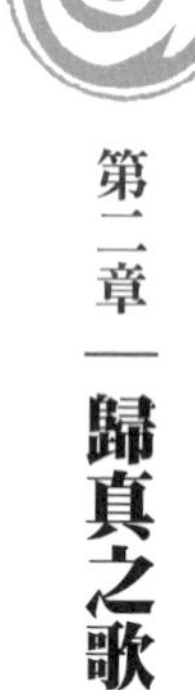

第二章——歸真之歌

在禽巢，一連幾天，關於野生獨角獸之死的傳言甚囂塵上。史坎德的四人組離開那片水域幾小時之後，巡邏的哨兵就發現了屍體。導師們建議年輕騎手不要急於揣測，靜待卡沙瑪司令的調查結果。可是涉及織者的謠言根本藏不住，何況除了新來的雛仔之外，所有騎手都在放暑假，沒有訓練，也沒有別的事，大家的注意力便都集中在野生獨角獸和織者身上。史坎德也注意到，謠言朝著自己步步逼近，動靜越來越大了。

所有人都知道，身為雛仔的第一年末，史坎德曾與織者面對面對峙，不過大部分人並不清楚其中的細節。野生獨角獸的死訊傳開後，他在騎手們用餐的樹屋——食槽——聽見了幾句竊竊私語，說史坎德可能知情，畢竟他是以靈元素結盟的，了解織者的動向也不奇怪。

作為禽巢唯一的一名靈行者本來就不容易，但史坎德從未想過，自己竟然會跟野生獨角獸之死扯上關係。靈元素只能殺死有騎手結盟的縛定獨角獸，無法殺死野生獨角獸，但這個關鍵之處似乎沒人在意。

「別理他們，」事發幾天後，芙蘿曾勸過史坎德，「那些人很快就會忘個乾淨的。」

「我看不好說。」米契爾說。

芙蘿無奈地瞥了他一眼。

「怎麼？」米契爾推推滑到鼻尖上的眼鏡，「確實是撲朔迷離呀！不死的生物，牠怎麼就死了呢？」

「這不是『撲朔迷離』，是可怕！而且島嶼法律明令禁止騎手獵殺野生獨角獸。牠們和騎手一樣，同屬於這座島，甚至早於騎手生活在這裡。就算牠們不……不太好，也不能那麼說啊。」

巴比哼了一聲：「芙蘿，只有你會用『不太好』這種詞來形容野生獨角獸吧。」她晃晃悠悠地靠著椅子向後仰，轉向史坎德：「你媽媽怎麼總是別出心裁、弄出些誰也沒幹過的事情啊？」她掰著手指頭數道：「從混沌盃賽場上搶走當年最厲害的獨角獸，組建野生獨角獸軍團，現在又是殺死一頭——」

米契爾抓住巴比的椅子往前推，讓它的四條腿都穩穩地支在地上：「沒有任何證據證明織者就是幕後黑手。目前還沒有。」

「不然還能有誰呢？」史坎德沮喪地說。

四個好朋友一時都沉默了。隨後，芙蘿談起了對首次銀圈例會的隱憂。她的獨角獸銀刃，不但外表異常奪目——毛髮像熔銀般閃閃發亮——而且本身也非常特別。在島嶼上，銀色獨角獸是極其罕見的，牠們擁有最強大的天賦和本領，也因此肩負著重大責任，承受著隨之而來的……危險。

芙蘿通過了訓練試賽，順利成為幼獸銀刃的能力突飛猛進，她也要開始參加銀色騎手社團——銀圈——的例行會議了。這些活動不只是為了了解島嶼的歷史，更重要的是提升駕馭銀色獨角獸的技巧。

「我不想讓他們失望。好多年都沒有騎手與銀色獨角獸結盟了，偏偏是我！竟然成了銀色騎手！要是我做不好、搞砸了，怎麼辦？要是我駕馭不了銀刃，毫無進步，怎麼辦？要是他們討厭我、嫌棄我，怎麼辦？」

「別傻，芙蘿，」巴比嘲笑道，「沒人討厭妳，妳是這星球上最招人喜歡的人——這不是很明顯的嘛。」

「真的？」芙蘿小聲嘀咕。

「真的！」巴比、米契爾和史坎德異口同聲。

「你們真的不介意？我和其他銀色騎手一起訓練，也沒關係？」

史坎德知道，這問題其實是問他一個人。銀圈和靈行者之間的競爭古已有之，因為像史坎德這樣的靈行者極其強大，能殺死獨角獸，卻偏偏殺不死銀色騎手的銀色獨角獸。

他擠出一絲微笑，安慰芙蘿：「妳一定會很出色的。」

「只要別總提起史坎德就行。」米契爾哪壺不開提哪壺。

芙蘿絮絮叨叨地聊著對銀圈例會的期待和焦慮。史坎德不禁有些感激：多虧她引開話題，大家不再緊盯著織者了。

八月底，披鞍儀式的前一天晚上，史坎德、巴比和米契爾待在樹屋裡，緊張地準備著。

米契爾坐在書架旁的紅色懶骨頭沙發上，氣急敗壞地翻著一本厚重的《鞍具全書》，一翻到他覺得可能會考的條目，就大聲念出來：「是禽巢支付了製鞍師們的……你們知道一九八二年發生了製鞍師大罷工嗎？」巴比輕聲念叨著自己的策略，以便應對明早要當著製鞍師們的面舉行的比賽，一邊嘮叨一邊用果醬、乳酪和馬麥醬做「緊急事件三明治」。史坎德坐在沒點火的爐子旁邊，既為織者憂心，也為披鞍儀式發愁。他又看了一遍肯娜的來信——就是夏至前寄來的那封。

小坎，你好啊。

多謝你的問候，但真沒什麼可說的呀。我很好，學校很好，朋友們很好，爸爸很好，錢也很好——多虧了爸爸的工作和你的騎手收入。你在上一封信裡說，希望我開心。我想，你其實心裡很清楚，對吧。我不停地去回想騎著惡棍之運的那一幕，小坎，沒有自己命定的獨角獸，我很難過。我一向自詡優秀、應該擁有啊。不能和你朝夕相處，也讓我難過——我真的非常想念你，一年見一面根本不夠，你懂嗎？還有，我們小時候，彼此之間根本沒有祕密，可現在卻變了。

我知道你一定有事瞞著我。當然，想必事出有因……算了，只要甘心情願地等，遲早有一天會時過境遷、再開心起來的。只是這一天，比我想像得遙遠。你在禽巢怎麼樣？惡棍之運好嗎？

愛你
肯娜

幾個星期以來，史坎德翻來覆去地咀嚼著信中這些情真意切的話，渾身都不舒服。肯娜不開心。她很難過。難過得裝不下去了。從小到大，她都偽裝得很好，而現在彷彿用盡了力氣，再也扮不出勇敢的模樣了。她還知道他隱瞞著什麼。去年六月，肯娜來島嶼觀摩的時候，曾央求他：告訴我吧！快把你的祕密告訴我吧！他很想把靈元素的事告訴她，很想告訴姐姐，她很可能也是一名靈行者，並因此被拒之孵化所的大門之外。他還想告訴她，他們的媽媽還活著……可是，他什麼都沒說。他擔心把她捲進來會更糟，而現在他動搖了，不知道自己那麼做對不對。他立刻就回了信，向姐姐噓寒問暖，呵護她的感受。然而，快兩個月了，肯娜的回信一直沒有出現。通常，信件接受騎手通訊處的盤查需要幾個星期，但這一次——還從來沒有這麼久過。

砰——

芙蘿撞開了樹屋的大門，興高采烈地笑著，嘴角都要咧到耳朵了。她手上拎著四個大桶，一股腦兒往地板上一扔：

「驚喜來了！」

巴比瞥了一眼：「驚喜……一千加侖牛奶算哪門子的驚喜啊？」

米契爾從書本中抬起頭：「芙蘿，明天是非常重要的日子。」

芙蘿走過去，合上了他的書。米契爾一下子就不高興了，好像比自己挨了一拳還要生氣。

「聽著，」芙蘿環視著夥伴們，「因為野生獨角獸之死和明天的披鞍儀式，大家壓力都很大，所以我認為我們今晚應該玩一玩。」她指指那些大桶，神祕莫測地說：「我可準備了好久。」

「這主意不錯。」史坎德湊了過去。

巴比放下了三明治，米契爾把書放回了書架上，四個人圍成一圈，打量著四個大桶。只見桶裡裝滿了黏糊糊的液體，液體對應著四種不同的元素，呈現出紅、黃、藍、綠四種顏色。

「是顏料嗎？」巴比問。

芙蘿熱情地連連點頭：「不只是顏料。是我媽媽特地調製的。她作為獨角獸療癒師，趁機往裡面添加了元素草藥，結果顏料就帶有魔法特性了。我問了導師，他們說這不算違反規定，所以我就想啊，我們把樹屋裡面粉刷裝飾一番，怎麼樣？」芙蘿說得很快，史坎德愣了一會兒才明白。

巴比反應更快：「想怎麼粉刷都行？」

「對啊！」芙蘿興奮得喘不過氣來，「我們各自負責一面牆，用自己的元素顏色粉刷！」

「我喜歡！」巴比確實感受到了驚喜。

芙蘿把代表氣元素的黃色顏料遞給她。史坎德這才看清，顏料裡還夾雜著劈啪閃爍的電花呢。

「有意思。」米契爾拎起紅色大桶，裡面的顏料像岩漿似的翻湧著泡沫，還冒著淡淡輕煙。

巴比挑了正對著大門的那面牆，米契爾則選擇了火爐後面的牆壁。

「小坎，」芙蘿拎著藍色的大桶，「我沒弄到靈元素的顏料，真抱歉。媽媽不知道怎麼調，而且很可能是違反——」

「沒事呀，」史坎德強作樂觀，「只要不是沒意思的白牆就行了。」

芙蘿鬆了口氣：「那你負責書架後面的那面牆怎麼樣？」

史坎德笑了：「好啊。」

雖然喜歡畫畫，史坎德卻從來不曾在牆壁上作畫——落日高地的公寓是不准亂塗亂畫的。他有些緊張，用刷子挑起了一點兒藍色的元素顏料。它立刻像水一般四處飛濺，聞起來也是鹹鹹的。史坎德有了靈感。他要畫波濤起伏的大海。顏料像映著太陽的水面，閃閃發光，有些筆觸甚至帶有藍寶石那樣變幻的虹光。要是俯身向前，就能聽見浪花拍擊海岸的聲音，彷彿耳畔貼著一枚海螺。

史坎德後退幾步，欣賞已經完成的作品，猛然意識到，他畫的是馬蓋特海灘。他和肯娜曾經久久地逡巡在那流轉的沙灘上，期待著改變一切的未來。期待著獨角獸。他真的很想念她。只是看著畫出來的大海，就好像她已來到了身邊。

其他三人也畫完了。巴比的黃色牆壁毫不客氣地展露著氣元素，銳利的閃電、猛烈的颶風、狂暴的電花彼此纏繞，交織成巨大的漩渦。漩渦旋轉著、翻湧著，史坎德站在旁邊，都能感覺到大風掀起了自己的頭髮。

米契爾的那面牆壁就精緻得多。他用繁複的火苗鋪滿白牆，紅色的顏料劈劈啪啪地冒著煙，就像火爐裡木柴燃起的真正火焰。樹屋最前面的那面牆是芙蘿的畫布，植物蜿蜒著，纏繞著——樹木和花朵層層疊疊，生機勃勃——綠色的元素顏料帶著一股新鮮泥土味，還像樹葉似的，夾雜著細細的紋路。

四個人把懶骨頭沙發拖到樹屋中央，坐下來欣賞自己的畫作。「真是個相當不錯的主意。」史坎德驚歎著，傻乎乎地笑了。

「是啊，」米契爾打了個哈欠，「完全轉移了我的注意力——」

「那，披鞍儀式……」巴比轉向芙蘿，「都到現在了，妳肯定知道薛克尼鞍具的意向了吧？明天就要揭曉了！」

「我什麼也不知道，」芙蘿煩躁地說，「唯一知道的是，就算爸爸來了，他也肯定不會選我——看著就不公平。我們放鬆點好嗎？」

「蘿貝塔，」米契爾說，「即使薛克尼鞍具真的出席了儀式，也不能保證芙蘿的爸爸就會選妳。」

巴比生氣了：「怎麼不會？就會！我可是訓練試賽的第一名！」

史坎德看了一眼米契爾，撇撇嘴說：「她可真夠謙虛的。」

「如果薛克尼鞍具已經有了中意的人選，那麼舍我其誰啊！我是氣行者，又是大陸生——

像妮娜一樣——儀式上的比賽我也會贏的，因為我是最棒的。」巴比手腕上的灰色羽毛都豎了起來，「有理有據，不得不服。」

「妳的自負程度真是叫人震驚。」米契爾發出了由衷的感歎。

「多謝！」巴比站起來，走向史坎德的藍色牆壁。史坎德緊跟了上去，莫名地有點緊張：「你想幹什……」

巴比從口袋裡掏出一支白色的粉筆，折成兩段，分給史坎德一半。她望著藍色的海浪，在浪頭的最高點、應該泛著白色水花的地方畫了幾筆。史坎德先是有點兒不高興，但很快就明白了她的意思。

巴比畫的是四個互相纏繞的白色圓環——靈元素的標誌。

「本來你也不是真的水行者嘛，對吧？」她衝他眨眨眼。

史坎德心潮起伏，拿起粉筆，在另一處浪頭上也畫了一個四環纏繞的標誌。米契爾和芙蘿走了過來，接過巴比的粉筆，畫了起來。很快，整片藍色的大海都泛起了白色的靈魂「浪花」。

史坎德深深吸了一口氣：「謝謝你們——唔，謝謝你們成為我的搭檔和……」

「行了行了，別肉麻了啦。」巴比說著，又抄起了刷子。

「妳又要幹什麼？」米契爾問，「四面牆壁不是都畫好了嗎？」

巴比把刷子往前一戳，黃色的顏料沾上了米契爾的臉：「你剛才是不是叫我『蘿貝塔』？」

「對！怎麼了！」米契爾也抓起自己的刷子，往巴比身上甩紅色顏料。

「停下！快停下！」芙蘿說著，自己也笑了。史坎德咧著嘴，拎起藍色的顏料桶，衝著芙蘿去了。

「喂！」芙蘿用綠色顏料反擊。顏料飛來飛去，四個人你追我躲，繞著樹屋中央的樹幹樓梯鬧成一團。

不一會兒，四人組和樹幹樓梯就全都沾滿了各種顏色的元素顏料。史坎德感覺到了氣元素的簌簌吹拂，聞見了土元素的清新氣息，聽見了火元素的劈啪燃燒，嘗到了水元素的鹹澀味道。四個人樂不可支地倒在懶骨頭沙發上，看看自己滿身的色彩，又望望一片繽紛的樹幹樓梯。

芙蘿問：「要不要洗掉呀？」

史坎德站起來，用白色粉筆描畫，連綴起四種顏色之間的縫隙。「不要，」他笑著說，「留著挺好的。」

披鞍儀式的清晨，禽巢沐浴著明亮的晨光和松柏清冽的香氣。通道輕輕搖晃，騎手們的樹屋靜靜地掩映在茂密厚重的樹冠之間。縷縷陽光落在披盔戴甲的樹木上，映得整個騎手校園都泛著美妙的微光。史坎德本該興致高昂，可他實在不耐煩食槽裡的喧鬧，早早地就扔下早餐，去了惡棍之運的獸欄。

他本來挺喜歡在樹杈間的圓臺上選張桌子吃早餐——尤其是最愛的美奶滋不限量的時候——可今天，關於織者的八卦讓他尤為煩躁。是她殺了那頭野生獨角獸嗎？她是怎麼辦到的？她為什麼要大開殺戒呢？接下來她還會做什麼？

*接下來她還會做什麼？*這正是壓在史坎德心頭最重的一塊石頭。

但今天他不能多想。他要全神貫注地應對面向製鞍師們的比賽，而不是琢磨他媽媽殺沒殺野生獨角獸。在製鞍師們作出決定之前，騎手和獨角獸必須抓住這最後的機會，給他們留下深刻印象。

史坎德突然叫了一聲——惡棍之運用氣元素電了他一下，以懲罰他停下了刷洗工作。「幹嘛呀？有這個必要嗎？」他揚起眉毛，胳膊上仍然陣陣刺痛。

惡棍之運衝著史坎德露出牙齒，像是傻乎乎地笑著。大多數人看見獨角獸嗜血的鋒利牙齒都會逃得遠遠的，但史坎德能區分得很清楚：「我要咬你了」和「我在和你鬧著玩」是兩種完全不同的表情。

快樂在兩顆心之間傳遞，就像笑聲在空氣間迴蕩。惡棍之運和河裡的那頭野生獨角獸不一樣：牠有騎手，牠和騎手之間有羈絆。這份羈絆把他和牠的生命連在一起——如果騎手死了，獨角獸是無法獨活的；這羈絆把他們的情感也串在一起：關係越是緊密，情感就越是能流暢地通過羈絆流動。只要史坎德難過了，惡棍之運就會知道，就會使出渾身解數逗他開心。

「你是想要鞍具還是想整天躲在這裡？」巴比和獵鷹之怒探著腦袋，往惡棍之運的圍欄裡瞧。

「整天躲在這裡。」史坎德咕噥道。他揉搓著黃色夾克的袖子——如今，袖章上多了一對翅膀，代表他已經是幼獸了。他既緊張又興奮：這是公開使用靈元素以來的第一場比賽。

「走啊，靈行者寶寶。」巴比催他。

他們肩並肩地朝著幼獸的訓練山丘走去。史坎德發現獵鷹之怒的灰色鬃毛編成了一排圓形的小髻，襯著盔甲，若隱若現。

「巴比，那個是……」

「別提了，我六點就起床給牠做造型了。」巴比看起來完全不像是那種願意早起、給嗜血獨角獸梳妝打扮的人，可她的獵鷹之怒很在意外表——只要覺得自己漂亮，牠戰鬥起來就更勇猛。正如巴比所言：牠驕縱，牠值得。

史坎德剛來到山丘，傑米——為惡棍之運打造盔甲的鐵匠——就跑了過來。他們跟著巴比走進騎手、獨角獸和觀眾混在一起的場外觀摩區，一路上嘴裡就沒停。

「聽懂了嗎？要記住，你們今天的比賽是為了那些還沒拿定主意的製鞍師。」

史坎德透過頭盔的觀察孔看著傑米：「還沒拿定主意？」

「對對對，」傑米不耐煩地說，「有些製鞍師在觀摩訓練試賽的時候就定好要選哪個騎手了，但有些人只圈定了候選名單，名單上有兩三個騎手，甚至更多。他們的鞍具準備了好多副，有的騎手也會接到不止一根橄欖枝，得選出最心儀的。總之，競爭激烈，變數很大。」

「我應該沒有那種困擾。」史坎德一邊咕噥一邊往訓練場走。製鞍師們正在做準備，他們互相聊著、招呼著，卸下箱子，搭起尖尖的遮篷架子，用五顏六色的油布蒙住，任風吹拂。

遮篷的顏色——從樹莓粉到深靛藍——與製鞍師胸前的飾帶一致；飾帶上面還醒目地繡著他們的名字：亨寧．多佛、馬提納、里夫、尼姆洛、泰廷、布哈德里什、戈麥斯、霍爾德……惡棍之運走過時，很多製鞍師停下手裡的工作，遮遮掩掩地竊竊私語。

傑米沒在意他們，繼續給史坎德出主意：「薛克尼家肯定是最好的，但我覺得他們可能不會選靈行者。我一向看好馬提納。噢，里夫也不錯，還有布哈德里什……」

「傑米，我……」

「雖然他家的皮革容易著火，是個大毛病，但你又不是火行者，也就沒什麼可操心的了——」

「傑米！」史坎德差點喊起來。

鐵匠停下來，看著惡棍之運背上的騎手。

「如果沒有製鞍師選我怎麼辦？」

「不會的。從來沒出過這種事啊。」

「可是，萬一呢……」

「要我說，不至於的，」傑米沉吟道，「因為那只會讓你舉步維艱、更加引人注目——雖然你的透明骨骼突變和獨角獸的白色靈行者紋路都已經足夠引人注目了。」

「多謝安慰。」史坎德譏諷道。

「不過，史坎德，你們今年就要開始合一比武了——意思是，運用元素兵器，把騎手從獨角獸背上打下去。鞍具能幫你穩在獨角獸的背上，要是沒有它，你恐怕很難通過年底的比武大賽。」

「比武大賽又是什——」史坎德剛想問問就被傑米堵了回去。

「就算你赤手空拳地通過了比武大賽，製鞍師也不能不要，他們太重要了，相當於騎手在禽巢之外的盟友。製鞍師與療癒師、獨角獸飼料供應商、贊助商都有聯繫，有些特別厲害的製鞍師甚至是混沌盃資格賽的議會成員。」

「所以你的意思是，必須有一位製鞍師選我，因為我需要他。」

傑米的神情嚴肅起來了：「我知道你擔心那些傳聞八卦，史坎德，但製鞍師都很好勝，他們更關心你是不是最優秀的騎手，才不管你和不朽怪物謀殺案有沒有關係呢。」

「最好真是你說的這樣！」

傑米舉起一隻手，讓他稍安勿躁。惡棍之運湊上去聞了聞，煙霧在鼻孔四周繚繞。「你還不明白嗎？只要今天能做到最好，別的都不重要。你們飛得很快，你還能使用靈元素，贏得比賽的機會很大啊。這樣一來……」傑米挑起了眉毛。

「這樣一來，就算我是靈行者，也還會有製鞍師願意選我？」

「沒錯——喂，當心！」一支三十多人的龐大隊伍從傑米旁邊擠過，朝著起點桿左側的木頭檯子走去。他們和騎手不同：騎手都穿著對應長風季的黃色夾克，而這些人的衣服五顏六色。惡棍之運噴著火星，好奇地看著他們登上檯子，圍成一個半圓，好像要表演什麼節目似的。木頭檯子底下是一叢綠色的藤蔓，藤蔓向上生長、攀援，搭成了鮮花盛開的棚頂。一男一女站在那裡，衝著傑米揮手，惹得他一臉尷尬。

「那是誰啊？」史坎德問。

「我爸我媽。」傑米不自在地答道。傑米和父母的關係有點緊張，因為他對鐵匠情有獨鍾，而不願像其他家人那樣，成為吟遊詩人。父母至今沒有放棄，一有機會就想勸說傑米改行。

「吟遊詩人的表演要開始了嗎？」騎在赤夜之樂背上的米契爾問道。芙蘿和銀刃、巴比和獵鷹之怒分別跟在他兩旁。

「對。」傑米小聲說。

「他們每年都會為披鞍儀式創作一首新歌，是真的嗎？」芙蘿激動地問。

「是。」傑米好像寧願打個地洞鑽進去。

巴比對吟遊詩人不感興趣，她正目不轉睛地盯著製鞍師們的遮篷。

「我覺得爸爸不會來了。」芙蘿循著巴比的目光望去。人和獨角獸一樣興奮，幼獸、製鞍師、諸位導師和觀眾全都聚在木頭檯子前面，幾乎把她的聲音全蓋住了。「我一直沒看見他的橘色遮篷。」

「說不定他只是遲到了。」巴比不高興地說。

「如果薛克尼鞍具沒來的話，那麼最好的製鞍師就是——」

米契爾的話被吟遊詩人的歌聲打斷了。樂音排山倒海般撲向聚集的人群，就連獨角獸也安靜下來，聆聽著婉轉的旋律。音符俯衝、沉潛，又上揚，狡黠靈動的纏繞著、交織著。史坎德從來沒有聽過這樣美妙的音樂。上下起伏的律動似乎完美的捕捉到了他和惡棍之運一起翱翔天際的感覺——興奮、喜悅、純粹的快樂。吟遊詩人們搖晃著身子，沉浸在和聲之中，臉上洋溢的平和幸福，與聽眾們一模一樣。節奏漸強，音調漸高，整首歌曲即將達到最高潮的時候——

夏然而止。

檯子上似乎出了什麼事。音符像爆裂的氣球，突兀的冒出來，又一個個消失。只有幾位吟遊詩人還在唱著，其他人則分了神，紛紛望向一位走向臺前的老人。史坎德目瞪口呆。只見老人的耳朵裡冒出滾滾熱氣，烈焰在頭頂嘶嘶作響，雙臂拂過的空氣裡夾雜著閃電，木頭檯子也在他腳下震顫起來。

「怎麼了？」巴比和史坎德異口同聲地問。

「歸真之歌。」傑米的目光緊追著那位年老的吟遊詩人。

「真的嗎？真的嗎？」芙蘿似乎很激動，「我還從沒聽過呢！」

「『歸真之歌』是什麼啊？」史坎德追問。

「噓——」四周的人們叫他閉嘴。

其他吟遊詩人都停止了歌唱。人群屏息以待，看著那位老人向檯子兩側鞠躬。隨後，在四種元素的環繞烘托之下，他挺直身子，開口唱道：

島嶼屬於不朽；

自古以來皆然。

不朽屬於島嶼，
罪行正在示警：

奪取不死之命，
報應即將降臨。
血濺元素同盟，
五個都別想逃。

償還不死之死，
凡人唯有一仗：
開鴻騎手賜禮，
女王臨終化境。

唯此可息雷怒，
唯此可平地怨。
洶湧洪水退卻，

爆烈野火漸熄。

一脈承繼大統：
黑靈魂之惡友。
新的力量崛起，
消亡一切過往。

島嶼屬於不朽；
禽巢初次鐘鳴。
不朽屬於島嶼，
祈願平安綿延。

年老的吟遊詩人唱罷一曲，顫顫巍巍，呼吸微弱，精疲力盡地倒地不起。四周響起掌聲，但更多的是擔憂的竊竊私語。有人草草記下了歌詞，就和朋友們討論起來。

「報應？」不遠處有人問道，「一座島能有什麼報應？」

「他說『唯有一仗』，可開鴻騎手早就不在了啊，不是嗎？」

「什麼地怨，什麼野火，你聽清了嗎？」

「歌裡唱的是不是靈元素啊？」

「為什麼大家都在看史坎德？他們怎麼不看那個腦袋上冒火的老頭呢？」巴比抱怨道。

「『歸真之歌』到底是什麼意思？」史坎德又問了一遍。這次，他有些害怕聽到答案了。

米契爾吸吸鼻子：「歸真之歌就是燒過的獨角獸便便。」

「米契爾，別胡說。」芙蘿責備道。她轉向史坎德：「吟遊詩人終其一生都在歌唱，但只有一首是『歸真之歌』。」

「聽不懂。」巴比不耐煩地說。

傑米開口解釋，但他的聲音裡滿是憂慮：「吟遊詩人的歸真之歌能唱出過去、現在和未來——完全真實無虛。」

「這麼肯定嗎……」米契爾咕噥道。

巴比皺起鼻子：「就像算命先生的預言嗎？」

「看來大陸也有不少人相信那種無稽之談啊，這倒也不奇怪。」米契爾說。傑米猛然抬起頭瞪著他，米契爾連忙豎起頭髮，以示歉意。

史坎德能感覺到周遭的目光，知道自己已然成了焦點，他不由得嚥了口唾沫。他們肯定是相信那首歌的。但歌裡唱的到底是什麼意思呢？他只記得幾個片段。史坎德大聲地問出了口：「是不是提到了靈元素？還有報應什麼的？」

「現在先別想這些了。」傑米飛快地答道。史坎德沒注意到，他和芙蘿偷偷地交換了眼神。「你得趕緊去起點桿那裡。」傑米指指巴比和獵鷹之怒。她們已經準備與其他幼獸會合了。

「島嶼的人太拿歸真之歌當回事。」米契爾譏諷道。

但史坎德已經有些慌亂了，他追上獵鷹之怒：「巴比，妳聽清那首歌了嗎？我不明白——」

「史坎德，現在可不是時候。我還等著贏得比賽呢。」獵鷹之怒衝著惡棍之運噴出小冰雹，後者則回敬了一個噴嚏。

「妳跟我說說啊！」

史坎德看見戴著頭盔的巴比翻了個白眼：「我也不明白那些雲山霧罩的歌詞，但肯定是講，殺死野生獨角獸是特別糟糕的事情，然後報應就要來了，有個辦法就是開鴻騎手的賜禮，黑靈魂啊壞朋友啊，這樣這樣，那樣那樣。」

「黑靈魂之惡友。是指什麼？」

「史坎德，準備起跑！」巴比突然嚷嚷起來。惡棍之運已經走近了起點桿。比賽開始時，起點桿將豎起，此時不只是史坎德的訓練組，其他幼獸也都在。所有獨角獸都冒著煙、閃著光，亂衝亂撞，往有利的位置擠。惡棍之運興奮極了，鬃毛凍住又融化，弄得史坎德手上膝上都溼答答的。

他看見阿雷斯帖騎著他的薄暮尋者在隊伍裡穿梭，和拿俄米、迪維亞等史坎德不太熟識的騎手說話，然後朝著這邊指指點點。

別想那首歌。別想野生獨角獸。別想織者。比賽，比賽，眼下的比賽，史坎德默念著。起點桿後，獵鷹之怒和惡棍之運站在中間，銀刃和赤夜之樂站在兩旁。赤夜之樂暗紅色的盔甲緊挨著惡棍之運的黑色鎖子甲。獨角獸們興奮無比，揮灑著各種元素碎片，在空中打轉。赤夜之樂故技重施，放個屁點燃，卻一下子就淹沒在元素魔法的混亂中。

「阿雷斯帖要幹什麼？」米契爾大聲問。還沒到禽巢的時候，阿雷斯帖和他的哥們就一直欺負米契爾，所以他特別留意那些人，也沒什麼好奇怪的。

史坎德聳聳肩：反正不是什麼好事。

水行者歐蘇利文導師騎著她的天堂海鳥，氣行者賽勒導師騎著她的北風夢魘，兩個人沿著起點桿往前走。史坎德聽見前者小聲嘀咕：「這儀式一年比一年複雜了，現在連歸真之歌都安排進來了？」

「很好呀。」賽勒導師和氣地衝著幼獸們微笑，漂亮的捲髮在微風中飄動，「這讓我想起了自己當年的披鞍儀式。」

「那首歸真之歌可算不上『美好』，倒更像是『警告』。」歐蘇利文導師漩渦般流轉的眼神落在了偷聽的史坎德身上。她躲開莎莉卡的獨角獸赤道難題噴出的火球，走近了史坎德。「你好像憂心忡忡。」她厲聲問，「怎麼了？」

「呃，沒有，我沒事。」史坎德搪塞道。

「你的靈元素徽章呢？」導師的語氣就像她尖尖的灰色頭髮一樣銳利。史坎德伸手去掏夾克口袋，摸到那枚四環纏繞的金色徽章，拿出來給歐蘇利文導師看。

「我不知道今天應不應該戴。」史坎德想到關於製鞍師的種種傳聞，聲音越來越小。

「莫名其妙。」歐蘇利文導師說，「我不介意你保留榮譽水行者的身分，但歸根究柢你是靈行者。」她用手摸摸胸口，摸摸縛定所在的地方，「要讓製鞍師們知道，你以你的元素為榮。」

惡棍之運嘶鳴著。清晨的陽光灑向牠黑色頭顱正中央的白色紋路。

歐蘇利文導師望著獨角獸笑了。「讓他們瞧瞧，這沒什麼見不得人的。惡棍之運就一點兒都不覺得難堪，對吧。把袖子挽起來吧，你的突變也該好好展示一番。」她揚起眉毛等著。

史坎德不敢違逆歐蘇利文導師的命令。他挽起黃色夾克的衣袖，露出了靈行者的突變：從肘部內側到手腕，半透明的皮膚之下，肌肉和筋腱湧動著，骨骼映著陽光，閃閃發亮。

史坎德看著歐蘇利文導師騎著天堂海鳥越過了起點桿。他說不清剛才那些話到底有沒有安慰效果，也說不清自己的感受。

「哨響三聲，起點桿抬起。」她喊道。

梅依的野薔薇之愛先是撞向蓋布爾和女王代價，把他們和其他獨角獸擠開，然後又噴出火球，讓妮阿姆和雪泳者、薩克和昨日幽魂遠離起跑線。這樣一來，寇比和冰王子、阿雷斯帖和薄暮尋者就能占據最有利的位置。史坎德不由得留意到，「威嚇四人組」的另一位成員——安柏和旋風竊賊反倒躲得遠遠的。

「這對你來說是小菜一碟吧，靈行者！」梅依叫喚著。

阿雷斯帖和寇比．克拉克哈哈大笑。史坎德儘量不理他們。

哨子吹響了第一聲。惡棍之運搖晃著黑亮的獸角，眼睛由紅色變成黑色，又從黑色變回紅色。起點桿後能量積聚，氣氛緊張，獨角獸們肌肉緊繃，利角閃亮。

哨子吹響了第二聲。史坎德雙手插進惡棍之運厚厚的黑色鬃毛，緊緊攥住。他的腦海裡只有歐蘇利文導師剛才說的那兩句話：

要讓製鞍師們知道，你以你的元素為榮。

哨子吹響了第三聲。讓他們瞧瞧，這沒什麼見不得人的。

第三章——披鞍儀式

起點桿嘎吱作響，忽地抬起——比賽開始了。惡棍之運似乎知道這是向製鞍師們展示速度的機會，抬起蹄子，兩大步就衝了出去，翅膀抵著史坎德膝蓋，猛然向外張開。山丘、草地……全都甩出了視野，清冽的風吹得史坎德沁出了淚水。他們第一個飛向天空。他們暫時領先。

亮光閃過。巨響轟然。一聲尖叫。

史坎德扭頭去看。只見馬貝爾和她的悼海摔了下去，空戰的硝煙之中，衝出了一頭栗色的獨角獸，騎手額前的星形突變閃著電花，漸漸逼近了惡棍之運。

果然，和訓練試賽時一樣，安柏和旋風竊賊又盯上了他們。但史坎德這次可不會認輸。

史坎德召喚靈元素，讓它沿著羈絆匯聚於自己的右手手掌——手掌上的傷口，正是一年前惡棍之運出殼時用獸角劃傷的。

他瞅準旋風竊賊撞向惡棍之運右肩的當口，張開手掌，釋放出一簇白光。安柏和旋風竊賊心臟之間的黃色縛定粼粼閃爍——這是只有史坎德這樣的靈行者才能看見的景象。隨後，安柏的手掌亮起了藍光，用水元素擋住了惡棍之運的去路。

黑色獨角獸和栗色獨角獸在空中正面對峙，而禽巢四周，大大小小的搏鬥持續進行。旋風竊賊挺起身子，揚著亮晶晶的前蹄亂蹬亂踹，牠咧著嘴、露著牙，神情和牠的騎手一模一樣。惡棍之運嘶鳴起來，烏黑的翅膀在身體兩側撲打，尖端露出了白色的光。

讓他們瞧瞧，這沒什麼見不得人的。

肉桂、皮革和醋混合的香氣湧進了史坎德的鼻孔——這是他的靈元素的氣味。他以靈元素結合氣元素，讓掌心顯現出黃色的光。與此同時，安柏的水元素能量像翻騰的噴泉，從她的掌心衝出，旋風竊賊的獸角也噴出了水流。浩浩蕩蕩的水旋轉著，洶湧地直衝史坎德而來，巨大的衝擊力足以將他撞下惡棍之運的背。

讓他們瞧瞧。

湍急的水流傾瀉而下的時刻，氣元素灌進了史坎德的羈絆，惡棍之運施展著只有靈獨角獸才有的本領。

先是鬃毛，而後是尾巴，電花漸漸密布，劈里啪啦的肆意躍動，黑色猶如墨水般漸漸褪去。肚腹、後腿、脖子隨之化作純粹的風之魔法，惡棍之運的整個身體變成了一團原始的能量。騎著牠就像騎著一叢閃電風暴，靈元素讓惡棍之運變成了氣元素本身。烏黑的獨角獸發出勝利的嘶鳴，牠的下顎和閃電混合在一起，難分彼此。

去年，惡棍之運全身化作火焰時，史坎德嚇壞了，根本不敢發起任何攻擊。但現在他能夠駕馭靈元素了——他願意戰鬥。他想贏。於是，他抬起手掌，對準對手的攻勢，射出了閃電。惡棍之運戰慄著，閃閃發光的身體迸發出電花無數，撞向安柏和旋風竊賊掀起的水流。

「幹得漂亮，小伙子！」史坎德喊道。

電流擊中了騎手和獨角獸。安柏尖叫著，旋風竊賊哀嚎著，她們連反擊都顧不上就摔向了地面。

「懦夫！」史坎德不客氣地招呼。

然而這時，他才注意到其他騎手。

幼獸們一個接一個地降下高度，回到地面，退出了比賽。惡棍之運漸漸恢復了原本的黑色，但史坎德有點慌了。寇比正與芙蘿的冰瀑對戰，此刻甘願認輸；冰王子兀自著陸，惹得銀刃困惑不已；莎莉卡和米契爾本來正鬥得火星四濺，半邊天空都熱騰騰的，可赤道難題突然就偃旗息鼓了；妮阿姆騎著雪泳者，一個急轉彎，躲過了巴比和獵鷹之怒，向地面飛去，去找小隊的其他成員——法魯克和毒霧、阿特和地獄怒火、班基和耳畔詛咒。

現在，史坎德面前的天空一片清朗，煙霧、碎片、獨角獸……全都不見了，只有他自己的四人組。

惡棍之運、獵鷹之怒、赤夜之樂和銀刃仍然朝著終點衝刺，而其他幼獸卻甘願在山丘上看著。

「怎麼回事啊？」巴比提高聲調，蓋過獨角獸拍打翅膀的聲音，「他們怎麼不比了？」獵鷹之怒應和著她的騎手，一邊生氣地嘶鳴，一邊向著製鞍師們飛去。

「他們沒資格了！」米契爾滿臉的煙灰，「按規定，騎手在抵達終點線之前落地，就會自動取消比賽資格。」

四人組衝過終點，順利著陸，四周卻是一片錯愕的寂靜。製鞍師們沒有鼓掌，導師們沒有祝賀，只是盯著場地上的其他幼獸發愣。

寂靜沒有延續太久。騎手們慢吞吞的走向終點和製鞍師們的遮篷，四位導師訓斥著各自的學員，憤怒地質問他們為什麼放棄如此重要的比賽。製鞍師們也沮喪地嚷嚷起來，抱怨說他們最後一次拿主意的機會就這麼給毀了。

「你們不覺得丟人嗎？」安德生導師氣得耳朵上的火苗抖個不停，他衝著梅依嚷嚷，「你們這是哪一齣？製鞍師們是來看比賽，不是看你們自己著陸！我真想把你們都算作游牧者，把你們都趕出禽巢！」

梅依瞥了一眼史坎德，大聲說：「我們都看見史坎德用了他的靈元素，這比賽還能比下去嗎？剛才那首歸真之歌不是提到了『黑靈魂之惡友』嗎？還用問嗎，多明顯啊——史坎德不就是靈行者嗎？」

史坎德簡直不敢相信自己的耳朵。難道這一切都早有預謀？

他想起了梅依在賽前的嘲弄，還有阿雷斯帖，他也曾在騎手間來回走動。原來，那是在遊說其他幼獸，說他很危險，是嗎？羞恥感兜了一圈，又回來了——努力地表現「沒什麼見不得人」，卻還是以失敗告終。

史坎德漲紅了臉，使勁兒的忍著淚水。他聽見寇比說：「誰也不知道史坎德有什麼本事。歐蘇利文導師，萬一是他殺死了那頭野生獨角獸呢？如果他是搪塞大家、其實跟織者一條心呢？要是歸真之歌裡的報應指的就是他呢？要是他下一步就打算對我們這些幼獸的獨角獸下手，怎麼辦？」

芙蘿跳出來維護她的朋友：「野生獨角獸不是史坎德殺的！」米契爾也大聲抗議：「你們對歸真之歌的解讀是不合理的！」

「我對你們很失望。」歐蘇利文導師扔下這一句，就轉過身，吹了幾聲哨子，讓大家安靜。

「沒有時間重賽了。」歐蘇利文導師說，「想必大部分製鞍師此前都已經有了人選，所以……所以，繼續披鞍儀式吧。聽著，現在，在遮篷前列隊！」她又吹了一聲哨子，好像這樣就能減少些尷尬似的。幼獸們大多還在竊竊私語，但史坎德聽不清他們在說什麼，因為所有人都躲著他的四人組，兩側留出了很大空隙。他唯有深吸一口氣，讓自己鎮定下來。

然而，巴比可不甘於深吸氣什麼的。「真是離譜！」她嚷嚷著，翻身跳下獵鷹之怒，拉著牠去列隊，「沒看到正常的比賽可是會影響製鞍師做選擇的！」

「去年妳都贏了訓練試賽呢，巴比。」米契爾唾沫飛濺，脾氣也上來了，「妳肯定沒問題啊！」

「但薛克尼家的沒來。」巴比氣呼呼的說，「我只想被他們選中。我想要卡沙瑪司令那樣的鞍具！」

「還有很多優秀的製鞍師呢。」芙蘿安慰道。

「對不起，巴比，都怪我。」史坎德小聲說。

「別傻了。」她厲聲反駁，「你是靈行者，這有什麼可怪的！那個吟遊詩人老頭子偏偏要在這麼重要的比賽之前唱預言歌，也跟你沒關係啊！麻煩總是自己找上門來，更不是你的錯——」巴比說著說著就走神了，因為製鞍師們紛紛捲起了遮篷門簾，拿出了各自精巧設計的珍品。

所有鞍具的基本形狀都是一樣的——一對皮革蹬帶搭在獨角獸脊背兩側，高高的前橋和彎曲的後弓用於支撐騎手——但每一副鞍具又各有獨到特色。有的非常厚重，邊緣綴著元素對應顏色的鏈子，沉甸甸的十分氣派，有的簡潔優雅，裝飾都是精緻的縫線。幼獸們翹首企足，望著傲然置於陳列架上的巧思結晶，不知自己會得到哪一位製鞍師的青睞。不少人仍然滿面懼色地看著史坎德。他們是真的怕他嗎？如果不是，那麼應該不至於退出如此重要的比賽吧？難道只是迫於阿雷斯帖、寇比和梅依的壓力？

當製鞍師們舉起各自的作品，走向幼獸隊伍時，騷動明顯平息了。惡棍之運不喜歡這場面，好像遭受了攻擊似的，想往後退。這樣表露出抗拒的不只牠一個。

午夜星辰揚著黑色馬鬃，衝著兩位製鞍師發起水元素攻擊，還差點把騎手羅米莉甩下背去，嚇得他臉色煞白。史坎德理解獨角獸們的反應，因為那些製鞍師幾乎是直衝過來，咄咄逼人，還互相推擠著，又是擠又是吵。

亂歸亂，沒過多一會兒，大部分騎手和獨角獸都有了製鞍師。芙蘿是馬提納製鞍的首選，他們在淺藍色的遮篷裡大肆歡慶，首席製鞍師甚至喜極而泣。只要銀色獨角獸需要，她甘願傾其所有，而從此以後，銀色獨角獸的功勛也有她的一份功勞了。

然而，仍然沒有哪位製鞍師靠近靈行者。史坎德心裡一沉：他會淪落為唯一一個沒有鞍具的騎手嗎？

讓他感覺更糟的是，有兩位製鞍師——尼姆洛和泰廷——同時選中了米契爾。這下，輪到騎手來挑了。史坎德看得出來，米契爾很喜歡尼姆洛的鞍具。他撫摸著那煙灰色的皮革，撥弄著點綴在蹬帶周圍的金色小火苗。可不知為什麼，他似乎也很難放下泰廷的作品。米契爾很少這樣猶豫不決，尤其是在他研究透徹的事情上面。

「選尼姆洛吧——你顯然喜歡那一副啊！」史坎德有些煩躁地慫恿他的火行者朋友。然後另一位就留給我吧，他心想。

「沒這麼簡單，」米契爾嘀咕道，「我不能選尼姆洛的鞍具，我爸爸——」他頓了頓，又說：「泰廷的鞍具也很棒啊，有人甚至覺得更勝一籌。我的家族世世代代都選他們。」

「看你囉。」米契爾通過訓練試賽之後，父親伊拉．韓德森給他寫了一封信，措辭嚴厲地告誡兒子，要勤奮學習、刻苦訓練、跟「對的人」交朋友。

史坎德猜想，他這個靈行者，或許就不是「對的人」。所以還是讓米契爾自己選吧，別再鬧出別的麻煩了。

米契爾十分不捨地看了看尼姆洛，但最後還是說：「我選泰廷。」

泰廷家的製鞍師笑逐顏開：「伊拉也選了我。你爸爸肯定非常自豪，他上個星期才跟我提起你在訓練試賽中的表現，滿懷期待地盼著你成為我們的司令呢。」她熱情地拉著米契爾的手，肩上的飾帶都滑下來了。

離開的時候，米契爾沒有和史坎德對視。

這樣一來，還沒互選成功的就只有史坎德和惡棍之運，以及安柏．菲法克斯和她的旋風竊賊了。在訓練試賽中，安柏先是敗給了米契爾，隨後的表現也不怎麼樣。但史坎德總是忍不住去想其他因素：安柏的爸爸賽門．菲法克斯也是靈行者，去年曾經幫著織者作惡，被抓起來了。

不過，意料之中，不情不願的尼姆洛還是選了安柏。畢竟，不同於史坎德，她只是和靈行者有點不清不楚的關係，自己並不是。

現在，所有的騎手和獨角獸都進入了各自的遮篷，喜氣洋洋地慶祝起來。製鞍師們開懷暢飲，瓶塞砰的爆開，美酒嘶嘶的冒著泡，還襯著遮篷油布的顏色。可是，仍然沒有人靠近惡棍之運，連那些沒有搶到心儀獨角獸的製鞍師也不肯將就。失望攫住了史坎德的胸膛，羞恥染紅了他的臉頰。幼獸們寧願著陸棄賽，也不願和他空中比試，這還能有什麼指望？那首歸真之歌提醒了所有人：靈行者是危險的。哪位製鞍師願意和這樣的騎手扯上關係？

史坎德想去問問歐蘇利文導師，自己是不是該回禽巢，就在這時，兩個人穿過大門，走向了山丘。史坎德瞇起眼睛，望著身著橘色衣服的陌生人，愣了好一會兒才反應過來，那不是「陌生人」。

是薛克尼家的製鞍師。

眾目睽睽之下，奧盧．薛克尼——芙蘿的爸爸，和艾伯納瑟——芙蘿的雙胞胎哥哥，如入無人之境，淡定地支起了他們的橘色遮篷。艾伯納瑟打開了他們帶來的木箱，那「喀啦」一聲在驚愕的寂靜中顯得震耳欲聾。奧盧則用肌肉發達的胳膊舉起自家鞍具，徑直朝著剩在原地的唯一一頭獨角獸走去。

惡棍之運見奧盧走近便咆哮起來，但那其實是在笑——低低的，沉沉的。可史坎德顧不上安撫他的獨角獸，只管盯著奧盧懷裡的鞍具看。這絕對是他今天見到的最美的鞍具，濃黑的皮革亮亮的，像大理石似的光彩變幻。

「抱歉，我們遲到了。我們在作坊裡耽擱了一會兒。」奧盧解釋道。溫暖的笑意擊中了史坎德的心窩，讓他想起了訓練試賽後與芙蘿的爸爸見面時的情景。奧盧．薛克尼把他的鞍具往惡棍之運背上一放，翅膀的關節、脊背的曲線，嚴絲合縫，分毫不差。

史坎德嚥了口唾沫：「薛克尼先生，雖然只剩下我們沒人要，但您也不是非選不可。」

奧盧和艾伯納瑟同時大笑起來。史坎德一頭霧水。

「史坎德！」奧盧喘著大氣，忍著笑說，「這副鞍具可是我們團隊花了好幾個星期才做出來的，它就是為惡棍之運量身定製的呀。我們選的就是你。那時，聽說你從織者手裡救回了新紀之霜，我就想好了，你就是我們薛克尼鞍具要的騎手。」

「要是你不相信，那就看看針腳呀。」艾伯納瑟高聲吆喝。芙蘿的雙胞胎哥哥咧著嘴笑，臉頰上露出了深深的酒窩。

史坎德的心臟怦怦狂跳。他湊近那副鞍具，先是聞見了皮革的香氣，然後就看見了——五種元素符號以象徵靈行者的白色連綴而成，嵌在黑色的鞍座上。

「怎麼樣，現在作何感想？」艾伯納瑟抓了抓濃密的黑色捲髮。

「我的感想就是，哪怕把今天所有的鞍具都擺在這裡讓我挑，我也會選擇這一副。無出其右者。」史坎德簡直不敢相信。薛克尼，那可是為司令製作鞍具的世家！這下傑米可要高興瘋了。

史坎德和惡棍之運經過亨寧．多佛的深紫色遮篷時，巴比掀開油布出來了。她沒有說祝賀的話，也沒有玩笑的意思。她棕色的眼睛盯著惡棍之運背上的鞍具，迴避著史坎德的目光和招呼。她是不是生他的氣了？

來到薛克尼家的遮篷，史坎德決定暫且忘記巴比的神情，吞下了一大口橘色的飲料。

「爸爸，你要跟他講講我們為什麼遲到了嗎？」艾伯納瑟好像藏不住祕密。

奧盧揚起眉毛：「唔，我本來是不想拿這事煩他的，可你現在也沒給我留多少餘地啊，是吧？」

艾伯納瑟有點兒不好意思。

「出什麼事了？」史坎德著急地問。

薛克尼先生一屁股坐在鞍具箱上，額前擰起了皺紋：「今天早上，我們在作坊裡，給你的鞍具做最後的修整，突然聽見一聲巨響。我和艾伯還以為是對面商店裡的動靜，就都沒在意。隨後又是一聲。我想出去看看，卻發現出不去了——連後門也推不動，然後窗戶外面就全黑了。」

「我不明……」

「有人用木板封住了作坊的窗戶的門——都是大塊的松木——所以我和艾伯就被關在裡面了。」

史坎德張大了嘴巴：「那你們怎麼出來的？」

艾伯說：「因為這一幕恰好被搏鬥折扣店的布朗溫看見了。她可真是了不起啊，對吧，爸爸？」

「可不是嘛，那大姐的肌肉挺厲害的。她直接從窗戶上扯下一塊大木板，然後用掃帚把打碎了玻璃。然後我們就抄起鞍具，趕到這裡來了。」

「可是，是誰把你們困在作坊裡的呢？」

奧盧聳了聳肩：「一年一年的，披鞍儀式上的競爭越來越凶，可我還從來沒碰見過這種上不得檯面的手段呢。製鞍師們都是朋友，認識幾十年了，我想不出有誰會針對我們下手。不過，鑑於我今年要選的騎手……」

「噢。」史坎德哽住了。

「但這也不能確定。」奧盧連忙說，「我誰都沒告訴——就連芙蘿倫斯也不知道。《孵化所先驅報》的記者還賄賂過我，我也沒說。不過，如果有人觀察力了得，那倒也能從細節裡窺見一些端倪，比如深色的皮革、鞍具的尺寸、裝飾的圖案等等。」

「所以你也不知道是誰幹的了？」

「只有幾個懷疑對象——有人毫不掩飾自己的心思，他們不希望島嶼上出現靈行者，更不用說禽巢——」

「曼寧所長！」艾伯打斷了爸爸的話，想讓史坎德聽明白。

奧盧惱怒地瞪了兒子一眼。「也許是他。但是，史坎德，你現在並不是島上最受歡迎的騎手，而不樂意的不只朵里安一個。」他歎了口氣，好像對接下來要說的話心懷歉意。「十多年來，你是第一個來這裡訓練的靈行者。」他輕聲說，「然後就有一頭野生獨角獸死了——被殺了！在所有人看來這都是不可能的。現在，大家又琢磨起歸真之歌了。那首歌我沒聽到，但我認為你是清白的。可是，一旦關係到靈元素，人們就開始偏聽偏信了，他們寧願把責任怪到你頭上，也不願承認，織者有再次作惡的可能性。尤其是，有些人還想把你趕出禽巢。」

「去年趕走織者的是我啊，他們怎麼還會認為，殺害野生獨角獸的兇手也是我呢？」史坎德心裡沉甸甸的。他想起歸真之歌裡提到的「報應」。如果島嶼真的遭到了所謂的「報應」，人們也會覺得那是他的錯嗎？

奧盧攤開雙手：「只是流言蜚語。但人言可畏，你想塑造友善的靈行者形象，怕是難了。」

史坎德歎了口氣。野生獨角獸和靈行者。總能扯上關係。總能引發恐懼。

「別擔心。」奧盧溫和的說，「現在你有了薛克尼家族的支持，人們會慢慢回心轉意的。」

史坎德心裡一點底也沒有。

第二天早上，食槽裡，米契爾讀著《孵化所先驅報》，突然咕噥了一聲：「雷霆密布，糟糕。」

「什麼糟糕？」史坎德正埋頭吃著他最愛的早餐——泡在美奶滋裡的香腸。他看看米契爾，不知道他是不是看到了什麼不好的消息。

米契爾遲疑了一下，眼睛掃過史坎德，視線又回到報紙上。史坎德一把搶了過來。芙蘿也從綠蔭掩映的圓臺上挪過椅子，湊過來一起讀。自從史坎德被薛克尼鞍具選中以後，巴比就不太講話了，但她吃飯本來就很認真，所以也說不清，她是在專心吃東西，還是在生他的氣。史坎德開始讀了：

「歸真之歌」大恐慌！

島嶼會遭報應嗎？

昨天，在一年一度的幼獸披鞍儀式上，吟遊詩人馬克・貝里曼吟唱了他的歸真之歌（歌詞詳見第五版）。孵化所所長、銀圈社長朵里安・曼寧表示，這首歌顯然是對近期「野生獨角獸遇害」事件的警示，也透露了關於罪魁禍首的線索。曼寧所長認為，織者仍有嫌疑，而歸真之歌提示了新的調查方向。卡沙瑪司令拒絕對此事做出明確評論，但提醒本報記者，歸真之歌通常具有一定預言性……

「『新的調查方向』？」史坎德不禁擔心起來，「你們覺得這是不是指……我？」

朋友們沒說話。史坎德知道，這沉默的意思就是「是的」。他鬱悶極了。

米契爾歎了口氣：「就算我認為歸真之歌是無稽之談，島嶼上的大部分人也不這麼想啊。」

史坎德翻到第五版，看著印刷出來的歌詞。這會兒，就連巴比也趕跑餐盤旁邊的松鼠，走到芙蘿身後，研究起了報紙。

「『奪取不死之命。』」史坎德說，「這句肯定是影射野生獨角獸之死了。」

「對。後面兩句是『五個都別想逃』……」芙蘿念道，「這麼說，島嶼的『報應』與五種元素有關？」

「那是什麼樣的報應呢？」史坎德問，「騎手要使用元素魔法追蹤兇手？」

「感覺不像呀。有一首關於洪水的詩，你聽過嗎？『洪水是否會淹沒島嶼？快把人送往安全之地！』」芙蘿似乎嚇壞了。

米契爾清清喉嚨：「唔，我對於歸真之歌的看法是——辭藻華麗的無稽之談。島嶼就是一座島而已，無所謂是非對錯，更無所謂正義公理！」他說著說著忍不住大笑起來。

芙蘿卻沒理他。「『黑靈魂之惡友』肯定是指織者吧？」她緊張地望著史坎德。

米契爾忍不住也研究起來。「如果這首歌真的那麼靈驗，那該防備的也該是另外的敵人。」他指著歌詞說，「這不是還有一句『承繼大統』嗎？」

「我討厭猜來猜去的，」巴比咕噥道，「還嫌生活不夠複雜嗎？」

重複讀著歌詞，史坎德心裡泛起了恐懼。一脈承繼大統：黑靈魂之惡友。如果「黑靈魂之惡友」指的就是織者，那麼這首歌他恐怕逃不了干係——畢竟，他是織者的兒子啊。而這是祕密，只有他自己、他的四人組、他的阿姨艾格莎．艾佛哈知道。

當時，雖然織者確實當著野生獨角獸軍團的面承認了，但米契爾的爸爸曾很失望的說起，那些新入獄的騎手們什麼都不記得了，誰也說不清自己是怎麼和野生獨角獸形成縛定的。新的憂慮和恐慌擊中了史坎德：如果有人發現了這個祕密，他們肯定會認為他就是織者的「承繼者」。而更加可怕的是——萬一，他真的是，怎麼辦？不不不，不可能。他不可能和黑暗邪惡扯上關係。他絕不會重蹈她的覆轍。她的確邀請他一起作惡，可他拒絕了。為了安慰自己，他著重看了看歌詞裡關於「希望」的章節：

償還不死之死，
凡人唯有一仗：
開鴻騎手賜禮，
女王臨終化境。

「這麼說，『開鴻騎手賜禮』可以挽救危局。」他琢磨著，「你們說那會是什麼樣的『賜禮』呢？還有『女王臨終化境』是什麼意思？島嶼上還有過女王？」

「應該有過野生獨角獸女王。」芙蘿說，「在很久很久以前，騎手們還沒登島的時候。」她皺著眉頭，盯著餐桌上的報紙。

「那『賜禮』呢？」

「據說開鴻騎手死後在島上留下了一些東西，可那都是老故事而已。」米契爾不屑的說。

「究竟是什麼呢？」史坎德追問道，「曾有人找到它嗎？曾有人——或者什麼東西——贏得那『一仗』嗎？」

巴比毫不掩飾地大笑一聲。

「怎麼了？」史坎德好奇道。

「哦，沒事啊。」巴比從旁邊的樹上扯下一把葉子。

「說啊，怎麼了？」

「你這麼努力充英雄，真是夠累的。聽到有『賜禮』，還沒到兩秒鐘呢，就惦記著去爭去搶了。」

「我沒有『充英雄』。我是大陸生，只是問問嘛。」

巴比聳聳肩：「隨你怎麼說囉。」

史坎德很想辯解幾句，但想到巴比可能還在為薛克尼鞍具的事生氣，就偃旗息鼓了。

芙蘿緊張地看著他們。她不喜歡起衝突。「我覺得史坎德爭不到那個『賜禮』啊——就算他真的想，也不太可能。從來沒人知道開鴻騎手的賜禮是什麼。」她說。

米契爾抄起桌上的《孵化所先驅報》，把大家都嚇了一跳。「當然沒人知道了，因為根本就沒有什麼賜禮。至於那到底是什麼玩意兒，更是沒答案啦。神話傳說，童話故事！」

但史坎德可不會被輕易糊弄過去。畢竟，就在不久之前的大陸，「獨角獸」還是童話故事呢——可他如今都能騎著一頭滿天飛了。

他剛要張嘴，卻被芙蘿打斷了。「也許什麼事都不會有，」她又燃起了希望，「也許那頭野生獨角獸並不是織者殺死的，而是一場意外。也許歸真之歌，不會成真。」

「沒錯，芙蘿。」米契爾讚許地說，「相信歌詞就能預示未來，這也太離譜啦。」

「吟遊詩人的歸真之歌會為騎手而唱嗎？」巴比突然興奮起來，「等我一戰成名，肯定會有的！說不定現在就有了，預言我會功成名就！」

米契爾嘲笑道：「吟遊詩人應該不會在你身上浪費他們一生中唯一的歸真之歌，蘿貝塔！」

「你不是壓根不信嗎？」史坎德也忍不住出言譏諷。

「巴比·布魯納和獵鷹之怒，連戰五年混沌盃，全都贏了，啊啊啊，全都贏！」巴比扯著嗓子唱起來了，指尖敲著桌子，調都不知道跑到哪兒去了。

史坎德和芙蘿笑噴了，微妙的火氣消失了，就連米契爾也有點兒繃不住了：「看吧，巴比說得對，沒什麼好擔心的！」

「你在說什麼呀！」巴比瞪著眼，眉毛緊貼著齊齊的瀏海，「我唱的是我自己的歸真之歌，還不快記下來！」

肯娜——藏祕密的女孩

「不可能有第五種元素——絕不可能。」爸爸說了好幾百遍。

「如果孵化所的所長這麼說呢？他說靈元素存在，確實存在。」肯娜也反駁了好幾百遍，不肯讓步。

距離朵里安・曼寧的深夜到訪已經過去了幾個月。肯娜和爸爸又一次坐在二〇七號公寓的桌前，爭執起來。

「那史坎德為什麼不告訴我們呢？」

肯娜也想知道答案。他的弟弟是一位水行者，可他為什麼不曾提起，其實不止四種元素、還有第五種？是不是因為靈元素太罕見了，所以史坎德不知道？畢竟，她也從未見過靈行者踏上混沌盃的賽道。史坎德一定不是故意隱瞞的，對吧。

「他怎麼樣不是重點。」肯娜大聲說，「重點是，我是靈行者，我的獨角獸不知哪兒去了，還在等我呢！只要等曼寧所長找到牠就行了。他已經著手去找了！」

爸爸揉揉眼睛，眼皮都皺了起來：「妳為什麼沒通過孵化所考試？」

「因為像我這樣的靈行者太罕見了！他們有眼無珠！我本來該通過的！如果讓我去試試，我肯定能自己推開孵化所的大門！」

爸爸歎了口氣：「事有蹊蹺啊，那個人……」

「孵化所所長。位高權重。」

「不錯。這麼一個人，半夜造訪，說兩年前搞錯了，說妳其實通過了孵化所考試，然後約妳十一月到海上去見他？」

「因為他說不能立刻帶我走。反正，我要划船出海，去見他！」

「那麼讓我來划吧。」

肯娜的心怦怦直跳，希望漫了上來：「所以你同意我去？」

爸爸的臉上滑過一抹猶疑的陰翳，但他最終還是點頭了。肯娜尖叫著撲進了他的懷裡。

爸爸被猛然一撞，咕噥了一聲，隨後就緊緊地摟住了女兒：「兩年了，這是妳最開心的時刻，我的乖寶貝。強留在這裡只會讓妳繼續痛苦啊。我知道我不是個好爸爸，但我希望妳快樂，希望妳去實現自己的夢想。」

肯娜忍著淚水，同時也鬆了口氣。其實，就算沒有爸爸的支持和祝福，她也非跟著曼寧所長走不可。可眼下不正是兩全其美嗎，沒有比這更好的了。「爸爸！我就要擁有自己的獨角獸了！我會跟史坎德一起住在禽巢！說不定我們還會一起參加混沌盃呢！就像我們小時候一直嚷嚷的那樣。」

她心裡泛起內疚，說不下去了。她鬆開胳膊，離遠一點兒，好看清爸爸的臉——他勞形苦心、憔悴疲憊。「你一個人留下沒問題嗎？萬一你需要幫忙，比如繳帳單、做飯、找工作——」她頓住了。現在，爸爸同意她離開，可她卻突然意識到現實是多麼讓人慌張害怕。

「這些妳都不用擔心呀。」爸爸說著，把一縷碎髮捋到她的耳後。

肯娜的喉嚨哽住了：「我會想你的，爸爸。」

他大笑起來，聲音裡卻滿是悲傷：「妳才不會呢。」

「我會的！我會經常給你寫信！我和史坎德一起寫，怎麼樣？」肯娜突然想起了弟弟小時候的模樣，那時他才六歲，就會給畫紙上的獨角獸上顏色了。也許，他如今也能幫她畫出她命定的獨角獸了。

爸爸的眼睛裡泛起了淚光：「兩個孩子都是獨角獸騎手，多麼難得！你們的媽媽肯定會非常驕傲的。真希望叫她看看你們的樣子啊。」

「我們週日去掃墓吧！」肯娜說，「跟她講講這些好消息。」

爸爸有些憂慮：「妳還是應該給史坎德寫封信，告訴他妳要去。我覺得這樣比較好……」

肯娜連連搖頭：「不行，不能告訴他。曼寧所長說我們得保密。在夏至日以外的時間帶人登島可不是常態。要是我的事曝光了，所有沒通過孵化所考試的大陸孩子都會以為自己可能是靈行者，那不就亂了套嘛。曼寧所長說，要真是惹了這種麻煩，他就不能帶我登島了。那樣會把一切都搞砸的！」肯娜急急忙忙的，連口氣都顧不上喘。

「可只是跟史坎德——」

「不行！」肯娜堅持道，「信會被送到大陸郵局，太冒險了。」

「好吧，好吧！」爸爸舉起雙手，讓步了，「不過妳突然不給史坎德寫信了，他不會起疑心嗎?他會擔心妳的。」

肯娜早就想好了。在給史坎德的最後一封信裡，她坦承自己真的很難過——她決定將計就計。「我不想在信裡騙他，所以，你來給他寫信吧。就告訴他，我心情很糟，現在不願意提起獨角獸什麼的。這樣誰也不會發現我已經不在家裡了。」

「妳不想騙他，倒讓我去騙啊？」爸爸往後一倚，咕噥道。

「可我一撒謊他就能看出來！」

「說吧說吧，妳想讓我怎麼寫？」爸爸漸漸沒了耐心。

「就寫我很好，只是需要些時間，來接受自己不能成為騎手的事實。」

「可按照那個什麼所長的說法，妳是騎手啊。」

「對，不過史坎德還不知道嘛！」肯娜說，「我一登島就能見到他。姐弟倆直接見面，不是個超級大驚喜嗎？」

爸爸哼了一聲：「但願如此。」他還是不太放心。

「等事情都解決了，就好了。」肯娜懇求道。

「好吧，就這樣吧。唉，妳跟妳媽媽真是一模一樣，總能說服別人，爭起來也總是贏。」

肯娜聽了這話，笑得合不攏嘴。

夜裡，肯娜躺在床上，出神的望著史坎德的舊海報——艾絲本．麥格雷和她的獨角獸新紀之霜。她扭過頭看看弟弟的床，還是空蕩蕩的，但她的心滿了。滿滿的裝著希望。她沒有把全部實情告訴爸爸。曼寧所長說，登島之後，且需要花些時間才能找到她的獨角獸，可能幾個月後才能見到史坎德。這樣一來，爸爸的信就尤為重要了——她不希望弟弟擔心。

不過，只要找到了獨角獸，就能和史坎德朝夕相處了。她想像著他們騎著獨角獸、並肩飛翔，弟弟和姐姐終於團聚——說不定還能一起訓練呢。她放任自己的想像飄向競技場，勾勒出衝過終點拱門時的情景，歡呼聲如雷鳴一般，而主播激動地喊著：「肯娜．史密斯！混沌司令！」

肯娜墜入夢鄉，臉上帶著微笑。長久以來，她第一次有了這樣的感覺——一切皆有可能。

第四章 不速之客

披鞍儀式幾天後，幼獸們迎來了第一次訓練。史坎德沉迷於歸真之歌、織者和橫死的野生獨角獸，差點忘了，他們就要開始合一比武了。當他騎上全副武裝的惡棍之運、要飛向訓練場時，他又有了第一次升空時的緊張感，肚子裡直翻騰。

突然，身後傳來一聲大喊：「比比誰快！」

一頭石灰色的獨角獸掠過，像子彈似的劈開九月的涼爽空氣。除了巴比，還能是誰。史坎德咧嘴一笑，胡思亂想都消失了。惡棍之運大叫著就要追上去，牠揮動翅膀，三大步就起飛了。獵鷹之怒飛得很快——畢竟，牠和巴比贏得了去年的訓練試賽。不過，史坎德知道，惡棍之運能超過牠。他們高速俯衝，禽巢的山坡在下方一掠而過。惡棍之運緊跟著獵鷹之怒，眼看就要追上了——

「著陸！」巴比喊道，分不清是提醒史坎德還是她自己。

史坎德跟在後面，幾乎垂直墜了下去，視野裡的藍天一下子變成了綠油油的草地。巴比提前命令獵鷹之怒減速，讓牠四蹄著地，穩穩當當。而惡棍之運飛得太快，獸角朝下，直衝著幼獸的訓練山丘而去。

「惡棍之運！」史坎德咬著牙吼道，「你要幹什麼！」

距離地面只有幾英寸時，惡棍之運突然仰起脖子，猛甩後蹄，用力地拍打翅膀，「嗖」地一聲再次攀升，沒有墜地。史坎德大口的喘息著，彷彿剛才是猛然扎進了水裡，現在需要呼吸換氣。

等惡棍之運真正著陸之後，獵鷹之怒背上的巴比慢悠悠地鼓起了掌：「雜技表演得不錯啊。可你還是輸了，靈行者寶寶。」

史坎德聳聳肩：「妳還搶跑了幾英里呢。我差點就追上了！」

「這話別人也經常說。反正我就是比你快！」

史坎德感覺到了巴比話裡話外的尖刻，那不只是友好的調侃，一聽就知道。

梅依騎著野薔薇之愛著陸在幾公尺開外的地方，隨後寇比和冰王子、阿雷斯帖和薄暮尋者也緊隨其後。四人組又差了安柏一個，和披鞍儀式時一樣。旋風竊賊在訓練山丘的另一邊，安柏拽著她的栗色獨角獸，緊緊地兜圈子，想讓牠平靜下來。

「喂！史坎德！」阿雷斯帖喊道，「自打你和織者在荒野聊過之後，她好像更厲害了呀。這不是很有意思嗎？」

「我沒有——」史坎德想反駁，但梅依打斷了他。

「你說你打敗了艾芮卡．艾佛哈，也未必都是實話吧？當然，我肯定是不相信的。你連訓練試賽都是勉勉強強才通過的呢！」

他們哈哈大笑起來。

「我們水行者也不相信。」寇比大聲說。他騎著冰王子在惡棍之運旁邊打轉，結冰的睫毛在陽光下亮晶晶的。「我們已經投票表決，禁止你進入水行者的地窟。水井可不歡迎你這種人。」

史坎德呆住了，人都走光了也沒擠出一句話來。他知道在禽巢的地下，每一種元素都擁有專屬的空間。去年，他的四人組在調查織者時，無意間找到了被遺棄的靈元素地窟。然而，官方只承認四種元素的地窟——火元素的熔爐，水元素的水井，氣元素的蜂巢，土元素的礦坑。如果寇比說的是真的，那麼史坎德今年就不能作為水行者進入水井了。

「他唬弄你呢。」巴比氣憤的說，「去年歐蘇利文導師就說了，你是榮譽水行者，完全可以——」

「沒關係。我沒事。」史坎德咕噥道。可這兩句卻讓他想起了肯娜最近一封信裡的話。她仍然沒有回信。他心情更糟了。「我本來也不是……」

「誰會對臭烘烘的水窪感興趣啊！」巴比很生氣，「說不定連著禽巢的排汙系統呢。說不定又冷又溼，聞起來一股臭魚爛草味！」

史坎德歎了口氣：「算了，巴比。」

惡棍之運關切地輕輕尖叫，翅膀上的羽毛燃起了點點火苗。

按照慣例，幼獸們在訓練山丘上排成一排。惡棍之運和獵鷹之怒回到隊伍裡去找銀刃和赤夜之樂時，史坎德注意到距離自己最近的騎手——氣行者伊凡和哈珀——騎著各自的獨角獸往遠處挪了挪。他當即就決定，暫且不對芙蘿和米契爾提起水井的事——他不願意看到前者臉上的氣憤，後者臉上的同情。史坎德把注意力放在了訓練場上。韋伯導師和月光之塵、安德生導師和沙漠火鳥已經到了，他們手裡握著一把木樁，正一根一根地往地上釘，釘出一條直線隔柵。

終於，安德生導師吹響哨子，示意大家安靜。

銀刃背上的芙蘿一哆嗦：「導師或許可以換個方式提醒我們？」

「祝賀你們升入第二年的訓練，並獲得了各自的鞍具。」安德生導師大聲說道。他騎在沙漠火鳥的背上，紅色披風整整齊齊地搭在獨角獸的後腿上。「幼獸的學習重點是兵器，即以純粹的元素魔法塑造和使用兵器。」

聽眾中爆發出興奮的低語。巴比激動得好像氣之慶典馬上就要開始了似的，史坎德卻只覺得緊張。他如今已經知道怎樣召喚魔法，讓它經由羈絆凝聚於自己的右掌——那裡的傷口是惡棍之運出殼時用獸角劃破的，需要的時候，元素能量就從那裡爆發。可是「塑造兵器」什麼的，他一點兒頭緒都沒有。

安德生導師抬起手，再次提醒學員們安靜。他耳朵外緣的小火苗抖動著，彷彿一種警告。「好好好，都很興奮。你們肯定看過技巧高超的騎手們在混沌盃比賽中使用元素兵器吧？你們自己也曾在去年的訓練試賽中運用元素魔法進攻和防禦吧？」

大家紛紛表示贊同。史坎德也記得六月的混沌盃。當時妮娜．卡沙瑪使用了一把閃電長劍，最後大獲全勝，真是不可思議。

「與無形的魔法相比，兵器使用起來更精準，但它需要練習，需要你與你的獨角獸緊密配合。我們首先要學習以元素塑造兵器——四種元素都要用，不只是你自己的結盟元素。」

史坎德心裡一顫：四種元素。不是五種。

「隨後練習原地進攻與防守，一直練到火慶典前後，最後進行動態操練。對於獨角獸來說，合一比武更多的是對勇氣的磨練，其自身的元素魔法不是決定性因素。他們必須學會與騎手協作，以及應對各種正面攻擊。記住，考察你們能否成為羽獸的不是競速比賽，而是比武大賽。」

史坎德想起了去年火慶典時的情景——兩名騎手各執閃亮兵器，雄赳赳地衝向對方。

韋伯導師蒼老的額頭上滿是皺紋，他接過話頭：「從開鴻騎手建立禽巢的年代開始，合一比武就是這裡的重要訓練科目。它給年輕騎手的啟示是——絕不能墜落。比武時墜落，你就輸了；戰場上墜落，魔法就沒了；半空中墜落，人就死了。」

這嚴肅的警告似乎並沒有嚇住蓋布爾。「您提到的『比武』，是指中世紀騎士的『比武』嗎？」這位大陸生興奮地問道。他石化的頭髮在風中擺動著，頗有些詭異。

「島嶼上的比武和那不太一樣。」安德生導師狡黠地一笑，「給你們演示一下吧。」

嗖——兩頭全副武裝的獨角獸俯衝向訓練場。

歐蘇利文導師騎著天堂海鳥落在了木樁隔柵的這一端，另一端是賽勒導師和她的北風夢魘——牠噴著火星，身上的盔甲吱吱嘎嘎地互相摩擦著。兩頭獨角獸都很興奮，嘴邊淌出了泡沫，兩位導師則是一手攬著韁繩、一手擎著圓形的金屬盾牌——盾牌以元素區分，分別是黃色、藍色的。史坎德從未見過穿戴盔甲的導師，她們就像混沌盃賽場上的騎手似的威風凜凜。為了表示對元素的忠誠，歐蘇利文導師的背甲上嵌著一顆藍色水滴圖案，而賽勒導師的圖案是黃色的旋風。

安德生導師吹響了哨子。

兩頭獨角獸隔著木樁隔柵相向全速飛奔，蹄聲震天動地。

歐蘇利文導師的掌心泛起藍光，賽勒導師的掌心亮起黃色。

安德生導師第二次吹響了哨子。

一支潔白剔透的三叉戟出現在歐蘇利文導師的右手，賽勒導師則拉開了閃電弓弦，弓臂嘶嘶作響，箭上布滿了危險的電花。兩頭獨角獸擦身而過時，賽勒導師鬆開弓弦，電箭呼嘯而出。歐蘇利文導師揮起冰晶三叉戟，擋住了對方的箭，稀薄的空氣中霎時電花四濺。眼看對手再次揚起三叉戟，即將發起進攻，賽勒導師連忙舉起手掌，又召喚元素幻化出第二支箭，架上弓臂，但是已經來不及了。

賽勒導師想用盾牌擋住三叉戟的攻擊，而水行者的三叉戟一擊即中，冰晶和金屬的撞擊發出令人膽顫的巨響。

賽勒導師的整個身體都向後仰倒，所幸被鞍具穩住，只有頭盔甩了下去，蜜糖色的捲髮披散開來，拂過北風夢魘的背。眾人驚歎之下，她竟又挺直了身子，穩穩地坐好，只是曬得黝黑的臉上難免淌下了汗珠。

「歐蘇利文導師直接命中！」安德生導師伸出胳膊，指向天堂海鳥，「一比零。」

片刻震驚的靜默之後，幼獸們爆發出了嘈雜的歡呼聲。

兩位導師要對戰五個回合，史坎德目不轉睛地看著一幕幕奇景，嘴巴都合不上了。他以前也見過元素兵器，但如此近距離地目睹專業騎手大展其妙，感受可完全不同：帶有綠色尖釘的釘頭錘、電花四濺的馬刀、磁力強勁的長矛……導師們將元素化為兵器，如此輕巧、如此自如，真是神奇至極。原來，這正是「羈絆」的真正奧義。騎手和獨角獸似乎能預判每一個動作，彷彿一體同心。而且，天堂海鳥和北風夢魘以最快的速度衝向對方時，也沒有表露出任何懼意。史坎德不知道自己和惡棍之運的縛定，是不是也能達到如此天衣無縫的境界。

「歐蘇利文導師贏定了吧！」米契爾咕噥道，「她現在已經四局三勝了。」

安德生導師第五次吹響了哨子，最後一局——決勝局，開始了。賽勒導師立刻行動，比之前幾局的反應還要快，史坎德眨了下眼的功夫，她就投出了一枚鋒利的投槍。投槍上纏繞著密密麻麻的電流，直接命中了歐蘇利文導師的胸甲。這位水行者來不及舉起烈焰腰刀保護自己，胸口挨了驚電投槍的重重一擊，一下子從天堂海鳥背上摔了出去，身旁的烈焰也慢慢熄滅了。

驚愕的寂靜中，歐蘇利文導師倒在了訓練場的泥地上，她的白色獨角獸警惕地守在一旁，好像防備著對面的氣行者再次發起進攻。但賽勒導師翻身跳下獨角獸，伸出手把對手拉了起來。

「我都忘了妳的投槍使得有多棒了。」歐蘇利文導師說著摘下了頭盔。頭盔都磕出了小坑。

「我自己也忘了。」賽勒導師說。她們緊緊握手，相視大笑——儘管墜地者仍然臉色煞白。

「賽勒導師獲勝！」安德生導師大聲宣布。

「可，可是，」米契爾結結巴巴的問，「為什麼啊？歐蘇利文導師五局三勝呀。」

「只要讓對方從獨角獸的背上掉下去，就自動獲勝了。」韋伯導師騎著他的月光之塵解釋道。

「我喜歡！我喜歡！」巴比嚷嚷著，獵鷹之怒也跟著她叫喚，「你可能一直輸，可是——砰！最後一局反敗為勝！前面的都不算數了！」

史坎德從沒見過她們這樣興奮。他暗自祈禱，最近可千萬不要跟巴比和獵鷹之怒比武。他們的友情可能不足以讓她大發慈悲，她肯定會想方設法把他從惡棍之運背上弄下去。

「我們什麼時候可以比武？什麼時候開始？」巴比大聲問道。

賽勒導師衝她笑笑，牙齒亮晶晶的：「你們還沒準備好呢，小甜豆，得先學會用魔法塑造簡單的形狀。」

巴比聽見這句「小甜豆」，竟然連眼皮都不抬一下，可見她對她的氣行者導師有多麼尊敬。

「一步步來，從易到難。」歐蘇利文導師仍然有點兒狼狽，但還是耐心解釋道，「先試著用你們的結盟元素鍛造一把匕首。匕首是最容易召喚的兵器，而你們使用各自的結盟元素也會比較順手。」

「讓火、水，或者其他你所結盟的元素在掌心聚集，讓它在妳面前形成一團無形的魔法幻影。」安德生導師講解起來，「然後用意念想像妳希望塑造的兵器。剛開始的時候這個過程會很慢，妳可以用手幫忙，就像捏黏土那樣。等掌握了要領、熟能生巧，就能像點燃火苗那樣便捷的召喚兵器了。」

四位導師用各自的結盟元素召喚出匕首，讓騎手們模仿。很快，各種魔法的氣味就飄了出來。每一位騎手聞見的每一種元素，都有其獨特的氣味，比如，賽勒導師和安德生導師走過時，史坎德就聞見了氣元素匕首的柑橘味和火元素匕首的烤麵包味。

向前望去，只見瑪麗薩和她的水中仙俯著身子，對歐蘇利文導師手裡那把晶瑩剔透的水元素匕首歎為觀止。藍色的螢光映在她凝霜的髮絲上，躍然舞動。另一個土行者艾莎，則驚呼出聲，因為韋伯導師手上亮出的是一把鑽石匕首！

「迄今為止最棒的課程！」巴比咧著嘴笑。她騎在獵鷹之怒背上，掌心裡已布滿了電流。在劈里啪啦的電荷爆響聲中，她擺動雙手，一會兒朝這邊比劃，一會兒向那邊推擠，想憑藉意念複製出賽勒導師的同款兵器。

然而，史坎德沒有可參考的示範。

據他所知，還沒有哪位導師能夠召喚靈元素。去年的訓練試賽之後，當時的混沌司令艾絲本．麥格雷曾經答應他，給他找一位靈行者導師。幾個星期以來，歐蘇利文導師一直安撫他，說很快就會有一位靈行者出獄，來禽巢教他。可是到現在為止，什麼消息都沒有。

「我們肯定能行，惡棍之運。」史坎德喃喃自語，在手中聚集起白色的靈元素，「如果只能靠自己，那就開始吧。」惡棍之運撲扇著翅膀，似乎已經做好了準備。

靈元素充滿了騎手與獨角獸的羈絆，熟悉的肉桂香氣鑽進了史坎德的鼻孔。當皎潔澈的白色光球在面前浮起，他閉上眼睛，在腦海中勾勒出一把熠熠生輝的攝魂匕首：刃口鋒利，銳不可當，手柄沉甸甸的，頗有些分量。他的手下意識地動了起來，就像畫畫那樣，描摹著匕首的輪廓。他睜開一隻眼睛偷看，差點沒法兒繼續——意念中的兵器漸漸成形了！先是手柄，然後是包裹著朦朧白光的刀刃。史坎德想抓住匕首，但不知道為什麼，他感覺不到手裡的手柄。

史坎德全神貫注的琢磨著怎樣才能握住他的匕首，以至於根本沒聽見四周的尖叫聲。直到米契爾大喊他的名字，才把他從冥想中拽出來。

「史坎德！你想被牠吃掉嗎？快躲開啊！」

他茫然地抬頭去看，但一股惡臭先撲了過來：腐爛的魚、發黴的麵包……死亡的氣味。野生獨角獸。

惡棍之運的胸腔震動著，發出低吼，牠露出牙齒，衝著對方咆哮，喉嚨裡噴出火焰，以示警告。

史坎德的耳朵嗡嗡作響，將幼獸們驚恐的叫聲隔絕在遠處。

那頭野生獨角獸一動不動。牠喘息著，一呼一吸震盪著胸肋，透過薄薄的皮毛，傳出巨大的聲響，幾乎蓋過了逃到半空中的騎手們的驚叫。野生獨角獸若想殺死幼獸，那是輕而易舉的，而年輕的騎手死了，他們的獨角獸也會在縛定的作用下，一同死去。島民們自襁褓之中就聽著這樣的故事長大，大陸生們也都曾得到警告，知道這不是鬧著玩的。大家的夢魘都是一樣的。誰也不想冒險。

但史坎德卻直直的盯著那頭野生獨角獸：肩上潰爛的傷口，鬼魂般透明的獸角，腫大膝蓋後碎裂的骨頭。牠帶有深色斑點的灰色胸膛上滿是殺戮後留下的血跡，就像有人在灰白相間的外套上潑上了紅漆。

等等。灰色？斑點？史坎德突然知道牠怎麼如此眼熟了。在從孵化所來禽巢的路上，他曾遭遇過一頭野生獨角獸攔路——就是牠！

史坎德模模糊糊的聽見他的四人組不願意撤離。他們拒絕和其他幼獸一起撤出訓練場。歐蘇利文導師和韋伯導師厲聲下令，但他的三個好朋友——尤其是巴比——卻大聲反駁。而騎在惡棍之運背上的史坎德只是半夢半醒似的聽著。「你想要什麼？」他問那頭野生獨角獸。

突然，有什麼東西箍住了他的腿。史坎德低下頭，看見一隻關節粗礪、皮膚蒼白的手扣住了他的膝蓋。

「牠是被靈元素引來的。」地上的人影發出聲音，灰色的兜帽裡露出一縷縷細細的頭髮。

「牠？」

「野生獨角獸——你不停下牠就不會走！」陌生人陡然嚴厲。史坎德這才意識到自己的手掌心還亮著剛剛鍛造兵器的白光。不過，在收回靈元素之前，他再次向野生獨角獸提出疑問：「你想要什麼？」

戴兜帽的女人動作比語氣輕柔，她握住史坎德的右手，合攏他的手指，擋住了獨角獸出殼時劃出的傷痕。

「夠了！」她低聲訓斥，「已經足夠了。」

史坎德眨眨眼睛，抬起頭，看見四位導師聯手，用魔法驅趕著那頭野生獨角獸。牠躍過幼獸訓練山丘的鐵門，消失了。

女人鬆開了史坎德的手。她肩上挎著一只皮囊袋，塞得鼓鼓囊囊的。她摘下灰色兜帽，露出了蒼白臉頰上的突變——透明的皮膚，靈行者的突變。

史坎德倒吸一口冷氣。「妳……」他的聲音顫抖著，「妳來這裡幹什麼？」

她棕色的眼睛猛然望向他，在史坎德心頭掀起一陣恐懼和反感。

艾格莎·艾佛哈和她的姐姐一點兒都不像。

史坎德聽見四人組的隊友們嘰嘰喳喳的說著什麼。他們騎在各自的獨角獸背上，被攔在幾公尺開外的地方過不來，也不肯跟導師們回獸欄。他不知道他們是否認出了艾格莎——去年，她的照片曾登上《孵化所先驅報》，還被冠以「行刑官」的惡名。畢竟，十多年前，正是這個叛徒殺死了所有靈獨角獸。雖然那些靈行者騎手因此保住了性命，卻從此陷入孤獨和悲傷中，再也走不出來。史坎德不知道別人有沒有留意，艾格莎和她的姐姐——織者——有著親緣上的肖似之處。

「妳來這裡幹什麼？」他又問了一遍，聲音發虛。上一次見到的她，還是階下囚。

「你們認識嗎？」歐蘇利文導師騎著天堂海鳥小跑過來。

史坎德立刻答道：「不，導師，不認識。我只聽說過這個人，聽說過她對靈獨角獸下的狠手。」反感和憎惡無需假裝。

史坎德從未見過歐蘇利文導師如此尷尬，但她很刻意的清了清喉嚨，也沒有和他對視，這是顯而易見的。「呃，好吧。我還以為——唔，你們應該認識彼此的。」

「妳不是應該在監獄裡嗎？」史坎德繃不住了，完全忘記了剛才正面遭遇野生獨角獸的事。他現在才意識到自己有多麼憤怒：她什麼都知道，從一開始就知道。她知道艾芮卡是他的媽媽，是他和肯娜的媽媽。可她隻字不提。她只管催他去找織者，半句提醒都沒有。

「史坎德！」歐蘇利文導師責備道，「跟你的新導師這麼講話太不禮貌了！」

「我——我的什麼？」

歐蘇利文導師沒理他，轉而和艾格莎打招呼。「別來無恙啊，艾格莎。」她輕快的說。

「一直關在監獄裡，有什麼恙不恙的。」艾格莎低聲咕噥。

歐蘇利文導師伸出一隻手，捋了捋結霜的頭髮：「我可真沒想到，史坎德的靈行者導師竟然是妳。」

「誰說不是呢，普西手妮，」艾格莎說，「我也沒想到。」

她們意味深長地交換了眼神。史坎德感覺到他的三個朋友騎著獨角獸漸漸湊近了——又關切又好奇。

歐蘇利文導師歎了口氣：「好了，艾佛哈導師，我建議妳到禽巢去，找哨兵報到，然後就在樹屋裡安頓下來吧。」

「你們准許她住在這裡？」史坎德慌了。艾佛哈導師？啊？

「你以為這裡的日子很美好？」艾格莎惡狠狠地說，「禽巢銅牆鐵壁，可我的極地絕唱卻被關在幾英里之外。我在樹屋裡跟坐牢沒什麼兩樣。」

歐蘇利文導師更尷尬了，她再次清清喉嚨，說道：「史坎德稍後會去找妳討論訓練計畫。」最後幾個字都沒說完，她就騎著天堂海鳥匆匆離開了。

艾格莎轉身要走，但史坎德實在忍不住了：「妳為什麼要答應？妳肯定知道這會讓我多難堪，尤其是出了那件事……」他說不下去了。在荒野與織者面對面的情景浮現在腦海。媽媽朝著他直衝過來，眼睛裡只有殺意。那樣的一雙眼睛，艾格莎有，肯娜有——他自己也有。

「史坎德，你聽著。」艾格莎的神情和把他獨自扔在鏡面峭壁時一樣決絕，「除了我，別人幹不了這項工作。」

「什麼意思？」

「朵里安．曼寧。」她瞥了一眼芙蘿。芙蘿連忙假裝無事，研究起銀刃的左耳來。「所有出獄的靈行者都遭到了銀圈的威脅。他們說只要誰敢幫你，就把誰的家人全都抓起來。你要是不相信我的話，大可以去問歐蘇利文導師，她都知情。確實有一些靈行者自告奮勇地想來，但都挨了毒打，如今不得不隱姓埋名、東躲西藏。」

史坎德突然想起了奧盧和艾伯——披鞍儀式之前，他們也被堵在自家作坊裡了。

「艾絲本．麥格雷確實修改了島嶼法律，允許你使用靈元素，允許你參加訓練。但銀圈還是要使出渾身解數阻撓你。」

「那妳怎麼能——」

「是新任司令妮娜．卡沙瑪。她聽說沒有靈行者能當你的導師，便說服銀圈，同意我來。但同時他們扣了我的極地絕唱作為人質，免得我把什麼危險的玩意兒教給你。」艾格莎怨恨地說，「還有獨角獸可扣的靈行者，除了你，就只有我了。」

「可妳是織者的妹妹，」史坎德咬著牙說，「是我的阿姨。」

艾格莎瞪著他：「我是你的導師。我與織者的關係已經眾所周知，而你和她的關係，還是祕密。尤其不要讓朵里安．曼寧發現——他最恨的就是我的姐姐。他憎恨所有靈行者。據說有一首歸真之歌提到了『黑靈魂之惡友』？還有一頭野生獨角獸橫死水中？野生獨角獸和靈行者總能扯上關係，看似不可能的謀殺大大增加了我們身上的嫌疑。誰都覺得我們和別人不一樣。局外人才不管我們是不是受到了傷害呢。要找個目標來針對，我們——你——就是最簡便可得的靶子。明白了嗎？」

「妳覺得是她嗎？」

他們都明白這句話的意思。

「我不知道。艾芮卡為什麼要殺死一頭野生獨角獸？又是怎麼殺的？」艾格莎再次轉過身去，「這似乎是不可能的。」

然而史坎德卻忍不住去想：對艾芮卡．艾佛哈來說，從不曾有哪種「不可能」擋得住她。

第五章 — 野花山

訓練了幾個星期之後，史坎德、巴比和米契爾到島嶼首府肆端市去補充物資。米契爾想到混沌篇章書店去訂一本關於合一比武的書。巴比想買一把新刷子，因為她太寵獵鷹之怒，舊刷子早就磨壞了。史坎德急需一雙新的黑靴子。至於芙蘿，她去參加銀圈的第一次例會了，這叫巴比很不高興。

「真不敢相信，芙蘿竟然跟『多老啊．蟎蟲』攪到一起去了！」

史坎德冷哼一聲：「多老啊．蟎蟲？」

「銀刃選了芙蘿，她只能加入銀圈，沒有別的選擇啊。曼寧所長到處散布關於史坎德的壞話，她又有什麼辦法呢。」米契爾公道地說著，翻身跳下獨角獸。他們在肆端市的購物街上著陸。長長的街巷盡頭有一排樹，樹上鑲嵌著金屬環，已經拴了幾頭獨角獸。他們把惡棍之運、獵鷹之怒和赤夜之樂留在那裡，任牠們大快朵頤掛在樹枝上的生肉。

「她當然有別的選擇！」巴比轉身往購物街裡面走，不認同的反駁道，「不去開會不就行了？」

米契爾搖搖頭：「據我在書裡讀到的，如果她拒絕參加例會，銀圈就會把她趕出禽巢。」

「那她就變成游牧者了？」史坎德很吃驚。

「也不是，」米契爾撇撇嘴，「他們會強迫她搬到銀色要塞去，那裡是銀圈的大本營。她得在那裡訓練五年，直到成為掠食者。」

就連巴比也嚇了一跳：「她從來沒跟我說過！」

「可是為什麼呢？為什麼非得去銀色要塞？」史坎德追問道。

「因為銀圈想要左右銀色獨角獸的訓練。他們說要是不加引導，讓年輕的銀色騎手在島嶼上亂飛就太危險了。」

「真是冠冕堂皇！」史坎德說，「其實就是朵里安．曼寧想要控制她！」一想到芙蘿有可能離開四人組、被抓到那個銀色要塞去，他心裡就很難受。

米契爾點點頭：「我也是這麼想的。」

「要我說，這比炸魚條三明治還詭異。」巴比揚起眉毛說道。

「炸魚條三明治？」史坎德也漸漸離題，「那玩意兒可是有點——」

「腥氣，對。」

米契爾無奈的歎氣：「我有時候真不懂你們大陸生在說什麼。」

「唔，只是希望芙蘿安好。」史坎德說，「我不信任朵里安．曼寧。」

「對！」巴比附和道，「我也不信任『多傻啊．瞞騙』。」

他們在商業街上逛了一會兒。史坎德盡力不理睬周遭投來的目光——擦身而過的島民，害怕的有，嫌棄的也有。在披鞍儀式上使用了靈元素之後，這本也是意料之中，沒什麼好驚訝的。他不知道訓練場上的那一幕——一頭野生獨角獸循著靈元素的能量而來——是不是也傳得人盡皆知了。他把注意力集中在自己喜歡的事物上：肆端市的樹屋交織著各種元素的顏色，就像四人組的樹幹樓梯，顏料飛濺，絢麗斑斕。店面都在底層，外面掛著招搖的金色招牌，櫥窗精心陳列，獨角獸和騎手需要的一切都應有盡有。在大陸生活的時候，因為沒有錢，史坎德從不逛街，可到了島嶼，他得到了一筆豐厚的騎手收入。不過他仍然很節省，幾乎只給惡棍之運添置東西。至於餘下的錢，他就存起來，藏在背包前面的小兜裡，以備不時之需。他覺得自己什麼都不用買。可最近，歐蘇利文導師說他的黑靴子太破舊了——還是不要和她爭執的好。

「你們看！」米契爾舉著當天早上新出的《孵化所先驅報》從混沌篇章裡衝了出來。他把報紙舉得高高的，差點戳到他們的鼻子。

「米契爾！」巴比怒道，「快點拿走！不然我就一拳把它打爛！」

但史坎德已經讀了起來：

謀殺案三連環！

又有兩頭野生獨角獸死於非命！死亡數字激增至三頭！銀圈領袖稱，織者必定不是單獨作案……

「芙蘿還說是意外呢，這下行了吧……」巴比咕噥道。

史坎德總算明白為什麼路人都盯著他看了。「快點！」史坎德蹭蹭地往前走，「我們走吧，別遲到了。」

「你還沒買靴子呢！」米契爾小跑著追上去。

「今天買不到了。」史坎德陰鬱的說。從英姿製靴公司路過時，大門口的招牌從「營業中」變成了「暫停營業」。

芙蘿一家邀請史坎德、米契爾和巴比到家裡共度週末。經過挺長一段時間的飛行，惡棍之運、赤夜之樂和獵鷹之怒進入了土之象限，飛近了一座庭院。庭院位於山的頂端，四周環繞著漂亮的樹屋。史坎德是第一次來土之象限，他發覺這裡的景色比芙蘿描述的還要壯麗。從空中俯瞰，農田鬱鬱蔥蔥的鋪展，毗鄰著山羊棲居的高沼地。再往前走，就全是山巒、洞窟和嶙峋聳立的石頭。大片大片的藥草田躲在陰影之下，岩石巍峨，像古老的守護者一般看顧著五顏六色的田野，也像巨大的、石化的拳頭，朝著空中飛掠的獨角獸揮舞。水之象限就完全不同。那裡的地勢非常平坦，到處是水源豐沛的牧場、蜿蜒的河流、婀娜的垂柳。而這裡，史坎德目前已經見到了十一座山，有的陡峭險峻，有的平緩蔥蘢。惡棍之運的翅膀掠過濃綠色的山峰，而遠處，泛著青紫色的雪山若隱若現。史坎德真想把這些美景全都畫在自己的速寫本上。

第十一座山、也是距離肆端市最遠的山，名叫「野花山」。薛克尼家族就定居於此。野花山山如其名，開滿野花的草皮蒙住了山石，從豔麗的藍色到濃郁的焦橙色，直叫人目不暇給。惡棍之運降下高度時，史坎德滿眼都是繽紛。

「芙蘿已經回來了！你們看！還有銀刃！」巴比嚷著。他們從獨角獸的背上跳下來，置身於一座綠意蔥蘢的庭院。

「這個氣味！」米契爾叫道。

「怎麼?野生獨角獸？」史坎德緊張地四下打量。

米契爾推推眼鏡：「呃，我是在說……野花好香。草皮上好多花啊，難道你沒聞見香味嗎？」

「噢唷，那些花也許是危險致命的呢，史坎德。快踩爛幾朵，拯救整個島嶼啊！薛克尼先生肯定會更欣賞你的！」巴比玩笑道。不過她臉上並沒有笑意。

史坎德自嘲的做了個鬼臉，跟著巴比和米契爾向庭院裡的主樹屋走去。只見芙蘿那頭威武的銀色獨角獸正嗅著一片雛菊，把九月微風中搖擺正歡的植物燒成了灰燼——牠往後縮了縮，有點兒尷尬。野花草地上不只有銀刃這一頭獨角獸。史坎德至少看見了十幾頭，牠們不是踩著芬芳的花朵鬧著玩，就是在高高的草叢中追逐小動物。有一頭獨角獸的翅膀上打著繃帶，另一頭時不時的打噴嚏，還有一頭身上繚繞著煙霧，總是撞到其他獨角獸。史坎德一開始還有點納悶，後來才想起，芙蘿的媽媽是一位獨角獸療癒師——難怪這裡都是傷患病號。

史坎德取下了惡棍之運的鞍具，讓牠跟其他獨角獸一起玩。那勾勒出五種元素標誌的白色縫線，緩解了肆端市之行帶給他的糟糕心情。

至少，薛克尼家的製鞍師相信他。史坎德感受到了惡棍之運的渴望——牠等不及要去玩呢，尤其是牠最好的朋友赤夜之樂已經在山坡上狂奔起來，無拘無束，四蹄噴火，把野花都燒成了灰。但史坎德有些猶豫，不願意鬆開黑色獨角獸的韁繩。他倒不是擔心惡棍之運會遇到什麼危險，而是因為要進入大家族的樹屋而緊張無措。

史坎德從來沒有去過朋友家裡，更遑論與他們共進晚餐了。唔，他在大陸根本就沒有朋友，除了姐姐肯娜——而姐弟倆一直住在同一個房間裡！會不會有什麼他不知道的規矩？空手來合適嗎？萬一他犯了錯，惹得薛克尼一家人不高興，以後再也不邀請他了，怎麼辦？

惡棍之運往羈絆中注入安慰的泡泡，史坎德深深吸了一口氣，把手伸進口袋裡去摸果凍軟糖——是肯娜隨著上一次的信寄來的。只剩下一塊了。惡棍之運嘴饞地搶了過去，還把史坎德往旁邊拱了拱。但牠的騎手不肯動彈，黑色獨角獸只好用自己的獸角對準了他破破爛爛的黑靴子。

「喂！」史坎德單腿跳著，「好了好了，我去還不行嗎？你又贏了！」

惡棍之運很滿意，噴出火星，燒著一片草地，留下一串焦枯的野花。

史坎德踏上了連接庭院和樹屋大門的木板。木板的角度很陡，讓他想起了城堡外面的吊橋。不過，木板比吊橋漂亮多了，開著花的藤蔓蜿蜒纏繞，編織成護欄，免得人不小心踏空掉下去。

走到盡頭，史坎德便被各種各樣的植物迷住了。五顏六色的花盆，怪模怪樣的枝葉，聞起來有點兒元素魔法的氣味。從這裡開始，漆著鮮豔色彩的纜繩搭成通道，連接起主樹屋和庭院四周的大小樹屋。芙蘿曾經提起過，她家為學徒們提供住處——都是製鞍師和療癒師。也許，這整個庭院都是薛克尼家的？

史坎德更加局促了，偏偏這時，一株散發著煙味的紅色蕨類植物攔住了他的去路。他真希望肯娜也在。姐姐比他更擅長應付陌生人。她會笑盈盈的問人人都好奇的問題，講人人都愛聽的故事。隨後，他又想起了那些信——自從夏至日之後，就再也沒有她的來信了。傷感

混合著內疚：他真想見見肯娜，和她好好聊聊。她說得對，一年見一面根本不夠。

屋門開著，芙蘿的聲音飄了出來：「爸爸，你打算告訴妮娜嗎？」聽起來很憂心。回答她的是個年輕的聲音：「得了吧，芙蘿，沒必要大驚小怪的。說實話，我可不希望我爸媽知道。靈行者的消息一傳出來他們就開始擔心了。要是再加上這個呢？他們肯定會把我綁回去、叫我去當吟遊詩人的！」

是傑米？他怎麼也在這裡？史坎德湊近了繪著花紋的屋門。

「可是司令應該知道——還有史坎德也是。」奧盧．薛克尼不容置疑地說道。片刻之後，他的聲音裡又添了幾分心疼：「那孩子已經自顧不暇了吧——我問你，真是那個行刑官給他當導師嗎？」

這時有人輕聲打斷他：「抱歉，抱歉，會有點疼。我的元素草藥都是給獨角獸準備的，所以藥勁比較大。」說話的女士想必就是芙蘿的媽媽。

「這藥給人用安全嗎？他會好起來的吧？您以前給人看過病嗎？」米契爾的聲音有點自負又有點兒焦慮。

「安全。肯定會好的。放心吧，亨德森先生。而且，人類的魔法有限，也沒有嗜血的欲望，所以痊癒得更快。不過，要是你一直問個不停，我可能倒會冒出點兒『嗜血的欲望』了。」

史坎德完全摸不著頭腦，他推開門，讓光照亮裡面的場景。亮黃色的餐桌旁，奧盧・薛克尼正來回踱著步子。芙蘿、米契爾和巴比坐在白色長凳上，旁邊是一張椅子，椅子裡癱著一個人，艾伯和莎拉・薛克尼站在另一邊，俯身忙碌著。要不是剛才聽見他們說話，史坎德很可能認不出來，那正是自己的鐵匠——他的臉上滿是血淋淋的傷口，兩隻眼睛都腫起來了。

史坎德倒吸一口冷氣：「傑米！你怎麼了？」

「看吧，我就知道他肯定又要緊張了！」傑米咧著嘴，費勁的發出嘶啞的聲音。

來龍去脈由奧盧代為講解，因為莎拉要求病人保持安靜，好往他臉上塗抹氣味奇異的藥膏。

當時，其他鐵匠都去小酒館吃午飯了，傑米便一個人留在鐵匠鋪裡，為惡棍之運的新款胸甲測試韌性。

「我就是工作太投入了！」傑米插嘴道。莎拉立刻噓了一聲，讓他安靜。

一男一女闖進了鐵匠鋪，兜帽壓低，看不清長相。傑米抓起幾塊盔甲保護自己，但沒能堅持多久。他大聲呼救，也沒人來幫忙。兩個陌生人把他痛揍了一頓，揚長而去。

半個小時之後，奧盧來商量惡棍之運鞍具上的盔甲繫扣，這才發現暈倒在地的傑米。

「他們為什麼打你？」史坎德不寒而慄。

奧盧和莎拉看看彼此，像是在思考怎麼回答才好。

「他們說，要是傑米繼續為靈行者鍛造盔甲，下次就讓他一了百了。」莎拉低沉的聲音裡掩不住憎惡。

「一了百了？」米契爾說，「意思是……」

傑米答道：「意思是，如果我繼續擔任史坎德的鐵匠，他們就會殺了我。真誇張啊，是吧？」

震驚之下，米契爾的火苗頭髮晃了幾晃。

「那你還這麼輕描淡寫？」史坎德問，「我們現在該怎麼辦呢？」

奧盧停下腳步，一隻手按住了他的肩膀：「依我看，這事與朵里安．曼寧和他的銀圈脫不了干係。他毫不掩飾自己的意圖，不願靈行者在禽巢裡訓練。不讓你訓練，最簡單的辦法是什麼？」

「威脅我的朋友！」

「不！」奧盧搖搖頭，「是把你打成游牧者。想想最近的事端。」他掰著手指數道：「他們阻攔傑米為你鍛造盔甲，耍手段想讓你沒有鞍具，威脅出獄的靈行者，所以除了那個行刑官，誰也不敢去教你。朵里安．曼寧還不斷地通過《孵化所先驅報》發聲，說野生獨角獸的死疑點重重，說織者另有幫兇。再加上歸真之歌的渲染，人們自然而然的就會把矛頭對準你——」

「今天早上，英姿製靴公司甚至都停業了，就為了不讓史坎德進門。」巴比搶著說。

「你還不明白嗎？」奧盧．薛克尼嚴肅地說，「曼寧很想把你當做兇手抓起來，但他沒有證據。於是，他們轉而擾亂你的訓練，希望在年底的比武大賽中淘汰你。你那些同年的幼獸們，上個星期都不願你跟你比賽，不是嗎？想把你趕出禽巢，讓你失去禽巢的保護，這是最為簡單、隱祕的辦法，連司令都無法察覺他們的陰謀。」

莎拉抬起頭，目光離開傑米腫脹的臉：「我們誰也不會向這些惡霸屈服。」

「我不能讓你們冒險——」

「這不是你『讓不讓』的問題，」莎拉放下手裡的棉球，「因為不喜歡靈行者，他們就能為所欲為嗎？要是下一次就輪到療癒師們呢？或是製鞍師呢？銀圈本來就不該濫用權力。如果就這麼算了、忍了，島嶼會變成什麼樣子？」

「妳媽媽真了不起，」巴比大聲對芙蘿說，「有朝一日讓她當所長吧，那個『多土哇．饅頭』就別幹了。」

芙蘿勉強的笑了一下。

奧盧望著莎拉，眼睛裡滿是愛意——強烈濃重的、堅貞不移的愛意。史坎德從來沒有見過這樣的眼神，他忍不住去想，爸爸會不會也曾這樣凝視著艾芮卡．艾佛哈。

「孩子們，去擺桌子吧！我們在外面的庭院裡吃飯。」

史坎德接過一摞五顏六色的盤子，巴比雙手裡滿滿地握著餐具，兩人一前一後地往樹屋林立的庭院走。半路上，巴比滑掉了一把叉子，便彎下腰在草地裡尋找。史坎德經過時，注意到她仍然沒有直起身子，同時聽見她的喉嚨似乎哽住了，費力地呼吸著。是恐慌發作。

芙蘿和米契爾也發覺了異常——還有獵鷹之怒，牠衝進庭院，眼珠從黑色變成紅色，關切的跑向自己的騎手。巴比偶爾會恐慌發作，四人組的朋友們已經見慣不怪了。他們冷靜地行動起來：米契爾掰開她的手，拿走了其他的餐具；芙蘿拿走了史坎德手裡的盤子，忙著送到別處去；史坎德盤腿坐在巴比身旁，忍痛讓她抓著自己的手借力；而獵鷹之怒就守在兩位騎手旁邊，寸步不離。巴比的呼吸斷斷續續的，史坎德一年前在獵鷹之怒的獸欄裡第一次撞見她恐慌發作，就是這個模樣。他後來才知道，恐慌發作未必是由明確的壓力或焦慮引發的。他不需要弄個水落石出，只要陪著巴比就行了。

二十分鐘之後，巴比恢復了正常，就像根本沒聽過那些關於銀圈的嚴肅討論似的。所有人——薛克尼一家，四人組，七位製鞍師、療癒師學徒，還有傑米——圍坐在大圓桌旁。唔，說是桌椅，倒不如說是大樹。盤曲的樹根即是桌腿，蚪結的樹枝充作扶手，寬大的樹幹便成了桌面。史坎德已經完全不緊張了，他在芙蘿和傑米中間坐下，膝蓋不小心碰著了一個鳥巢。

「你的頭髮真的太酷了！」傑米對米契爾說，「要是我也能當騎手，肯定要像你那樣，當個火行者騎手。」

紅暈。

「對呀，」米契爾說，「火和鐵匠，天生一對。」他說完才反應過來，棕色的皮膚泛起了

「我爸爸就不喜歡，說這樣太張揚了。」他急匆匆的說著，幾乎有些顛三倒四——這可不像他的風格。「他自己的頭髮只有一綹變成了藍色的水，所以肯定是嫌我的頭髮不夠內斂。而且，他還嫌棄赤夜之樂邋遢。他希望我將來能成為司令呢。這是他對我的期許。現在我倒是通過了訓練試賽。」

「不管有什麼樣的突變都能當司令呀！」傑米說，「要我說，你的頭髮就是最棒的。不過，你爸爸不是水行者嗎？或許就是因為這個，他才不太高興吧。」

米契爾更鬱悶了：「反正他見了我就不高興。」

「那你想當司令嗎？」傑米用一隻綠一隻褐的眼睛盯著米契爾。他此刻的模樣有點兒嚇人，蒼白的臉上青一塊紫一塊的。

「誰不想當啊？」

傑米聳聳肩：「我爸媽提到吟遊詩人時，也是這麼說的。」

米契爾可憐巴巴地把食物放進盤子裡。

傑米換了話題：「那本關於鞍具變遷史的書，你讀了嗎？」

「噢，讀了！很有意思！」米契爾似乎鬆了一口氣——總算回到了更安全的聊天範疇，

比如讀書什麼的。

桌子的另一邊傳來巴比的聲音：「但你肯定知道我是誰！」跟她講話的醫師學徒名叫阿姆蘭。他有點兒慌張地說：「當然知道，妳是巴比．布魯納。妳是史坎德最要好的朋友之一。」

「不對！我是說──」巴比簡直要用叉子戳他了，「我是說我的英姿美名！訓練試賽我得了第一名！我是這一屆裡最好的騎手，是未來的司令──」

史坎德轉向芙蘿，看見她都沒怎麼碰吃的。「銀圈的例會怎麼樣？」他問。

芙蘿用叉子叉起一塊馬鈴薯：「也不算特別糟糕。銀圈裡和我年紀最近的是雷克斯．曼寧，離開禽巢才幾年。他教了我一些控制獨角獸的小竅門。雷克斯──」

「他是朵里安．曼寧的兒子？」史坎德打斷了她。

「別這麼緊張！」芙蘿笑了起來，「他很和氣。他說他以前有時會蹺課，因為實在不想老被韁繩牽制著。聽見這樣的話真叫人安心。總算有人明白，擁有銀色獨角獸也會發愁。」芙蘿聳聳肩說：「例會讓我覺得不那麼孤獨了。那裡的人們都知道，騎著銀色獨角獸是什麼感覺。而且，銀刃好像也挺喜歡銀色要塞。」

沒多久，大家就又聊起了野生獨角獸之死。

「我爸爸說肯定是織者幹的。他們深信不疑。」綁著金色髮辮、臉蛋紅撲撲的製鞍師學徒卡洛琳說道。艾伯告訴過史坎德，住在薛克尼家樹屋的這些年輕人，都是第一年當學徒。也就是說，他們不久前才經歷過孵化所大門外的失敗。

「我媽媽也這麼說。」阿姆蘭說，「但她覺得織者自己一人是做不到的，必定有別的靈行者幫忙。」他突然有些不好意思：「啊，史坎德，我不是故意冒犯你的。我媽媽對靈行者有點偏見。」

莎拉對這位療癒師學徒的表現不大滿意：「死去的野生獨角獸身上只有普通傷口。並非針對不死之命的什麼神跡。也就是說，殺死牠們的不是魔法。所以就更不是靈行者了。」

「可普通傷口怎麼會要了野生獨角獸的命呢？」奧盧搖搖頭，「感覺不太對勁啊——你說呢？『不死之命』必然『永遠不會死』，如今卻被殺死了，這怎麼看都很……」

「邪惡。」史坎德突兀地說道。他想起了那些曾幫助他擊退織者的野生獨角獸。

「而且那首歸真之歌通篇都是警告。」艾伯說，「殺死野生獨角獸真的會遭報應嗎？萬一吟遊詩人的預言應驗了怎麼辦？」

大人們笑了起來。「我才不擔心呢！」莎拉對兒子笑道，「卡沙瑪司令不是一直告訴大家，所謂的『報應』只是個象徵修辭嘛？怎麼可能是真的？」

「我認為歸真之歌都是無稽之談！」米契爾氣呼呼的說，「我媽媽也這麼想。」米契爾的媽媽魯斯．韓德森在肆端市的水圖書館工作，夫妻倆已經分開了，據說比米契爾的爸爸要和善得多。史坎德現在想起披鞍儀式上的米契爾還會忿忿不平：就因為爸爸伊拉．韓德森的期許，米契爾就放棄了自己喜歡的尼姆洛製鞍，勉強選了泰廷家的。

「誰在桌子底下抖腳呢？」巴比問，「怎麼晃來晃去的？」

史坎德低頭去看，但桌面晃得太厲害，什麼也看不清。他屁股底下的椅子開始搖晃，接著是頭頂上方的樹枝。果子掉到地上，鳥兒紛紛飛起，衝向厚重的雲層。史坎德感受到了羈絆中的恐懼——惡棍之運的，還有他自己的。

「地震了！」奧盧和莎拉同時喊了起來，「快到樹下去！」

史坎德和芙蘿衝下滿是野花的山坡，奔向各自的獨角獸。米契爾慢了一步，因為他要先扶著受傷的傑米站起來。巴比已經跨上了獵鷹之怒的背，還拉了一個學徒和她共乘。

史坎德跑到惡棍之運身邊時，大地還在震顫。獨角獸難以平靜，眼睛時紅時黑，扭著腦袋，尖角對準了薛克尼家的樹屋。米契爾和傑米也衝向了赤夜之樂——牠嚇壞了，背上冒出了騰騰煙霧。銀刃慌張地衝著遠處咆哮，芙蘿極力地安撫。灰色的獨角獸尖叫起來，漸漸不受控制，巴比和學徒只好跳了下來。而遠處的山坡上，莎拉正奮力安慰著她的獨角獸傷病員們。

一聲巨響——一間學徒的樹屋墜落在地，碎成了一堆彩色木板。

大地恢復了平靜。

「大家都沒事吧？」奧盧喊道。

莎拉查看了她的療癒師學徒。奧盧清點了他的製鞍師學徒。兩個人站在狼藉的野花地裡，稍稍鬆了口氣。

「這一帶經常地震嗎？」米契爾問。

莎拉把女兒拉進懷裡：「幸好我們都跑出來了。」

史坎德害怕聽到答案。

「確實偶爾會地震，」奧盧冷靜的說，「但從來沒有過這麼強烈的。」

「那個吟遊詩人不是唱到了地震嗎？記得嗎？」巴比說出來的正是史坎德內心所想。

芙蘿轉向她的父母：「那首歌不會真的應驗吧？難道島嶼真的要遭報應了？」

「今天早上，又有兩頭野生獨角獸死了。」傑米嘀咕著。

「那肯定是巧合。」米契爾冒冒失失地說。

「我還以為你不相信巧合呢。」史坎德頂了一句。

「好啦！」莎拉又抱了抱芙蘿，然後叫大家跟著她一起往野花山那裡去，「就算這真的是野生獨角獸之死的報應，也沒什麼大不了的。大家都沒受傷，重建樹屋也不難。如果經歷一次地震島嶼就安全了，那麼我們也能鬆口氣了。」

可是，史坎德卻覺得她的話外之音並沒有那麼輕鬆——地震帶來的恐懼仍然籠罩著他。

萬一吟遊詩人的那首歌預言成真了呢？萬一島嶼要遭受的報應遠非如此呢？萬一織者就是想讓他們萬劫不復呢？

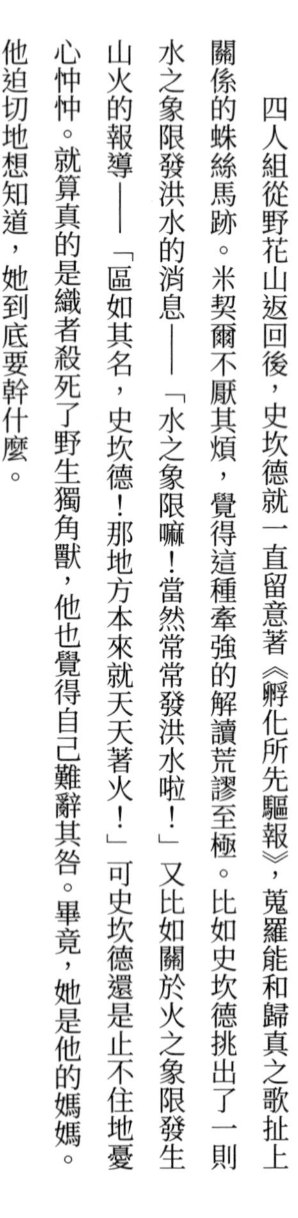

四人組從野花山返回後，史坎德就一直留意著《孵化所先驅報》，蒐羅能和歸真之歌扯上關係的蛛絲馬跡。米契爾不厭其煩，覺得這種牽強的解讀荒謬至極。比如史坎德挑出了一則水之象限發洪水的消息——「水之象限嘛！當然常常發洪水啦！」又比如關於火之象限發生山火的報導——「區如其名，史坎德！那地方本來就天天著火！」可史坎德還是止不住地憂心忡忡。就算真的是織者殺死了野生獨角獸，他也覺得自己難辭其咎。畢竟，她是他的媽媽。他迫切地想知道，她到底要幹什麼。

然而，九月底的一天，史坎德不用再追索不祥的資訊了。因為當天的《孵化所先驅報》晚間版帶來了重磅頭條：不可思議！八頭！橫死的野生獨角獸數量已接近兩位數！

八頭？

史坎德強迫自己想點別的，於是在去食槽的路上拐到了郵務樹。五棵枝幹粗大的樹，分屬於五種年資的騎手——雛仔、幼獸、羽獸、新獸、掠食者——樹幹上鑿有小洞，小洞裡裝著金屬膠囊，信件就儲存其中。他從幼獸的樹幹上找到了自己那顆金藍兩色的膠囊，本來都做好了失望的準備，可擰開蓋子時，竟然發現裡面有一封信。史坎德的心怦怦直跳：肯娜回信了！終於回信了！他撕開包裹，一大袋果凍軟糖掉在了地上，這時他才發現，信不是姐姐寫的。

親愛的史坎德：

是爸爸。你和惡棍之運都很好吧。你在訓練試賽中的表現那麼亮眼，我至今都覺得不可思議呢。肯娜近期不會寫信了——去了趟島嶼，她心情受了些影響，想自己靜一靜。她很想念你，但寫信就老是會想起獨角獸什麼的，所以緩一緩吧。以後就由我給你寫信吧！訓練怎麼樣啊？哪位製鞍師選了你？

快給我回信噢！

爸爸

史坎德只覺得腳下一空，肚子很疼，像生病了似的。

肯娜不願意再給他寫信了。他迷迷糊糊地把金屬膠囊放回原處，眨眨眼睛，忍住了眼淚。他從不知道自己原來這樣渴望她的聲音——哪怕是信裡的——可現在，信沒有了。要是她一直高興不起來怎麼辦？要是他再也收不到她的信了，怎麼辦？

哄惡棍之運睡覺時，他還在反覆讀著那封信。黑色獨角獸對他的心不在焉很是不滿，極力地想要吸引他的注意——有一次甚至用牙齒咬住了信紙。當史坎德第三次從口袋裡掏出信時，惡棍之運終於吼了起來，衝著牠的騎手噴出一陣冷氣。

「喂！啊，對不起。」史坎德把信從草垛裡撿回來，撫摸著惡棍之運黝黑的皮毛，「對不起，怠慢你了。」

獨角獸氣哼哼地噴出幾顆火星，然後便用漆黑的眼睛望著史坎德，用翅膀輕輕地蹭著史坎德的後背。惡棍之運什麼都知道。牠一向如此。

夜裡，整個樹屋都沉入了夢鄉。米契爾、巴比和芙蘿今天第一次造訪了各自的元素地窟——他們都穿著結盟元素顏色的夾克，天黑以後才回來。他們靜悄悄的，顯然是不想讓史坎德因為去不成水元素的水井而更加難堪。他們聊起了早上的訓練，絕口不提剛剛經歷過的奇觀。史坎德心裡一暖，很是感激。

他咧開嘴笑著問：「難道就沒人想講講我去不了的那個地方？」

「我們還以為你不想聽到地窟什麼的。」芙蘿輕聲說道。她伸出手，撫摸著畫在土元素那面牆壁上的一株植物。

「是嗎？」史坎德歎了口氣，「我想聽啊，聽了就可以不去想別的。」他告訴朋友們，肯娜不願意再給他寫信了。

巴比好心地安慰道：「我就不會為這種事擔心。我妹妹可從來沒給我寫過信，只顧著在孵化所課上考到高分呢。她比我還厲害——姑且這麼說吧。」

「呃，巴比。」芙蘿說，「妳從沒提起過，妳還有個妹妹啊。」

「對，從沒提過。」米契爾也說。

巴比聳聳肩：「她是我們家最小的孩子，習慣了當全家的焦點。我爸媽覺得她是個天使，總是嘮叨『巴比，妳是老大，你應該最懂事』『巴比，其實，我們對妳的期望更高』『巴比，妳怎麼就不能像妹妹一樣乖呢』……說實話，能從中脫身真的很不賴，哪怕只有幾年也好。以我對她的瞭解，在孵化所門口排隊時，她肯定是擠在最前面的那個。」

「妳以前怎麼不說呢？早知道我們就多開解開解妳啊。」芙蘿柔聲說道。

巴比聳聳肩：「你們也沒問我啊。」

四人一時陷入了尷尬的沉默。史坎德決定換個話題：「好了，跟我講講地窟吧。細節都要講清楚哦。」

另外三人立時有了精神。

「礦坑裡有很多小岩洞，岩洞裡有成千上萬顆鑽石，鑽石都排列成各種星座的圖案！你可以爬進去，舒舒服服的讀著書，就像仰望星空一樣！」芙蘿驚歎著，都有點兒恍惚了。

「我早就從書裡知道，熔爐裡的螢火蟲都是排著隊飛行的，但沒想到，牠們竟然可以聽你的話，組成各種形狀！史坎德，那真是我見過的最酷的場面！」米契爾說著，摸了摸T恤上的金色火焰徽章，很為自己的元素自豪。

巴比興奮得兩眼放光，像她背後的黃色牆壁一樣閃耀：「蜂巢裡也有這樣的地板，但是那些小格子都是帶電的。我們一踏上去跳舞，電花就五顏六色地往上噴！」

芙蘿嚇了一跳：「那好像有點兒可怕。」

巴比不以為然地說：「因為妳是土行者嘛，我也不喜歡螢火蟲啊。妳在白天見過螢火蟲嗎？牠們總是神出鬼沒的，怪裡怪氣。」

最後，米契爾和史坎德總算回到了臥室，爬上了各自的吊床，但誰也睡不著——史坎德惦記著爸爸的信，米契爾則是興奮得過了頭。於是，他們乾脆琢磨起了那個陰魂不散的問題：織者究竟是如何殺死野生獨角獸的？

「如果我們能弄清織者是怎樣奪取了野生獨角獸的性命——呃，當然，也不見得一定就是她……」米契爾噤下了話頭，內疚地看著史坎德。

「我也認為是她幹的，」史坎德說，「說吧，我不介意。」

「哦，好。唔，我是想，只要能弄清楚到底怎麼回事，就能幫助卡沙瑪司令抓住兇手。元素圖書館裡肯定有資料吧，我們去查查！」米契爾熱情地提議道，「我的研究能力還是很出色的。」

「去年，她造出了那些所謂的『羈絆』。」史坎德配合著朋友的熱情，「她利用了野生獨角獸，為它們匹配了不該有的騎手。現在她大開殺戒，會不會又想故技重施呢？」

「可那些傷口是致命的呀！」米契爾說著說著就激動地比劃起來，在吊床上晃來晃去，「野生獨角獸身上流著血呢！看起來並不像魔法造成的，芙蘿的媽媽不是說——」

砰！

米契爾摔下了床，正砸在史坎德的背包上。

史坎德連忙爬下去扶他——突然意識到，房間裡散落著錢，到處都是。都是他的錢。

米契爾撿起一疊紙鈔，好奇地問：「這是怎麼回事啊？」

史坎德臉紅了。他什麼都願意和米契爾分享，唯獨這一件——這是他的祕密。「是騎手收入省下來的。我在存錢。」他含糊地搪塞，忙著把錢塞回包裡。

「難怪你不肯買新靴子，」米契爾恍然大悟，「你登島以後是不是就沒買過東西？」

「我不是說了嘛，我在存錢。」

「為什麼？買金鞍具？」

史坎德咬著嘴唇，決定說實話：「我有個念頭——算是夢想吧——如果我能通過禽巢的訓練，成為混沌盃騎手，也許能把爸爸和肯娜接來。我姐姐在大陸過得很不開心，都不給我寫信了！要是我們能一起住在島嶼就好了。有朝一日，一家人能團聚。我不知道這合不合規矩，但肯娜是我姐姐，也算半個島嶼人——」他的聲音越來越小，臉頰滾燙。

「你存錢是為了買樹屋？」

史坎德點了點頭。

米契爾眨著眼睛：「我第一次見你時，竟然以為你是個惡魔，天吶，真是離譜！」

史坎德無力地笑笑：「我知道這聽起來很傻。我只是太想念他們了。」他想起爸爸的信，只覺得腳下又虛浮搖晃起來。肯娜不好，他就不好。

米契爾彎下腰，幫他撿起那些錢：「不傻啊，史坎德。那是家人啊。」

那天夜裡，史坎德躺在吊床上輾轉反側，回想著過去幾個星期發生的事，怎麼也睡不著。米契爾說得對，那是家人。現在，他的家人遠在大陸，肯娜拒絕再給他寫信。在這裡，艾格莎也是他的家人。可這二者是不同的。正如奧盧所說，讓行刑官當導師，這滋味可不好受。她用自己的元素殺死了所有的靈獨角獸。他不信任她。他甚至懷疑她去年帶他登島，就是為了利用他阻止織者，或達到她自己的目的。他和她的第一節訓練課，到底會是什麼樣子呢？

上次，他無意中把一頭野生獨角獸引到了訓練場，於是謠言甚囂塵上。人們都說史坎德能召喚野生獨角獸，然後再由織者殺死，所以他毫無疑問就是幫兇。另外，雖然傑米已經養好了傷，可史坎德還是覺得內疚。水行者們還投票禁止他進入水井，真是雪上加霜，他覺得自己越來越像個邊緣人了。

史坎德挪了挪枕頭——

哎唷！

「怎麼了？」米契爾一骨碌跳下吊床，開了燈。

「有什麼東西戳了我一下！」史坎德煩躁的摸索著，把那玩意兒哐當一聲扔在了地上。

他俯身細瞧，在突如其來的亮光裡眨著眼睛。

那是一根金屬羽毛，長而薄韌的灰色金屬聚攏成鋒利的尖端——正是它戳中了史坎德。羽毛兩側交織著深深淺淺的紋路，錯綜繁複，精巧無比。史坎德從沒見過這麼漂亮的東西。

「火球威猛！」米契爾徹底清醒了，指著史坎德指間的羽毛大呼小叫，「史坎德，這是是遊隼！遊隼的羽毛！」

他咧著嘴，興奮得幾乎忘形，好像等著史坎德一起跳腳慶祝呢。

「啊，對了！」米契爾搖搖頭，頭髮在昏暗的燈光下閃閃發光，「你不知道，大陸生嘛！我有時都忘了——快看看，有沒有紙條什麼的？」

史坎德回到吊床那裡一通翻找，最後抖抖毯子時，果然有一張小紙條飄落在地。

史坎德・史密斯與惡棍之運

11月9日下午6時

餘暉天臺

「這都是什麼意思啊？」史坎德茫然地問。

米契爾已經激動得上躥下跳了：「史坎德！這是邀請函啊！你真棒！」

「邀請函？要幹嘛？餘暉天臺又是什麼？我從來沒聽說過啊！」史坎德一頭霧水，覺得自己確實是個徹頭徹尾的大陸生。

米契爾解釋說，餘暉天臺是整個禽巢的制高點，正要從頭講起，巴比就衝進了他們的臥室。

她穿著睡衣，殺氣騰騰：「還要多熱鬧？你們明天不想訓練了？到底有什麼了不起的事——」

「史坎德接到了邀請函！他要加入疾隼隊了！」米契爾與有榮焉似的，臉都亮了。

「加入什麼？」巴比問。

米契爾深吸一口氣：「疾隼隊！以遊隼命名的！遊隼可是全世界速度最快的鳥！這個社團只在乎你能飛得多快，甚至都不讓你穿自己元素的夾克呢！他們絕對是禽巢最酷的一夥！

他們行事隱祕，只通過邀請發展社員，只要最優秀騎手。我爸爸就是。」他的臉色稍稍黯淡，但還是繼續解釋：「他們肯定是注意到你和惡棍之運的表現了，史坎德。你們真的飛得很快。」他說著將羽毛還給了史坎德。

「可我根本連試都沒試！」史坎德結結巴巴的說，「怎麼可能加入？」

「我的朋友，你不用試呀——」米契爾還沒說完就被巴比打斷了。

「因為你是史坎德．史密斯。」

她說完轉身就走，砰地一聲摔上了屋門。

第六章 ─ 疾隼隊

從那天晚上開始，巴比就一直躲著史坎德。疾隼隊第一次例會當天，恰逢幼獸們的首次合一比武實操。史坎德本以為巴比樂於把對手撞下獨角獸、一高興就能忘了他們之間的不快，可她故意騎著裝備一新的獵鷹之怒躲開了銀刃、赤夜之樂和惡棍之運，站在了馬麗安和古老星光旁邊。

這之後，氣元素比武專項集訓就沒有一點順利的地方。唯一能形容那場面的詞就是——人仰「獸」翻。訓練場上設置了四條木樁隔柵，全副武裝的幼獸們分立兩端，一組一組地相向疾行，衝過去的時候由騎手召喚氣元素兵器，對戰比試後計分。幸運的是，米契爾和史坎德一開始就分在了一組。惡棍之運似乎等不及要衝向隔柵另一端的暴脾氣好友，史坎德費了好大一番力氣才把牠拽住。

哨響第一聲。黑色獨角獸向前奔去，鬃毛間閃耀著電花。史坎德將氣元素引入他們的羈絆，右掌中亮起了黃色的光。另一端的米契爾也是如此，赤夜之樂四蹄踏火，嘶吼著向惡棍之運衝了過去。

哨響第二聲。史坎德盡力讓自己穩坐在鞍座上，左手挽著韁繩，試著在右手中召喚出一把閃電短劍。噢，其實也就是大一點兒的匕首，不過他總歸做到了！距離赤夜之樂只有幾公尺遠了，牠的鬃毛烈烈燃燒著，騎手的手中赫然握著一支奪目的長矛。兩個男孩都向後揚起胳膊，準備一較高下，然而——

獨角獸們突然放慢了速度，溜溜達達，一碰面就同時停住了。惡棍之運和赤夜之樂隔著木樁，細聲細氣地尖叫起來，像是愉快地聊起來了。男孩們只好悻悻然鳴金收兵。

「赤夜！赤夜——」米契爾生氣的說，「我們需要贏啊！惡棍之運是你的朋友，你也要照樣打牠啊！我和史坎德也是好哥們，可我們還是會拿起兵器對戰，因為這個場合就該做這件事，這是符合邏輯的！」

史坎德忍俊不禁：「好哥們？」

「這可不好笑。」米契爾說，「我們得練習啊！」

「那也還是很好笑啊。」史坎德的眼睛溼溼的。惡棍之運咬著牙，嘶嘶噴氣。史坎德不知道這是不是牠對背上騎手的回應。他們的羈絆裡滿是愉悅——史坎德一笑，惡棍之運就開心了。

「下一組！」賽勒導師朗聲喊道。

「火球威猛。」米契爾抱怨道，「這下得等好久才能開始下一輪了。」

他們離開隔柵，為即將練習比武的阿努什卡和雲端海盜、馬特奧和幽冥之鑽騰出地方。史坎德看了看赤夜之樂。「唔……米契爾，赤夜之樂怎麼這麼乾乾淨淨的？」他竟然沒有留意——赤夜之樂的鬃毛破天荒地沒有打結，血紅色的皮毛油光水滑，閃閃發亮。米契爾之前給赤夜之樂梳毛時，刷子被她燒個稀爛，所以他們幾個月以前就達成了共識，再也不梳毛了。

米契爾一下子就高興起來了。「是啊是啊！我也不知道怎麼回事。今天早上，牠怎麼也不肯離開獸欄，後來有個人拿著刷子走過來，牠就興奮得連連尖叫。直到打理得乾乾淨淨、漂漂亮亮，牠才心滿意足。看來，我得向巴比討教討教刷洗打扮的竅門了。」米契爾拍拍獨角獸的脖子，「我真的很欣慰。去年訓練試賽之後，我爸爸確實嫌棄赤夜之樂邋遢。他說要是我有朝一日成了島嶼司令，就得給大家當個好榜樣。」

「是啊。」史坎德說。他可不是伊拉．韓德森的頭號粉絲，那個人去年的主要工作就是關押靈行者。

「嘿，看啊！」米契爾指著另一條木樁隔柵說，「芙蘿要比武了。」

確切的說，芙蘿只是「想要比武」。銀刃在這一端高傲地揚起前蹄，開始飛奔，對面的對手只是瞥了一眼，就被銀色獨角獸強大的氣場嚇壞了，忙不迭地逃走了。蓋布爾和女王代價根本不敢和芙蘿的銀刃對戰。而對於那些勉強穩住獨角獸的騎手們來說，場面仍然很駭人。

芙蘿召喚兵器時，魔法是那麼的強大，以至於她完全無法控制元素對兵器的塑造——更可怕的是，控制不了兵器的大小。史坎德看見芙蘿塑造出一支燃燒的長箭，末端都能觸到地面，還有一支尖端帶有強力磁鐵的長矛，嗖嗖嗖地吸走了騎手們的頭盔，而巨大的冰槌實在太沉了，壓得她自己都從鞍座上摔了下去。

「難怪她非得參加銀圈的例會不可。」史坎德對米契爾咕噥道。兩個人都看得目瞪口呆。

「當心！惡棍之運又開始了！」米契爾突然大聲提醒道。

惡棍之運的翅膀隱隱地透出了白光——靈元素的白光。去年被分在另一組的一名大陸生阿賈伊騎在獨角獸幽抑殺機的背上驚呼一聲，然後就和他的土行者朋友查理竊竊私語起來。查理騎著他的腹地岩漿，立刻轉向馬貝爾和悼海。馬貝爾則遠遠地指著惡棍之運的翅膀——幽靈般熒熒如惑，黑色羽毛之下的骨骼和筋腱清晰可見。

史坎德歎了口氣：最近，惡棍之運常常這樣。他似乎是覺得終於不必隱藏自己的元素了，於是自由施展，卻給史坎德帶來了不小的麻煩。這樣的情景提醒著人們：史坎德的結盟元素，和織者一樣。

訓練本來已經夠糟的了，可沒想到還能登峰造極——安柏和巴比的「比武」變成了「鬥毆」。衝到彼此跟前的時候，她們也像米契爾和史坎德那樣停了下來，但手裡的兵器卻沒有消失，而是無所不用其極，從燃著火的彎刀到花崗岩戰斧，學過什麼就召喚什麼，一通亂鬥。

賽勒導師好不容易才擠到她倆中間，急得脖子上都布滿了電流。「只選擇一種元素、一種兵器，這是比武的禮儀。希望你們在我的氣元素訓練課上好好守規矩。」

獵鷹之怒根本不管這一套，瞅準機會就衝著旋風竊賊的屁股咬了一大口。

至於「不守規矩」，巴比和安柏都不以為然。

當天晚上，史坎德要去參加他的第一次疾隼隊例會了。芙蘿和米契爾送他出門，巴比卻不知道哪兒去了。

「小心些呀！」芙蘿在樹屋門口提醒他，「我媽媽說疾隼隊很危險，因為他們飛得太快，常常出事故！」

「你回來之後可得跟我好好講講，」米契爾熱切地說，「我會一直等你，不會先睡！」

「好啦，我會當心的。」史坎德咧嘴一笑。他沒注意到芙蘿揮手道別時臉上掠過的陰翳。

史坎德往禽巢的圍牆走，一路上遇見的幼獸們都躲得遠遠的，活像受驚的小鳥。他走近兩名三年資歷的羽獸，對方本來好好的聊著天，一見到他便立刻閉了嘴。當他進入圍牆的西門時，彷彿整個空氣裡都迴蕩著「靈行者」的八卦傳聞。史坎德咬著牙，恨不得立刻就證明那些野生獨角獸是織者殺死的——那樣的話，至少他就沒有嫌疑了。

不過，史坎德沒有沉湎於流言蜚語，心情依然不錯。他就要去參加疾隼隊的第一次例會了——在大陸的時候，他從來沒有收到過類似的邀請！

他泡在惡棍之運的獸欄裡——給他梳理烏木黑色的皮毛，梳得油光可鑑；用護理油給他的蹄子拋光打亮；把他打結的鬃毛梳通，把他翅膀上的羽毛理順……就這樣一直耗到了六點鐘。史坎德打開爸爸隨信寄來的果凍軟糖，拿出惡棍之運最喜歡的紅色口味，接著差點把手斷送在獨角獸嘴裡。

他看著惡棍之運大快朵頤，感受到了他的快樂，但隨之而來的是自己的悲傷。雖然果凍軟糖的味道都是一樣的，可爸爸寄來的，和肯娜寄來的，就是不一樣。史坎德非常想給姐姐寫信，想幫她渡過難關，可是，他該寫些什麼呢？他仍然是騎手，不可改變。肯娜沒通過孵化所考試，不可改變。看了爸爸信裡的那些話，史坎德擔心，自己的信會讓姐姐更難過。

圍欄對面牆上的鐘突然敲響了六下。史坎德這才慌慌張張的脫下綠色夾克，把遊隼羽毛徽章別在自己的黑色T恤上。他拉著惡棍之運來到外面的空地上，獨角獸不情不願地踩出了幾星電花。他跳上牠的背，掠過四條斷層線相交的元素分界，飛向了遼闊的天空。他們繞著鬱鬱蔥蔥的樹冠盤旋，不久就來到了餘暉天臺，看見已經有幾頭獨角獸先到了。原來，餘暉天臺是一張大大的金屬圓盤，由交錯的支腳固定在底下的大樹上——確實非常之高。

「來吧，好孩子，」史坎德指著餘暉天臺對惡棍之運說道，「來個平穩著陸，怎麼樣？」

似乎不怎麼樣——惡棍之運著陸一向亂七八糟——但至少，還是落在天臺上了。史坎德翻身跳下來時，發現天臺中央鑄著一輪大大的黃銅太陽。太陽邊緣雕著幾隻鳥，鳥列隊成「M」形，翅膀下墜著名號的首字母。

「一共八個。」

說話的是個男孩，看起來是四年資歷的新獸。他有著淺褐色的皮膚，一頭黑髮像波浪似的在頭上拱起，髮梢上冒著白色的泡沫。他的水獨角獸衝著惡棍之運咆哮一聲，得到了嘶嘶低吼的回應。史坎德感受到了羈絆中的焦慮，惡棍之運似乎在琢磨：牠一下就能把我打趴下。

「歡迎你們加入疾隼隊，史坎德．史密斯，安柏．菲法克斯。」

史坎德聽到死對頭的名字嚇了一跳。左邊，風行者騎手驕傲地和她的旋風竊賊站在一起，看都不看他一眼，鼻子彷彿更翹了。要是知道安柏也受邀加入疾隼隊，巴比肯定會更生氣的。

「我是少校李凱斯，這是潮汐武士。」他說著指了指身旁碩大的獨角獸。史坎德覺得，那頭獨角獸的顏色應該稱為「栗色」——深棕色的皮毛，鬃毛和尾巴是黑色的。「諸位都表現出了非凡的飛行能力，而這正是疾隼隊所看重的。加入我們的社團，你在禽巢就是戾天騎手了。你們應該注意到了，社團裡沒有掠食者，這是因為當年沒人夠快，不配加入。規矩便是如此。我們只要禽巢的飛行精銳——不管你幾歲，結盟元素是哪種，哪怕你是靈行者也無所謂。」李凱斯衝著史坎德眨眨眼。「我們在乎的只有一件事，那就是你能飛多快。」

雖然安柏令人不爽，但史坎德胸膛裡還是泛起了快樂。

在禽巢，除了自己的樹屋，這是第一個沒人對靈行者指指點點的地方。他沒穿夾克，可誰也沒盯著他胳膊上的元素突變。誰在乎能不能進入水元素地窟？其他戻天騎手都衝著他點頭，有幾位還善意地笑了。在這裡，他和他的獨角獸，就只是史坎德和惡棍之運——不會有人上下打量，不會有人罵他是織者的幫兇，不會有人把殺死野生獨角獸的罪名硬扣在他頭上。

「遊隼是世界上飛行速度最快的鳥。」李凱斯繼續說道，聲音漸漸平靜。

「快說啊。」一位紅頭髮的新獸翻了翻眼睛。

李凱斯揮揮手，做了個飛掠的動作：「遊隼俯衝時，時速可達三百多公里，堪稱世界上速度最快的動物。而這正是我們所追求的。」

史坎德回想起去年的訓練試賽。與巴比和獵鷹之怒對戰時，他和惡棍之運曾有過一次俯衝。也許，李凱斯，或者疾隼隊的其他成員，剛好看到了那一幕？也許就是因為這個，他此刻才來到了這裡。

「作為少校，我負責制訂全年的訓練計畫。如果有任何問題，你們儘管來找我。去年，疾隼隊的少校是妮娜．卡沙瑪，想必你們都聽說過吧？」有人笑了起來。「數不清的司令都是戻天騎手。夠快才能贏得混沌盃。」

剛才那位紅頭髮的女孩清了清嗓子。李凱斯一隻手扶著她白皙的肩膀，介紹道：「這位是我的副官，上尉普利姆羅斯。」史坎德發現她的眉毛是細小的火苗交織而成的。「雖然『普利姆羅斯』是一種花的名字，可我跟你們說啊，她到了空中只會把你們打得落花流水。她和她的凜冬野火是禽巢百米紀錄保持者。簡單演示一下怎麼樣？讓他們看看什麼是真本事。」

李凱斯衝著上尉咧嘴一笑，「來個空翻兩周？」

普利姆羅斯揚起燃火的眉毛：「三周吧。」

李凱斯大笑起來：「做夢呢。」

「你才做夢。」普利姆羅斯眨眨眼睛，跳上了凜冬野火。

她們一飛到空中，就證實了芙蘿所說的「危險」。凜冬野火飛得又高又快，史坎德極目遠眺才能看見那頭煙灰色的獨角獸。牠在禽巢上懸停，翅膀垂在身體兩側，而後突然後退，載著普利姆羅斯極速俯衝，似乎肯定是要一頭撞向地面、粉身碎骨了——然而並沒有。煙灰色的獨角獸在低空中側身翻轉，一圈又一圈，而普利姆羅斯壓低身子，緊緊地抓著凜冬野火的脖子。她們呼嘯著衝回天臺，簡直就像表演了一場高難度雜技。

「哇！」大家驚歎不已。「側空翻三周哎！」「普利姆好厲害！」

「哎喲！我可慘了。」李凱斯也大為驚訝，他搖搖頭說，「今年一定很熱鬧。」

「唔……我們很快可以學那招了吧？」史坎德緊張地問身邊的一位騎手。他剛才一直吹哨起哄，這會兒才剛把手放下。

「這傢伙已經等不及冒險啦，小李！」

史坎德愣住了。他忍不住去想，要是剛才的空翻沒能成功會怎麼樣，要是普利姆羅斯掉下來會怎麼樣……不過，身為疾隼隊的一員，到了空中就應該把所有顧慮拋到腦後吧。

雖然沒有人下令，但隊員們都心有靈犀似的騎上了各自的獨角獸。

「最後一個飛到荒野的人沒有棉花糖！」普利姆羅斯高聲喊道。

所有人都嚇得倒吸一口冷氣，可史坎德和安柏卻不明白這有什麼大不了的。惡棍之運將一束電流傳過韁繩，送到史坎德的手中，催他趕快啟程，而其他獨角獸已經紛紛飛離了餘暉天臺。

惡棍之運急著追上去，翅膀向外張開，磕著史坎德的膝蓋。黑色的獨角獸衝出天臺，前蹄朝著下方的樹叢滑落——史坎德肚子裡一陣翻騰，他連忙抓住新鞍座，穩住自己。惡棍之運寬大的翅膀越揮越快，載著他靠近了夕陽餘光勾勒出的獨角獸群。他們爭前恐後，朝著終點衝去。

史坎德能感受到羈絆裡的渴望——惡棍之運迫不及待地想要追到前面去。他俯下身子，減少阻力。速度加強了風的力道，呼嘯著從耳邊掠過，逼出了他的眼淚。

現在，他們已經追平了飛在最後面的幼獸們。

「嗨，我是派翠克，不過大家都叫我『小旋風』，因為我們飛得快！」飛在史坎德左側的騎手大聲叫道。他灰褐色的頭髮像觸了電似的直立著，髮梢上亮著星點電花——氣行者的突變。「這是我的幻影颶風。」他說著指了指座下的黑色獨角獸，然後又指著另一位留著寸頭的馭土騎手說：「那是馬庫斯和沙暴軌跡。他總是想贏過我，可是不行啊，還是幻影颶風的振翅頻率更勝一籌。」史坎德心花怒放。他一向熱衷於獨角獸的速度資料，現在終於躋身於同好之中了。

「派翠克！別自作多情啦，沒人管你叫『小旋風』！」馬庫斯回過頭喊道，「明明是我們更快！」

幻影颶風和沙暴軌跡較著勁猛衝起來，速度驚人，而惡棍之運只有奮力追趕的份。看來，他們尚且需要一段時間才能和這些騎手們較量。

競速的獨角獸群靠近了城市邊緣。史坎德看見李凱斯和普利姆羅斯一馬當先地飛在最前面，一側是氣之象限，一側是火之象限。真不知他們是怎麼辦到的，竟然能在保持高速飛行的同時做出各種驚險的空中特技。然而就在李凱斯俯衝到底、即將向上拉起時——

啪啦——砰！

一道閃電差點擊中潮汐武士的翅膀。李凱斯一個急轉彎躲開了，但緊接著一股勁風又撲向了普利姆羅斯。兩頭獨角獸栽了下去，驚駭的尖叫著。

啪啦——砰！

「史坎德，往火之象限飛！」派翠克喊道。他慌神了，滿是雀斑的臉上一片煞白。其他戾天騎手全都慌忙調轉方向，衝著惡棍之運這邊來了。

啪啦——砰！

他們遭遇了暴風雨，史坎德從未見過這麼狂烈的雷電。枝狀閃電刺破天際，繼而劈中了地面上的三座風車。惡棍之運在排山倒海般的狂風中左搖右晃，史坎德都快從鞍座上滑下去了。這可不像普通的暴風雨啊。

戾天騎手們像綁著翅膀的雜技演員似的駕馭著獨角獸俯衝、躲閃，拚命地逃離風暴。可一進入火之象限，史坎德就意識到，這裡的情況也好不了多少。樹木燃燒著，冒出滾滾濃煙，幾乎灌滿了全部視野。史坎德想起了野花山的地震，想起了《孵化所先驅報》提到的山火和洪水——他明白了。

報應來了。島嶼在復仇。

史坎德突然怒不可遏。對他的媽媽怒不可遏。歸真之歌所言非虛：殺死野生獨角獸，是要付出代價的。人們會因此受傷的。這全是拜她所賜。她當然不會在乎。她並不像他一樣愛著這座島嶼。她只想毀滅它。憤怒攫住了他的心，惡棍之運也怒吼起來。他要去荒野，他要找到織者。他要向所有人證明，做壞事的是她，不是他。

「史坎德！你要去哪兒？」話沒說完就嗆住了。重重濃煙中，只能隱約看見李凱斯波浪狀的頭髮輪廓。

史坎德催著惡棍之運往火之象限裡面闖。

「史坎德！太危險了！你要幹什麼？」潮汐武士追了上來，咆哮著呼應騎手的警告。

史坎德決意不理，一門心思只想衝到荒野去。

潮汐武士猛然加速，一個急彎攔在了惡棍之運前面。

惡棍之運不滿地揚起前蹄，叫得聲嘶力竭。

李凱斯的聲音似乎不容反駁：「我是少校，現在對你下達命令。史坎德，後轉，撤退！」

史坎德的怒火突然熄滅了，灰塵嗆得他咳嗽起來。「對不起！」他勉勉強強的說，「我不知道……」

李凱斯的頭髮翻湧著，他厲聲訓斥：「你想證明什麼，史坎德？你會送掉自己的小命，還可能連累其他想要救你的——」他凝視著史坎德痛苦的神情，噤住了後面的話。煙霧仍然繚繞在獨角獸的翅膀四周。「走吧！」他說，「回天臺去。」

惡棍之運跟在潮汐武士後面，往禽巢折返。史坎德一下子脫了力。他剛才完全被憤怒綁架了。就算他能找到織者，然後呢？跟她單打獨鬥、一決死戰嗎？

回到餘暉天臺，史坎德聽見普利姆羅斯說：「噢唷，真刺激啊。」

「真沒想到升任少校以來的首次編隊飛行竟是如此收場，」李凱斯長歎一聲，「元素災害。普利姆，情況越來越糟了啊！」

史坎德忍不住插嘴問道：「你們以前遇見過這種事嗎？」

李凱斯又歎了口氣：「我沒見過，不過芬恩——」他指著一位皮膚淺褐、黑色短髮的騎手說，「——那個羽獸，曾經碰上了。兩天前，她騎著她的荏苒星霜進行耐力飛行訓練時，看見土之象限發生了山體滑坡，大地像是撕裂了似的……」李凱斯突然想起了史坎德剛才的異樣。「對了，你沒事吧？你在空中時好像有點……不對勁？」

「我……」史坎德不知道該怎麼說，「對不起，我沒事。」

「那就好。」李凱斯點點頭。他沒多問，這叫史坎德鬆了一口氣。

「請問，我們可以開吃了嗎？」那位目睹了山體滑坡的羽獸芬恩問道。她的突變清楚地表明，她是個水行者——兩隻手冰封結霜，像透明的冰雕，指節上還點綴著雪花。

「你是說……棉花糖？新鮮水靈的，剛從大陸運來的唷！」李凱斯從獨角獸的鞍囊裡取出一個紙袋，得意洋洋地高舉著。

大家開心地嚷嚷起來，剛才遭遇的元素災害全都拋諸腦後了。普利姆架好火盆，和其他幾個戾天騎手張羅著，收集掉在天臺上的樹葉和樹枝，然後一隻手扶著她的獨角獸，召喚出火焰，點燃了金屬火盆裡的易燃物。

大家盤著腿圍坐在一起，火苗驅走了秋天的寒意。

「為什麼要吃棉花糖呢？」史坎德好不容易才鼓起勇氣，向旁邊的一位騎手打聽。她的皮膚是橄欖色的，留著一頭烏黑的捲髮——不過，湊近看就會發現，那不是頭髮，而是一簇一簇翻騰的黑煙，一動起來就像柴火似的劈啪作響。這位火行者似乎比他高好幾級年資。

她笑笑說：「是為了紀念一百年前敢於飛到大陸去的新隊員。」

「敢於？」

她被史坎德的驚訝逗笑了：「疾隼隊當然無所不敢，對吧？以後你就知道了。別擔心，現在沒人敢飛得那麼遠了——哨兵會抓人的。不過，一個世紀以前，那位新隊員帶回了棉花糖，以此證明，她真的飛到了大陸。從那以後，在餘暉天臺上烤棉花糖，就成了疾隼隊的迎新儀式。」她說著遞給史坎德一塊粉色的棉花糖。

「歡迎你，史坎德。我是阿德拉，那是煙目恩星。」她指了指自己的黑色獨角獸——牠們吃的不是糖果，是大塊生肉。史坎德看見惡棍之運和旋風竊賊正湊在一起大快朵頤。惡棍之運時不時地會把血淋淋的肉塊拋向半空，旋風竊賊就湊上去咬下一大口，像鬧著玩似的。史坎德知道獨角獸之間也有友誼，但他沒想到，一個暑假過去，這兩個傢伙倒是更親密了。而且，他也是現在才發現，原來旋風竊賊這麼……傻乎乎的。牠和牠的騎手一點兒也不像——他幾乎沒見安柏笑過。

他一直看著獨角獸，直到派翠克湊過來，把拳頭湊在他臉前，假裝舉著一支麥克風：「現在，我們來採訪一下大英雄——唔，鑑於剛才我們遭遇的意外，應該是大壞蛋吧。」

「真是不好意思。」馬庫斯擺出一臉苦相，尷尬的替他的羽獸朋友解釋，「在禽巢裡熬到第三年非常不容易，你大人有大量啊。」

派翠克拋出一堆問題：「是你協助織者殺死了野生獨角獸嗎？還是你獨自行兇？亦或是大家都搞錯了？方便說兩句嗎？」

「閉嘴，派翠克！」阿德拉推開了他的手。

「幼獸無法殺死野生獨角獸，」火盆對面的李凱斯說道，「真正意義『殺死』野生獨角獸的，上一個還是開鴻騎手。」

「喔，又是這套說辭。」普利姆嚼著棉花糖咕噥道。

「開鴻騎手？」史坎德問。聽到少校當眾維護自己，他心裡暗暗感激。

「講講那個故事吧，李凱斯！」

「快點兒呀，李！」

李凱斯微微頷首，霜凍的頭髮揮向火盆旁邊的戾天騎手們，像個老先生，又像卡通人物。

「這個故事我一講再講，已經很久了。」李凱斯徐徐道來。聽眾們——包括安柏在內——全都聚精會神，生怕漏掉一個字。「我是聽著這個故事長大的，來自父母所講述；而他們也是從祖父母那裡聽來的——就是這樣口口相傳。」他衝史坎德擠擠眼睛。「有的騎手笑話這種迷信，但現在他們可笑不出來了。島嶼醒來了；憤怒了。那首歸真之歌你們都聽過，今晚的元素災害你們都親眼目睹。開鴻騎手的古老故事搖身一變，成為現實；我們試圖讓元素各安其位，但它們本就有掙脫桎梏的本事。」

戾天騎手們佯作害怕，大呼小叫，配合著少校鋪墊的氣氛。

李凱斯抬起手讓大家安靜。「開鴻騎手本是個打漁人，他被沖到鏡面峭壁時，比雛仔大不了多少。他差點淹死，饑腸轆轆，而且背井離鄉，實在不知道怎樣才能活下去。

「精疲力盡的打漁人在島上漫步，彷彿有什麼東西在召喚他：並非僅是食物和住所。後來，他找到了牠——他命定的獨角獸。男孩和獨角獸一起長大，一起變得強壯、勇敢。牠教他魔法，他保護牠免受獨統島嶼的野生獨角獸的侵犯。

「當然，打漁人也需要人的陪伴。所以不久以後，他和他的獨角獸便開始跋山涉水，遊歷四方，把新人帶到島嶼。他們能飛得那麼快、那麼遠，如果當時有疾隼隊，他們必定是其中一員。就這樣，許多人接受了島嶼的召喚。」

「直接跳到野生獨角獸女王那段吧！」普利姆嚷道。

李凱斯歎了口氣：「妳也太不尊重講故事的藝術了。」

「不服氣來咬我啊。」

李凱斯大笑起來，接著講道：「正如所有島民聽聞的那樣，開鴻騎手完成了許多開天闢地的壯舉。他建造了孵化所、禽巢，建立了肆端市——哦對了，當時，叫『五端市』。」他衝著史坎德揚起眉毛，史坎德卻震驚地連連眨眼：靈元素遭到取締，竟然連首府也為此改了名。

「然而，開鴻騎手最為震驚世人的行為，與其說是歷史，倒不如說是神話——他打敗了野生獨角獸女王。牠是古老的女王，是島嶼上最叫人喪膽的怪獸。牠不甘安寧，渴望血戰，尋釁挑事，濫殺濫伐。開鴻騎手知道，要是不殺死牠，他的騎手們便將永無寧日，永遠活在野生獨角獸的陰影之下。於是，開鴻騎手和他的獨角獸，與野生獨角獸女王，決一死戰。戰鬥持續了幾個星期，戰場遍及島嶼各處。開鴻騎手偶然發現了蘊藏於羈絆深處的某種力量，並用它殺死了牠——野生獨角獸女王就此殞命。」

「怎樣殺死的？具體些啊，他到底是怎麼做到的？」安柏聽得非常認真，忙不迭的追問。

「沒有人知道。」李凱斯聳聳肩，「不過野生獨角獸女王死後，開鴻騎手用牠的屍骨製成了一件兵器。據說那兵器具有特殊的魔力。幾百年來，人們認為屍骨兵器必定隨葬，無數騎手渴望尋找他的墳墓——但誰也沒有成功。」

「你是說，歸真之歌裡的那個『賜禮』，就是指這件兵器？」史坎德的呼吸急促起來，「用野生獨角獸女王的屍骨製成的兵器？」

李凱斯的眼睛亮晶晶的：「也許是吧。但比起屍骨兵器，我更感興趣的是大家此時的疑問：近期的那些野生獨角獸，是誰殺死的？」

「顯然是織者啊，李。」芬恩說，「我們不是討論過上百次了嗎？」

史坎德渾身都不自在。

「是啊。」李凱斯狡黠的說，「但我還是堅持我的想法。」

「你怎麼想？」史坎德連忙問。

「開鴻騎手回來了。」

普利姆大笑著說：「別扯了！」

李凱斯沒理會她：「化身復仇鬼魂，重現人間，也可能他當年根本就沒死。誰也不知道他葬在哪裡。畢竟，有史以來能夠殺死野生獨角獸的人，只有開鴻騎手一個。」

「可是開鴻騎手為什麼要毀掉他經營多年的島嶼呢？」阿德拉說，「結合歸真之歌來看，這些元素災害並不是巧合。上個星期，總計發生了三次地震，因為洪水氾濫，水上市集也停業了好幾天。」

「再加上今天晚上的雷電暴風雨和山火。」馬庫斯也沒了玩鬧的興致。

「對啊！」阿德拉衝他點點頭，「開鴻騎手為什麼要讓島嶼陷入報應之中呢？為什麼要傷害島嶼上的自己人？因為野生獨角獸持續地死於非命啊！山火、洪水、地震、暴風雨——再這樣下去，我們就沒有立足之地了！」

普利姆翻了個白眼：「這也太離奇了，阿德拉。」

「妳可別忘了——島嶼喜歡的，偏偏就是『離奇』，」李凱斯又烤了一塊棉花糖，「鑑於去年發生的那些事，史坎德想必已經體驗過這種風格了。」他眨眨眼睛，把糖塞進了嘴裡。

回到樹屋時，史坎德躡手躡腳，儘量不弄出動靜。

「怎麼樣？」米契爾坐在火爐旁的懶骨頭沙發上，腿上攤著一本書。

「嚇我一跳！」史坎德輕聲說。但他也暗暗高興，因為立刻就能把李凱斯的故事——開鴻騎手和最後的野生獨角獸女王——分享給朋友，免得忘記細節。

「感覺不錯吧？」

「疾隼隊很好。不過告訴你啊，我也查到了某些關於開鴻騎手的事情。」

等史坎德講完了故事，米契爾立刻發問：「用野生獨角獸女王的屍骨製成兵器？這有什麼用呢？我不明白。一件兵器就能償還『不死之死』嗎？就能阻止這些所謂的『報應』嗎？騎手們應該去找那件兵器，然後用它制服兇手？」

「我也不知道。」史坎德說，「而且從沒有人找到開鴻騎手的墳墓。李凱斯說，屍骨兵器可能隨葬了。」

「老實說，李凱斯的故事也都是道聽塗說。」米契爾有點兒不屑，「他不是還說也可能是開鴻騎手化身為復仇鬼魂了嗎?雖然我也想拓展思路,但是我一開始就不相信那首歸真之歌,它——」

「米契爾,歸真之歌真的應驗了。今天晚上,戾天騎手同時遭遇了雷電暴風雨和山火。《孵化所先驅報》也報導了很多。你不能嘴硬不承認啊,你不是最喜歡證據嗎?這些都是我親眼所見啊!」

米契爾歎了口氣:「就算歸真之歌句句都能應驗,我也還是覺得,傳說中的屍骨兵器解決不了你的難題。這太牽強了,喂,你聽我說!」史坎德想打斷他,但米契爾還是一股腦兒地說下去:「我認為不是島嶼要復仇。的確,發生了元素災害,也很可能與野生獨角獸之死有關,但肯定有比『一座島大發脾氣』更合理的解釋。」

「可是墳墓……」

「好了。」米契爾輕歎,「先忘了找不到的墳墓和虛實難辨的賜禮吧。眼下更重要的是,別讓野生獨角獸再遭毒手。」

「對!這是當務之急!得趕快行動!」史坎德熱切地說。他不能束手旁觀。今晚目睹的災難彷彿點燃了他心中的狂熱。島嶼已經是他的家了。他必須做些什麼。他必須阻止他的媽媽。「那我們——」

史坎德頓住了。巴比出現在樹幹樓梯底下。

「噢，妳好啊，巴比。」史坎德說，「妳想聽聽疾隼隊少校給我們講的故事嗎？他說——」

「我不想聽。」

「噢，好吧，太晚了。那明天我們再——」

「不，史坎德，我不想聽你要怎麼尋找兵器、怎麼拯救島嶼。我實在——實在忍不下去了。」從手腕到肩膀，巴比手臂上的灰色羽毛全都豎起來了。

「忍什麼？妳在說什麼啊？」

「你知道其他騎手見到我時都說什麼嗎？」

史坎德和米契爾沒回答。

「你還記得野花山那些學徒說的話嗎？」

「不記得了。」史坎德老實地承認道。

巴比搖搖頭：「你當然不記得。他說：妳是巴比．布魯納，妳是史坎德要好的朋友之一。」

史坎德徹底糊塗了：「所以呢？他說得沒錯啊。」

「天啊史坎德，這是錯不錯的問題嗎！我是訓練試賽的第一名，我是這一屆裡最好的騎手，可是人們見到我時，首先想起的卻是你！」

史坎德也有點兒生氣了：「那只是因為他們覺得是我殺了野生獨角獸！」

「跟這個沒關係。你怎麼還不明白呢？你是愛是恨，是拯救世界還是毀滅島嶼，全都無所謂。重點是，你是誰──你是接受訓練的唯一一個靈行者，是織者的兒子，是打敗了她的──」

「織者是我們一起打敗的！」

巴比連連搖頭：「我們只是為了幫你。可我不想變成你的跟班、你的附屬，史坎德。我想主宰我自己的故事和生活，我想成為我自己的英雄。我不想天天圍著你轉，時刻準備著替你解圍。那不是我。那不是我需要的。在做我自己和做你的朋友之間，只能選一個。」

這種痛苦比挨她一頓揍還要痛。

巴比也要丟下史坎德了。就像當年媽媽把他丟在大陸一樣。就像她棄他不顧、騎著野生獨角獸奔向荒野一樣。

「妳以為這是我願意的？」情緒使史坎德的聲音變得嘶啞，「我阿姨碰巧把我送來，我就碰巧成了唯一一個靈行者？好啊，這有什麼大不了的？但願明年再來一個靈行者，也就用不著我焦頭爛額了！」

「不管你願不願意，事已至此。薛克尼鞍具選了你。這個鳥社團也選了你。」

「是疾隼隊。」米契爾糾正道。

「閉嘴，米契爾！」巴比快哭出來了。

「真是因為這個蠢兮兮的社團嗎？只要我們能繼續做朋友，我就再也不去了。」史坎德急慌慌地說道。他很生氣，但他更不想失去巴比。這真不值得。

「你到底有沒有聽懂我說的話？」巴比急得嚷起來了，「我說的不是社團，是發生在你身上的一切！就因為你是靈行者，你媽媽是織者。就因為你身負崇高的任務，要把你的元素帶回禽巢！我說的是，我不想再生活在你的陰影之下了！」

「可是妳說的這些都不是我的錯啊！」

「我和米契爾不一樣。我是真心要成為島嶼司令的，不是說說而已。但我是大陸生，我需要薛克尼鞍具那樣的左膀右臂，需要精英飛行小隊那樣的團體後盾。結果呢，我什麼都沒有，只是被你的那些問題糾纏著，東一榔頭西一棒槌地不停分心，而你卻屢屢接到他們的橄欖枝！不能再這樣下去了。我必須專注於自己的未來，而不是幫助你成為大英雄！」

米契爾試著勸道：「蘿貝塔，妳是我們小隊的一員，未來四年怎麼躲得開史坎德呢？」

「我不會離隊的。」巴比的話讓史坎德鬆了口氣，但緊接著她又躊躇起來。「但是，我認為我需要……」她囁嚅道，「我需要分枝。」

「妳要什麼？」米契爾追問，「去別的樹？」

巴比內心矛盾，語氣猶疑：「我需要別的朋友——他們不需要琢磨什麼音樂預言，也不需要每隔五分鐘就拖著我去過關斬將！」

「這不公平！」史坎德千百個不願意。

「生活原本就不公平……」巴比指了指史坎德T恤上的金屬徽章，「——這是明擺著的。」

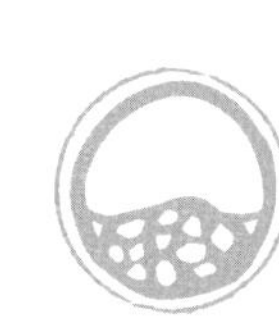

第七章—補魂者

疾隼隊例會、跟巴比鬧翻、爸爸的來信、肯娜的心結……千頭萬緒，史坎德差點忘了，他就要和艾格莎開始靈元素的訓練了。第二天，史坎德到禽巢的元素圍牆接惡棍之運去訓練，黑色獨角獸還著實困惑了一陣子。

下午，年輕的獨角獸們通常都是自己待著——嬉戲、打鬧、追著玩，牠們的騎手則在樹屋圖書館裡學習。而年紀大些的騎手們另有事做：有的參加前任司令和議員開設的理論課程，為將來接手管理工作做準備；有的和獨角獸繼續訓練，參加歷任混沌騎手開設的元素大師課。

「惡棍之運，快過來！」史坎德衝著山坡上玩鬧的獨角獸喊道。

惡棍之運抬頭看了看，黑色的獸角映著陽光閃閃發亮，然後就……接著去吃毛茸茸的小動物了——是松鼠吧？

「別讓我親自下去找你啊！」史坎德嚇唬牠。

惡棍之運向右轉了轉，用屁股對著牠的騎手，背上冒出陣陣輕煙，好像在說：不啦，我忙著呢！

史坎德往山下走去，一邊走一邊躲避著獨角獸打鬧時迸出的元素碎片。「喂，惡棍之運！靈元素訓練！你忘了嗎？」

當視野中的彩色輪廓漸漸清晰、變成史坎德認識的獨角獸時，他心裡燃起了一絲希望的火花。惡棍之運正和赤夜之樂、獵鷹之怒湊在一起吃東西，銀刃站在遠一點兒的地方，目不轉睛地盯著牠們三個看。如果獵鷹之怒沒有離開四頭獨角獸的小隊伍，那麼巴比，也有可能回心轉意吧？

反正，惡棍之運一點兒也不想離開牠的朋友們。牠氣呼呼的，經過土元素圍牆時，燒焦了一整排歐洲蘿蔔和馬鈴薯，聞起來像傳統烤菜。

半個小時後，艾格莎在幼獸訓練場的入口處跟他們碰了面。這是他們的首次靈元素訓練，史坎德一點兒概念也沒有，不知到底會怎麼樣。終於能學習自己的結盟元素，這讓他很興奮，畢竟，這是他跟麥格雷司令講條件換來的。可是他不信任艾格莎，心裡仍然存著怨懟，因為她哄他去找織者，卻絕口不提他的真實身世。更何況，他緊張不安——他的這位親阿姨殺死了島嶼上所有的靈獨角獸，從此留下「行刑官」的惡名——和她一起訓練，很難說是期待還是不期待。

和禽巢的其他導師一樣，艾格莎也穿上了代表自己元素的披風——亮白色的——不過史坎德留意到那披風的底邊已經沾了一層泥巴。她一言不發，直到惡棍之運走到訓練場中央才開口。

艾格莎棕色的眼睛瞪著史坎德：「開始之前，我們約法三章：我不想提起艾芮卡。我不想解釋『行刑官』的因果。我不想以乖張率性的阿姨身分陪你犯險——我不知道該如何當『阿姨』，所以我們就姑且忘記此事吧。我的脾氣不太好，畢竟過去十五年裡，我活在監視之中，實在無法造就開朗的性情。」

史坎德嚥了口唾沫，扯扯綠色夾克的袖子。

「我只對一件事情感興趣，那就是讓靈元素重回島嶼。我的任務是，幫你通過年底的比武大賽——以及之後的歷年考核，直到你成為掠食者。這是你當時跟麥格雷提的條件，對吧？」

「對！」史坎德穩住了心神，「這也是我的目標。」

「你還是雛仔時就直面織者，勝了一仗。」艾格莎在惡棍之運面前來回踱步。

話題突然轉換，史坎德有些驚訝：「是的，不過——」

「那純粹是靠運氣。」

史坎德緊張地抓著惡棍之運的鬃毛：「是啊，沒錯，因為我的朋友們——」

艾格莎再次打斷了他，只是這一次，她的聲音裡多了些許暖意：「但面對織者，確實需要勇氣。一名出色的靈行者，他最不可或缺的，就是勇氣。你知道這是為什麼嗎？」

史坎德覺得還是搖頭最保險。

「因為靈行者不能迴避『靈元素是致命的』這一事實。縛定獨角獸的能量、活力和生命……」艾格莎撫摸著惡棍之運的白色紋路，「——可以像蠟燭一樣一吹就滅，只要你想。」

史坎德心裡泛起一陣厭惡：難道她忘記「行刑官」的惡名了嗎？她怎麼能如此大言不慚？

艾格莎繼續說道：「身為靈行者，我們比其他騎手更接近無底深淵——物質之間的負空間，孤寂無聲的幽暗。選擇背對深淵，是需要勇氣的。因為總是遊走在黑暗的邊緣，所以每一天都面臨著這樣的選擇。這些選擇叫人精疲力盡。選擇向善，是靈行者終生不息的戰鬥，而許多人——比如我的姐姐，比如我自己——都輸了。到了最後時刻，你或許根本無法再戰，也沒有什麼所謂勝利樹可以讓你流芳百世，但你清清楚楚地知道，你奮戰到底，你獲得了勝利。」

史坎德心裡沉甸甸的，他想起自己面對織者時，確實也曾——只有那麼一瞬間——想加入她的行列。而近來，對母親的怨恨幾乎將他淹沒。

「我都說完了。」艾格莎緊了緊蓬亂的髮髻，「現在，讓我看看你用靈元素塑造的匕首吧。」

史坎德的右掌亮起白光，惡棍之運尖聲嘶鳴。匕首成形得更快了，好像元素魔法記得上一次做過的事。

它在史坎德眼前閃耀，亮得他幾乎無法直視。他想抓住手柄，但不知道為什麼，只能抓住稀薄的空氣。

艾格莎笑了出來。

史坎德抬頭看著她，沮喪的問：「我怎麼摸不到它呢？使用其他元素的時候，我都可以握住，比如火的、冰的——」

「這就是你犯的第一個錯誤。」艾格莎說，「靈元素和其他元素不一樣。由火和水製成的兵器，本身就是物理上存在的，但靈元素沒有實體，作用於虛無——物質之間的負空間——我剛才說過，記得嗎？它完全存在於另一個層面。」

「這麼說，它不是真的？」史坎德指著懸在半空的匕首，「那我怎麼能看見它呢？它不是不存在嗎？」這也太煩人了吧！

「不，它是存在的。」艾格莎糾正道，「它存在於你的心靈中。存在於所有人的心靈中。」

「可是，我要怎樣使用屬於另一個層面的兵器呢？我都摸不到它。」史坎德沮喪的問。

「你當然能夠摸到它。你投出這把匕首——篤信它的存在，賦予它足夠的念力——它會像其他元素塑造的兵器一樣把騎手從獨角獸背上擊落。就好像半夢半醒的時候，你覺得自己突然從高處墜落，雖然沒挨著地面，可你仍然能感受到衝擊力。」

史坎德眨眨眼睛。

「我知道，頭腦清醒地接受並且相信，這很難。但你必須訓練自己去感受匕首的所在。好了，閉上眼睛試一試吧。」

史坎德的腦袋裡一團糨糊。這實在太難懂了。不過他還是按照艾格莎的建議做了。他再次召喚元素，塑造匕首。這一次，白色的刀刃更長，刀柄也更華麗。史坎德深吸一口氣，伸出手去摸刀柄——空氣。他又試了一次，可手直接穿過了匕首，整件兵器倏爾消失了。

「哎呀！」史坎德惱怒地叫道。

「你沒閉眼啊。」艾格莎說。

史坎德只好氣呼呼地閉上了眼睛。痛苦而折磨的掙扎之後，他總算抓住了那閃閃發光的刀柄。

「就是這樣！」艾格莎很高興，「試著投出去！」

史坎德睜開眼睛，彎曲肘部，然後……手裡空空如也，兵器再次從手中滑脫，瞬間就不見了。

艾格莎耐心指導，終於讓史坎德成功地把匕首扔出了幾公尺遠。見他累得汗流浹背，她便又講起了靈元素和合一比武的要點。

「現在你已經知道規則，第二聲哨響時，只能選擇一種元素、一種武器。但靈元素的優勢是，它塑造出的兵器，都比較……靈活。兵器介於現實與想像之間，那麼你的進攻便可以避實就虛、出奇制勝。」

史坎德不太明白，等著艾格莎繼續講。

「比如，你可以向某個方向投出匕首，但讓它從另一個方向飛入。這需要極強的專注力，不過我確實親眼見過。」

「這樣不算犯規嗎？」史坎德問道。他突然興趣高漲。

艾格莎大笑起來：「這裡可是禽巢，史坎德，為了競爭，誰理會規則啊？你還沒弄明白嗎？」

史坎德正要再試著投出匕首，幼獸訓練場的大門口突然闖進了一頭灰斑獨角獸。

史坎德僵住了，心臟狂跳不已。野生獨角獸的眼睛猶如燃燒的炭火，一動起來骨頭就咯吱咯吱地響，牙齒裸露在外，上面滴著新鮮獵物留下的血。牠痛苦地低吼著。

惡棍之運嗚嗚嘶鳴，揚起了前蹄。

野生獨角獸怨憤難平，向史坎德發難。

惡棍之運吐出一條火柱，獸角噴出電花，想要保護背上的騎手。野生獨角獸閃避攻擊，但仍然步步逼近。

「史坎德，投匕首！」艾格莎的聲音裡透出了恐懼。野生獨角獸的尖角對準了他們，咆哮著衝來，全身的骨頭都在震顫，發出巨響。

史坎德哪裡還需要命令，奮力將匕首投了出去。野生獨角獸看見閃著白光的兵器朝自己飛來，便揮起斷裂的翅膀，吃力地向上騰起，沒入天空。

「還是那頭野生獨角獸……」艾格莎的目光跟著牠，越過了禽巢的山坡。

「這是我第三次見到牠。」史坎德氣喘吁吁的說，「但牠一直沒傷害過我，還有惡棍。」惡棍之運仍然一聲聲地低吼著。

艾格莎的眼睛裡閃過一絲異樣。這是史坎德從未見過的。是好奇嗎？可能吧。或者是些許害怕？抑或是……欲望？

「一起走走吧，好嗎？」艾格莎突然說。史坎德跳下地，牽著惡棍之運跟了過去。

他已經很久沒有踏上這條通往禽巢的山路了，因為惡棍之運學會了熟練飛行。此刻，太陽落下去了，只有路燈照亮。艾格莎邊走邊講，燈光透過她臉頰上的突變，映得皮肉下的骨骼亮晶晶的。「你可能還不知道，與同一種元素結盟的騎手，能力不見得都一樣。」

「妳是說，有些更擅長進攻，有些更擅長防禦？」

艾格莎搖搖頭：「不完全是。都是火行者，有些騎手的本事，是別人沒有的。也就是說，他們擁有特殊的天賦。這種天賦通常無益於打鬥比武，但在別的方面非常有用。」

「比如說呢？」史坎德熱切的問。他很想知道米契爾會有什麼樣的天賦。

「喔，我不知道。」艾格莎顯然不喜歡旁敲側擊、拐彎抹角，「有些火行者的嗅覺非常靈敏，可以聞見幾英里之外的煙霧，在消防方面很有用武之地。有些水行者能夠在水下屏住呼吸，待上好幾個小時，就像鯨一樣。」

「這麼說有點像超能力？。」

艾格莎好像沒聽懂。史坎德覺得，這恐怕是因為，島嶼上從來都沒有「超級英雄」的概念，因為這裡遍地都是驍勇善戰的獨角獸騎手。「啊，沒什麼。」他說。

艾格莎沒在意，自顧自的說了下去：「在島嶼歷史上，有一小部分靈行者，能恢復野生獨角獸與其命定騎手的羈絆。」

「與其命定的……」史坎德努力思考，「如果某個十三歲的小孩沒能趕到孵化所，那麼原本屬於他們的獨角獸就會被送到荒野……」

「這些天賦異稟的靈行者及其獨角獸，可以通過夢境識別那些錯過縛定機會的騎手，找到流落野地的獨角獸，然後運用靈元素恢復他們的羈絆。」艾格莎講完了。

史坎德愣住了。他滿腦子都是都是肯娜、肯娜、肯娜……惡棍之運尖叫著抗議，急著要去吃晚飯。

「史坎德？」艾格莎推推他的胳膊，有些擔心，「你聽見我說的話了嗎？」

「如果那個騎手已經超過十三歲了呢？」史坎德的腳趾已經麻了，「如果那頭獨角獸已經流落野地了呢？還能恢復羈絆嗎？」

「能。」史坎德的過激反應讓艾格莎有些慌亂，「所以我一直惦記著那頭野生獨角獸。牠一次次地來找你，顯然是被你召喚的靈元素吸引了。參考歷史上的種種，這是一種跡象，表明你很可能擁有那種罕見的天賦。也就是說，你可能是一名補魂者。」

史坎德有些抗拒：「補魂者？聽起來和『織者』有點像。」

艾格莎立刻反駁：「不，完全不一樣。織者『織出』的是本來並不存在、也不該存在的聯結。而補魂者要做的是重建錯過的羈絆，是修正錯誤、彌補遺憾。」

「去年，織者拆開了艾絲本和新紀之霜的羈絆，後來我又幫忙接上了。就像那樣嗎？」

「那是原本已經存在的羈絆。補魂者還可以修補潛在的、暫未成形的羈絆。騎手和本該屬於他的野生獨角獸，由補魂者重建羈絆，他們的羈絆便可以獲得新生。我曾有幸目睹——那野生獨角獸的透明獸角漸漸有了顏色，翅膀豐滿起來，傷口也全都癒合了。」艾格莎的聲音裡滿是驚歎。

腎上腺素湧遍了史坎德的全身，他一股腦兒地倒出了一大堆問題：「那我怎麼知道哪頭野生獨角獸本來是有騎手的呢？他們的羈絆要怎樣修補？還有我的姐姐肯娜，她有機會嗎？

如果她也是靈行者，妳能辨認出來嗎？我能修補她的羈絆嗎？」

史坎德一直想向艾格莎打聽野生獨角獸之死和織者的事，但此刻這些突然就全都不重要了。肯娜登島、成為騎手、姐弟倆重拾快樂……現在都成了可能，它們才是最重要的。只要肯娜擁有了自己的獨角獸，一切問題就迎刃而解了。

走到禽巢那覆蓋著繽紛樹葉的入口時，他們停了下來。艾格莎似乎更加憂心了：「天賦需要時間的證明，我並不能肯定你就是補魂者。你們現在才剛開始學習運用靈元素，你和惡棍之運還沒有做好共赴夢境的準備。」

可史坎德已經聽不進去了。「這麼說，我和惡棍之運必須同時做夢嗎？該怎樣才能辦到呢？到了夢裡，我就能看見肯娜、惡棍之運就能看見那頭獨角獸？還是我倆一起看見她倆？」

他突然頓住了，「等等，妳說我們沒準備好是什麼意思？我可是經常做夢啊！」

艾格莎有些後悔了：「何必挑起這話題呢。「補魂者的夢境非常危險，史坎德，你會傷到你自己的。」她說。

史坎德又有了一個可怕的念頭：「織者不是殺了好幾頭野生獨角獸嗎？要是其中也有肯娜的那頭……」

「野生獨角獸成百上千——你想得太遠了，那都是將來才會碰到的問題。今年要把注意力放在兵器上，其他的就先別琢磨了。」她的聲音很嚴厲，史坎德不敢大聲質疑，但他的腦海裡全是疑問，以及各種各樣的可能：肯娜登上島嶼，肯娜與她的獨角獸……

艾格莎示意史坎德去打開禽巢的大門。

史坎德望著粗大的樹幹發愣。他從來沒有碰過這扇門。去年一整年，他都是跟在別的騎手後面混進去，極力避免暴露自己真正的結盟元素。

艾格莎瞥了他一眼，咧開嘴笑道：「去啊！年輕人怎麼說的來著——狂野一把！」

史坎德還在想著肯娜和獨角獸，迷迷糊糊地用手掌按向粗糙的樹皮。樹皮上的凹痕亮了，絲絲縷縷的白光漸漸圍成了圓圈，閃耀得令人目眩。數百個皴裂的縫隙越來越亮，漩渦和流沙什麼的都沒有出現，而是直接出現了一個洞——像晨光吞沒星星那樣，暈開了一個洞，剛好夠一頭獨角獸鑽進去。

史坎德想哭。禽巢的騎手們，有多少人從未見過如此奇景？這樣動人心魄的美麗，竟然只落得遭人嫉恨的結局？他想起那些被剝奪權利、隔絕於孵化所之外的靈行者，只覺得憤怒至極。他想著肯娜。如果她命中註定擁有一頭獨角獸，那麼他一定要為她找到。他要替她著想、為她付出、讓她好起來，就像她一而再再而三的護著他、幫著他。

樹幹在他們身後合攏時，艾格莎仍然面帶笑意：「我是個暴躁嘮叨的老傢伙，看到騎手再次點亮禽巢的入口，竟然一點兒也不高興。你看見了吧，靈元素利用了樹皮上的裂縫瘤疤。負空間——邊緣所在——可以是美妙的，也可以是危險的。」

「艾格莎……」史坎德還是想問。如果她不肯多講補魂者的事，那麼或許可以幫他解決別的難題。這個難題一直壓在他心裡，又不能對著朋友們傾訴——他害怕聽到他們的答案。

「艾佛哈導師。」艾格莎糾正道。

「噢，對，對不起。呃，我想問問，你聽過歸真之歌嗎？就是那首——」

「一脈承繼大統：黑靈魂之惡友。新的力量崛起，消亡一切過往。」艾格莎背誦如流，「這首嗎？」

史坎德默默的嚥了口唾沫。她竟然背下來了，這可不是個好信號。「這些……歌詞，應該跟我沒關係吧？嗯？你怎麼想？我什麼都沒做，也不想做！我只想管好自己，練好靈元素。我不想要什麼『崛起』，我要的是安生和平靜！」

「我說，史坎德啊！」艾格莎連連搖頭，「別什麼事都往自己身上攬。」

這不算正面回答吧。

艾格莎抓住樹幹上的梯子，回過頭喊道：「訓練結束。哦，對了，史坎德——」

「怎麼？」

「你可能是補魂者這件事，不能告訴任何人。也別再打聽、琢磨了。我可知道你的四人組都是些什麼角色——去年就能闖監獄了。」

「誰叫妳蹲監獄呢？」史坎德反脣相譏。

艾格莎已經走了。

然而，走進樹屋的那一瞬間，史坎德就決定，把一切都告訴朋友們。米契爾坐在火爐邊看書，背後是紅色塗鴉的牆壁；芙蘿剛參加完銀圈的例會，正在脫鞋子；巴比不在，但她剛才應該在——果醬、乳酪和馬麥醬做的緊急事件三明治才吃了一半，丟在料理臺上。也許和新朋友「分枝」了，史坎德心酸的想道。

史坎德把自己與艾格莎的談話和盤托出。「所以你需要去夢裡尋找肯娜的獨角獸？」芙蘿問。

「我也不知道，」史坎德有點沮喪，「我其實經常夢見肯娜。那頭灰斑獨角獸，以前也夢見過。可是按照艾格莎的說法，需要惡棍之運一起參與，這可怎麼辦呢？」

「你認為那頭灰斑獨角獸是肯娜的？」米契爾一邊聽著，一邊在字典裡查找「補魂者」這個詞。顯然，根本找不到。

史坎德聳聳肩，腎上腺素激得身體有些緊繃：「因為那頭獨角獸來找過我好幾次，不是嗎？而且，我總覺得牠……有種很熟悉的感覺。」

「可能是因為見過三次，所以就熟悉了呀。」芙蘿輕聲說。

但史坎德已經聽不進任何質疑了。他就是要把那頭灰斑獨角獸塞給肯娜。他胡思亂想，想到了樓上的背包，還有自己存的那些錢。把肯娜和爸爸接到島嶼上的夢想，一下子就拉近了。一下就變得……可能實現了。

「我現在只知道肯娜在大陸過得不太好。她仍然渴望成為騎手，一如既往的渴望！我也跟你們講過，她都不願意再給我寫信了，因為她受不了——她的悲傷是我們有目共睹的！」史坎德胸膛裡泛起內疚，都是自己的錯。是他丟下了她。他不該對她保密……

「很多人都沒有命定的獨角獸啊。」米契爾客觀的說，「他們都撐過去了。」

「但是如果你本來有呢？如果肯娜也是靈行者，那麼孵化所考試就會故意把她刷下去，不是她考不過。這說不定是家族遺傳的呢。想想艾芮卡和艾格莎，她們兩姐妹都是靈行者。然後我也是，所以肯娜也該成為騎手啊！不是嗎？說不定我能修復她的羈絆呢，那不就皆大歡喜了？」

「你是不是已經忘了島嶼上的元素災害？」米契爾抱著胳膊，「前幾天你還沒完沒了地嘮叨呢。米契爾，歸真之歌要應驗了，織者要毀滅島嶼了，我們不能袖手旁觀。這些都不是你說的嗎？」

「我當然也關心那些啊，但此刻在談的是肯娜的事！如果她真是靈行者，那我絕不能袖手旁觀。我必須幫她！」史坎德的腦袋都要冒火了，一個個理由噴湧而出，「織者會殺死她的獨角獸！但我連到底是哪一頭都不確定！這怎麼行？我得保護牠！」

「你也不確定你是不是補魂者，史坎德。」芙蘿警告道。

米契爾合上了字典。「應該有個落選靈行者的名單吧？那些年滿十三歲、被孵化所考試故意刷下來的騎手，他們的名字應該記錄在案吧？」

「確實有份檔案。」芙蘿沒有看史坎德。

「在哪兒？」史坎德著急的問。

芙蘿有些不自在：「在銀色要塞，銀圈開例會的地方。」

史坎德簡直不敢相信如此好運：「妳能看到那份檔案嗎？妳能查查肯娜的名字嗎？」

「我辦不到啊，小坎。只有哨兵和已經畢業的銀色騎手才有查閱許可權。我只是去參加例會，連那個圖書館都進不去。再說，我在銀色要塞裡都是有人監視的。」

「不能求一位哨兵幫忙看一眼嗎？」史坎德央求道。

「朵里安會發現的！他知道我和你同一個小隊，已經在跟我打聽你的事了！要是讓他知道我竟然幫你去偷關於靈行者的檔案，他會怎麼想！」

史坎德根本沒發覺芙蘿的恐慌。肯娜到底有沒有命定的獨角獸，他必須確認。爸爸信裡的隻字片語浮現在他的腦海：去了趟島嶼，她心情受了些影響，想自己靜一靜。她很想念你，但寫信就老是會想起獨角獸什麼的，所以緩一緩吧。「可是，難道就不能……」

「不能！」芙蘿大叫一聲，接著衝出了樹屋。

米契爾呆住了：「遭遇織者之後，我這是第一次聽見她大喊大叫。」

史坎德已經追到了門口。但芙蘿並沒有跑遠。她盤腿坐在樹屋外面的平臺上，褐色的臉頰淌下了眼淚。

史坎德在她身旁坐下，手足無措。如果惹惱了肯娜，他會緊緊擁抱她。但芙蘿不是他的姐妹，這就不一樣了。

「小坎，有件事得告訴你。」她壓低聲音說道，「不是好事。」

史坎德心裡一沉：「什麼事？」餘音在披著鐵甲的樹幹間迴盪。

芙蘿深吸了一口氣，目光投向遠方的樹林，還有禽巢山下閃著萬家燈火的肆端市。「是今天的銀圈例會。」

史坎德挺直身子，借著燈光看清了芙蘿的表情。「怎麼了？說吧。」

她的眼神裡流露出急切和慌張。「小坎，以後我們還是好朋友，什麼都不會變。你千萬不要認為我認同他們。這不代表我和你從此就對立了。」

史坎德緊張地笑了幾聲：「我們怎麼會對立呢？從我登島那天起，妳就一直站在我這邊啊，不是嗎？去年，妳和銀刃擋在織者和惡棍之運中間，救了我們的命！到底出什麼事了，儘管告訴我吧。」

芙蘿緊緊閉上眼睛，沉聲說道：「今天，我一到銀色要塞，就看見銀圈的社員們拳頭對著拳頭，真的連成了一個圓圈。」

史坎德點點頭。

「他們解釋說，我可以成為正式社員了——因為我已經是幼獸了。他們都很興奮，畢竟，他們盼了六年才盼來新的銀色騎手。」

「他們要妳做什麼？」史坎德只覺得嘴巴發乾。

芙蘿頓了頓：「所有銀圈的社員都要宣誓。」重複誓詞時，她的聲音止不住地顫抖：「我以四元素之威和銀色獨角獸之力發誓，從今起，護島嶼，靈行者，不兩存。」

「噢……挺明確的。」史坎德喃喃道。

「我念了，小坎。我宣誓了！」

芙蘿不願意看他，但史坎德爬起來，湊到她的對面。「聽我說，芙蘿。」他一隻手扶著她的肩膀，「我知道妳不是心甘情願的。妳和他們不一樣。我理解妳不得不宣誓的苦衷。最重要的是，妳心裡不是那麼想的。」

「我當然不那麼想！」芙蘿哭道，「可我擔心以後，小坎。到時候別無選擇，我只能跟他們一夥兒，把你當做敵人，那該怎麼辦！我不願意！我想和你站在一起啊！」

「喔，那就這麼回答啊。」史坎德半開玩笑，感覺到自己的臉紅了。

「哪有這麼簡單。」芙蘿傷感的說，「你知道島嶼上曾有一場戰爭嗎？很久很久以前，靈行者和銀色騎手之間的戰爭。兩兄弟反目為仇——一個是靈行者，一個是銀色騎手。真正的戰爭，幾乎趕盡殺絕的戰爭！銀圈恨的並不只是你——他們一看見你，就會想起那場戰爭，想起死去的先輩，想起你所代表的敵人。他們不在乎你是誰，叫什麼名字，只要你是靈行者，你就完了。」

「可是，為什麼非打仗不可呢？」史坎德一直不理解。難道不傷害對方就不能解決問題嗎？

「因為兩兄弟都想統治島嶼。」芙蘿聳聳肩說，「為了權力啊。向來如此，不是嗎？」

史坎德望著禽巢。通道上燈影幢幢，樹屋裡傳來騎手們聊天的低語。他想像不出大家暴力相向的模樣。他也想像不出與芙蘿廝殺的場景。他只顧著搜尋關於肯娜的真相，完全忘記了芙蘿的處境——要是違抗銀圈，她和銀刃就會被關進銀色要塞，只有哨兵和銀色騎手相伴，一直熬到畢業的那一天。

「你姐姐的事，我會想辦法幫忙的。」芙蘿朝著黑漆漆的虛空說道。

「不！」史坎德害怕了，「妳別冒險。銀圈會把妳抓走的。沒關係，肯定還有別人可以——」

「我們得去查查那份檔案。」芙蘿眼睛裡的堅定很像她的媽媽。莎拉．薛克尼說她絕不屈從於朵里安．曼寧時，也是這樣的神情。「如果肯娜是命定的騎手，那你有權知道。自從她不肯給你寫信，你的苦惱我都看在眼裡。要是艾伯不理我了，我也會受不了的。我知道巴比想停一停、透口氣……」她有些許尷尬，「——但還有米契爾呢，他肯定願意幫忙。我們得好好想個辦法，畢竟你——靈行者，是絕對不能闖進銀色要塞的。」

「是啊，那肯定是下下策。」史坎德自嘲的大笑，「芙蘿，肯娜的事，真的謝謝妳。我可能不是補魂者，但萬一是呢，那就能改變一切了。」

芙蘿用力點點頭，臉上卻還是蒙上了傷感、沉重的陰翳：「我覺得，要是就這麼被關進銀色要塞，銀刃恐怕也沒什麼不高興的。」

「什麼意思？」

不知哪兒傳來一聲尖叫，嚇得他倆都跳了起來。是貓頭鷹？還是狐狸？

芙蘿顫了顫。「我現在能體會到羈絆中的情感了，就像你和惡棍之運那樣。所以，我感覺得到，銀刃和其他銀色獨角獸在一起時最最開心。牠們給了牠歸屬感。」

「牠的歸屬感應該源自四人組，源自惡棍之運、赤夜之樂和獵鷹之怒。」史坎德生硬的說。他不願意去想巴比的「分枝」。

「牠們在一起時，銀刃總是游離在外啊，難道你看不出來嗎？牠並不是不願意融入牠們，而是不知道該怎麼辦。」芙蘿無奈的說，「可是在銀色要塞就不同了。牠真的非常開心，非常自在——出什麼事了？」

一盞燈從樹上墜落，在地上摔得粉碎。掛在枝杈上的燈有時候會被大風吹落，但今晚一絲微風都沒有。史坎德回頭去看，看見一座通道劇烈的搖晃著。芙蘿也看見了。夜色中又響起來淒厲的尖叫聲。

「是誰在鬧著玩吧。」史坎德安慰芙蘿，也安慰自己。但這安慰也是徒然，他不由自主地想起了李凱斯的故事：開鴻騎手化身復仇鬼魂，重現人間。他後頸上一陣發涼，樹幹上的影子似乎變大了，一座座樹屋的輪廓也愈發可疑。有什麼東西在嘶吼，就在下方虯結的樹根之間。啪地一聲，一根樹枝折斷了。

芙蘿第四次回頭張望：「我們進屋吧，米契爾要……」

但史坎德沒聽見後面的話，因為他的肩膀挨了重重的一擊，差點從高高的金屬平臺上摔下去。他懵了一會兒才認出來——

「蓋布爾！」芙蘿大喊，「你要幹什麼！」

不對勁。蓋布爾只管瞪著她，石化的捲髮硬梆梆的，目光沒有聚焦，眼球不停的向後翻著。他聲嘶力竭的吼叫也不像人類發出的聲音，而是像——

「蓋布爾，鬆手！」史坎德叫道。可是蓋布爾掐著芙蘿的脖子，把她往平臺邊上拽。

「喂！」史坎德想把他拖回來，但這位土行者卻突然發起了攻擊，狠踢一腳。史坎德迎面倒下，頭和肩膀超出了護欄，懸在二十公尺高的平臺上。驚恐的尖叫聲中，蓋布爾轉向芙蘿，惡狠狠地把她壓在鐵鍊防護網上——人和地面之間，就只有這一道屏障。

史坎德奮力向她爬過去，張開嘴想要呼救，這時——

砰！

史坎德的頭側一陣劇痛，然後便墜入黑暗之中，什麼也不知道了。

肯娜——海上銀驥

海浪的聲音包裹著肯娜。爸爸的船槳微微一沉，擊碎水面的浪花。船離岸了。這艘船名叫「歐律狄刻」，漆成炫目的黃色，專供度假遊客租用。肯娜希望爸爸能好借好還，別出什麼差錯。她以後幫不上他了。過了今晚，她就不在馬蓋特了——至少，她祈願如此。

她一直琢磨著這件事，已經好幾夜沒闔眼了。曼寧所長會來嗎？他真的能帶她去島嶼嗎？她會不會被耍了？疑慮壓在她心裡，沉甸甸的，好像會把船打翻。她已經等了幾個月，假裝沒事發生，假裝和學校裡的其他人沒什麼兩樣。但她的心情越來越糟。她看著爸爸給史坎德回信，想到他就要孤零零地留在公寓裡了，內疚便啃噬著她的心。

駛過距離海岸最遠的一處浮標，爸爸停下了。他把船錨推向一側，鐵鍊叮噹作響。噗通！錨沉入了水下。肯娜輕聲的哼著歌——她一緊張就會這樣。爸爸走過來，和她一起坐在船中央的木板凳上。他拉起女兒的手，握住了她的手指。她這才發覺，自己抖得厲害。

「也不是非去不可啊。」爸爸淡淡的說，「現在改變主意也不晚。」

「我不會改變主意的。」肯娜的牙齒直打架。因為十一月的寒意，以及恐懼。她害怕所長不會來接她。她害怕自己會困在這裡，沒有史坎德，也沒有獨角獸。

「肯娜，看啊！」爸爸急促的說道。他戴著手套的手指向了前方的天空。

一開始，那似乎只是流星。但它們漸漸靠近時，輪廓便清晰起來了：兩對銀色的翅膀，倒映在海面之上。跟在後面的第三頭獨角獸顏色暗一些，是鐵灰色的，就像一顆失去光彩的彗星。獨角獸們在大海上空盤旋，振翅的力道掀起了漣漪，尖尖的獸角正對著小船。肯娜踉踉蹌蹌地撲下凳子，鬆開爸爸的手，衝向船頭，滿臉的驚歎和渴望藏也藏不住。

「時間不多。」曼寧所長的聲音尖而帶有鼻音，隨風灌入了肯娜的耳中。他騎的是較大的那頭銀色獨角獸。

「這太瘋狂了，父親，再考慮考慮吧！您還不確定他是不是補魂者呢。她也根本不明白您的布局，不是嗎？她才十五歲。他們都還是小孩子啊！我們不需要靈行者，現在回頭還來得及。」肯娜的注意力一下子轉向了說話的人。他比她年長幾歲，臉頰上的突變閃著電花，為他平添幾分凌厲的英俊——就算被獨角獸迷得頭昏，她也看見了。

「別說了，雷克斯，別讓他們聽見。」曼寧所長厲聲阻止，指了指海上的小船。「就沒必要讓你跟來。」他的獨角獸也應聲咆哮起來。

「你本來就不該來。」另一個人語氣寡淡。肯娜一見到他的突變就差點驚叫出聲——他的眼睛是兩叢火苗，閃著熊熊火光。

小船搖晃起來。爸爸跟到船頭，站在肯娜身邊，保護似的搭著她的肩膀。肯娜聽見他的呼吸變得急促——仰慕已久的神獸，此刻近在眼前——然後清了清嗓子，開口了。

「不好意思，如果我女兒命裡註定擁有一頭獨角獸，而你們又搞錯了，那麼現在是不是該糾正錯誤、帶她登島了？」

肯娜的心裡湧起了感激。他不是一個完美的爸爸，但他愛她。他愛她，所以希望她開心，哪怕這意味著分別。

三位騎手打量著羅伯特．史密斯。

「讓她和我共乘獨角獸吧。」火眼男子乾巴巴的提議道。

「我載她。」曼寧所長傲慢的說，「你和雷克斯掩護就行了。」

「不，還是讓我來。」火眼男子爭道，「是我出的主意，如果出了差錯——」

可是朵里安．曼寧根本沒理他，只是命令自己的銀色獨角獸靠近了小船，亮晶晶的蹄子挨著水面。爸爸扶著肯娜爬上船舷，從後面撐著她。

「祝妳好運，我的寶貝女兒。」他輕輕說道，「要是妳媽媽也在就好了。」

一句話就給了肯娜所有鼓勵。她抓住朵里安．曼寧的手，爬上高高的獨角獸，在他身後跨坐，緊緊地握著他的腰帶。肯娜騎過惡棍之運，但他還沒成年呢。她能感覺到此刻身下的獨角獸，肌肉是那麼緊實，翅膀是那麼有力，簡直就像一件武器。

朵里安的銀色獨角獸掉頭離去，另外兩頭獨角獸跟在後面。他們巨大的翅膀攪動著空氣，掀起了浪花。肯娜的腸胃一陣翻騰，她慌張的回頭去看，想最後再看爸爸一眼。他在揮手，在笑，在喊。肯娜揚起手道別，突然覺得下方黑漆漆的海面上，爸爸顯得特別渺小。

他們默不作聲地飛行，但肯娜身體裡的興奮——還有些微恐懼——都要溢出來了。她正在飛越大海。她就要擁有自己的獨角獸了！數不清的問題一下子全湧上來了，怎麼忍也忍不住。

那個最年輕的騎手——雷克斯——就飛在她的右邊。她借著風聲朝他喊道：「你是氣行者嗎？看你的臉頰就知道！」

他似乎沒想到她會主動開口，愣了一下，但很快就恢復了鎮定。「對！」獨角獸銀色的翅膀乘風呼嘯，像是要吞沒他的話語。「我父親也是。」他一隻手鬆開轠繩，指了指朵里安．曼寧。

「結盟元素常會在家族中遺傳，」曼寧所長頭也不回地說道，「比如妳和妳弟弟。」

「什麼意思？」肯娜大聲問道。側面撲來的大風噎得她喘不過氣。

曼寧所長向後一瞥，眼睛裡閃過精光：「史坎德也是靈行者。怎麼，他沒告訴妳？」

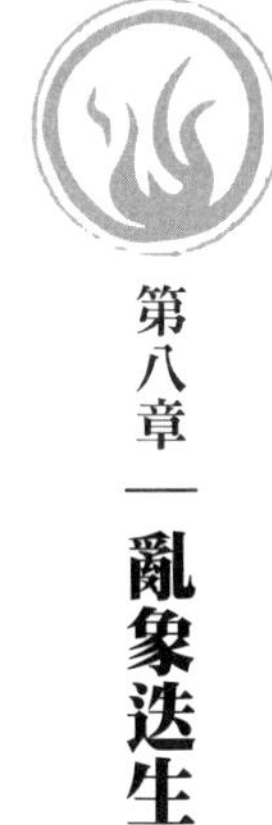

第八章—亂象迭生

史坎德還是挺幸運的。蓋布爾的攻擊只留下了輕微的頭痛，而未造成永久性的損傷。芙蘿的脖子上都是淤青，還有疼痛的鞭痕——不過雖然受驚不輕，她還是在一週裡恢復了訓練。至於蓋布爾，他在米契爾衝上平臺不久後就清醒過來了，可是完全不知道自己做過什麼。

史坎德和芙蘿很想向導師們解釋清楚，但當時一片混亂驚恐，實在難以描述。而且，蓋布爾自己也很苦惱。

「你什麼都不記得了？一點兒都想不起來？」韋伯教練問他。

蓋布爾嚇壞了：「我只記得我……我想、想要……」

「想要什麼？」歐蘇利文導師嚴厲地追問，眼睛裡的漩渦翻湧著。

「血。我想……想要血！」他忍不住大哭起來。

導師們聽到蓋布爾的話，個個神情複雜，他們向幼獸們保證，會把事情調查清楚，也不自覺的瞥向了史坎德。這些微妙之處全都落在了史坎德的眼裡。

從馬麗安那裡聽到消息後，巴比立刻趕回了樹屋。史坎德在她臉上看到了擔心和在乎，也看到她胳膊上的羽毛豎起來了，還以為那個噩夢——巴比不再是他的朋友——終於醒了。可是當她得知他們沒有大礙，就爬上了樹幹樓梯。

「巴比，等等！」史坎德想喊住她，「妳不想聽聽來龍去脈嗎？」

「不想！」她乾脆答道，「我不想再捲入什麼史坎德神祕事件了。我只關心自己的訓練。除了這個，別的免談！」

「巴比！」芙蘿喊她，「我也受傷了啊！我們只是不巧撞上了，不能全怪史坎德啊。」

「誰敢怪他！」巴比嚷嚷著摔上了門。

蓋布爾也大受打擊，幾近崩潰，每次見到史坎德和芙蘿就要道歉。火慶典前一天，練習召喚火焰長矛時，他甚至騎著女王代價找過來了。長矛的矛尖不難鍛造——只要比照匕首，造得輕巧鋒利就行了——但長柄就不好辦了。火是最不穩定的元素，不少騎手發現，要控制火元素幾乎是不可能的。長矛不是造得奇形怪狀，就是留不住火苗。史坎德舉起長矛，聽著劈里啪啦的火舌在耳邊呼嘯，心裡就十足的不安。不過，至少這件兵器不冰手。

「真是對不起。」這話蓋布爾說了幾百遍了，「我也搞不清楚到底怎麼回事。」

「是啊。」米契爾咕噥道。赤夜之樂彎著脖子，往燃燒的矛尖上噴了幾口煙灰，激得火星四濺。「蓋布爾到底是怎麼回事呢？我認為肯定跟元素紊亂有關。絕不可能是巧合，因為……」

「因為你不相信巧合。」史坎德接話道。現在，米契爾終於不情不願的承認，元素的災害和紊亂正在發生，歸真之歌的預言應驗了。這讓他陷入了困惑，於是愈發頻繁的去找傑米，纏著他討論吟遊詩人、歸真之歌和蓋布爾的反常。不過，史坎德覺得，米契爾之所以對神祕事件有了興趣，是因為他的父親又寄來了措辭嚴厲的信。

伊拉．韓德森的信裡只有幾行字：別和靈行者攪和，想成為混沌司令就先練好以下十種兵器云云。從那之後，米契爾就開始了獨自加練。「至少我爸爸注意到我和赤夜之樂了。」他很晚才從訓練場回來，對史坎德解釋道，「至少我爸爸對我有了期待。今年，我絕對不能再讓他失望了。」

「說實話啊，蓋布爾，那件事不是你的錯。」史坎德想把他打發走，好集中精力穩住肩上的火焰長矛。

「但我覺得就是我的錯。要是可以彌補，讓我做什麼都行啊。」

「為什麼土行者總是這麼刨根究柢的啊。」史坎德聽見巴比對她的新朋友阿賈伊說，「他們太實誠了，自己鬧得精疲力盡。要是換做我們氣行者，早就事過境遷啦。」

嫉妒刺痛了史坎德的心：巴比也曾這樣跟他開玩笑。偏偏又出了蓋布爾的事，史坎德想低調也低調不了，反倒越來越惹人注目了。雖然挨揍受傷的是他，可是人們愈發認定，他就是整個事件的幕後黑手。那些對著導師們說過的話，蓋布爾逢人便講——當時他有一種莫名的、渴望血的衝動，彷彿被一頭野生獨角獸附了身。於是，關於織者的傳聞甚囂塵上。另外，傳得最邪門的就是，靈行者史坎德能操控野生獨角獸，讓牠們侵入騎手的靈魂。這些謠言越傳越離譜，以至於幼獸們一見到史坎德就會大呼小叫地逃走。重重壓力之下，唯一能安撫史坎德情緒的就是隔天晚上要參加的疾隼隊例會。

「投矛！」安德生導師喊道。

十八支燃燒的長矛掠過火元素訓練場的焦土，大部分都落在了幾公尺以外。雖然銀刃給芙蘿的長矛添上了嚇人的火柱，投擲距離也不盡人意。唯獨巴比的長矛橫跨整個訓練場，幾乎命中了對面的紅色亭子。

「妳怎麼投得那麼遠？」米契爾朝著她喊道。

巴比聳聳肩：「我給它安裝了翅膀。」果然，草叢中的火苗嘶嘶熄滅後，史坎德看見長柄末端的羽毛——三根熾熱的羽毛，就像箭羽似的。

巴比的新朋友紛紛叫好。史坎德只認識其中的馬麗安，因為她是大陸生。另外兩個——火行者阿賈伊和土行者查理——他就不太熟悉了。他們三個本來和羅倫斯組成了四人組，但氣行者羅倫斯去年不幸成了游牧者，小隊就三缺一了。史坎德聽不得他們對巴比的讚美。難道巴比想填補羅倫斯的空位、加入他們的小隊？

安德生導師朝著巴比和獵鷹之怒鼓掌，笑聲隆隆，拂過訓練場。「不錯，很有創意！」他說，「這種小計謀就能讓妳在合一比武中獲勝。」

史坎德看著巴比誇張地鞠躬，看著獵鷹之怒抖擻蜷曲的睫毛。

「我有點想她。」芙蘿也望向她們，「終歸是不一樣了。」

「三個人成不了一隊。」米契爾直白地說。

「她有她的選擇。」史坎德的聲音裡滿是苦澀。

惡棍之運感受到了羈絆中的苦惱，輕聲尖叫起來。

「我知道你不高興，但站在巴比的角度，其實也能理解。」芙蘿說，「她習慣爭第一，習慣當焦點，習慣掌控一切。」

「她本來就是第一！訓練試賽她都贏了！」史坎德大聲說，「身為唯一在訓的靈行者，這難道是我能選的？」

「但事已至此，」芙蘿說，「你不能指望巴比甘願活在你的陰影裡。給她些時間吧！」

史坎德換了話題：「銀圈有什麼消息嗎？」他迫切的想知道肯娜究竟在不在那份落選檔案裡。既然芙蘿願意幫忙，他們就一直在琢磨潛入銀色要塞的計畫。現在唯一需要確定的就是銀圈下一次例會的日期了。

「我今天早上收到了一封信。」

他們其實用不著壓低聲音保密，因為其他幼獸都躲得遠遠的，誰也不敢靠近史坎德和惡棍之運。

芙蘿深吸一口氣，繼續說道：「十一月底似乎有件大事，銀圈的所有成員都要參加。」

「那正好，」米契爾說，「傑米已經差不多痊癒了，還有不少時間能改進我的偽裝。到時候我就混進哨兵的圖書館，去查查那份檔案。查到之後，芙蘿就來跟我會合，一起離開。簡單。」

「把你倆都捲進來了，我感覺很不好。」史坎德說了上千遍了。

芙蘿安慰他說：「這是我們自願的呀！」

「現在幾乎每個星期都有野生獨角獸橫死，」米契爾嚴肅的說，「要是下一次就輪到肯娜的，怎麼辦？萬一她真的是命定的騎手呢？必須弄清楚，然後再……」

「再查出殺死野生獨角獸的兇手。」史坎德替他說完了後半句。

「還有呢？」米契爾追問。

史坎德嚥了口唾沫：「還有，讓他們就此收手。」但他心裡卻止不住地想：讓她收手。

芙蘿歎了口氣：「我本來以為禽巢的第二年能正常些呢。」

「是啊！」眼鏡遮不住米契爾的煩燥，「我也以為不用搏命冒險了呢。」

第二天，十一月的第一天，火慶典如期而至。史坎德沒去湊熱鬧。因為疾隼隊不推崇元素的涇渭分明，成員們也不熱衷於過節，所以李凱斯就把例會訂在當天晚上。不過，史坎德覺得，這麼安排，多少也有為他這個靈行者著想的意思。

上次例會，他們進行了令人汗毛倒豎的俯衝訓練。練習結束後，史坎德忍不住向戾天騎手們發牢騷，說那些死盯著看的目光和離譜的謠言愈演愈烈。野生獨角獸的屍體頻頻出現，《孵化所先驅報》上甚至開闢了專欄，名字就叫「島嶼的報應」。到目前為止，專欄已經報導過火之象限的林火、水之象限的洪水、氣之象限的颶風。至於肆端市、禽巢和孵化所，則尚未遭遇不測。接著沒過多久，又出了蓋布爾的事……

「誰跟你找碴，我就打爛他的臉！」派翠克放言。

「你怎麼總這麼暴力啊。」普利姆羅斯一邊擺弄胰島素泵一邊嫌棄的說道。前不久，她坦承自己患有第一型糖尿病，然後跟史坎德要了一塊惡棍之運的果凍軟糖，以緩解低血糖症狀。

「打臉太直接了。」芬恩對派翠克說，「要是我，就把他們從通道上推下去。無聲無息，一擊致命，乾脆俐落！」她說著喀拉喀拉地動了動凍僵的關節。

史坎德說不清是感動還是不安：「多謝啦！不過，除掉我的敵人，恐怕反而無益於我的名聲吧。」

「一人做事一人當嘛，史坎德。」李凱斯衝他眨眨眼睛，「說正事啊，我正在考慮下一次例會的時間……唔，就訂在火慶典慶典當晚吧。」

「啊，真的嗎？」阿德拉抱怨起來，「我打算跟女朋友一起去玩呢。」普利姆羅斯沒理她。「這個時間很好。反正我們也不表演，去了又有什麼意思？」她聳聳肩，瞥了史坎德一眼。

「那……什麼時候要表演？」史坎德緊張地問。

「混沌盃。不過不用發愁，沒你的事。我們不會讓幼獸參加的。」李凱斯解釋道，「那種表演都是為了讓導師們安心的，免得他們擔心太危險而關閉社團。島嶼上的大人物們見識了我們的技術，禽巢就不必干涉我們了。」

於是，火慶典當晚，史坎德沒去湊熱鬧。騎手們都把綠色夾克換成紅色夾克，以呼應季節的轉換。巴比先走了，和馬麗安、阿賈伊、查理結伴而行。接著芙蘿和米契爾也一起出門，說要順路去找傑米，看看潛入銀色要塞需要的偽裝做得怎麼樣了。孤身一人的史坎德想起肯娜，便決定給爸爸回一封信。他之前畫過惡棍之運飛行的模樣，覺得爸爸或許想看一看。他坐在懶骨頭沙發上，開始了艱難的任務——措辭。

親愛的爸爸：

謝謝你的信。希望你身體健康、工作順利。麻煩你轉告肯娜，我很想念她，也正在盡力讓事情往好的方向發展。我現在只能說這麼一點點，但以後肯定會多多寫信的。今年年底我們再見面時，我會把一切都告訴你們。我愛你們。

小坎

半個小時之後，疾隼隊成員們微笑著招手，歡迎史坎德和惡棍之運的到來——當然，安柏除外。每個星期的例會，她都當他不存在。

「有人找碴嗎？」派翠克捉狹地揚起眉毛。

「今晚沒有。」史坎德咧開嘴，笑著跟他擊了個掌。他對待其他戾天騎手也是如此。在這裡，他好像完全變了一個人，變得自信、自在，以及更重要的——如魚得水。在疾隼隊，他不是例外。大家都熱愛飛行，他也是；大家都對振翅頻率和速度紀錄感興趣，他也是……他不禁暗自猜想，大陸那些足球隊、讀書俱樂部的成員們，應該也有這種感受吧。只不過他參加的社團擁有玩命特技和奪命獨角獸。

今天，他們打算練些小技巧。李凱斯騎著他的潮汐武士從餘暉天臺起飛。飛出兩百多公尺時，潮汐武士拍打著翅膀懸停，而李凱斯召喚同盟元素，用泛著泡沫的水圍成一個圓環。

戾天騎手們騎著各自的獨角獸，以驚人的速度衝向水環，爭奪第一。獨角獸的翅膀攪動著空氣，激起的音浪震動著天臺，甚至連底下的樹葉都隨之瑟瑟作響。每一位騎手穿過水環時，都要使出一項大膽的絕技——越出格越好。李凱斯曾解釋說，有一位勇奪混沌盃的騎手就因為善用這種空中特技，從而在空戰中取勝。不過，史坎德覺得，戾天騎手只是為了好玩——而且驚險刺激。

截至目前，練習賽排名前三的分別是：阿德拉——倒坐在鞍座上衝過水環，煙霧頭髮四散繚繞，還優哉游哉地衝著天臺揮手；芬恩——側坐在荏苒星霜背上放開韁繩，四肢挺得筆直；馬庫斯——乾脆鬆開繫帶，讓鞍座滑落到煙目恩星的肚子上，整個人倒吊著穿過了水環。

惡棍之運熱切的看著那一幕幕絕技，眼睛從黑變紅、又由紅變黑。史坎德知道，他的獨角獸也像他一樣，享受著集體給予的歸屬感。

隨後，作為最年輕的成員，史坎德和安柏被叫到了前面。「看看你們誰能比馬庫斯更勝一籌！」李凱斯大聲說。

惡棍之運抬起蹄子就要出發，史坎德趕緊拽著韁繩把牠攔住了。安柏和旋風竊賊也同樣差點搶跑，但這並不阻礙她惡語傷人。

「薛克尼家選了你，還不是因為你和芙蘿在同一個小隊？」

史坎德無奈地說：「哎呀！安柏，還有完沒完啦，披鞍儀式都過去好幾個月了。」

惡棍之運衝著旋風竊賊嘰哩呱啦的，唾沫飛得到處都是。顯然，獨角獸之間的友情並不足以讓牠們把勝利拱手相讓。

安柏攻勢不減：「布魯納最近不跟你玩了吧。疾隼隊挑了你，卻沒她的位置，她肯定生氣了。不過這次她倒沒錯——丟人現眼呀！」

「我正想跟妳說呢，丟人現眼！」史坎德回敬道。這時，李凱斯下令了：「幼獸們，出發吧！」

史坎德還沒準備好，但惡棍之運早就迫不及待了，往前一衝，甩得他差點仰倒。他只好使勁抓著惡棍之運的鬃毛，咬緊牙關硬抗刺骨的寒風。他伏在獨角獸的背上，瞥見安柏也俯下了身子，栗色的頭髮飄在身後。史坎德心裡只有一個念頭：*必須比她快，必須贏了她，絕對不能輸。*

這是惡棍之運有生以來飛得最快的一次。他的翅膀高速揮動，黑色的羽毛都現出了殘影。他的肌肉繃得緊緊的，舒張與收縮的力道都傳到了史坎德的腿下。對勝利的渴望流淌在騎手與獨角獸的羈絆之中，濃郁得漫向了史坎德的感官。李凱斯的水環就在幾公尺開外，史坎德等不及要使出自己準備已久的招數了。他小心翼翼地蜷起一條腿，把腳放在鞍座上，另一隻腳也照此收上來，蹲坐穩當。然後他抓住前鞍橋，完全鬆開韁繩，慢慢地站了起來。他繃直膝蓋，接連舉起雙臂。

「好！」他自己叫出了聲。惡棍之運興奮地嘶鳴，天臺上的戾天騎手們也全都歡呼起來。他做到了。他筆直地站在鞍座上，獨角獸的翅膀就在他身體的兩側。腎上腺素在身體裡翻湧，他從未感受過如此的活力與激情。水環近在咫尺了。再往前衝幾公尺，就能——

不對。

李凱斯和潮汐武士突然擋住了去路。獨角獸揚起前蹄，而騎手掌心飛出的鋒利碎冰直衝著史坎德而來。惡棍之運反應極快，像閃電似的從潮汐武士的蹄下飛掠而過。史坎德被慣性拽倒——所幸，倒在了鞍座上。然而，閃過潮汐武士左前蹄射出的水球時，他看見了李凱斯的臉，霎時驚得渾身冰涼。

李凱斯的眼睛翻著，就像蓋布爾發瘋時一樣。他似乎也被附身了。

砰！

旋風竊賊躲閃不及，一下子撞上了潮汐武士的左肩。兩頭強壯的猛獸相撞，巨響穿雲裂石，迴蕩在禽巢茂密的樹冠之間。潮汐武士一口咬住了旋風竊賊的脖子，旋風竊賊則嘶吼著以元素反擊。潮汐武士塊頭更大，力量更強，占了上風，可是李凱斯還是沒有停止攻擊。混戰之中，一個側甩——尼姆洛家的鞍座沒能護住安柏。

她被甩到了空中，然後向下墜落。旋風竊賊拚命地想要追上去，接住她的騎手。但潮汐武士咆哮著，死咬牠，怎麼也不肯鬆口。獨角獸最最重要的任務就是，絕不能讓騎手從空中墜落。可是安柏．菲法克斯掉下去了……真的掉下去了。

她尖叫著，距離下方的樹冠越來越近，大家全都慌了神。芬恩和阿德拉立刻跳上各自的獨角獸想追上去，但史坎德知道，他們肯定趕不及，也知道惡棍之運同樣看清了情勢——是羈絆告訴他的。

他們毫不猶豫地掉頭俯衝，追著安柏的身影而去。高度降得太快，史坎德都耳鳴了，腦袋也快炸開了。而後，奇跡般的，他們衝到了安柏的下方。惡棍之運伸長脖子，向上一托，讓她向後滑去，正好被史坎德擋住。

安柏嚇暈了，撞擊在她的身體上留下了不少淤傷，但所幸撿回了一條命。

他們馱著安柏，放慢速度，飛回了餘暉天臺。疾速俯衝和雙倍負重累得惡棍之運氣喘吁吁。

大家又驚又怕，張口結舌。芬恩和阿德拉把毫無知覺的安柏抱了下來。旋風竊賊小跑著迎向自己的騎手。惡棍之運衝著牠尖叫，似乎很是焦慮。

史坎德先開口了：「李凱斯呢？」

阿德拉嘮嘮叨叨。只見李凱斯倚在潮汐武士的身側，驚濤駭浪般的頭髮全塌下來了，兩隻手反剪著，由馬庫斯和派翠克押著。

普利姆羅斯正在跟他道歉：「對不起，雖然你是少校，可我們不能冒險。既然我是二把手，現在只能這麼做。等我們查明——」

「你們沒必要這樣！」史坎德衝上去打斷了她，「我知道是怎麼回事。」

「史坎德，沒事的，因為我也不確定自己是不是……安全無害。」李凱斯痛苦的說道。

史坎德看見李凱斯的手臂上有一塊燒傷，那是和旋風竊賊廝殺時留下的。所有的光彩和狡黠都從他的眼睛裡消失了，此刻唯餘恐懼。

「類似的事前一陣也發生過。蓋布爾襲擊了我和我的朋友。他事後說，當時有一種對血的渴望，好像被野生獨角獸附身了似的。」

李凱斯嚥了口唾沫：「不，不是野生獨角獸。是潮汐武士。是牠闖進我的腦袋，把那些感覺塞進了我們的羈絆。我清楚的知道，就是牠。」

史坎德盡力不露出震驚的神情：「你是說，你被你自己的獨角獸附身了？」

「感覺上……是這樣。」

「蓋布爾現在沒事了，你也會好起來的，」史坎德安慰他，「不過，我的朋友米契爾認為，這種附身事件源自元素紊亂。」

「你們覺得今天發生在我身上的事，與野生獨角獸之死有關？」

「有這個可能。目前只是推測。」史坎德的語氣和米契爾如出一轍。

李凱斯無力的癱倒在獨角獸身上：「絕對不能出這種事啊！禽巢的騎手竟然在空中失去了自我控制，這怎麼行！萬一那些能量強大的銀色騎手也……」他說不下去了。「禽巢現在有一名銀色騎手吧，芙蘿倫斯．薛克尼，對吧？騎手們危險了，外面的居民也危險了。這可是會死人的啊！會死好多人啊！這太可怕了，史坎德，我竟然控制不了自己，我竟然瘋了似的想要殺死安柏，殺死旋風竊賊，殺死你，殺死惡棍之運……殺光一切！」

史坎德什麼也說不出來。

「不能讓那個兇手繼續殺害野生獨角獸，得有人阻止他……」李凱斯喃喃地說，「其他人沒事吧？我們走吧。」

史坎德正想問他是什麼意思，普利姆羅斯卻把少校推到一邊，檢查起他胳膊上的燒傷。他只好悻悻然爬上惡棍之運的背，準備離開。這時，安柏湊了過來，在他耳邊輕聲說道：

「你不覺得奇怪嗎？每次有人被附身，你都在場。這也太巧了吧？」

「我只覺得自己運氣不太好。」史坎德應聲道。但他還是忍不住想起了巴比的話：我需要別的朋友——他們不需要琢磨什麼音樂預言，也不需要每隔五分鐘就拖著我去過關斬將！現在，他身邊的人果然陷入了麻煩。數不清第幾次了。

安柏竊笑著騎上了旋風竊賊。

史坎德的怒火一下子竄起來了。這不是他的錯啊！怎麼會有人前一秒還昏迷著，下一秒就這麼討厭呢！「呵呵，我還以為妳是來感謝我救妳一命的。結果呢？只是來給我安罪名——莫須有的罪名。算了，反正妳一向如此。」

「抱歉，去年你的罪名，可是名副其實的。既然全讓我說中了，你還有什麼可抱怨的？」安柏怒道，「你還指望我謝你？要不是你，我爸爸會進監獄嗎？就是因為你，所有人都知道他是靈行者了！就是因為你，我媽媽現在沒有一天平靜！」

史坎德突然明白了：「難怪妳的隊員不理妳。因為妳爸爸，他們排擠妳，對嗎？」

「他們沒有排擠我！」她厲聲反駁，但聲音顫抖著，「我警告你，史坎德．史密斯，要是你再害得別人被附身——」

「我沒做過那種事！」

「要是再有騎手發瘋傷人而不巧你也在場，我就別無選擇了，只能向銀圈告發你。」

「妳在威脅我？」史坎德沉聲質問。

「不然呢？當然了。」安柏甜膩地笑道。旋風竊賊四蹄升空，從餘暉天臺起飛，把他們拋在了身後。

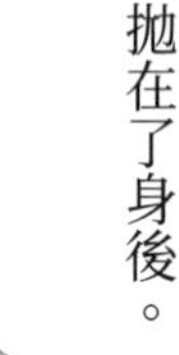

芙蘿和米契爾計畫潛入銀色要塞的前一天，米契爾約史坎德一起去肆端市，找傑米取偽裝。惡棍之運和赤夜之樂是最要好的朋友，肩並肩地走在商業街上。史坎德還不太習慣如此舉止規矩、整潔漂亮的赤夜之樂——牠已經好久沒有打嗝放屁了，就連燃燒的鬃毛也都整整齊齊的。史坎德知道，赤夜之樂一定明白米契爾想要討好他的父親，不過，這頭血紅色的獨角獸，今天卻好像有些心事，悶悶不樂。

彷彿讀懂了騎手的心思，惡棍之運衝著赤夜之樂噴出了星點冰晶。通常，牠肯定會把冰晶吹化，然後噴出火星玩鬧。但這次牠卻沒有理會，任由冰晶落在血紅色的皮毛上，漸漸融化。史坎德感受到了羈絆裡的失落。看來，惡棍之運也很想念過去的赤夜之樂。

「喔，混沌篇章！」米契爾路過書店就走不動。

史坎德歎了口氣：「我們不是要去找傑米嗎？」

「還有時間呢。再說，我之前跟克雷格訂了一本新書，是關於合一比武的。我想學學裡面的新式兵器，說不定能讓我爸爸刮目相看。」

史坎德知道，沒人能攔著米契爾去書店，何況他和店主的關係還很不錯。於是他們跳下地，把兩頭獨角獸拴在了外面的矮樹枝上。為了安慰惡棍之運，史坎德拿出了餘量不多的果凍軟糖。黑色獨角獸用鼻子拱拱他的手，好像在說「沒關係」。

他們進門時，碰響了掛在門上的小鈴鐺。店裡還有一位顧客，正和克雷格聊得熱絡，於是米契爾逕自挑出自己已經讀過的書，一本一本的給史坎德講。他的點評簡短而中肯，但有的也很不客氣，比如：「這本書比歸真之歌更像胡扯！」或是：「這本都不配換一張『混沌卡牌』！」

「啊，這本還不錯。」米契爾說著，從書架上抽出了一本《圖書館不會告訴你的事》，「我小時候還因為看了它，差點闖禍呢。」

「看書怎麼會讓人闖禍呢？」史坎德很好奇。

米契爾翻開目錄，指了指其中的一章——祕密私販。「我十歲時，奶奶生了重病。爸爸一心想讓她好起來，他認為肯定有某種方法，能讓他以水元素的魔法幫助奶奶痊癒。」

米契爾輕輕一歎，繼續說：「我迫切的想要幫他。我以為解決了爸爸的難題，其他難題也能迎刃而解：奶奶的病、爸爸對我的態度、父母之間的關係……唔，當時他們已經很冷淡了。所以我就查閱資料，翻到了這本書裡的這一章。祕密私販。」雖然書店裡很暖和，但米契爾還是微微哆嗦。「他們買賣的是祕密。圖書館裡查不到的東西，他們都知道。如果你肯吐露一個價值相當的祕密，他們就會提供你想要的知識或資訊。用祕密交換祕密。」

「那你真的去找他們了？」史坎德沒了耐心。米契爾講故事總是細節太多。

「差點就去了。」米契爾此刻說起來仍心有餘悸，「我的腳都踏上梯子，眼看就要爬到他們的樹屋裡了，我爸爸趕來了。他把我扛在肩上，又是吼又是罵的，一路扛回了家。」

「為什麼?他幹什麼要罵你?你只是想幫他呀!」史坎德義憤填膺地說。

「因為我沒讀完那一章,」米契爾把《圖書館不會告訴你的事》放回書架,「我沒讀到最後的警告。那些祕密私販可不是好人啊,史坎德,要是他們不滿意你給的祕密,就會……」

「就會怎麼樣?」

「就會殺了你。」

史坎德震驚無比,一時說不出話來。

鈴聲響起,那位攀談的顧客走了。克雷格像見了老朋友似的,迎向米契爾。史坎德則還沉浸在剛才的故事裡:交易祕密的販子,竟會殺死上門的顧客。他靠近書架,想清清思緒——上一次逛街購物,已經是好久以前的事了。

史坎德沒想到的是,克雷格竟然也熱情的向他打了招呼,說拜米契爾所賜,惡棍之運的大名,早有耳聞。「你訂的書昨天就到了,米契爾。你們到我的樹屋裡來吧,有件東西也想給史坎德看看呢。」克雷格把店門外的牌子一翻,從「營業中」換成了「暫停營業」。史坎德滿頭霧水:從這裡怎麼去到樹屋呢?中央的樹樁沒鑿出臺階,滿滿的擺著書。

「克雷格?」米契爾同樣困惑,「樓梯在哪兒?」

書店老闆朗聲大笑,頭頂的髮髻搖搖晃晃的。他一笑起來就顯得年輕不少,或許本來也只比史坎德大幾歲。

「啊哈，你們肯定喜歡。這是我已故的父親親手打造的，他所有心思就想著在店裡擺上更多的書。」克雷格從書架上取下一本《樹幹歪論》，把手伸進空隙裡。似乎是拉動了隱藏的槓桿，只聽「嗖」的一聲，幾座書架從樹椿上滑了出來，彼此交疊盤繞，搭成了螺旋樓梯，直通上方的樹屋。

米契爾看得呆住了，嘴巴張得圓圓的。跟著克雷格往上爬時，他對史坎德說：「我們的樹屋也改成這樣的樓梯吧？」

「幹什麼用？」

「放更多的書啊！」米契爾熱切地說。

「恐怕巴比不會……」史坎德說著說著，傷感就冒出來了。巴比肯定會插科打諢的笑話米契爾，說他的書已經夠多了，可如今，這些話史坎德都聽不到了。她只會跟別人說。

爬到樹幹樓梯頂端時，他們便進入了一間樹屋。這裡的書比樓下店裡的還要多。克雷格趁米契爾翻看新書的功夫，帶史坎德走到了角落裡的一張桌子旁邊。桌子有些年頭了，但保養得很好，桌面上蒙著綠色的皮革，四角鑲著金質漩渦。

「米契爾一跟我講起你，我滿腦子想的就都是你的難處——連教材參考書都沒有，怎麼練習使用靈元素啊！」在史坎德好奇的注視下，克雷格從脖子上取下一把鑰匙，打開了桌子上的抽屜。「我一直琢磨著，書能毀掉，但知識可不會消失。」

史坎德嚇了一跳。難道克雷格想讓他把艾格莎教的東西寫下來？「我什麼都不懂呢！我才剛開始正式的——」

「不不不，你誤會了。」克雷格說著，從抽屜裡取出一疊手寫的紙頁。「去年，因為你，靈行者們才從囹圄中脫身。這些人可掌握著不少書本中的知識吶！都在這裡存著……」他拍了拍自己的腦袋，「找到他們確實很難。因為害怕銀圈的迫害，大部分靈行者都隱姓埋名躲起來了。不過消息傳出去了，他們知道我是好意的，所以才肯與我一談。記錄記憶，收集故事，喏，這就是我要做的事。」

「這真的——真的太棒了！」史坎德激動得語無倫次。他不敢相信，島嶼上竟然有人真心願意幫助靈行者，「我可以——我可以看看嗎？」

克雷格把那疊紙遞給史坎德：「現在都是一張張零散的筆記，可能不容易看懂。等我再收集一些，就把它們匯總成書。」

克雷格說完就去找米契爾了。史坎德靜下來翻看紙頁，盡力地辨認著書店老闆的細小筆跡。紙頁上的內容大多難以理解，他粗粗瀏覽著，突然被一個詞勾住了目光。

補魂者。

「克雷格？」史坎德緊張起來了，「你能幫我看看這個嗎？」

書店老闆立刻趕過來，接過史坎德手裡的紙頁。「噢，這個！」他點點頭，「這是一位上了年紀的靈行者講的。他幫了不少忙。」

克雷格清清喉嚨，大聲的念了起來：

「補魂者：靈行者中的一類，能夠恢復騎手與其命定獨角獸的縛定，即使獨角獸已在荒野誕生，也無大礙。補魂者需要與其本人的獨角獸共赴夢境，以識別確認野生獨角獸與騎手的羈絆。在這些夢境中，補魂者和獨角獸的夢境，將分別靠近落選騎手與野生獨角獸的夢境。經由縛定，騎手與獨角獸夢境互換。這是最最危險的步驟，因為一旦騎手的夢境被困於野生獨角獸體內，最終將導致死亡。」

「死亡？」米契爾的驚歎把史坎德嚇了一跳。他聽得入迷，都沒注意到米契爾也湊過來了。

「要我再念一些嗎？」克雷格問。

史坎德忙不迭的點頭。

「建議設置心錨——某人或某物，可以在危急時刻將騎手拉回自己的意識。有經驗的補魂者可以藉助其夢境，自由尋找任意落選騎手，初出茅廬的補魂者，則需要專注於某個特定的個體。一般來說，落選騎手的年紀越小，補魂的過程就越容易，而獨角獸流落荒野越久，修補羈絆需要的能量就越多。」

「很有意思啊，不是嗎？」克雷格說。

「確實。」史坎德答道。他的思緒早就飄遠了。

十分鐘後，他們繼續前往傑米的鐵匠鋪。「克雷格竟然會到處收集靈行者的知識。」米契爾喋喋不休，「書店老闆叛逆起來，真是誰都擋不住啊！」

而史坎德還在想著那些紙條筆記。落選騎手的年紀越小，補魂的過程就越容易。謝天謝地，米契爾和芙蘿明天就要去銀色要塞探消息了。只要確認肯娜在落選騎手名單裡，他就可以著手研究夢境了。那能有多難？等他搞定了夢境，他們就能專心應付野生獨角獸之死了。阻止了濫殺，元素紊亂也就平息了，肯娜的獨角獸不會有危險，幼獸們也安全了，到時候，姐姐就能來這裡——

「史坎德。」在鐵匠鋪門前，米契爾打斷了他的思緒，「你可不能自己去試驗什麼夢境，得先跟艾格莎報告。克雷格說了，會死人的，聽見了嗎？」

「當然了，不會的。」史坎德說。但他心裡並不是這麼想的。

傑米所在的鐵匠鋪有一座傾斜的金屬屋頂，由四棵粗大的樹幹支撐四角。還沒進門，史坎德就感受到了火焰噴湧的熱浪，聽見了鎚子敲打的聲音。金屬的光澤時不時閃過，隨後便會響起浸入圓形大缸裡冷卻的嘶嘶聲。

傑米一隻綠一隻褐的眼睛盯著他倆看。「你遲到了！」他不高興的埋怨史坎德，黝黑的額頭皺成一團。

「喂，米契爾也遲到了！」

「算啦。」傑米說著，從皮革圍裙前面的大口袋裡掏出一個蒙著黑色套子的東西，遞給了米契爾。米契爾則小心的檢查了一番，確定四下無人偷看，才小心翼翼地接過來。

打造好了。米契爾的計畫奇招屢出，當然，也一如既往的魯莽冒失。為了配合這個計畫，溜進銀色要塞而不被發現的關鍵偽裝——哨兵面罩的完美複製品——打造好了。

面罩的詳細素描圖由史坎德提供。他參考了自己的記憶、芙蘿的描述，以及《孵化所先驅報》老報紙刊登過的哨兵特寫照片。傑米不太情願的答應為他們偷偷打造這副贗品面罩。真正的哨兵面罩是純銀製成的，但傑米想辦法找了些便宜的銀灰色顏料，達到了以假亂真的效果。

「真是不可思議啊，傑米！」史坎德驚歎道。

「你們最好再仔細考慮考慮。」傑米示意米契爾趕緊把面罩放回套子裡，他沉聲道：「我認識幾個在銀色要塞工作的鐵匠，他們都說曼寧非常注重安保。再說，你們比哨兵年輕那麼多，他們難道就看不出來？」

「這可未必。」米契爾頗為自信的說，「去年，兩名羽獸淪為游牧者之後，就去了銀色要塞。要是有人問起來，借用他們的名字就行了。我都想好了。」

「只要米契爾有計劃，他就會無比自信、無比放心，不管這個計畫有多危險。」史坎德輕聲說道。傑米皺起了眉頭。

米契爾沒理他，自顧自的說著：「芙蘿進出銀色要塞時，總是有個哨兵跟著。既然我也是『哨兵』，由我陪她一起去，不是理所當然的嗎？我會用你打造的這副完美面罩擋住臉，等銀圈的人去他們的角鬥場參加例會，我就溜走查閱檔案。這可比去年硬闖監獄容易多了。」

傑米沒什麼信心：「我知道你想幫史坎德查明他姐姐的情況，但你得答應我，務必謹慎當心，好嗎？」

米契爾的頭髮燃燒得更加明亮了：「我答應你，傑米。你真的什麼都不用擔心。」

因為自己惹出了這麼多麻煩，史坎德心裡很內疚。他換了個話題：「卡沙瑪司令有沒有追查殺死野生獨角獸的兇手？你有消息嗎？她也認為是織者？」

「不是人人都這麼想嗎？」傑米抓了抓金棕色的頭髮，「據說，她現在也拿歸真之歌當回事了。聽說她甚至盯上了開鴻騎手的『賜禮』，因為那有可能是一件特別厲害的兵器。我的意思是，你很難不那麼想啊。島嶼憤怒了，要報復我們，不是嗎？」

「噢，完了，不不不，完了完了，噢噢噢噢——」米契爾突然語無倫次，「快藏起來，你，還有我，還有……」

來不及了。伊拉·韓德森徑直闖了進來，怒不可遏。

「你在幹什麼？又跟這個傢伙混在一起？還敢在肆端市露面？」艾勒咬牙切齒的朝著史坎德的方向示意。

「不、不是，沒有，父親。我、我……」

「史坎德是來找我的，」傑米往前一步，「我是他的鐵匠。」

「沒錯！」史坎德說，「米契爾雖然也在這裡，但他沒有跟我講話。他像您一樣憎恨靈行者，認為他們都是垃圾、魔鬼……」

「我來肆端市是為了取我預訂的書，關於合一比武的。」米契爾飛快的說，「您瞧，是新出的，我想學學裡面的新式兵器，好用在比武中。」

伊拉·韓德森被新書吸引了注意力，低下頭看了看。史坎德和傑米慢慢的往後退，希望米契爾的爸爸能相信他們的蹩腳解釋。

「看來你還是認真的讀了我的信，嚴肅的對待比武，我很欣慰。」伊拉的火氣消了，又讚許的添了一句，「赤夜之樂現在也漂亮多了。」

「對對對，牠很努力，我也是。」聽得出來，米契爾鬆了一口氣。

「有人邀請我明天到水苑共進午餐，你也跟我一起去吧。」

史坎德和傑米立刻警覺的對視了一眼：明天，芙蘿去銀色要塞的時間是十二點。

「水苑？我也……明天？那……幾點鐘？」米契爾啞著嗓子問道。

「十一點回家跟我碰頭吧。到時候有很多重要的人物都會出席，包括去年的水分會理事，你都得見見。米契爾，要是你想成為『混沌司令』，就得儘早打點這些關係。還有，離靈行者遠一點。」他瞪了史坎德一眼，「別讓我失望，聽見了嗎？」

不等兒子回答，伊拉．韓德森就沿著大街走遠了，髮辮上的水花一閃一閃的。

第九章 銀色要塞

從艾勒要求米契爾陪他一起去水苑的那一刻起，史坎德就知道，潛入銀色要塞的計畫註定無望了。在過去的一年裡，米契爾變化很大——他不再武斷的認定所有靈行者都是壞人——但要他拒絕爸爸的要求？絕無可能。

「我不能讓爸爸失望。他很看重這些。我實在沒辦法……對不起，史坎德。」直到第二天早上，米契爾要回家時，他還在道歉，「今天晚上訓練時見吧。」

史坎德沒有開口攔他。水苑，那是最強水行者的訓練場，他完全能夠理解米契爾渴望為爸爸爭光，但又極其懼怕爸爸的心情。畢竟，和他這個靈行者交朋友，本身就游走於爸爸的威怒之間，隨時都可能爆發。

於是，史坎德改變了計畫：「芙蘿，我跟妳一起去。」

「你是靈行者，小坎，靈行者是嚴禁進入銀色要塞的！」

「別急別急，先想想——花一分鐘想一想啊。」史坎德央求道。他知道這個提議很冒險，也有點蠢，但他已經琢磨一整夜了。他堅信，只要確定肯娜是靈行者，要解決什麼夢境就非常容易了。克雷格那些紙條上寫得很明白：年輕的補魂者應該聚焦於某個個體。查清肯娜的身分一定是有幫助的吧？到時候他一定能分清普通的夢和補魂者的夢吧？

「遮住惡棍之運的紋路，我也戴上面罩，這不就行了？今年銀圈可能沒有別的大型集會了，機不可失啊，芙蘿。我得比織者更快，得在她殺死肯娜的獨角獸之前，學會修補羈絆。」

「可以讓巴比和獵鷹之怒去啊。」芙蘿慌不擇言。

「她不可能立刻答應。來不及了。十分鐘後就得出發了。讓我去吧！芙蘿，求妳了。」

芙蘿閉上眼睛，深深吸了一口氣。「那，你必須全都聽我的——每一件事、每一步。另外我們必須在天黑之前趕回來——今晚有比武訓練，對吧？」

史坎德撲過去，一把抱住了她：「謝謝！謝謝妳！」

「這不是為了你。」芙蘿沉聲說，「是為了肯娜。」

然而一個小時之後，史坎德卻差點急哭了。他和芙蘿來到肆端市邊，正要踏上通往銀色要塞的銀樺大道，可是惡棍之運怎麼也不肯讓史坎德把黑色拋光蠟塗到他的腦門上。

牠咬著牙抗議，就連紅色的果凍軟糖也不能讓牠動搖。

「真的很抱歉啊，小伙子，配合一下吧，好嗎？別動啊。」史坎德焦急地望向芙蘿，「把牠留在這裡不行嗎？我走路進去？」

「小坎，哨兵都是騎著獨角獸監督我的啊。」

「我應該帶赤夜之樂來才對。」史坎德氣喘吁吁。他費力地想把惡棍之運的腦袋拉低些，十一月的寒風中，手都凍僵了。

「牠才不會聽你的話。」芙蘿哆哆嗦嗦的說，「說不定還會咬斷你的腿！」

「惡棍之運！求你了！求你了——」史坎德百般央求，但黑色獨角獸只想啃他染得漆黑的手指頭。「只有今天！只塗一天！絕不會像去年那樣！只要一出來我就把它擦掉！」

「小坎。」芙蘿摸摸史坎德的胳膊，動作像獨角獸的羽毛那樣輕忽，「你牽著銀刃，我來試試吧——你太激動了。」

費了九牛二虎之力，芙蘿總算把黑色拋光蠟抹上了惡棍之運的額頭，遮住了長長的白色紋路。「好了，去吧，你這小笨蛋。」芙蘿摸了摸牠溼漉漉的脖子。

史坎德氣呼呼地擦掉臉上的淚水。他討厭這種感覺：遮住代表靈元素的標誌，假裝自己是水行者，並且為此和惡棍之運鬧彆扭。可是只要能查清肯娜的身分，就值得了。他沒跟肯娜說實話，讓她傷心了——他現在才明白——所以必須盡力彌補、挽回。

芙蘿憂心忡忡，焦慮不安。她不喜歡打破規則，而協助靈行者潛入銀色要塞，則無疑是最嚴重的罪名。走在肆端市裡，這種不安愈演愈烈。前一天晚上，各區都發生了元素災害，流離失所、精疲力盡的島民們湧入了首府。芙蘿建議幾戶人家去她爸爸的作坊，至少那裡暖和而乾燥。

走上通往銀色要塞的林蔭道時，芙蘿深吸了一口氣，但什麼都沒說。而後她頓了頓，還是開口了：「小坎？」

「嗯？」

「我發現，我們經常談起野生獨角獸和元素災害，但你很少提及她——你的媽媽。」

史坎德嚥了口唾沫：「妳是說織者啊？」

「她也是你的媽媽啊。多聊聊媽媽，也是應該的吧。」

「為什麼？」史坎德很抗拒，「我媽媽沒死，成了惡魔，除此之外沒什麼可聊的。」

芙蘿連連搖頭，銀刃也跟著哼了一聲。「不是這樣的。她和你、和你姐姐是血脈至親，和你的家人有千絲萬縷的聯繫。謊言和傷痛，並不會因為你不提起就不存在了。還有很多事你都沒弄清楚呢，特別是，她當年為什麼要拋下你？」

「我知道得夠多了。」史坎德倔強的說。

「我的意思是，你把所有關於媽媽的事情都鎖在自己的腦海裡、心裡，所以才不願意相信任何人。其實，要是你願意聊聊，我很願意聽啊。」

史坎德想到了巴比。她執意「分枝」，多讓人傷心啊。最好還是不要輕易相信別人，不要輕易坦承自己的真實感受吧。不過，他還是大聲的對芙蘿說了聲：「謝謝！」

芙蘿望著前面，突然說道：「你現在就戴上面罩吧。離開這些樹蔭，就沒有遮擋了。」陽光鑲著銀樺樹投下的陰影，土行者的金色徽章在她胸前映得亮晶晶。

史坎德把手伸進鞍囊裡，取出了套子裡的贗品面罩。帶子繞過腦後繫好，金屬閃閃發亮。在拉下面罩、遮住臉孔之前，他再次說道：「謝謝妳肯冒這個險，芙蘿。」

「啊哈，等我們活著出來再謝我吧！」

「我知道妳有多討厭這種事。」

「確實討厭。」她朝他笑笑，「但因為是你的事，我就勇敢多了。」

然而，走到銀樺大道盡頭時，史坎德卻沒體會到「勇敢」。銀色要塞赫然眼前，嚴嚴實實的遮住了天際。史坎德不禁想到了圓形的馬戲遮篷——只是這裡沒有鮮豔的條紋和歡笑的孩童。要塞的中央矗立著一座銀塔，塔尖鋒利如刺。巨大的金屬板向下鋪開，以尖樁支撐，搭成了邊緣明銳的天篷，遮住了銀塔的一側。

「今天銀圈的例會就在那裡舉行。」芙蘿悄聲說，「我們日常訓練也是。底下就是角鬥場。天篷可真光亮，都能映出獨角獸的影子了。」

但在靠近角鬥場和銀色要塞的其他建築之前，還有一道圍牆橫亙著，清楚的表明，這裡不歡迎遊客和外人。碩大的銀盤層層疊疊，讓史坎德想起了大陸歷史課上講過的羅馬盾陣。然而，盾牌後面沒有哨兵——它們只是牢固的嵌在地裡，靜靜地矗立，萬夫莫開。真像是隨時準備開戰的軍營。惡棍之運走近了，史坎德注意到每一張盾牌中央都嵌著不同的元素標誌：火、水、氣、土。沒有靈元素，當然。

「他們在防備什麼？要打仗嗎？」史坎德咕噥道。他的聲音蒙在面罩裡，悶悶的。

「噓——」芙蘿棕色的眼睛望著圍牆，尋找著。

「怎麼進去啊？入口在哪兒？」

「跟在我後面就行了，」她突然生硬起來，「別開口。一個字都別說。」

透過面罩上的觀察孔，史坎德看著芙蘿和銀刃靠近了雄偉的銀色要塞。銀色騎手和銀色獨角獸，確實是屬於這裡的。史坎德想起芙蘿已經在銀圈宣誓，那誓言的字字句句都讓他恐懼戰慄。靈行者，不兩存。她越是泰然自若地走向要塞，他就越是害怕。他從未體驗過這樣強烈的畏縮——像他這樣的靈行者，應該轉身就逃啊！

銀刃在一張銀盾前停住了，銀色的翅膀映著午後的陽光，熠熠生輝。史坎德留意細看，發現這張盾牌上沒有元素標誌，而是裝著一面小小的隔柵。芙蘿穩穩的坐在馬提納家精製的鞍座上，向前俯身，在盾牌上敲了四下。

唰——隔柵應聲而開。「報上姓名。」盾牌後面響起一個粗啞的聲音。

「芙蘿倫斯．薛克尼和銀刃。」她的語氣竟是那麼淡然，史坎德大為驚訝。「這位哨兵要護送我去參加銀圈例會，唔，一向如此。」她解釋道，說到最後兩個字時，還是忍不住微微顫抖。

「往後退！」

史坎德打起精神應對，不知道這是什麼意思，是好還是壞。唰的一聲，隔柵關上了。突然，銀盾的弧形底部向上升起，而後向外翻開，露出了一個豁口，剛好夠兩頭獨角獸通過。史坎德強忍著好奇才沒有抬頭看——銀盾就像倒掛的吊橋，正懸在他們的頭頂上呢！可是他現在是「哨兵」，這裡是平日裡吃飯、睡覺、訓練的地方，哪能東張西望的。在沒有銀色獨角獸的騎手中，只有哨兵可以進入銀色要塞，連司令都不行。

銀色盾牌恢復了原位，但剛才在隔柵後面說話的人卻不知哪兒去了。史坎德只覺得很赤裸，渾身都不自在。四周都是金屬遮篷，大小不一，銀光閃閃，而且看起來很奇怪：微風吹過紋絲不動，底下不是草地而是混凝土，一點兒也不像真的遮篷。大些的遮篷顯然安置著獨角獸——銀色門簾裡露出了獸角——而小些的遮篷足有一百多個，哨兵們就在其間進進出出。史坎德不敢多看，但他實在不習慣沒有樹屋的地方。那些巨大的圍牆，應該足以抵擋野生獨角獸的侵襲、足以保護銀色要塞裡面的人吧。

「到目前為止，還挺順利的。」芙蘿呼了口氣。她回過頭來，夾在在蓬鬆黑髮中的銀色顯得尤其醒目。

「是啊。怎樣才能看到那份檔案呢？」雖然天氣很冷，史坎德還是大汗淋漓。真正置身於銀晃晃的要塞裡，可比想像中緊張得多。

芙蘿指了指前方的銀色高塔。「哨兵圖書館就在那裡的地下三層。至於具體在哪個架子上，就得靠你自己去找了。」她跳下獨角獸，擔憂得聲音都繃緊了。「得把獨角獸留在這裡。今天的例會不准牠們參加。我猜可能有什麼東西不適合牠們看。」

史坎德心裡猛地一沉：在銀色要塞，和惡棍之運分開，讓牠離開自己的視線？

「芙蘿，我其實……」他緊緊地握住了惡棍之運的韁繩。騎手的焦慮充滿了羈絆，獨角獸擔憂的輕叫，之前為紋路而起的爭執早已忘得乾乾淨淨。

「小坎。」芙蘿很堅定，「你得相信我。我知道這裡的種種規矩。牠不會有事，惡棍看上去就和哨兵的黑色獨角獸一樣啊。往遮篷獸欄裡一鑽，誰也不會注意到牠。說實在，躲進去比招搖過市安全多了。你說呢？」

史坎德猶豫的跳下來。他聽見銀刃歡快的跟附近遮篷裡的銀色獨角獸打招呼，想起了芙蘿說過的話。銀刃在這裡很自在，芙蘿也是——哪怕她不願意承認。他們必須相信她。這是活著走出銀色要塞的唯一倚賴。儘管如此，轉身走開時，羈絆裡的恐懼和慌張還是堵得史坎德心裡難受。他強忍著，沒有回頭去看。

他們在閃閃發光的遮篷之間彎彎繞繞地走著，幾分鐘之後右轉，來到一座鍛爐前，旁邊滿滿堆著的全是銀面罩。島嶼上究竟有多少哨兵？難怪朵里安·曼寧權勢滔天。

「這裡就是銀戟的南門了。」芙蘿指了指面前的金屬拱門。幾名哨兵從他們身邊經過，往角鬥場走去。

「『銀戟』？」

「這座塔的名字。」芙蘿飛快的解釋道。

史坎德仰頭張望，只見刺目的銀光像浪濤一樣翻湧而下，像帆布天篷似的撐開，遮住上空，搭成了角鬥場的頂棚。

「無論如何，千萬不要離開圖書館。所有的哨兵都得去角鬥場，要不是正在路上，就是已經到了。所以你就藏在這裡，等例會結束。」

「芙蘿倫斯！」有人開朗地打招呼。

史坎德根本來不及躲。那個年輕人已經搭著芙蘿的肩膀，跟她聊起來了，並且……擋住了通向銀塔的路。

「你好啊，雷克斯。」芙蘿肯定很擔心這個雷克斯認出史坎德，但她還是大方的笑應。

「妳要去哪兒？」他瞥了一眼銀塔的入口。

「哪兒也不去啊。」芙蘿的笑容有點兒僵硬，「我可不……」

他笑出了聲。「隨便問問，沒事的。快走吧，我們要遲到了。」這個年輕人一定剛離開禽巢不久——紅色夾克的衣袖上繡著五對翅膀，表明他已經順利完成了五年的訓練。和史坎德比起來，他個子更高，身材更壯，白皙的皮膚曬得一道道棕褐，臉頰上飛掠著銀光。火花在他的顴骨底下躍動，一笑起來，就映得他的臉更加明亮。元素突變讓他顯得更帥氣、更完美了。

「這是妳的朋友嗎？」雷克斯問，「他是不是應該跟我們一起去角鬥場？」

他微微皺眉的模樣讓史坎德想起了另一個人。對了，芙蘿之前提起過這個雷克斯。雷克斯．曼寧——朵里安．曼寧的兒子。史坎德後背一陣發涼。

「哦，不是。」芙蘿不屑的衝著史坎德的面罩一揮手，「別管他。」她推著雷克斯轉身就走。

史坎德盯著他們的背影，直到芙蘿消失在視野中。他愈發討厭雷克斯了。不過，他此行目的是——肯娜。

「銀戟」的南門很容易就打開了。史坎德環顧弧形的空間，心跳加速。正如芙蘿所預料的那樣，平日裡守衛在這裡的哨兵都去角鬥場參加例會了，整個圖書館空無一人。彎曲的書架緊貼著弧形的牆壁，中央擺著兩張皮質扶手椅，咖啡機上放著一份當天早上新出的《孵化所先驅報》，頭條標題是：元素災害愈演愈烈。史坎德不禁心想，覺得這裡可比要塞其他地方舒服多了。

史坎德原本以為，尋找檔案需要花上好長時間，但沒想到，竟然很快就找到了。因為檔案都存放在單獨的玻璃檔櫃裡，櫃子上貼著靈元素的標誌。史坎德望著一疊一疊的檔案，想

到那麼多靈行者就這樣被擋在孵化所之外，只覺得悲憤交加。那些檔案就像陳列在博物館裡的標本，封存在玻璃後面，供人賞玩、研究——彷彿它們代表的不是一個個活生生的人，一個個被殘忍改寫了命運的人。他覺得脖頸上的汗毛豎起來了，想到姐姐的時候，幾乎能聽見她的聲音。沒關係的，肯娜。我能搞定。他深吸一口氣，把手伸向了文件櫃。

櫃門沒鎖——不過，以史坎德此刻的心情，他更樂意砸爛那些玻璃。每一份薄薄的檔案都像《靈之書》那樣，蒙著白色的皮革封面，脊部用金色標注著四位數字。史坎德看見了「2006」，又看見了「2015」，才意識到，這數字應該是年份。在這些年份，年滿十三歲的孩子本該打開孵化所的大門，成為靈行者騎手。

當然，他自己的名字不在其中——全是拜艾格莎所賜，他壓根就沒參加孵化所考試，於是也就沒有被挑出來、剔出去。可是，肯娜——肯娜的名字很可能在這裡面。

史坎德又緊張又興奮，他找到那份標著「2021」的檔案，輕輕翻開。先是長長的一段前言，介紹了織者，列舉了取締靈元素的諸多必要。讀到識別靈行者的方式——握手——史坎德火冒三丈：一種元素就這樣被篩選、封禁了。檔案最後才是以字母順序排列的名單。他的目光飛速搜尋，一下子就鎖定了「S」一欄裡的兩個名字。他捧著檔案的手劇烈顫抖，抖得那兩個名字也模糊了：

肯娜・史密斯

史坎德渾身冰冷，而後又全身沸騰，緊接著又如墜入冰淵。猜測和事實，是不一樣的。事實就像鎚子似的，猛擊著他的心。他盯著姐姐的名字，回憶歷歷在目。

那天早上，肯娜要去參加孵化所考試了，她緊緊的抱著他，興奮得踮著腳跳起舞來。

那天晚上，肯娜放學回家了，她精挑細選，準備著前往島嶼的行李。

肯娜還問史坎德，既然騎手都有夾克，那還需要帶上兩件套頭衫嗎？

那天午夜，肯娜倚門而坐，等待著敲門聲響起——十五分鐘，二十分鐘，一個小時……敲門聲永遠也不會響起。

一連幾個月，肯娜都是哭著入睡的，因為她再也不可能擁有自己的獨角獸了。

還有一個畫面反覆出現，不是記憶，而是想像：肯娜哭著央求爸爸，替她給史坎德寫信，因為她承受不住關於獨角獸的一字一句。

熾熱的憤怒湧入史坎德的血管。他怨恨媽媽給了銀圈撥弄他人命運的理由；他怨恨艾格莎沒能把肯娜也偷偷帶上島嶼；他怨恨朵里安．曼寧直接傷害了肯娜——還有所有的靈行者。他怨恨這座島嶼放任不公發生。因為摒絕靈行者的並不只是銀圈，而是島嶼上的所有人。而這一切還在繼續，他們不肯接受史坎德在禽巢訓練的現實，想盡各種辦法要趕他走。每一年的夏至前夜，他們究竟是抱著何種心情，在這份檔案裡記下更多名字？造就更多的野生獨角獸？奪走更多人本應擁有的人生？

史坎德雙手顫抖著，把標著「2021」的檔案放回了檔案櫃。他在心裡對自己起了誓：如果他真的是補魂者，能夠控制補魂夢境，他一定要再來這裡。他要修補姐姐和獨角獸的羈絆，還要幫助檔案裡的每一位靈行者找回自己的人生。任誰也休想——

「啊哈，四元素賜福，還有人沒走！」

一名戴著面罩的哨兵從南門探探頭，逕直朝著史坎德過來了。史坎德連忙往旁邊跨了一大步，躲開了文件櫃。

「走啊，夥計，得趕緊去角鬥場了——時間到啦，使命在身吶！」

「是啊是啊。」史坎德含糊的應道。接著，他把芙蘿的千叮萬囑拋在腦後，離開了圖書館。

聲浪像一堵牆似的迎面拍來，銀塔的北門直通角鬥場，史坎德瞬間就置身於滿是哨兵的看臺上。他們大呼小叫，興奮不已，有些甚至還吃著零食。史坎德在喧鬧的人群中搜尋，一眼就看見了右側有一個獨立出來的區域，坐在那裡的人都沒戴面罩——銀圈。芙蘿似乎嚇壞了，而一旁的雷克斯．曼寧正在她耳邊嚴肅的說著什麼。怎麼回事？

角鬥場兩側，帶有鋒利尖角的金屬大門向上提起，兩頭獨角獸衝進了沙地。看臺上一片寂靜，但緊接著就響起了震耳欲聾的歡呼。

對壘的雙方，其中一頭是高大的銀色獨角獸。牠銀色的獸角像刀鋒一樣劃破空氣，耀眼的翅膀噴射著火焰。牠的嘴角聚著白沫，眼球凸出，衝著看臺揚起了前蹄，顯然是被嘈雜的聲音激怒了，顯得暴躁異常。史坎德不由得納悶：這頭獨角獸的騎手在哪兒？為什麼要激得牠這麼緊張？朵里安為什麼讓要塞裡的所有人都來這裡？要看什麼？

這時，疑惑之下，史坎德才看清另一頭獨角獸。乍一看，他還以為眼前的一幕是自己想像出來的：瘦骨嶙峋的身體，流膿淌液的舊傷，碎裂的膝骨，強撐的四肢，空洞而兇殘的眼睛……不對，這不是想像。他聞見了死亡的氣味。這明明就是一頭野生獨角獸。可是為什麼……

看臺上的人們開始吹口哨，搖旗子，衝著角鬥場大喊大叫。沙地底部的金屬隔板傾斜著漸漸升起，推著兩頭獨角獸漸漸逼近彼此，就算想退也無路可退。銀色獨角獸怒吼起來，而野生獨角獸各種元素亂噴，散發出駭人的腐臭。

銀色獨角獸和野生獨角獸在沙地中對峙，猶如準備殊死一搏的角鬥士。

「什麼……」史坎德無法理解眼前的一切。

「你第一次看生死鬥呀？」哨兵問道。他往史坎德的面罩觀察孔裡瞥了瞥，「看起來確實年紀不大。新來的嗎？」

史坎德勉強點點頭，可是他的目光無法從獨角獸身上移開。廝殺的身影倒映在銀色天蓬上，一層疊著一層。

生死鬥。兩頭獨角獸壓低獸角準備攻擊。他明白了。

殺死野生獨角獸的不是織者。

是銀圈。

真相重重甩了過來，砸得他微微踉蹌，惹得哨兵哈哈大笑，笑聲淹沒在更多的喊叫聲中。銀色獨角獸顯然只需靠蠻力就占了上風，把對手逼到了角落裡。可是野生獨角獸拚命反抗，使出各種元素魔法，打得銀色獨角獸措手不及。畢竟，牠一無所有，沒有任何顧忌。

「看來野生獨角獸撐不了多久啦。」圖書館裡的那名哨兵說道。

「可不是嗎，看著夠老的，沒辦法給她。」他的朋友附和著，「估計已經苟活過好幾個夏至了，領袖的大計畫用不著牠啦，所以就送到角鬥場來了。牠對上銀箭根本毫無勝算嘛！」

「那——唔，銀箭會怎樣殺死野生獨角獸呢？」史坎德儘量平靜的問道，「我一直以為野生獨角獸是殺不死的。」

「洪流奔湧！你還真是新來的啊？什麼時候到的？今天早上嗎？」

兩名哨兵大笑起來，不過還是為他解釋了一番：「是縛定獨角獸的角。用牠們的角直接刺穿野生獨角獸的心臟。這是能殺死牠們的唯一辦法。銀圈早就開始研究了，研究了很久，後來有一名哨兵無意間發現了關竅。可能是在荒野吧，具體的我就不太清楚了。跟我沒關係嘛。這個——獨角獸生死鬥——才是我們的工作。」

史坎德努力的想要理解：「可是，獨角獸通常不會自相殘殺啊。當然，除非是為了保護牠們的騎手。為什麼……」

「啊，是啊！」哨兵晃晃手指，繼續說，「所以才需要這種的場面啊。角鬥場、沙地、觀眾。銀圈信任哨兵，於是一連幾個月，我們被派到這裡來起哄，為的就是激怒那些縛定獨角獸，激得牠們不管不顧，只想大開殺戒——獨角獸畢竟都是怪物。」

獨角獸才不是你們角鬥場上的怪物，史坎德心想。但他忍住了，轉而問道：「那各區的元素災害是怎麼回事？是因為獨角獸之間的殺戮嗎？因為這些？」

哨兵們被問住了。「說什麼呢？」後來的那名哨兵急道，「那些災害不都是靈元素害的嗎？因為有靈行者在禽巢裡訓練啊。那首歸真之歌唱得明明白白——『黑靈魂之惡友』，記得嗎？你是不是一直住在土之象限的山洞裡啊，怎麼什麼都不懂？」

「我之前說什麼來著，萊恩。」圖書館裡的哨兵說，「哨兵的資質每下愈況啊，他們什麼人都招！」

「算了，誰叫你年輕呢。」那個萊恩安慰史坎德，「雖說血腥了些，但這麼做都是為了大家好。殺盡野生獨角獸，靈行者也就沒能耐了，致命的元素失效了，島嶼就能恢復如常了。你也願意這樣吧，嗯？」

史坎德勉強點了點頭，把注意力轉回角鬥場上。野生獨角獸已經精疲力竭，肋骨起伏著，栗色的鬃毛被鮮血浸溼，蚪結蓬亂。史坎德很想制止這一切。他渴望救下牠。他忍不住去想那份檔案裡靈行者的名字。他們當中的一個，本該是這頭野生獨角獸的騎手。然而此刻，四周都是哨兵，輕舉妄動就是自投羅網。

史坎德望向銀圈所在的看臺。哪怕隔得很遠，他也看得出來，芙蘿非常痛苦。她被雷克斯・曼寧和另一名銀色騎手摁著，拚命嚷著：「你們這些魔鬼！怎麼能讓銀箭做這種惡事！你們知不知道自己在幹什麼啊？我要退社！我絕不同流合汙！打破銀圈又怎樣？我不在乎！雷克斯，放開我！」

人群突然驚呼起來。史坎德連忙把目光移回角鬥場。野生獨角獸退到了金屬隔板前面，退無可退，一下子癱倒，露出了胸膛。而銀箭垂下獸角，對準了野生獨角獸不朽的心臟。史坎德覺得自己要吐了。一個本應不生不死的生物，竟然就要在眼前嚥氣了，就要死在同類的利角下了，這感覺很詭異。這暴力的衝擊他實在無法接受。

「不！」芙蘿越過看臺的欄杆，衝進了角鬥場。沒有銀刃相伴，沒有盔甲護體，沙地上只有她，和兩頭殺紅了眼的獨角獸。突然出現的女孩吸引了他們的注意，銀箭嗜殺的低吼停歇了片刻，而野生獨角獸哀哀嚎叫。

像慢動作重播似的，史坎德驀然意識了到芙蘿的意圖。

「不。」他壓低聲音呢喃，「不，別那樣，不要。」

看臺上的人群大吼大叫，要芙蘿趕緊離開角鬥場。

等我們活著出來再謝我吧。先前她曾這樣說。但她眼下這麼做，顯然就是沒打算活著出去。沒有勝算。然而，史坎德顧不上左思右想、權衡利弊，他衝下看臺，也跳進了沙地。

「喂！你在幹什麼！這不是鬧著玩的！」那個圖書館裡的哨兵向他喊道。史坎德朝著獨角獸奔去，沙粒在身後翻飛，觀眾們憤怒的聲音在耳旁模糊的滑過。只有咫尺之遙——但來不及了。

芙蘿已經來到了野生獨角獸身邊。骨瘦如柴的身體半倚著金屬隔板，牠衝她低吼，但她仍不止步。銀色獨角獸再次垂下巨大的頭顱，四蹄撐地，利爪閃亮，準備發起致命的一擊。芙蘿全不理會，顫抖著向野生獨角獸伸出手，撫摸那溼漉漉的傷口、淌著血的脖頸——只見銀色髮縷一閃，她跳上了牠的背。

牠立即有了反應，警覺而驚恐的尖叫起來。野生獨角獸從來沒有載過人，此刻，牠一定覺得很奇怪、很彆扭。儘管傷痕累累，牠還是揚起蹄子站起來，把芙蘿往金屬隔板上擠。

「好了！」芙蘿安撫牠，「別怕，我是來幫你的！」

而史坎德被銀箭擋住了。元素魔法炸得四周一片狼藉，靠近些看就會發現，牠亢奮狂躁，幾乎失控。

朵里安．曼寧氣急敗壞的對銀圈發號施令。雷克斯．曼寧似要昏厥。哨兵們湧向角鬥場，要逮捕兩個壞事的人。史坎德慌了：要是被抓住，面罩就保不住了。沙地中的銀色獨角獸憤怒的咆哮著，口中噴出熊熊烈火。幸虧史坎德距離很近，剛好躲在進攻的死角裡。然而，是被銀箭殺死，還是被銀圈抓住，似乎只是時間問題了。

突然，野生獨角獸也朝著他狂奔而來，憂心的事又添一件。透明的獸角猛烈的搖晃，獨角獸像野馬似的，又是蹬腿又是後腿跳起來往後踢，拚命想把背上的人摔下去。芙蘿勉強穩住自己，趁牠改變方向，朝著史坎德伸出了手。

「抓住！上來！」她喊道。

有如奇跡一般，蒼白和棕褐交疊，兩隻手緊緊交握。史坎德只覺得自己緊貼著野生獨角獸的身側，猛地向上升起，一直被拽到了那硬梆梆的背上。

芙蘿鬆開他的手，緊緊抓住野生獨角獸稀疏的鬃毛。「把腿收上來！」她提醒他。

史坎德用力趴著，胳膊繃得生疼。他甩開一條腿往上勾，又是掙又是扭，好不容易才在芙蘿身後跨坐穩當，連忙摟住了她的腰。

在他們後方，殺紅了眼的銀箭不由分說的噴出威力堪比惡龍的火柱，剛好擋住了追上來的哨兵。看臺上的銀圈成員和哨兵全都蒙在濃濃的黑煙裡，嗆得喘不過氣，連連呼救。

周遭一片大亂，史坎德甚至覺得銀箭要故意協助他們逃走，對銀色獨角獸的慷慨感激不已。

然而，他正胡思亂想時，就聽見芙蘿叫道：「糟了！」狂奔的野生獨角獸已經到了角鬥場的邊緣，卻絲毫沒有減速的意思，反而向著外面的光亮之地加快了速度。牠不管三七二十一，似乎只想逃離銀色的勁敵，只想一路逃回荒野。想回家。

於是，牠縱身一躍。

牠乾脆俐落地躍過了大門，在金屬遮篷間疾馳，在迷宮般的銀色路障間打轉。牠的背上沾滿了血和汗，溼漉漉、滑膩膩，有一次急轉彎時，差點把史坎德甩下去。

「我們得自己跳下去了！」芙蘿喊道。

史坎德以為自己聽錯了：「什麼？妳說什麼？」

「銀刃和惡棍之運！」他們在鍛爐旁轉彎，她咬著牙說，「他們還在獸欄裡呢！得去找牠們，還得通過盾牌圍牆。要是我們——還有野生獨角獸——想活著出去，就得先跳下去！」

史坎德低頭一看就怕了：水泥地面向後飛掠，看起來堅硬結實。

「跳！」芙蘿喊道。不等史坎德準備好，她就鬆開了野生獨角獸的鬃毛，向旁邊一撲，重重的落在水泥地上，一連打了幾個滾。而失去了芙蘿的支撐，史坎德也甩了出去。野生獨角獸大概是覺得背上突然一空，尖叫起來。

史坎德摔得不輕，拚命收緊胳膊和手。他渾身都疼，而且聞到了一股難聞的氣味。他發

覺自己正落在一扇金屬隔柵上，腐爛的臭氣正從底下一陣陣地往上湧。他透過柵欄的縫隙往裡看，只能看見一團團碩大的黑影。難道，是野生獨角獸？

「小坎，快走！」芙蘿已經踉踉蹌蹌地往遮篷獸欄走去。門簾後面，銀刃銀色的獸角清晰可見。史坎德連忙爬了起來。

他翻身騎上惡棍之運的背，獨角獸興奮地尖叫著回應他。

那頭野生獨角獸已經衝到了盾牌圍牆前面，揚起蹄子猛踢，各種元素一股腦的噴向金屬盾板。

「開門！」四下無人，但芙蘿大喊，「我是銀色騎手，門衛聽令！把門打開！」

有那麼片刻功夫，什麼動靜都沒有。但慢慢的，入口處的盾牌真的掀起來了，在圍牆上豁開了一個口。野生獨角獸卡著盾板底邊往外擠，一擠過去就毫不遲疑疾馳而去。銀刃緊隨其後，接著是惡棍之運。史坎德望著野生獨角獸奔向荒野，虛脫般的鬆了一口氣，並且由衷為牠高興。

芙蘿和史坎德一直沒有說話，直到他們安全地返回了銀樺大道。

「那絕對是，」史坎德啞著嗓子說，「我這輩子見過的最瘋狂的事。」

芙蘿有些不好意思：「實在想不到別的辦法救牠。對不起。」

「不要道歉！」史坎德大笑起來，有點瘋瘋癲癲，「多帥啊！可怕！歎為觀止！莽撞，但是很酷！芙蘿——我們差點送掉性命！」

芙蘿盯著他看：「你沒事吧？」

「沒事。」史坎德搖搖頭，「一點事也沒有。」

雖然心有餘悸，他們還是咧開嘴笑了，然而笑著笑著——他們都幹了些什麼啊！

「妳從銀色要塞搶走了一頭野生獨角獸。」史坎德漸漸清醒，全記起來了，「芙蘿，我找到肯娜的名字了，就在那份檔案裡。她是靈行者，被擋在孵化所大門之外的靈行者！」

芙蘿的眼睛裡泛起了淚光。「她再也不能登島了，太可惜了，小坎。」她坐在鑲著銀邊的鞍座上，望著史坎德，「我當時看著那頭野生獨角獸，心裡想的都是——」她抹掉臉頰上的淚水：「——萬一牠就是肯娜的獨角獸呢？我怎麼能看著肯娜的獨角獸送命，什麼都不做！」

「史坎德，你可不能這麼武斷！」芙蘿惱怒起來就直呼他的名字，「那只是可能，你明白嗎？」她壓低聲音：「他們怎麼能做這種事？」

「牠不是肯娜的。告訴妳吧，我全知道，那頭灰斑獨角獸才是肯娜的。」說到最後幾個字，話語已經變成了哀泣。

「不知道。」史坎德至此還不敢相信，一連串謀殺的背後主使竟然不是織者。他突然就灰心了：今天他們拚死才救下一頭野生獨角獸，其他的又該怎麼辦？銀圈擁有最強大的銀色獨角獸，是島嶼上最難以撼動的組織。所有的哨兵都聽他們的號令，一座座銀色的遮篷猶如攻不破的軍營。史坎德怎麼可能攔得住他們？他們很快就會抓住肯娜的獨角獸，把牠扔到角鬥場上。他還有多少時間？

芙蘿也在思量同樣的難題：「一回去我就去找導師。朵里安說下一次就輪到銀刃和野生獨角獸角鬥了。他們竟然說這是我作為銀圈成員的義務。我絕不准他們那樣利用銀刃！我不會再參加例會了。永遠也不去了！」

「是啊，可……」史坎德躊躇道，「可是妳還得學習控制銀刃呢。要是不參加例會，銀圈會不會把妳趕出禽巢？還有妳當初的誓言……」

「我剛剛救了一頭野生獨角獸！在銀色要塞裡！現在才擔心這些是不是有點晚了？」芙蘿的雙手直顫，她不由自主地撫摸著銀刃的鬃毛，再開口時，英勇果決全都蕩然無存了：「小坎，我不知道他們會怎麼樣！我也不知道我該怎麼辦！」

史坎德本能地向芙蘿伸出了一隻手。該說些什麼呢，他的朋友——最害怕闖禍的朋友，恐怕惹出了這輩子最大的禍端。

彷彿怕什麼來什麼，背後突然響起了蹄聲。史坎德猛然轉身，看見一頭銀色獨角獸沿著林蔭道飛奔靠近。

「我們趕緊走！」史坎德叫道。但芙蘿緊張的抿著嘴唇，掉頭迎了上去：「是雷克斯。」

「雷克斯又如何？」史坎德見勸不住芙蘿，便趕緊檢查了一下臉上的面罩。

雷克斯放慢了速度，停在銀刃面前。他的臉色白得像紙，兩頰上的銀色電花瘋狂地閃著。

「我……」他喘著粗氣說，「芙蘿，妳得相信我！我父親什麼都沒告訴我。我也覺得那很卑劣。我會跟他好好談談，儘量勸他收手。」

「沒用的。」芙蘿說，「如果銀圈的義務是殺死野生獨角獸，那麼恕我無法加入。雷克斯，島嶼正在遭受災害，人們流離失所，我爸爸的作坊裡已經收留了三戶人家！」

「我明白，確實不能任由他們作惡，可是，芙蘿——」雷克斯嚥了口唾沫，「我父親說，他要讓妳離開禽巢。」

恐懼攫住了史坎德，擰得他肚子劇痛。

「我會跟他解釋說這是個天大的誤會。說妳一時糊塗，現在已經反省了，以後不會再犯了。」

「我才沒有糊塗！我很氣憤！還有，下次一定會再犯！」

「芙蘿，求求你，下次例會一定要來。只要妳肯來，我一定能想辦法平息所有麻煩。我是他的兒子，他會聽我求情的。」

「雷克斯，我絕不回去。」芙蘿斬釘截鐵的說，「在角鬥場，你父親告訴我，下一個上場屠殺野生獨角獸的，就是銀刃。他想都別想，絕不可能！」

「要是妳不肯自己回去認錯，就會被關進銀色要塞，完成全部訓練才能出來。妳懂嗎？」

「你在威脅我？」

「不！這不是威脅！我是妳的朋友啊！」

芙蘿不願再聽。她張開手掌，召喚土元素，在兩頭獨角獸之間拉起了沙障，隨後騎著銀刃掉頭離開。史坎德催促惡棍之運跟上去，但他偷偷回頭看了一眼。

雷克斯和他的獨角獸仍然留在原地，目光沒有移開。

第十章—暮夜比武

晚上，史坎德騎著惡棍之運飛到幼獸的訓練場時，腦袋仍然暈暈的。他努力的想理清當天發生的一切。

肯娜確實是落選的靈行者。開不開孵化所的大門已經沒有意義了，因為媽媽的身分、艾格莎的身分，再加上史坎德自己的情況——她命中註定的獨角獸，肯定早已不在孵化所裡了。史坎德一想到那個夏至——肯娜本該來到孵化所的門口，面對真實的命運——就忍不住怒火中燒。不過，如果史坎德是補魂者，能通過夢境認出她的獨角獸，那麼問題就迎刃而解了。只要修復她們的羈絆就行了。

野生獨角獸的橫死與織者沒有關係。起初，史坎德鬆了一口氣——至少這次作惡的不是媽媽，但從銀色要塞回來之後，他卻愈發不安了。他一直以為艾芮卡．艾佛哈殺害了野生獨角獸，引發了島嶼的元素災害；他一直把她當做惡魔看待，忘了她是他的媽媽。

現在——她在哪裡？她在做些什麼？他腦海裡冒出了小小的希望：她是否為去年的惡事

而後悔？她會不會不想當織者了？不把她當做兇手，這些念頭就很難壓住了。

巴比不知道去哪兒了。米契爾驚恐地聽史坎德和芙蘿描述了銀圈的殘忍惡行：讓縛定獨角獸的獸角，直刺入那不生不死生物的心臟。他們費勁洗掉傷口上的血跡，三個人一致同意，當天晚上就把一切都告訴禽巢的導師們。雖然雷克斯信誓旦旦，但史坎德還是擔心朵里安．曼寧隨時都會衝來，帶走芙蘿和銀刃，把她們關進銀色要塞，永遠不見天日。

彩燈勾勒出著陸帶，惡棍之運咆哮著落了下去，盔甲撞擊著地面。這是幼獸們的首次模擬比武，他們要在夜色中，使用不同的元素，一對一對決。種種訓練都是為了年底的合一比武大賽，屆時有六個人會成為游牧者，離開禽巢。據導師們說，在夜色中比武是初學者鍾煉技藝的好方法，因為更容易看清魔法的光亮。不過，史坎德暗自忖度，覺得這裡面也有導師們偏愛浮誇場面的因素。

盔甲撞到膝蓋的時候，史坎德忍不住一顫——逃離銀色要塞時留下的傷正新鮮。他咬著牙，忍著疼，四下張望，尋找銀刃和赤夜之樂的身影。不巧，赤夜之樂最近規規矩矩，再也不放噴火星的屁了，所以很難在黑暗中一眼瞧見。

等他和大家會合時，米契爾已經開始琢磨策略了。「看，一共有四條賽道——火把圈出來了——每個賽道一種元素，由一位導師負責裁判。」他指了指，「在對決的間歇跟他們說兩句，應該不難。」

「要是靈元素也有自己的賽道該多好……」史坎德喃喃道，「那我肯定次次都能贏。」他遠遠地望見了那件白色的披風，不明白艾格莎來湊什麼熱鬧。

「要不要先跟巴比談談？」米契爾說，「讓她去找賽勒導師？她很擅長說服別人，因為根本不讓對方開口，反正——」

「還是別拖了。」芙蘿打斷了他。開口說話扯痛了傷口，她不由得做了個鬼臉。「如果要說服司令相信是銀圈殺害了野生獨角獸，那麼我們現在就需要導師們的支援。如果雷克斯勸不住他父親，我也需要導師們的保護，好把我留在禽巢。」恐懼讓她的聲音又尖又細。「得在他們來找我和銀刃之前就做好準備。至於巴比，我覺得她未必肯幫忙，畢竟……」她瞥了一眼史坎德，「總之，事出有因，事不宜遲。」

史坎德的心揪緊了。也許是因為害怕，也許是因為難過。他明白芙蘿的意思：巴比的疏離，都是因為他。

「好吧，好吧！」米契爾說，「那我們現在就去吧。」

「我去找賽勒導師。」史坎德說。因為他和惡棍之運分在了氣元素賽道，要和梅依、野薔薇之愛比武。騎手和獨角獸輪流使用四條賽道，四種官方元素塑造的兵器都能得到練習。

梅依竟然沒有拒絕和靈行者對決，這讓史坎德很是驚訝。不過，也許她正憋著一股勁，就想打敗他呢。

他們分列火把兩側，各占據賽道一端，惡棍之運興奮得三處鬃毛都燃起了火苗，史坎德只好儘量安撫牠。黑色的獨角獸很快就領會到了比武的要點——以最快的速度衝向對面對手——而這正是惡棍之運樂此不疲的遊戲。牠不需要塑造兵器，也不必擔心碰撞，只要撒腿瘋跑就行了。這可是牠最喜歡做的事。史坎德都能聽見惡棍之運的想法：幹嘛還要等吹哨呀？

「喂喂，小伙子，穩住。」史坎德咕噥道。

「騎手們，準備好了嗎？」賽勒導師大聲說。史坎德舉起右手示意——孵化所初見留下的傷口映著月光——梅依也做出同樣的動作，表示一切就緒。

賽勒導師使勁吹響了哨子，脖子上的血管都凸了出來。惡棍之運抬腳就衝，差點把史坎德甩下鞍座。掛在左臂的圓形盾牌撞上了傑米精心打造的盔甲，叮噹作響。他才調整好姿勢，第二聲哨聲就響了。塑造兵器的信號。

在這一環節，幼獸們的速度完全無法與導師相比。史坎德的右掌亮起了黃色的光，選了最喜歡的兵器——電花閃耀、嘶嘶繚繞的馬刀。他覺得這次的效果還不錯，滿意地握住了彎曲的刀柄。但梅依就不太順利了。雙方靠近時，史坎德看見這位火行者正努力地塑造閃電弓箭。可氣元素上漏下洩，弓箭總是不能成形。

獨角獸的獸角交錯掠過：黑色疊著灰色。史坎德的右臂向後揚起，準備猛擊梅依的胸甲。腎上腺素奔湧著，暫時掩住了傷口的疼痛。梅依驚慌失措，扔下弓箭，換了一支比手大不了多少的電光小箭。但她沒能沉住氣，早早地就投了出去，給了對手舉起圓盾遮擋的時間。史坎德看準機會，舉起馬刀揮了過去，當胸一擊，將對方擊落鞍座。

「史坎德和惡棍之運勝！」賽勒導師宣布。她說著舉起胳膊，示意這一邊——將對手擊落獨角獸的史坎德贏了。

沒了騎手的野薔薇之愛衝過來，要咬史坎德的膝蓋。惡棍之運揚著前蹄，拍著翅膀，咆哮著想要反擊。史坎德攔著牠，躲開了憤怒的灰色獨角獸，然後跳下地去察看梅依的情況。野薔薇之愛氣呼呼的到處亂跑，賽勒導師只好騎上北風夢魘去追牠。

梅依掙扎著想要站起來，沉甸甸的盔甲壓得她踉踉蹌蹌。並非所有人都有幸能遇上傑米·密多迪奇這樣的鐵匠，他打造出的盔甲輕盈靈巧，卻能抵禦最猛烈的攻擊。

史坎德伸出手想扶她。

「你想對我下咒？」梅依隔著頭盔怒道。

「什麼？才沒有！我是好心來幫忙！」

阿雷斯帖和寇比從旁邊的火把賽道衝了過來。「別碰她！你這個靈行者。」阿雷斯帖惡狠狠的說。土行者的突變讓他顯得更憤怒了——半邊臉都硬梆梆，像古老石頭似的布滿裂縫。

「討厭，靈行者真是躲也躲不開。」寇比說，「我們樹屋竟也有一位呢。」

「別說了……」阿雷斯帖撇了撇嘴。

安柏跳下旋風竊賊。「梅依，妳沒事吧？我來扶妳！」她從兩個男孩身邊擠了過來——他們只顧奚落靈行者，完全沒想過要幫幫朋友——她向梅依伸出了手。

「噢，是妳啊。沒事了，謝謝。」梅依躲開了，身上的盔甲叮噹響。

「你下咒了？害她被附身了？」安柏轉而向史坎德發難，「她怎麼站不起來？史坎德，之前那兩次還有可能是倒楣，現在第三次了！你無話可說了吧？」她似乎是真的生氣了。

「我什麼也沒做！」史坎德辯解道，「只是比武時贏了她而已！」他能感覺到阿雷斯帖和寇比的目光集中在自己身上。

安柏搖搖頭，腦袋上的星形突變劈里啪啦的響。「你對布魯納不滿，也不能拿梅依出氣。不覺得太過分了嗎？聽說靈行者的脾氣都很古怪——」

「我說，安柏啊。」寇比慢吞吞說道，「妳怎麼還來跟我們搭話呢？」

「我們跟妳說過，公共場合，不要跟我們待在一起，」阿雷斯帖說，「不能把妳趕出四人組就已經夠煩人了。妳的旋風竊賊還總跟靈獨角獸打打鬧鬧。我們實在懷疑妳的身分，畢竟妳有一半靈行者的血統。」

安柏張了張嘴，但一個字也說不出來。

梅依終於坐起來了：「我們已經不是朋友了，安柏，別再自找難堪了。」

安柏整個身子都洩了氣似的，栗色的頭髮垂在臉上。

史坎德熱血上湧。正是因為島嶼上有梅依、阿雷斯帖和寇比這樣的人，那麼多靈行者才被剝奪了應有的命運，只能出現在那份名單上！猜疑、指責、恐懼，這一切都讓孵化所的大門緊緊關閉，將他的元素隔絕在外。不知為什麼，安柏說他給別人下咒，他倒不怎麼生氣。去年，他見過她和媽媽的相處方式，知道她對靈行者的憎恨源自家庭和教養，他也曾猜測，她一定對父親的身分非常困惑。賽門．菲法克斯是個壞人，這不是安柏的錯，正如織者恰好是他的媽媽，也怪不到史坎德頭上。「威嚇四人組」故意排擠安柏，欲加之罪何患無辭？

「走開！」史坎德朝著三個聒噪的幼獸怒道。

「要是不走呢？」梅依笑嘻嘻地摸了摸黑直的頭髮，「你打算對我們下咒，讓我們附身？」

「走開！」史坎德又說了一遍，「朋友之間不應該如此，懂嗎？不管發生什麼事，你們都該站在安柏這邊才對……」見他們無動於衷，史坎德用手按住了惡棍之運的身側，召喚靈元素，讓手掌裡亮起了耀目的白光。

寇比嚇壞了，阿雷斯帖則氣瘋了，梅依更是嚷嚷起來：「你敢威脅我們！走著瞧！」

「別再欺負安柏！可憐蟲。」史坎德厭惡極了。

白光聚成了光球。阿雷斯帖和寇比總算伸手去攙扶梅依，她站起來之後就搖搖晃晃、丁零噹啷的跑向了賽勒導師追回來的野薔薇之愛。

安柏頭上的星形突變仍然迸著電花：「用不著你維護我，靈行者。」

「不用客氣。」

「兩頭獨角獸是朋友，不代表我和你也是。」

「我知道。」史坎德聳聳肩。

安柏皺著鼻子，顯然有些惱火：「沒用的，休想以此堵住我的嘴。我還是會告訴別人，是你害得騎手被附身，是你殺害了野生獨角獸。」

「我知道。」史坎德歎了口氣，「我幫的不是為了這些。」

安柏茫然困惑的騎上旋風竊賊走了。

因為賽勒導師還在忙著安撫野薔薇之愛，史坎德便決定先回去找芙蘿和米契爾。只見他們又急又怒的輕聲說著什麼，米契爾還用力揮舞著胳膊。

「怎麼了？」他連忙問。

「朵里安．曼寧惡人先告狀，已經跟導師們談過了。」米契爾沮喪的說。

「他們說我在銀色要塞精神崩潰了。」芙蘿哭了。

「還說她承受不住銀色獨角獸的能量，所以發瘋了。」米契爾補充道。

「那導師們就信了？」史坎德覺得不可思議。

米契爾模仿著歐蘇利文導師的聲音，捏著嗓子說：「我知道芙蘿都跟你說了，但銀色魔法就是這樣難以駕馭，她可能自己也不知道怎麼回事呢。」

「韋伯導師說，要是我再違反銀圈的規定，朵里安．曼寧就要把我帶到銀色要塞去訓練了。他們怕我傷到別人。」芙蘿的嘴唇顫抖著。

「我得去找艾格莎。」史坎德果斷地說。

「不行，不能太信任她。」米契爾攔住他，「再說，她現在什麼魔法也沒有了，沒必要冒這個險！」

「我不會告訴她我去過銀色要塞。」史坎德把惡棍之運的韁繩遞給米契爾，「但就算她改變不了什麼，也比我們更瞭解銀圈。畢竟，當初是她……」

「是她充當了行刑官？」芙蘿若有所悟。

史坎德找到了躲在訓練場角落的艾格莎。

「不建議你在暗處靠近我。」她轉過身，背對著他。

她那傲慢的態度仍然讓史坎德有點兒不舒服，但他已經開始習慣了。就像艾格莎自己說的，她先前被迫殘殺靈獨角獸，然後被囚禁了十五年，怎麼可能總是高高興興的呢。

「剛才的馬刀真不錯。」她若有所思的說道，「不過下次你最好攻擊對手的左側。因為你慣用右手，如果從右路進攻，自己的胸口就全暴露給敵人了。攻左側的話，兵器和胳膊本身就能起到保護作用。」

「啊，的確是。謝謝。」史坎德急匆匆地說，「艾格——呃，艾佛哈導師，我有事要跟妳說。」

艾格莎轉頭看他，側臉上的突變一閃。

史坎德把銀色要塞裡的一幕幕都告訴了她——也不算全部。他沒提肯娜和檔案的事，假裝只有芙蘿自己經歷了那一切。

「還有，我——呃，芙蘿偶然偷聽到哨兵聊天，說銀圈盯上了野生獨角獸幼崽，但她也不明白這到底是什麼意思。」史坎德一口氣說完了。

艾格莎安靜片刻。「我已經料到了。你，一個自由自在的靈行者，竟然出現在這裡，必然會使朵里安．曼寧做出一些……」她尋找著合適的詞。

「壞事？」

「唔，我倒寧願說是『蠢事』——不過，也罷。這不僅僅是殺死野生獨角獸的問題，你還沒看出來嗎？朵里安．曼寧顯然已經把你當做補魂者了。」

史坎德瞪著她發愣。

「去年，你恢復了麥格雷和新紀之霜的縛定，她肯定把這事告訴曼寧了。島嶼上的人已經太久沒見識過靈元素的能力了，朵里安．曼寧得出這種結論，也不意外。」

史坎德眉頭緊鎖：「可是這和銀圈殺害野生獨角獸有什麼關係？」

艾格莎歎了口氣，嫌棄史坎德腦筋太慢：「當你得知自己可能是補魂者，想到的第一件事是什麼？」

史坎德嚥了口唾沫。肯娜和檔案裡記錄的靈行者姓名闖入了他的腦海。「我想找到姐姐的獨角獸，還給她。」他突然想起了角鬥場裡那名哨兵說過的話：除盡了野生獨角獸，靈行者也就沒能耐了。

「對。」艾格莎說，「如果解決了肯娜的問題，你還不肯甘休呢？如果你想為所有的靈行者撥亂反正呢？如果你想將他們集結為一支軍隊呢？這支軍隊可比織者厲害多了。織者與野生獨角獸的羈絆是假的，而靈行者的，可都是真的啊。」

艾格莎說得沒錯。看見靈行者名單的那一刻，他想到的不只是肯娜。他對島嶼上曾經發生的事、正在發生的事，感到深惡痛絕、悲涼憤懣。

他的內心深處確實有這樣的衝動：找到所有流離的靈行者，修復他們與獨角獸的縛定。或許，朵里安．曼寧盯上他，也不無道理。

艾格莎繼續說道：「照我看來，銀圈盯上野生獨角獸幼崽，是有理由的，有目的的——牠們的騎手都還在世。何必花力氣對付五百歲的老傢伙？反正補魂者也無法修補牠們的縛定，畢竟騎手早就死了。」

「落選騎手的年紀越小，補魂的過程就越容易……」史坎德不小心說出了克雷格的紙條裡的話。

「嗯？」艾格莎警覺起來。

史坎德猶豫了。如果要詢問補魂夢境的事，就得挑艾格莎心情好的時候。靈行者軍隊絕不是個好開頭。他改變了套話的策略：「那也不能放任他們繼續殺害野生獨角獸吧？其他導師都不相信背後的主使是朵里安．曼寧。我們必須行動起來，何況銀圈做這些壞事，本來就是針對我！」

艾格莎揚起褐色的眉毛：「我們不能有任何行動。銀圈，靈行者，沒有人會選擇相信後者。尤其是人們已經把元素災難歸咎於靈元素了，更確切地說，是歸咎於你。不，別想了，我得保住自由身，你得留在禽巢繼續訓練。」

「可是——」

「除非親眼所見，誰也不會相信銀圈的那些勾當。而你，就別以身犯險捲進去了，好嗎？」

艾格莎消失在夜色中。史坎德清清楚楚地感覺到，儘管她一直在勸阻他，最後兩個字，卻更像是一種慫恿——好嗎？

史坎德回到火元素賽道時，正看見巴比和羅米莉比武。她舉起形狀完美的火焰弓臂，拉開弓弦，一支飛箭正中對手的胸甲。儘管鬧翻了，史坎德還是咧開嘴一笑，由衷為她高興，但緊接著就感到一陣悲傷。巴比是最優秀的。她不需要薛克尼家的鞍具、疾隼隊的邀請來證明。他們幾個──哪怕是芙蘿和銀刃──都不是她對手。其實，是他們活在她的陰影之下吧。他真希望她能看清這一點，還能跟他做朋友。他很想念她。想念她的愚弄、她的嘲笑、她的貼心。他還想和她聊聊大陸的生活。他還想依賴她、讓她推著自己勇敢向前。他知道這麼想有點兒自私。但他渴望她回來──像原來一樣。

他想到了媽媽。也許這些都是註定要發生的？也許身為靈行者，就是如此？人人都會拋棄他──艾芮卡拋家棄子，芙蘿被迫宣誓與他不共戴天，肯娜不再給他寫信，就連米契爾一開始也是避之不及。

第二局開始了，午夜星辰和獵鷹之怒衝向對方。羅米莉拚命地揮動盾牌，但怎麼也招架不住巴比的元素兵器。箭再次射中了她，她只能勉強趴在鞍座上。

又有幾個騎手圍過來觀戰了，他們自己的比武已經結束。

「二比一。」安德生導師朝著巴比舉起了胳膊，耳朵上的火苗隨之躍動。

「羅米莉，加油！加油！」伊萊亞斯和沃克大聲叫道。他們特別團結。因為去年誕生的獨角獸數量不夠，這支小隊只有三名騎手。

獵鷹之怒和午夜星辰再次退回賽道兩端，準備進行決勝局的比武。「芙蘿，」史坎德輕聲說，「朵里安說要讓銀刃參加下一次生死鬥，妳知道是在什麼時候嗎？」

芙蘿搖搖頭，沮喪的說：「不知道。但他說我必須得和銀刃一起參加獵捕行動——去抓野生獨角獸來等死。到時候我會提前一個小時接到通知，然後飛到銀色要塞，去參加他們的行動。」

「可是那些追獵者怎麼知道要去哪兒呢？」史坎德輕聲問。安德生導師吹響了第一聲哨子，獵鷹之怒向前躍起，屁股和後腿上的肌肉繃緊了，像漣漪似的隆起又漾開。

「哨兵們會跟蹤獸群，把位置告訴我們，所有人就一起去抓。在角鬥場的時候，朵里安全都告訴我們了。但我絕不會助紂為虐，」她深惡痛絕地說，「哪怕把我趕出禽巢，也絕不會。」

史坎德沉思良久。歸真之歌暗示，元素災害與獨角獸之死有關，再這樣下去，他真擔心有朝一日，島嶼會內耗直至毀滅。現在，史坎德已經確認，野生獨角獸中的某一頭，是屬於肯娜的，他不能放任銀圈向牠伸出魔爪。必須阻止銀圈濫殺野生獨角獸的惡行。

「一個小時。」計畫在他的腦海中漸漸成形，「或許用不著違抗朵里安。也許，照著銀圈的命令去做，妳能挽救更多野生獨角獸的性命。」

「小坎，你在說什——」

尖叫聲突然響起。史坎德猛地看向巴比和獵鷹之怒，卻幾乎什麼也看不清。先是猛烈的龍捲風，而後是團團烈焰，接著又是鋒利的石頭……依次從她手中冒出，拋向四周觀戰的騎手。羅米莉嚇得騎著午夜星辰就飛上了夜空，其他騎手也紛紛躲避，在夜色中碰撞擠絆，亂成一團。

史坎德一躍騎上了惡棍之運。「巴比！」他大喊，「巴比！」

「她被附身了！什麼反應都沒有！看她的眼睛！」米契爾嚷著，和赤夜之樂從另一條賽道趕了過來。

巴比召喚來的龍捲風裹挾著各種元素的碎片，她自己卻端坐獵鷹之怒背上，置身於風暴中心，對破壞和混亂視而不見、毫不在乎。

三道閃電從巴比掌心射出，擊中了銀刃左蹄之下的地面，驚得芙蘿尖叫連連。銀色的獨角獸憤怒的揚蹄回擊，剎那間飛沙走石。

「快去幫她！」史坎德叫道。

「等一會兒就恢復了，」米契爾沒什麼信心的說道，「蓋布爾和李凱斯，不都是這樣？」

「那是巴比啊！她會傷著自己的！」史坎德堅持道，「我去幫她！得趕緊離開獵鷹之怒，至少不能讓她再召喚元素！」一塊燃燒的石頭擦過他的左耳，似乎佐證著他的決定。

「小坎，你不能去，會受傷的，惡棍之運也會受傷！」芙蘿央求道。她努力地控制著銀刃，但陣陣濃煙還是從銀色獨角獸的背上往外湧。

史坎德不肯聽她的，騎著惡棍之運就朝巴比衝去，一頭扎進了洶湧的風暴之中。電光一閃，照亮了獵鷹之怒的牙齒，牠大張著嘴巴，威脅似的大聲咆哮。史坎德感受到了羈絆中的困惑——惡棍之運眼中的獵鷹之怒是好朋友，還不明白牠怎麼了。牠竟然揮動翅膀，搧來冰冷的寒風，牠的騎手兩眼無神，還舉起通紅的手掌，準備發起火元素的攻擊。

但史坎德早有準備。他張開手掌，召喚靈元素，熟悉的肉桂香氣隨之而來。白色的光球攫住了巴比與獵鷹之怒心臟之間的黃色羈絆，攻擊偃旗息鼓。巴比歇斯底里的尖叫著，眼球後翻，就像復仇的僵屍。史坎德和惡棍之運連忙衝過去，把她從鞍座上往下拉。

史坎德低估了這一步的困難度。惡棍之運慌張的叫喚著，背上的重量已嚴重超出負荷，導致下一秒騎手便從鞍座墜落。史坎德和巴比重重地摔在地上，盔甲、濃煙、他的胳膊她的腿，全都纏在一起。

史坎德先回過神來。他顧不得身上的傷和疼痛，趕緊幫巴比翻過身來，然後摘掉她的頭盔，好看清她的臉。她上氣不接下氣，劇烈的咳喘，語無倫次，但棕色的眼睛已然恢復了清澈。

「史坎德——我——獵鷹之怒——」她坐起來，卻說不下去了。她的呼吸越來越短促，夾雜著嘶嘶拉拉的哨音，緊接著便哽住了。

「巴比，慢慢呼，慢慢吸。」史坎德知道她又恐慌發作了，緊緊握著她的手，「沒事了，都過去了。」

「那感覺……我從來沒……極度……渴望血……想要殺人……」她緩過一口氣，「獵鷹之怒竟然是這樣的怪獸嗎？難道牠一直如此嗜殺嗜血？」

「如果沒有和妳的縛定，牠應該就是這樣的。」史坎德低聲地說，「如果在荒野中出生、長大，應該就會變成這樣。」他有一瞬間想到了那頭灰斑獨角獸。肯娜的獨角獸。

芙蘿把困惑不已的獵鷹之怒領過來了。

牠垂下灰色的大腦袋，想看看自己的騎手怎麼樣了，巴比卻猛地躲開了。「我不——現在不想靠近牠。」

賽勒導師騎著北風夢魘趕過來，看上去嚇得不輕。

「巴比被附身了。」米契爾飛快地說，「就像蓋布爾那樣——經由羈絆——被獨角獸附身了。」

賽勒導師慣常開朗的神情消失了，臉色陰沉沉的。她蹲在巴比身邊，輕聲說著什麼，史坎德聽不見。過了一會兒，她站起身來，黃色披風在夜風中抖動著。「我送巴比回禽巢，帶她去醫療樹屋檢查一下。你們能把獵鷹之怒帶回去嗎？」

芙蘿點點頭，握緊了兩頭獨角獸的韁繩。

「走吧，小甜豆。」賽勒導師說著，把巴比攙了起來。

史坎德、米契爾和芙蘿帶著四頭獨角獸往回走。沒辦法飛行。因為和摯愛的騎手分開，獵鷹之怒大發脾氣；銀刃又變回了那副冷漠專橫的模樣，全然沒有在銀色要塞裡面對同類的友好和善。這些史坎德都看在眼裡，也讓他再次想起了那個計畫。

「我有辦法了。」他說，「既能阻止銀圈的惡行，也能避免芙蘿被抓進銀色要塞。」他呼出的熱氣在寒冷的夜色裡升騰。

「可是導師們都不相信我們！」米契爾沮喪的說。

「艾佛哈導師相信，」史坎德篤定道，「她的話給了我啟發。」

「喔，是她啊……」芙蘿歎了口氣，閉上了眼睛。

「我們必須阻止銀圈繼續濫殺野生獨角獸，對吧？」走到禽巢五顏六色的入口時，史坎德又開口了。

「對……」米契爾和芙蘿謹慎的應道。

「既然沒人相信我們說的話，那麼，就讓他們親眼看看吧！讓司令親眼看看真相是什麼。芙蘿，妳是銀圈的人，能夠知道他們什麼時候要去獵捕野生獨角獸，所以只要周密計畫，我們肯定能逮了正著。」

米契爾瞇起眼睛：「這計畫聽起來還很粗糙。」

芙蘿歎道：「所有環節聽起來都非常危險。不過，確實不能放任銀圈繼續為非作歹。看看島嶼都成什麼樣子了？看看巴比，要是她傷到自己，甚至發生更糟的事——真的殺了人，那可怎麼辦？而且說不定銀圈下一回就要殺死肯娜的獨角獸了！」她深吸一口氣，下了決心，「好吧，你的計畫，算我一個。」

「肯定也算我一個，」米契爾氣呼呼的說，「但這需要更詳盡的計畫，史坎德，我看我們每晚都得開四人組全體會議，直到他們叫芙蘿去參加獵捕行動。」

「當然，可不能少了你的小黑板。」史坎德憋著笑。

米契爾高興了：「就等你這句話呢！」

第十一章　獵捕行動

認為附身事件與史坎德有關的，不只是「威嚇四人組」。巴比出事之後，禽巢的其他騎手把靈行者、野生獨角獸、附身中邪等幾條線索連起來琢磨，得出的結論竟然直指——史坎德。儘管大部分人都知道，幾個星期前，巴比和他就已經鬧翻了，但仍然不肯放過他。島嶼生們互相討論著羈絆和附身的關係，討論著史坎德謀害騎手的手段，毫不客氣，都懶得壓低聲音。大陸生們——莎莉卡、蓋布爾、薩克、馬麗安——基本上還是向著史坎德的，不過，在食槽，在訓練場上，其他幼獸們開始都躲著他了。

「不會沒完沒了的。」薩克安慰史坎德。因為土元素訓練中，班基和耳畔詛咒拒絕和「可怕的靈行者騎手」比武。「人們就喜歡怪這怪那的，對吧？」薩克說，「只要謀害獨角獸的事不再有，事過境遷，大家自然就不提了，肯定會過去的。」

可是，事與願違。史坎德正和朋友們焦慮地等待著機會，阻止銀圈的惡行。芙蘿已經收到了最後通牒：她必須繼續參加例會，並且得按朵里安・曼寧的命令，讓銀刃參加下一次獵捕行動，以此證明她對銀圈的忠誠——諷刺的是，這正是芙蘿、米契爾和史坎德求之不得的。然而，十一月過去了，十二月到來了，關於獵捕行動的後續仍然什麼動靜都沒有。

與此同時，四大區域的元素災難變幻莫測，越來越多的島嶼生忍受著家人流離失所的痛苦。災難變本加厲，《孵化所先驅報》連篇累牘的報導——山崩地裂，吞沒了良田莊稼；大火肆虐，最厲害的水行者也無計可施；河水暴漲、巨浪滔天，捲走了樹屋；狂風摧毀森林，風速竟然超過了每小時一百公里。

而更加糟糕的是，各區遭遇的野生獨角獸驚跑事件也遠比以往多。史坎德不知道是元素災難令牠們不安，還是獵捕行動更讓牠們害怕。總之，肆端市的大街小巷上擠滿了無家可歸的人，還有很多人認為首府是島嶼上唯一的安全之地，不斷湧向這裡。

米契爾那天陪父親共赴午宴，見到了一位年長的水行者，與其交談之後，他對所謂「島嶼的報應」有了進一步的看法。「她證實了我之前的猜測。」一天晚上，大家圍坐在黑板前面一起聽米契爾分析，「島嶼本身是沒有喜怒哀樂的，只有平衡與不平衡。野生獨角獸其實已經是這座島的一部分了，深深的嵌在地質構造裡，畢竟牠們在這裡已經住了幾百年，甚至更久。野生獨角獸與五種元素結盟，沒有了牠們，島嶼就會失去平衡。我們與獨角獸的羈絆本質上說是一種元素魔法，當然也會受到失衡的影響。各區的元素災難，經由羈絆的附身中邪，看上去全都是島嶼在復仇，是吧？但其實根本不是這麼回事。」

芙蘿歎了口氣：「確實有道理。可是，米契爾，不論是因為構造失衡還是島嶼復仇，導致的結果仍然是人們受傷了、受災了，不是嗎？」

史坎德擔心的不只是這些。從附身事件中恢復之後，巴比記得是史坎德救了她。為此，他倆大吵了一架。

「你竟敢擅自救我！經過我的允許了嗎？」巴比躺在醫療樹屋的吊床上衝他嚷嚷，「這下好了，我是史坎德．史密斯英勇救下的姑娘了！」

史坎德的怒火直往上竄：「好，對不起，行了嗎？我不該救妳，妳想殺誰就殺誰！」

「本來就是！」巴比回敬道。

「下次就隨便妳！」

「很好！」

但巴比還有一個更大的難題需要面對：她不願意回到獵鷹之怒身邊。他們這一屆最好的騎手已然信心全無。芙蘿和米契爾都和她單獨聊過，勸她說已經十二月了，合一比武迫在眉睫，訓練一天都不能耽誤。可是巴比寧願成為游牧者，也不肯再騎上獵鷹之怒。

週末休息前的最後一個訓練日，米契爾再次回歸正題：「要不然寒假的時候妳試著騎上獵鷹之怒？沒有訓練壓力可能就會好轉呢。」

史坎德縮在懶骨頭沙發裡，背倚著自己畫的那幅海景壁畫，他能見著巴比冷漠的目光。

「我說過了，不騎。」她說。

米契爾被嗆得很不好受，但他還是戳了戳黑板。「蘿貝塔，我們的計畫需要妳。」以前沒有人說過這句話，但大家都知道，事實如此。「在我們小隊裡，除了惡棍之運，飛得最快的就是獵鷹之怒。我們需要妳能飛能跑，在銀圈徵召芙蘿和銀刃的時候和我們一起行動。如果沒有妳……」米契爾沒有說下去，因為巴比已經離開木樁樓梯，回了自己的房間。

芙蘿長歎一聲：「曾經的巴比漏掉一次訓練都會擔心，現在呢？她好像什麼都不在乎了。別說是我們，就連獵鷹之怒都不管了。」

「被獨角獸侵入頭腦，肯定很可怕，」米契爾喃喃道，「與你靈魂相連的生物，擁有最嗜血的欲望。這感覺提醒著我們，獨角獸的本來面目，兇猛、神奇、致命……」

「可是蓋布爾和李凱斯一切如常。」芙蘿說。

「蓋布爾中邪時沒騎著女王代價呀。李凱斯本來就膽大，而且還是新獸，更有經驗。」史坎德放下速寫本，抬起頭說：「她不會聽我們的話。她甚至不想靠近我。」他繼續埋頭描畫惡棍之運，心裡則惦記著那頭灰斑獨角獸。

他還沒告訴朋友們，他打算在惡棍之運的獸欄裡過寒假，跟牠同吃同住，看看能不能觸及補魂者的夢境。

「反正，不能讓她成為游牧者。」米契爾堅定的說，「三個人還算什麼四人組啊。一個都

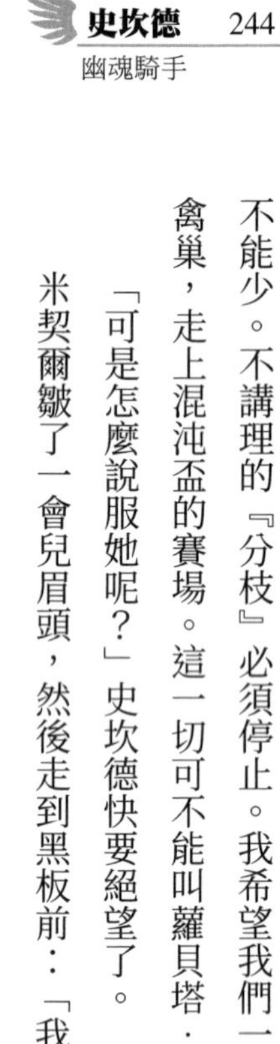

不能少。不講理的『分枝』必須停止。我希望我們一起晉級，成為掠食者，徽章完整的離開禽巢，走上混沌盃的賽場。這一切可不能叫蘿貝塔．布魯納毀了。」

「可是怎麼說服她呢？」史坎德快要絕望了。

米契爾皺了一會兒眉頭，然後走到黑板前：「我得想個辦法。」

到了冬至的那個星期，雛仔們還在訓練，而羽獸、新獸、掠食者已經慶祝起來了。寒假期間，各元素地窟都有為相應騎手舉行的舞會，不過每個人可以邀請一位客人同行。至於幼獸，因為年紀不夠，不能參加地窟舞會，於是便有了整整一個星期的休息時間。史坎德是很樂意暫停比武練習的。他一直沒怎麼使用靈元素，一方面是因為擔心自己也被附身，一方面是顧忌其他騎手——他們大多一看見靈元素兵器就又氣又怕。他們不願意跟史坎德比武，總是直接棄權，就像披鞍儀式那樣。何況，惡棍之運現在也不小心翼翼了，大大方方的從翅膀上射出白光，嚇得大家敬而遠之。這些煩惱，史坎德都儘量不去想。寒假裡，他有個重要的計畫。他要住在惡棍之運的獸欄裡，去夢裡找姐姐的獨角獸。

米契爾和芙蘿都勸史坎德不要輕舉妄動，但史坎德卻覺得，克雷格筆記裡的那些話太誇張了。若是身體安全無虞的待在獸欄裡，生命怎麼可能有危險呢？

「艾格莎不是也說那樣很危險嗎？」米契爾攔著他問道。寒假的第一晚，史坎德就抱著毯子要出門。

「銀圈都盯上野生獨角獸幼崽了！」史坎德大聲說，「不能再浪費時間了！只要我弄清楚夢境到底是怎麼回事，我就去求艾格莎教我修補羈絆。這樣到了年底，肯娜來觀摩比武大賽時，就全都準備好了。」

她會來禽巢訓練，說不定還能住進我們的樹屋，史坎德暗自想道，她不用再回大陸去了，我存的錢也足夠把爸爸接來，全家人在島嶼團聚。

來到惡棍之運的圍欄裡，第一夜，史坎德滿懷希望。他鑽進獨角獸黑亮亮、毛茸茸的翅膀底下，腦袋倚著牠的肚子，很快就睡著了。然而，八個小時之後，史坎德在晨光中醒來，一睜眼就看見惡棍之運在啃自己的頭髮，褲管裡還塞滿了稻草。什麼夢也沒做。

到了第四天晚上，史坎德已經開始懷念訓練了——訓練時至少不用總想著這一件事。他只做了一個噩夢，夢見李凱斯講的幽魂騎手——開鴻騎手的鬼魂——追著他跑，四周是墓園裡五顏六色的紀念樹。難道，史坎德不是補魂者？他感到孤獨而苦悶。這個星期疾隼隊沒有例會。夜裡冷得要命，哪怕是擠在惡棍之運身邊也不暖和。

爸爸寄來的聖誕賀卡裡沒有提起肯娜。史坎德渴望讀到她寫的句子，因為遣詞造句的方式就像聲音，是可以聽見的。然而，她連名字都不肯簽一個。更慘的是，四人組的其他人也

總是不在，一出門就是好幾個小時。

巴比還是不肯和他說話。光是這一樁就叫他很難過了。他沒跟別人說，自己偷偷跑到獸欄裡，幫獵鷹之怒梳洗鬃毛，把牠打扮得漂漂亮亮。他覺得這樣能離巴比更近些，畢竟，獨角獸和騎手之間還有羈絆呢。史坎德對著獵鷹之怒說話，跟牠聊起巴比：「我該跟她說什麼呢？怎樣才能讓她回心轉意呢？你有什麼好辦法嗎？」獵鷹之怒的回應不是咬他一下就是電他一下，但不知道為什麼，即使如此也讓他心裡好受了些。

除了巴比，其他人的表現同樣令史坎德黯然失落。他們剛計畫好如何讓卡沙瑪司令目睹銀圈的罪行，米契爾和芙蘿就不見蹤影了。史坎德猜想，米契爾可能是去找傑米了——他們倆最近總是泡在一起，研究歸真之歌。也可能是，迫於父親的壓力，米契爾只能躲著他。伊拉·韓德森在信裡毫不諱言的警告兒子，要是真想成為司令，就必須遠離靈行者，跟銀圈同一陣線。

當時，米契爾不耐煩的抱怨：「真是的！好像我年底就要參加混沌盃似的！得先成為掠食者才能有那個資格好不好！」可是現在，史坎德也無法確定，米契爾是不是對信裡的話上心了。

芙蘿呢？也許是和巴比待在一起，都躲著他吧。

這念頭叫他既嫉妒又絕望。難道他們都要學巴比，搞什麼「分枝」？難道他們全都受夠了他帶來的麻煩？他們是不是和其他騎手一起去自己的元素地窟了？他們是不是再也不想待在樹屋裡了？

冬至當天晚上，樹屋裡又剩下了史坎德自己。他悶悶不樂的往火爐裡添了一根木頭，放在膝上的那本關於火元素的書滑了下去。因為沒人理，他越是琢磨，越是疑慮重重。揭露真兇的計畫似乎滿是漏洞：雷克斯顯然幫著平息了銀圈的麻煩，但萬一朵里安·曼寧起疑、不打算讓銀刃參加生死鬥了呢？要是司令沒能及時趕到荒野、親眼目睹獵捕場面呢？要是肯娜的獨角獸沒能等到那天，就已經死了呢？還有，艾格莎是不是弄錯了，其實他根本就不是補魂者？反正他一直也沒夢到什麼特別的東西。或許他永遠也無法修補肯娜的羈絆了。或許在整個故事裡，他就是那個最討人厭的弟弟——

「史坎德！」米契爾的聲音打斷了他的鬱悶遐思。

他眨眨眼睛，看見米契爾就站在面前，還揮著一塊黑布條。

「我要把這個繫在你的腦袋上。」他言簡意賅的說著，湊了上去。

「喂！」史坎德擋開他的胳膊，「你要幹嘛？」

「拜託不要問我問題，」米契爾說，「我不擅長撒謊。我可不想露餡，把一切都毀了！」

「毀了什麼？你又覺得我會導致世界末日了？你要把我綁起來交給你爸爸了？」史坎德開著玩笑，想套米契爾的話。不過，米契爾能回來，跟他在一起，他就已經非常高興了。

「求你了，史坎德，別問了。」米契爾央求道，「我要是敢說一個字，芙蘿會殺了我的。因為只要你問，我就一定會答啊。」

「好吧好吧。」史坎德妥協了。米契爾用黑布條蒙住了他的眼睛。

這位火行者拉著史坎德的手，領他走出了樹屋，搖搖晃晃的摸過五條通道，然後又好歹說哄他爬下了三座梯子。一來到地面上，史坎德就完全迷失了方向，不知道自己要被帶到哪兒去。米契爾也不太擅長幫他躲開樹根，所以一路上就聽見各種「噢，對不起」「哎喲」「啊，那是我的腳」……

「好啦！」米契爾說。他們終於停下了。「現在，你往前走兩步，然後彎腰，對對，然後抓住這個。」史坎德感覺到米契爾俯下了身子，牽著他的手，讓他往前摸——好像是金屬的什麼手柄。史坎德拉了拉，立刻明白自己身在何處了。

米契爾的胳膊碰到了他；他站得很近。「每一步都要照我說的做哦。靈行者可別即興發揮啊。你一定要抓緊了，用上這輩子最大的力氣，不然會死——」

「啊？」

米契爾沒理會史坎德的緊張，繼續說道：「要是出了那種事，芙蘿一樣饒不了我啊。唔，雖然她只說不準破壞驚喜，但你死了也算破壞驚喜啊。」

「什、什麼驚——」史坎德話沒說完，只覺得腳下一空。

天旋地轉的幾秒鐘之後，身體一震，倏地停止墜落。

「現在可以摘掉了。」米契爾怯怯的說。

「米契爾！」史坎德氣呼呼的扯掉了眼前的黑布條——扯不扯沒什麼區別，眼前依然一片漆黑。「你是不是想害死——」

「你在說什——」

「我早就跟他們說了，在樹屋裡更容易，但情感上的衝擊效果肯定不如這個。」

「大驚喜！」四周一下子大亮，到處都是火把，還有好多人。史坎德先看到了芙蘿，然後是傑米。在鐵匠的兩側，分別站著一位拉奏小提琴的高個子金髮女士，一位蓄著棕色大鬍子的男士——和傑米很像，肯定是他的父母！芙蘿的爸爸媽媽和孿生哥哥也在。書店老闆克雷格，還有疾隼隊的成員們——安柏除外——全都來了。緊接著，最叫史坎德吃驚的人映入了他的眼簾——艾格莎．艾佛哈。她的表情算不上笑，但也差不多啦。

「這是幹什麼啊？這是哪兒啊？」史坎德嚇了一大跳，還沒反應過來這是什麼地方。是靈元素地窟，不過大變樣了。

織者扭曲的筆跡被擦掉了，黑色的大理石洞壁閃閃發亮。弧形的後壁上，閃光的白色顏料繪出了代表靈元素的四環纏繞標誌。

標誌底下，甚至還貼了一張史坎德畫的惡棍之運。軟呼呼的白色豆袋座墊隨意放著，席地鋪著羊皮地毯，舊書架也擺上了新書。圓形的地窟中央安置著一張大理石圓桌，上面的橙色飲料一看就知道是來自薛克尼家，此外還有好多美食——美奶滋的數量絕不少於三罐。

芙蘿衝上來，一把抱住了他。「你喜歡嗎？我們都希望你高興起來呀！他們之前不准你進入水井又加上你很擔心姐姐那個什麼夢境也一直沒能成功所以我媽媽就調了些白色的顏料我們只是想……」芙蘿指指四周，這才停下來換口氣。

「我們只是想讓你知道，你也是有朋友的，史坎德。他們都認為靈行者是個不錯的傢伙，」傑米咧嘴笑著，「讓靈元素重返禽巢，真的很勇敢。」

「現在你知道我為什麼要綁架你了吧，開心嗎？」米契爾的頭髮閃著火苗，映著笑容。

「這些……全都是為了我？」史坎德的聲音哽住了，「我還以為你們躲著我、不理我了。」

「真對不起。」芙蘿連忙說，「得事先全布置好呀！現在，這裡再也不是織者遺棄時的模樣了！得多謝艾格莎帶著我們進進出出。」

艾格莎矜持的一點頭，配上髒兮兮的白色披風，頗有威嚴，渾似一位帝王。

兩個小時之後，史坎德仍然享受著這份驚喜。這是他人生最美好的時光之一。他簡直不敢相信，這麼多人大費周章，就是為了博他一笑。李凱斯滔滔不絕的誇惡棍之運飛得快；艾格莎不甘示弱，吐露了禽巢的舊日往事；傑米的父母奏響音樂，興致高昂的在地窟漫步；史坎德、米契爾和芙蘿圍成一圈坐著，分享熱狗和美奶滋。史坎德笑得臉蛋都疼了。要說有什麼不完美，那就是缺了一個人——巴比．布魯納。

「巴比是不是……」史坎德躊躇著問出了口。

「她身體還沒完全恢復，」芙蘿飛快的說，「要不然肯定很樂意來。」

米契爾沒注意他們的對話，而是遙遙望著角落裡的傑米一家——媽媽起哄讓兒子拉小提琴，可是傑米拉得太難聽了，惹得大家哈哈大笑。

「我還以為我倆是一樣的。」米契爾小聲嘟囔，把手指伸進鏡片後面，狠狠揉了揉眼睛。

「什麼意思啊，米契爾？」芙蘿柔聲問道。

他嚇了一跳，好像這才發現身邊有人似的。「呃，我是說，傑米的父母不是不希望他當鐵匠嗎？」

「他們確實更希望傑米和他們一樣，成為吟游詩人。」史坎德說。

「對，可是……」米契爾努力地尋找詞句，描述自己的感受，「可是，他們今天還是來了，不是嗎？他們仍然支持他。他們仍然願意和他一起來參加靈行者朋友的地下聚會。他們仍然對他笑。他們仍然愛……」米契爾頓住了，停了一會兒才勉強說道：「雖然他們不贊成他做的事，可是還會支持他，還是來了。」

「米契爾，」芙蘿靠過去，拉起他的手，「聽我說。錯的人是你爸爸，不是你。你是多麼優秀的騎手、多麼好的朋友呀！你爸爸對靈行者有偏見，還需要你替他完成未竟的司令夢，但這些都是他的問題。他應該愛你本來的模樣，而不是他希望的種種。」

米契爾吸吸鼻子，把眼鏡往上一推：「為什麼還有條件呢？我是他的兒子啊！愛我難道不是自然而然的嗎？我覺得他甚至都不太喜歡赤夜之樂。他總是說牠不乾淨、不漂亮，不像司令的坐騎。為了取悅他——也為了幫助我——赤夜之樂多努力啊。可是我心裡很清楚，牠不開心。真希望我們能叫他滿意，但看來永遠也實現不了。」

「也許他還沒意識到自己給你們帶來了不好的感受。」史坎德輕聲說，「你可以跟他談談，說不定會有改變呢。」他儘量不去想起媽媽——去年，他據理力爭、拚命勸說的時候，她根本就不聽。

米契爾連連搖頭：「他從來不跟我好好談心，現在把司令夢全壓在我身上，才肯帶我去出席午宴！要是我承認想和靈行者做朋友，承認我就喜歡邋裡邋遢的赤夜之樂，承認我其實相信歸真之歌，承認我壓根就不想當什麼混沌司令——那他肯定不會理我了。光是想想就能猜到！」

「不試試怎麼知道呢？」芙蘿同情的微笑著。

這時，艾格莎走過來，低頭望著他們。短暫停駐的柔和神情消失了，她的眼神又變得凌厲起來。「史坎德，得請大家離開了，太晚了——要是歐蘇利文導師知道我把你們帶到這裡來，恐怕不會太高興。更何況，來的還不都是騎手。我看就到此為止吧。」

史坎德爬了起來：「好好，當然應該這樣，呃，艾佛哈導師。」

艾格莎和史坎德輪流把大家送回了地面。

史坎德最後把芙蘿、米契爾和傑米送了上去。他們在元素分界道別，各忙各的去了。芙蘿要去看看銀刃，米契爾送傑米一家離開禽巢。不到一會兒功夫，操場上只留下了史坎德一個人，只有斷層線在其左右。但很快，陰影中就閃出了白色的身影。

「你的朋友們真不錯。」艾格莎不情不願的說著，走近了外甥。

史坎德笑了：「我很幸運。」可他還是忍不住地覺得，今晚處處都有一個空洞，巴比形狀的空洞。要是她也在，哪怕是取笑他沉迷美奶滋也好啊。

「你確實很幸運。他們會幫你戰勝靈元素的陰暗面的——前提是你願意的話。我就沒有這樣的朋友，你媽媽也沒有。我們向來都是孤軍奮戰，擁有的僅是彼此。要是有其他元素的影響，我們可能會……更和諧些。」

不知哪棵樹上的貓頭鷹突然叫了一聲，打破了沉默。

「艾格——艾佛哈導師？」

「嗯？」

「別的地窟都有名字，熔爐、水井、蜂巢、礦坑……那靈窟，叫什麼名字？我是說，以前，人們怎麼稱呼它？」

「庇魂所。」艾格莎脫口而出，語氣異同尋常的平靜。

史坎德看著她攀上最近的梯子，走了。他覺得這個名字很完美。今天晚上，靈窟，是那麼安全，那麼安穩。他有了強烈的歸屬感。這裡的確，是屬於靈行者的庇護所。

當史坎德快走到樹屋時，芙蘿從裡面衝了出來，她全身披掛，鎖子甲叮叮噹噹。

「小坎！」她深吸了幾口氣，「是今晚！他們要在今晚獵捕野生獨角獸！我和銀刃一個小時之內就得趕過去！」她指了指下方，森林裡隱隱閃過銀光——果然，銀刃已經準備好了。

史坎德凝視著芙蘿。這一刻，他們已經等了幾個星期，但突然來臨了，還是感覺很嚇人。

「怎麼了？」巴比從通道另一邊走了過來。

「銀刃今晚就要去參加獵捕行動。」芙蘿的聲音裡充滿了恐懼。

「今晚？」巴比眨眨眼睛，「那你們的計畫，現在就算開始了？」

「對。」史坎德急匆匆的說，「必須立刻開始。時間不多。」他深深吸氣，抑制住內心的不安說道：「跟我們一起去吧，巴比，大家需要妳。要是哪裡出了問題，司令沒能及時趕到，那我們就只能親自上陣，去保護那些野生獨角獸了。芙蘿要假裝站在銀圈一方，不能出手幫忙。而且妳的魔法可是我們中最厲害的！」

「不行！」巴比向後退了一步，「我現在……騎不了獵鷹之怒。我也不想站在你這邊。我已經說過了，別想再把我捲進去！」

「巴比，這跟英雄不英雄無關，跟選邊站也無關。」芙蘿望著她亮晶晶的眼睛，「這是選擇善惡，是選擇做對的事情。」

「不行！」巴比說，「獵鷹之怒，她會闖進我的腦袋裡。我的獵鷹之怒曾經那麼美好，但現在那樣可怕。我……」

「我們得走了。」史坎德失望至極。他不想放棄說服巴比，他希望她一起去，不過現在只有一個小時做準備，實在來不及了。「要是妳改變主意，就看看米契爾的計畫吧。就在黑板上。」

「對不起。」巴比哽噎了。她轉身就飛奔下梯子，跑進了樹林。史坎德想，她或許是要去獸欄吧。她越來越不願意待在樹屋裡了。

「我去叫米契爾。」史坎德對芙蘿說。

芙蘿的神情混合著堅定與慌張。史坎德拉過她，擁抱她。「妳是銀色騎手，我是靈行者騎手。」他喃喃道，「我們一定能成功。我們一定能阻止他們。」

他感覺到她倚著他的肩窩點頭，然後就前往地面騎上銀刃，朝著銀色要塞去了。

史坎德踉踉蹌蹌的推開樹屋的門，發現裡面一片安寧，映襯著即將發生的事情，更顯得不可思議。米契爾縮在火爐旁邊的懶骨頭沙發上睡著了，膝上還攤著一本翻開的書。

史坎德顧不上去想叫醒他是不是有點兒討厭。

「幹嘛啊？」其實米契爾一看見史坎德的表情就全明白了。

「現在？」他低聲問。

「現在。」史坎德肅然答道。

「巴比呢？」米契爾問，「她也去嗎？」

「我們勸過她了，但她應該還是不肯去。反正，要是她改變主意了，也知道去哪兒找計畫。」

米契爾猛地站起來，衝向他們用作冰箱的石頭箱子。「我有個主意。」他一邊說，一邊掏出了果醬、乳酪、馬麥醬，還有兩片麵包。

「現在可沒功夫吃！」史坎德著急的直拽頭髮，「已經浪費了十分鐘！你得去銀色要塞外面跟芙蘿碰頭，還得給司令送信！」

但米契爾只管捂著鼻子，把馬麥醬往果醬上抹，接著又塞上乳酪，夾上麵包，做成了一份三明治。

然後，他奮筆疾書，開始寫字條。「把這個留給巴比，」他邊寫邊解釋，「只要她回來就能看見。讓她明白，我們需要她！所以說不定三明治能派上用場。」

史坎德湊過去，只見字條上寫著：

這是「緊急事件三明治」，蘿貝塔，因為真的需要妳救急。我們必須阻止銀圈繼續殺害野生獨角獸。發生在妳和獵鷹之怒身上的事情確實很可怕，但妳很堅強。我就沒見過比妳還堅強的人。要是放任他們繼續作惡，那些可怕的事就會不停的發生在別人身上。別人可沒有妳這麼堅強啊。拜託了，巴比。快吃掉三明治，來幫忙吧！

米契爾

米契爾從不跟巴比如此溫言款語。雖然，這只是一張字條，可是平日裡，他們的交流方式都是互相譏諷。

史坎德不知道這份三明治能不能幫助巴比重回獵鷹之怒身邊，但此時此刻，也只有死馬當活馬醫了。

四十五分鐘後，史坎德和米契爾哄著各自的獨角獸，在灌木叢中趴下來，埋伏好，而不遠處就是銀圈盯上的那群野生獨角獸。史坎德擠在惡棍之運身邊，強忍著荒野的臘月寒冬。野生獨角獸數量不少，差不多有三十頭，衰敗腐壞的程度各不相同。裸露的骨頭映著月光，透明的獸角熒熒如惑；偶爾爭吵打架時，便有元素爆裂，有毒的濃煙像雲霧似的繚繞；但總的來說，牠們大多平靜淡然，從容的吃著幾頭山羊的殘骸。

到目前為止，計畫一切順利：他們來到銀色要塞外面的那條銀樺大道，芙蘿想辦法溜出來，透露了獸群的位置；米契爾把方位添到事先寫好的紙條上，然後騎上赤夜之樂，到肆端市去給司令通風報信；史坎德則拿著備用指南針找到了合適的位置，在獸群附近埋伏下來。米契爾趕到議事廣場，把匿名紙條塞給妮娜．卡沙瑪的書刊專員——此人是他媽媽的朋友——他強調一定要請混沌司令立刻閱讀，因為事關重大、涉及生死。

而史坎德則是孤零零的留在荒野，盼著米契爾回來。這算得上他這輩子最漫長的等待——不過，相較於此時此刻等待獵捕手的到來，還是略遜一籌。

自從去年直面織者以來，這是史坎德第一次回到這片荒原，每一點風吹草動，都恍若包著裹屍布的黑影。*她已經不是威脅了*，他給自己壯膽。然而，即使追獵野生獨角獸的事與她無關，她也仍然蟄伏在某個地方。想到這些史坎德就膽顫心驚。真是難以置信：他一個小時之前還在高高興興的吃熱狗！

「如果時間拿捏得不錯！」米契爾嘀咕道，「芙蘿和獵捕隊應該快到了……」他在黑暗中瞇著眼睛辨認手錶指針，「——隨時會來。如果司令看了紙條，放在心裡，那麼她和七人議會也會同時出現。」

「要是芙蘿也在，你猜她會說什麼？」史坎德輕聲說。

「什麼？」

「這是我們經歷過的最危險的——」

「你聽見了嗎？」米契爾打斷了他。

蹄聲震盪著貧瘠的平原。越來越近，越來越近。

三頭銀色獨角獸帶領著一群哨兵，銀色的盔甲映著火把的熊熊火焰，抖擻著銀光。其中兩頭銀色獨角獸已經成年，史坎德並不認識，而另一頭就是銀刃。跟在後面的哨兵抱著鐵鍊，準備以此對付獵到的野生獨角獸幼崽，把牠帶回角鬥場，讓牠面對不死之死。

獵捕隊一路疾馳，靠近了那群野生獨角獸。牠們警覺的揚起了透明的獸角。史坎德待不住了，抬起了身子。

「史坎德，別動！」米契爾把他拽了回去，「司令會來的！她一定會來！」

幾秒鐘像是幾分鐘，時間遲滯不前。史坎德的心跳加快了。哨兵們分散開來，圍住了整個獸群，他們放開嗓門，好像在辨認他們盯上的那頭幼崽。他們的行動熟練而篤定——顯然已經幹過好多次了。

司令還是沒有出現。

「米契爾……」史坎德喘著粗氣，「不能再等了——」

「她肯定會來！」米契爾堅持著，他的呼吸在寒冷的夜裡化成了白霧。

魔法在獸群上方炸響，哨兵們甩起了鐵鍊。野生獨角獸低吼著、嘶鳴著，驚恐無措。史坎德已經忍不住跪立起來了。片刻之後，煙塵散去，他看清了。

是牠。深深刻在他心底的牠。那灰色的、點綴著斑點的皮毛在月光下閃閃發亮。

司令還沒來，可是史坎德再也等不下去了。

他立刻翻身跨上鞍座。惡棍之運拍打著翅膀站了起來——騎手已經就位。

「史坎德，別去！」米契爾大聲勸道，「野生獨角獸造成的傷口是好不了的！萬一——」

「肯娜的獨角獸也在那裡！」史坎德大吼。惡棍之運揚起前蹄，羈絆中流淌的決心和怒意也激發了牠的鬥志。

「你並不能確定那就是肯娜的獨角獸啊！」米契爾急了。駭人的吼聲此起彼伏。

但史坎德連最小的可能性也無法承受。他騎著惡棍之運狂奔到獸群中央，扯著嗓子高喊：「想傷害牠們，得先過我這關！」

他都沒注意到赤夜之樂也趕過來了。一切都發生在剎那之間。哨兵們向著兩名年輕的騎手大吼大叫，讓他們趕緊讓開。一頭銀色獨角獸咆哮著噴出火海，史坎德連忙拉起水盾抵擋。野生獨角獸撲向哨兵，撕咬他的脖子。芙蘿叫著史坎德的名字，銀刃掀起了石塊。米契爾的火箭命中了另一名哨兵。元素魔法的巨響混雜著野生獨角獸的吼聲，驚天動地，震耳欲聾。

突然，獵捕手們向後撤開，飛上了漆黑的夜空。一名年長的銀色騎手拽著銀刃的韁繩，逼著芙蘿跟他們走。

「小坎，快走！他們會栽贓——」她的喊聲漸漸遠去。銀刃被更強壯的銀色獨角獸拉走了，他們要離開荒野，返回銀色要塞。

朽骨作響，黏液滴答，碎裂的下頷隨咆哮翕動，鬼火般的獸角轉而向內。三十雙饑渴的眼睛牢牢盯住了困在獸群中間的史坎德和米契爾——死亡的惡臭襲來，幾欲將人壓垮。

「如果我們先進攻，肯定會被炸得粉身碎骨。」史坎德擠出一句話。

「完了，必死無疑。我們要死了。」米契爾翻來覆去的念叨著。

一頭野生獨角獸垂下頭，透明的獸角對準了兩個男孩。牠一定在生死間遊蕩很久了——頭骨幾乎看不清，皮肉也全都腐爛了。牠就像一個喘氣的噩夢。史坎德的大腦一片空白，惡棍之運的恐懼疊加著他自己的，在羈絆中旋轉奔湧。他們都明白，只要輕舉妄動，另外二十九頭猛獸肯定會不由分說的直衝過來。

「米契爾，抓住我的手。」史坎德喃喃說道，伸出了胳膊。

「為什麼？」米契爾緊緊的拽著「赤夜之樂」的羽毛，「你想出辦法了？」

史坎德搖搖頭：「沒有，我只是怕極了。」

「我也是。」

就在這時，氣元素的魔法照亮了天空。

閃電、颶風、把電花甩成藤蔓狀的寒風。野生獨角獸紛紛向上望去，準備應對新的威脅。史坎德也是。

「喂，小米！」上方有人喊道，「多謝你的三明治！」

是巴比！巴比來救他們了！

獵鷹之怒的前蹄噴出兩顆球形閃電，分別擊中了兩頭野生獨角獸。氣元素的柑橘香氣和燒焦腐肉的臭味混在一起，獸群起了騷動，似乎忘記了牠們中間還夾著兩個騎手。

希望和快樂像閃電一樣，激得史坎德回過了神。巴比來了！巴比回來了！她肯定是一路跟著他們來到了這裡！這是不是意味著……現在沒時間細想了。獸群的包圍圈已經打開了，可是惡棍之運和赤夜之樂還是脫不了身。巴比頻頻拉開閃電彎弓，射出一箭又一箭。

「現在可以施展你們的魔法了吧？」巴比大喊。兩頭野生獨角獸飛上了天空——儘管翅膀已經朽爛不堪，但牠們還是能夠飛起來，追在獵鷹之怒身後。

混戰之中，赤夜之樂已經忘了最近裝出來的優雅和體面，興奮得炸響了一個屁，嘣得一頭野生獨角獸遠遠摔開。米契爾一邊拋出火球一邊咧著嘴樂道：「三明治管用！她喜歡三明治！」

史坎德將靈元素召入羈絆，手掌裡亮起了白光。白光越來越亮，直至亮過月亮。野生獨角獸低聲吼叫，惡棍之運也報以同樣的低吼——就像去年面對織者時一樣。史坎德想起了艾格莎提過的「黑暗邊緣」。惡棍之運也需要跟牠博弈嗎？和其他獨角獸相比，靈獨角獸是否更接近野生獨角獸？

整群野生獨角獸都退開了，離開了。唯獨有一頭除外。

史坎德望著灰斑獨角獸憂傷的眼睛。牠的背上有新鮮的傷口，胸腔裡的骨頭也又折了一根。所謂「不朽」，正作用於牠的身體。

「我會治好你的。」史坎德對牠說，「我會把肯娜帶來。你等著看吧。」

牠嘶鳴一聲，掉頭狂奔，回到了獸群之中。

這時，史坎德聽到了叫喊聲。八頭獨角獸闖入了荒野。

一開始，他還以為又是銀圈的獵捕手，以為他們還想獵取野生獨角獸。他的腦海裡閃過自己的模樣——靈行者，手裡握著白光，護著的是地球上最可怖的一群怪獸。但不管是什麼模樣都不要緊，他知道自己正在做的事情是正確的。

他把目光投向正在靠近的騎手們，這才看見他們，看清他們。八隻手掌裡閃耀的都是黃色的光，氣元素的顏色。

「是司令！尼娜司令和七人議會！」救星來了，米契爾如釋重負。

然而，當巴比和獵鷹之怒落在他們身邊，透過巴比之口，史坎德才聽明白了芙蘿離去前的未竟之語——

「他們會以為是我們殺害了野生獨角獸！」

肯娜——火眼人

銀色要塞裡有一座高塔，高塔裡有圓形的房間，肯娜正在裡面來回踱步。她來到島嶼已經好幾個星期了，受夠了——也怕極了。她止不住焦慮，不停擺弄著迷你獨角獸玩具——那是從媽媽的遺物盒子裡拿出來的。在大陸時，什麼時候能找到自己的獨角獸、要待在哪裡、怎樣生活之類的，似乎都不是什麼大問題，甚至也想不起來要問朵里安．曼寧。可是如今，整天被鎖在屋裡，這些就突然變得重要了。她依然沒有自己的獨角獸。肯娜覺得自己更像囚犯，而非貴客。

朵里安．曼寧留給她了一本書——《靈之書》。書的封面是白色的，印著四環纏繞的金色標誌。書有些磨損，好像是被誰從高處扔下來的。肯娜讀了又讀，所有的章節都爛熟於心。除了一早一晚送食物送水的銀面哨兵之外，這本書是她唯一的陪伴。

翻閱書頁時，每一點汙漬、每一塊破損、每一處折角，都像老朋友一般。她幾個小時幾個小時的盯著空白處看，看前任主人留下的評論和小畫。她喜歡想像寫下這些心得的騎手。

他們都是靈行者，和她一樣。和她的弟弟一樣。

肯娜還無法釐清自己對史坎德是什麼樣的心態。她不明白靈行者的身分有什麼可隱瞞的。弟弟知道她也是靈行者嗎？他是從一開始——從他離開大陸的那一夜，就對她保密了嗎？肯娜琢磨出來了。她不傻。書裡描寫了靈行者的各種突變，她全都仔細讀了。那個女人——那天夜裡去二〇七號公寓接走史坎德的女人，臉上就有類似的斑跡。全都說得通了不是嗎？

史坎德也有靈行者的突變嗎？惡棍之運也像其他靈獨角獸那樣，擁有白色的紋路嗎？每每想起去年見到那頭黑色獨角獸的情景，肯娜就覺得傷心。那時候，史坎德為什麼沒把實情告訴她？他們從小一起長大，從沒有過什麼祕密。

心情好的時候，肯娜也會想，史坎德一定是有什麼不得已的理由。他是愛她的；她非常肯定。他絕不會故意惹她傷心。在這種想法樂觀的時刻，她喜歡想像姐弟倆重逢的場面，她要告訴史坎德，她也有自己的獨角獸了，她也是靈行者。在她的遐想中，他們一起訓練，一起給爸爸寫信，甚至肩並肩衝過混沌盃比賽的終點拱門，一起成為混沌司令。

可是其他的日子裡，肯娜一想到那些謊言就要崩潰，睡也睡不著——他的水元素、他的四人組、他的惡棍之運。他的隊友們知道這件事嗎？數學課、語文課、西班牙語課……姐姐把信藏在課桌底下偷偷看，忍著眼淚，忍著強烈的渴望、強烈的嫉妒，消磨掉了所有的快樂。這副模樣是不是惹他們笑話？沒有獨角獸的日子如此空虛，她一夜一夜的沉浸在騎手弟弟的畫裡，而那些畫本來也是她的夢想。史坎德有沒有想過這些？

而最不堪的是，史坎德明知道被島嶼拒絕的感覺有多麼痛苦。他被人趕出孵化所考試的考場之後，那幾個小時的折磨，他切身體會到了。可是他竟然不屑於把真相告訴肯娜。

夜幕又降臨了。此刻傳來了三下突兀的敲門聲。

通常，哨兵只管把餐盤放在門外，等她打開門時，他們早就走了。但今天不一樣。肯娜盼的就是這個「不一樣」。

門前燈映著銀色面罩，反光刺目。肯娜伸出手接盤子，頭也沒抬一下。她已經放棄要求面見朵里安．曼寧了。她覺得她越是追問，他似乎就越是懶得解答。

但只要最終能擁有自己的獨角獸，肯娜什麼都不在乎。

哨兵拿著餐盤，沒有鬆手。她抬頭看他，隱約瞥見了那雙眼睛中的火光。

「是你啊。」她有些驚訝。

「你好，肯娜。我可以進去嗎？」他的聲音比接她離開大陸時親切了些，「我想跟你談談。」

「唔，好吧，進來吧。」肯娜向後退開，讓他進了門。

那人放下盤子，在屋裡唯一的一張舊椅子上搖搖晃晃的坐下。肯娜坐在床尾，好奇的看著他。

戴著面罩的男人看看四周，眼睛閃著火光：「肯娜，對不起。」

「為什麼要說對不起？」肯娜問，「把我關這麼久，也不能怨——」

「妳根本就不該到銀色要塞來。雷克斯．曼寧最後非要跟著去。要是只有朵里安．曼寧，我還能搞定，但兩個銀色騎手我就沒辦法對付了，所以也沒能護妳周全。」

「『對付』是什麼意思？」肯娜警覺起來。她突然意識到高塔裡的這個房間很小，舊椅子與她所坐的地方距離很近。

他用熾烈的目光盯著她。「肯娜，把妳帶到這裡來，根本就不是朵里安．曼寧的主意。是我在他的腦袋裡種下了種子，讓他堅信，擁有一個忠於銀圈的靈行者非常必要。這正中他的下懷——根除靈行者集結成軍的可能，只留下聽令於他的人。所以，他盯上了妳。他認為只要找到妳的獨角獸，就能以此要脅妳，讓妳對他言聽計從。他認為妳來自大陸，所以軟弱可欺，為了獨角獸什麼事都肯做。」

肯娜的腦袋裡亂糟糟的：「軍隊？要脅？他想、想讓我幹什麼？」

「他想讓妳使用靈元素殺死惡棍之運。以一換一，等價交換。」

肯娜一個字也說不出來。

「沒關係。」那人打量著她驚恐的神情，飛快的說道。

「有關係！當然有關係！」肯娜嚷道，「我絕不可能做那種事！我絕對不會殺死我弟弟的獨角獸！」

「沒關係。」那人重複了一遍。

「為什麼？」

「因為妳媽媽來救妳了。」他言簡意賅的說，「她沒辦法親自帶妳離開大陸——追緝她的人太多了——但她就要來救妳了。相信我。」

肯娜連氣都不敢喘：「可是，她已經死了。」

那人沒有回答，向她走近。肯娜站起來，渾身抖得厲害。

「她會在夏至之前救妳出去。」火眼人喃喃低語，遞上了一個信封。

信封正面寫著：我的女兒——肯娜．艾佛哈，親啟。

第十二章 指控

史坎德、米契爾和巴比的面前是混沌司令和七人議會全體成員。妮娜．卡沙瑪已經全然不是去年的模樣——當時，首次踏入禽巢的史坎德興奮不已，而她負責帶著雛仔們四處參觀，分發三明治。如今，她氣勢迫人，雷霆震怒，令人望之生畏。正是司令該有的模樣。

八頭獨角獸一出現在荒野，整群野生獨角獸就四散逃開了，彷彿牠們也能感受到這位氣行者的強大能量。司法議員粗魯的把史坎德從惡棍之運的背上拽下來，用土元素召來的藤蔓纏住他的手腕，綁在另一頭獨角獸身上。

在前往議事廣場的路上，史坎德一句話也不敢說。他知道此刻說什麼都很難洗脫罪名。銀圈的那些傢伙應該正在銀色要塞裡哈哈大笑、幸災樂禍吧——把他們犯下的罪行都推到他頭上，這不正是他們算計好的嗎？七人議會和司令押著嫌疑犯們返回肆端市，史坎德一路上都在琢磨：銀圈暗中籌劃了好幾個月，為的就是這一刻吧？他們不准商店接待他，他們恐嚇傑米，他們散布謠言，說他是殺害野生獨角獸的兇手，他們甚至阻撓他參加訓練——總之，他們為了掩蓋自己的惡行，為了把他推出去，無所不用其極。現在，要是司令相信了銀圈羅織的那些罪名，結果就不只是逐出禽巢這麼簡單了——監獄正等著他呢。

惡棍之運被他們帶走了，關進了七人議會的獸欄。史坎德的心像刀割似的。他還能再見到他的黑色獨角獸嗎？他還能騎在牠的背上、恣意翱翔嗎？他會不會落得艾格莎那樣的結局——活在監視之下，與北風夢魘兩相區隔，從而無法使用靈元素？

穿過議事廣場時，他的感覺更糟了。行政樹屋堪稱禽巢之外最叫人驚歎的複雜建築群。他們走上一條長而寬闊的坡道，然後踏上結實的金屬走廊，走廊連通四方。廣場四邊各有一座龐然樹屋，入口處都豎著尖利的金屬柵欄。廣場四角立著巨大的盾牌，代表著四種元素——水、土、火、氣。史坎德感到了前所未有的難堪，好像真的違反了法律似的。接著，他就和米契爾、巴比一起，被帶進了一間極為氣派的廳堂。

每位議員都擁有自己的座椅，座椅是颶風的形狀——頂部的金屬凝成寬大的漩渦，底部漸漸收束，可以作為腳踏使用。座椅置於高臺之上，倚牆而立，而這面牆彎曲呈弧形，直接延伸到了幼獸們的兩側。這座大廳必定是專為氣元素議會設計，因為屬於司令的交椅位於地面，被颶風座椅環拱於正中央。與其他座椅相比，它要大上很多，高大的金屬靠背鏤刻出的花紋，也是閃電的形狀。長久而可怖的沉默之後，妮娜・卡沙瑪開口了。

「我實在想不通，你們今晚為什麼要跑到荒野去？如果不是追殺野生獨角獸，靈行者，我請問你，你到底想幹什麼？」

史坎德嚥了口唾沫，脖子後面直發涼。她沒叫他的名字，而是用了「靈行者」。這叫他非常緊張。

「請聽我們解釋，司令。」米契爾拔高聲音說道，「我們是想讓您親眼目睹，殺害野生獨角獸的，是銀圈。」他很害怕，但同時也很勇敢。「那張標注獸群位置的匿名字條是我寫的。筆跡是我的。如果需要的話，我現在就能證明給您看。」米契爾的手指哆嗦著，憑空比劃了幾下。

史坎德簡直不敢相信，米契爾竟然先站出來了——要是讓他爸爸知道，肯定會痛下狠手的。

「那你們自投羅網又是為了什麼呢？」司法議員問道。他眨眼時，眼睛裡掠過了電花。

這次主動辯護的是巴比：「不不不，我們並不是『自投羅網』。是銀圈把獵捕行動選在了今天晚上。他們一聽見你們趕到，就立刻逃走了。我們的目的只是想證明——」

大廳裡響起了慢悠悠的鼓掌聲。史坎德連忙轉身，一眼就看見朵里安．曼寧闖了進來，後面還跟著禽巢的導師們。

「這些幼獸可真會胡思亂想啊，」朵里安．曼寧朝著司令的交椅淺淺鞠了一躬，皮笑肉不笑的說，「但您不必為馭火者和氣行者多花心思，因為罪魁禍首就是這個靈行者！」

歐蘇利文導師一把推開他，大步走到了尼娜的交椅前面，身後緊跟著艾格莎，藍色和白色的披風飄在她們身後。

「別這麼氣呼呼的，普西手妮。」朵里安轉身盯著水元素導師，他舔舔嘴脣，故意露出了銀色的舌尖，「我知道妳喜歡這孩子，以後就由我替妳照顧他吧，讓他和他的獨角獸在銀色要塞的監獄裡快樂生活吧。」

「氣呼呼？」歐蘇利文導師惱怒的眼睛裡泛著漩渦，「這不是生氣，朵里安，你看好了，這是暴怒。」她轉向尼娜，說道：「幼獸們應該交由我們處理，對此負責的應是禽巢，而不是——」

「這不是重點。」朵里安打斷了她。史坎德覺得，要不是在七人議會眾目睽睽之下，水元素導師肯定會將他一頓暴揍。「重點是，我們都知道那些野生獨角獸是誰殺的。」

「對！」史坎德突然難以自控的大聲喊道，「是你！我親眼看到了你在角鬥場的那些勾當！我全都看到了！你做的惡事我全都知道！」聽到史坎德的指控，議員們全都倒吸一口冷氣，就連尼娜也震驚地來回打量著他們。

「他說的是實情嗎，朵里安？」議會中的一位長者問道。她的眼鏡都滑到鼻尖上了。

「怎麼可能呢？」朵里安冷哼一聲，「我怎麼可能允許靈行者踏進銀色要塞半步？」他輕蔑的朝著史坎德揮了揮手：「胡說八道。」

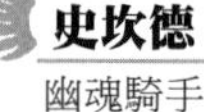

巴比朝著他跨了一大步：「喂，『多狗啊．傀儡』，你聽著——」

儘管情勢緊張，史坎德還是忍不住嘴角一彎——原來的那個巴比回來了！

「好了。」妮娜．卡沙瑪站了起來。雖然她的聲音不高，但所有人都順從的閉了嘴。「朵里安．曼甯所長，」她說，「我有個問題。」

「您儘管問，司令。」朵里安又鞠了一躬，這次恭敬了些。

「如果真的是史坎德殺死了那些野生獨角獸，那麼他是怎麼做到的呢？」

「是啊，」歐蘇利文導師哼了一聲，「他才剛開始第二年的訓練。野生獨角獸是殺不死的，跟牠們鬥一鬥，保住小命都算是幸運到了。我可是有發言權的，我這傷十年都沒痊癒。」她摸了摸脖子上那條令人怵目驚心的傷痕。

「可是他去年就能全身而退了！」朵里安反駁道，「誰知道他跟織者學了些什麼把戲！」

「艾格莎．艾佛哈。」尼娜沒理會朵里安，「你已經輔導史坎德幾個月了，你認為他有這個本事嗎？」

艾格莎上前一步，惹得議員們嫌惡不已，就連史坎德都感受得到。這應該不只是因為她是靈行者，還因為她殺死了所有的靈獨角獸。在別人眼中，她永遠是「行刑官」。

「司令，靈行者能夠殺死縛定獨角獸，是因為羈絆本身就能決定一切。」艾格莎不疾不徐的說道，全然不在意議員們的竊竊私語。她的語氣很恭敬，這是史坎德從未聽過的。「但是，野生獨角獸根本沒有羈絆，所以靈元素無法殺死牠們。以這種惡行而言，靈行者的嫌疑反而比其他騎手小。而且史坎德是個善良的孩子，不會做這種事。」

尼娜點了點頭。

「你怎麼能相信她！」朵里安．曼寧脫口說道，「老天，她是織者的妹妹！她和史坎德肯定早就串通好了！你們可是親手抓住史坎德的！就在荒野！」他急吼吼的，唾沫飛濺。

尼娜坐回了閃電交椅：「我自有斟酌。」

「恕我直言，司令。」歐蘇利文導師說，「史坎德是禽巢的學員，歸我們管轄。」

「導師——」尼娜突然頓住了，第一次露出了符合她年紀的神情。畢竟，不到一年之前，歐蘇利文導師還是她的師長。但隨後司令就記起了自己的身分，還有權力。「我已經有定奪了。」

史坎德大氣也不敢喘。

「我沒有關於野生獨角獸之死的證據。我也不完全明白，今晚都有誰去了荒野，幹了什麼。因為沒有證據，我只能姑且認為，史坎德和他的朋友們剛好在錯誤的時間出現在了錯誤的地點。」

史坎德的肩膀放鬆了一點點。他看見身邊的米契爾也鬆口氣，閉上了眼睛。

「不過，史坎德．史密斯……」尼娜狠狠的盯著史坎德，「我只能給你這一次機會。你與麥格雷司令的承諾仍然有效。只要你不傷害他人，你就可以留在禽巢繼續訓練，直到通過所有考試。今晚的事到此為止。聽懂了嗎？」

「聽懂了。」史坎德飛快答道。

「曼寧所長，我不得不說，您在這件事上的判斷有失偏頗。您一直跟這孩子過不去，未免顯得……有違職業道德。麗蓓嘉的事與史坎德扯不上……」

「妳怎麼敢直呼她的名字！」朵里安．曼寧的臉色更白了，一雙綠眼睛瞪得圓鼓鼓的，「你這個大陸人！出事時妳還是個小孩呢！」

史坎德偷偷瞥了一眼巴比和米契爾。他倆也是一臉困惑。

「妳根本不懂靈行者的本性有多邪惡！」

「朵里安，夠了。」尼娜警告道。

「出了這種事妳竟然還准許靈行者繼續訓練？妳對於他帶來的危險完全沒有概念！看在島嶼的份上，求妳輸掉下一屆混沌盃吧！」朵里安．曼寧吼出最後幾個字，大踏步往外走。

「從現在起，我會在荒野派駐我自己的衛隊。」尼娜向著他的背影說道，「絕不能再有野生獨角獸橫死。」

朵里安一聲不吭，氣沖沖的走了出去。尼娜對他的無禮毫不介意。「雖然已是大半夜，但既然各位都來了……」她依次看看導師們，「我們就開個緊急會議吧。幼獸們，去和你們的獨角獸待一會兒吧，等導師們開完會，再護送你們回禽巢。」

「呃，那個……妳會把這件事告訴我爸爸嗎？」米契爾躊躇地問道。

「我看還是保密吧，嗯？」尼娜擠了擠眼睛，又像是普通女孩了。

米契爾終於安心了，肩膀耷拉著，腦袋也垂下去了。被現任司令抓來審訊可不是伊拉．韓德森對兒子的期許。

他們一離開大廳，史坎德就強烈渴望回到惡棍之運身邊。但門正要關上時，巴比突然把她的黑靴子尖塞了進去，留了一條小縫。

「你們就不想聽聽司令和導師們的緊急會議？」她輕聲說著，把耳朵貼在了金屬門框邊上。史坎德看著她狡黠的模樣，心裡真是高興極了。

兩個男孩立刻學著巴比的樣子，擠在門縫外偷聽起來。在大廳回音的作用下，談話聲嘹亮如洪鐘。

「……研究員們發現，隨著時間推移，這種失衡會呈指數級惡化。」

「您指什麼？」韋伯導師問。

「野生獨角獸的死亡會引發元素紊亂。這種紊亂不會停止，而是會像漣漪一樣，一層層傳遞開去。情況只會越來越糟，除非……」

「除非什麼？」是賽勒導師。她的聲音很溫柔。

「除非我們抓住織者，止住對野生獨角獸的殺戮！這是明擺著的！」韋伯導師大聲說。

「當然，當然，伯納德，但幼獸們今晚說的那些事，有幾分真、幾分假呢……總之從此刻起，我的衛隊會駐守荒野，但願這樣能保護那些野生獨角獸，可是治標不治本，就算不再發生野生獨角獸死亡事件，島嶼遭到的破壞也無法彌補，只會更糟。」

「『更糟』具體是指什麼呢？更多的山火、洪水？還是……」安德生導師問。

「更多的附身與中邪。」歐蘇利文導師沉聲補充。

尼娜氣息凝重，整座大廳猶如背負千斤重擔。「具體來說，島嶼的元素紊亂會在夏至時到達峰值，我們必須在那之前想出辦法。否則，這座島就不能待了，它最終會走向自我毀滅。」

大廳裡安靜了好長一段時間。

尼娜繼續說道：「我正在緊急尋找新的居住地，不過……」她頓了頓，「——如果不得不離開這裡，騎手們只能按照結盟元素分開了。」

「不行。」歐蘇利文導師直接否定道，「這有違開鴻騎手的初衷，有違我們的信仰。」

「可是獨角獸太多了，普西丰妮。大陸或許願意接納騎手，但獨角獸怎麼辦？不能違反條約啊。這根本行不通。當然，正如朵里安．曼寧提醒的，明年我可能贏不了混沌盃，那麼決定權也就移交到別人手上了。可是現在我就得著手做準備、打基礎啊。」

「明年還要辦混沌盃嗎？」歐蘇利文導師問。

「我絕不要成為歷史上第一個取消混沌盃的司令。」尼娜斬釘截鐵的說。

「如果參考一下吟游詩人的歸真之歌呢？」艾格莎終於開口了，「開鴻騎手是不是真的留下了什麼『賜禮』？」

尼娜歎了口氣：「我已經派出好幾隊人馬，各處都找了，全都無功而返。我們甚至不清楚『賜禮』到底是什麼。聽起來像是某種抽象的東西。比如，夢境？」

「可是到目前為止，歸真之歌裡的預言都應驗了。」艾格莎堅持道。

「是的。」尼娜說，「但我們必須留後路，免得最終找不到那個『賜禮』，或者就算找到了，也不能像歌裡唱的那樣奏效。歸真之歌提到了『奪取不死之命』，但沒透露數量會這麼多啊。」

「只要能幫上忙，禽巢責無旁貸。」歐蘇利文導師鄭重承諾道，「但疏散騎手、離開島嶼，如此下下策，只能是最後的手段。」

「我答應妳。」尼娜嚴肅的說，「不過從目前的形勢看，我這個司令，必須做好最壞的打算。」

米契爾、巴比和史坎德哄著焦躁的獨角獸們入睡，一切都安排妥當時，已經過了午夜。

在導師們的護送下返回禽巢時，他們誰都沒吭聲，因為偷聽到的那些實在太可怕了。

米契爾一離開獸欄就急匆匆的給傑米寫信傳消息。史坎德和巴比穿過圍牆的東門，要回樹屋去。這時，他突然局促起來了：巴比趕到荒野去救他們，是不是意味著，他們還是好朋友？可是萬一是他自作多情了呢？他怕自己承受不了糟糕的答案。

他們穿過靜悄悄的樹屋，往自己的那座走去。「巴比？」他囁嚅道。

她停下來，就站在通道上，扭著臉看他。

「妳今晚為什麼會來救我們？」他問。

巴比一隻手插著腰說：「因為那個計畫比赤夜之樂穿溜冰鞋更離譜。」

「呃，真的？」

巴比環顧四周：禽巢的樹屋高低錯落，夜色中的燈光柔柔的亮著。「你和芙蘿勸過我之後，我好像一下子想通了。我躲在獸欄裡，看著你和惡棍之運準備出發，一臉的恐懼。我就想啊，這傢伙一點兒也不像英雄嘛。然後我就突然發現，你總是能夠力挽狂瀾，並不是因為你是史坎德．史密斯、是靈行者、是織者的兒子、是行刑官的外甥——而是因為，你只看做這件事是對是錯。可是大多數人都不是這樣的。」

史坎德意外極了。

「我忽然懂了，和有的事情相比，努力精進、變得更快更厲害什麼的，似乎沒那麼重要。

我完全可以離開你的陰影啊——我們都是！只要有足夠的勇氣，我們都能成為英雄，所以只要拚盡全力就行了。你瞧，今晚就輪到我力挽狂瀾啦。」

「重新騎上獵鷹之怒一定很難吧？」

「確實。」巴比看著他，目光不閃不躲。「但是，我剛才說過了，我可是大英雄啊，所以一定能做到。」她咧開嘴笑了，「三明治也很管用。」

「那可是緊急專用款。」史坎德說。

巴比朗聲大笑。這正是他聽過最悅耳的聲音之一。

「走啊，靈行者寶寶。」巴比一拍他的胳膊，「趕快把大新聞告訴芙蘿吧，島嶼現在是定時炸彈啦！」

他們回到樹屋時，芙蘿仍然驚魂未定。她和銀刃被三名哨兵護送回來，然後就一直躲在屋裡，擔心著朋友們的遭遇。

如釋重負之後，芙蘿擦乾了眼淚，和大家一起坐在懶骨頭沙發上，烤火暖手。雖然巴比的友情讓史坎德非常開心，但米契爾講起那些偷聽來的消息時——災難會愈演愈烈，夏至是島嶼的大限，騎手們可能按照結盟元素分別疏散、天各一方——他還是不敢看其他人的表情。

史坎德一想到要和朋友們說「再見」、卻又根本不知道還能不能「再見」，就難過得想哭。巴比幾個月的不理不睬就已經很難熬了，要是四個人全都分道揚鑣……難道他得和水行者一

起走嗎？他們可是投票拒絕他進入水井的啊。他永遠不可能成為他們當中的一員，他是屬於四人組的。

「不過，既然司令決定派自己的衛隊駐守荒野，是不是就說明，她不再信任銀圈了？這起碼是件好事吧？殺戮終止了，肯娜的獨角獸也保住了。」米契爾說著看了史坎德一眼。

「可是司令不是說島嶼上的各種破壞無法彌補嗎？即使殺戮終止，元素的平衡已經被打破了，情況還是會繼續惡化啊。」巴比大聲說道，「我真討厭這種無能為力的感覺！」

「沒錯，但我們並不是無能為力。」史坎德堅定的說道。島嶼已經是他的家了。他不能放任銀圈奪走它。「我們就按歸真之歌暗示的做，去找開鴻騎手的賜禮。」

「司令已經找了好幾個月，也沒找到開鴻騎手的墳墓。」巴比提醒他，「難道我們就能找到？那也太神了吧！」

史坎德站了起來：「我們和司令不一樣。」

「不不不！」米契爾揚起眉毛，「她可是混沌司令，有數百萬書籍資料可供查閱，還有騎手、研究院——」

「你先聽我說。」史坎德打斷了他，「沒錯，她是混沌司令，但那又如何？去年我們也完成了不可能的壯舉啊！我們抵禦了織者，救下了新紀之霜！現在，雖然看似孤立無援，但我們另有高招啊，對吧？」

另外三個人都沒說話。

史坎德依次望著他的朋友們：「我們有米契爾．韓德森，他比圖書館更厲害，能想出整個島嶼上最瘋狂但也最高明的妙計。我們有巴比．布魯納，她是去年訓練試賽的冠軍，是最有野心、魔法最棒的騎手。我們有芙蘿倫斯．薛克尼，她是強大的銀色騎手，也是我認識的最勇敢的人，天吶，她甚至敢潛伏在銀圈當臥底！看啊，要是真的有人能找到傳說中的屍骨兵器，那只能是我們！」

「對，而且我們還有史坎德．史密斯。」米契爾笑得臉上開了花，「他可是整座島嶼上唯一能駕馭靈元素的騎手。」

「而且他很大方，不小心眼，從不胡亂評判別人，樂見所有人的進步。」巴比淡然補充道。

芙蘿也笑了：「他還特別善良。去年甘願向艾絲本坦承自己的結盟元素，因為他見不得別人煎熬受苦。」

史坎德努力平復內心的悸動才重新開口：

「那麼多人都在尋找開鴻騎手的墳墓，但我們和他們不同。我們能夠找到，也必須找到。」說到這裡，史坎德心裡一沉。他知道此後只能先找到屍骨兵器，然後才能全力以赴的解決肯娜的難題。要是島嶼都不復存在了，肯娜與她命中註定的獨角獸重建縛定，也只是癡心妄想。

「好好好！」巴比在懶骨頭沙發上換了個姿勢，「那我們從哪邊著手啊？」

「從計畫下手！」米契爾興奮起來了。

四個人一時都靜了下來，絞盡腦汁琢磨著。突然，一個念頭——危險的念頭——闖入了史坎德的腦海。「祕密私販！怎麼樣？」他提議道。

「哎呀，小坎，別開玩笑了！」芙蘿心急如焚的立刻出聲阻攔，而米契爾則是一副快暈倒的模樣。

「想找到開鴻騎手的墳墓，非得另闢蹊徑不行！」史坎德堅持道。

「喂喂！」巴比說，「尊重一下大陸生，請解釋清楚！」

「噢，對不起。」米契爾慌慌張張地說，「就是在一座樹屋裡……」

「古老、詭異、搖搖欲墜的樹屋。」芙蘿放棄掙扎了。

「對，確實不是什麼舒服的地方。」米契爾贊同道。

「這等於什麼也沒解釋啊！」

「是米契爾幾個月之前告訴我的。」史坎德對巴比說，「那些人號稱『祕密私販』，專門搜集各種各樣的祕密。要我說，他們肯定知道一大堆關於開鴻騎手的事！」

「……但是？」巴比看看芙蘿的滿臉焦慮，又看看米契爾的緊鎖眉頭。

「但是，他們吐露祕密是有條件的，那就是，你必須獻上一個你自己的祕密。」芙蘿說。

「而且你的這個祕密不能瞎編，還得夠勁爆，否則他們就會生氣。」米契爾接續道。

「那『會生氣』又是什麼意思？」巴比狐疑地問。

「意思是，殺了你！」史坎德脫口而出，「就是這樣。」

「什麼！」

芙蘿擺出一副「我就說吧」的表情。

米契爾卻來了精神：「雖然我也不太情願，但我們要做的只不過是說真話！這不難吧！」

「對，不難。超簡單。」史坎德裝出一副漫不經心的樣子。

芙蘿哀怨的說：「那我們必須謹慎、謹慎、再謹慎啊。」

「需要比差點背上野生獨角獸殺手的罪名更加謹慎嗎？」巴比開起了玩笑。

芙蘿白了她一眼。

「什麼時候去找他們？現在就去？」史坎德說著就要站起來。

「不行，去的時候不能讓別人看見。」芙蘿連忙說，「禽巢嚴禁騎手們造訪祕密私販。」

「水慶典那天如何？」史坎德說，「還有幾個星期可以準備。到時候人山人海，沒有人會注意我們。」

米契爾點頭贊同：「想讓祕密私販吐露開鴻騎手的祕密可不容易，我們交換的祕密得足夠勁爆才行。」

「這個嘛，就沒什麼可發愁的了。」史坎德咕噥道。

因為他剛好有一個祕密，全世界只有五個人知道。如果能拯救島嶼，那麼用它來交換，就是值得的。

不是嗎？

第十三章—水慶典

水慶典在二月初舉行，四人組必須等到那時才能去拜訪祕密私販。不過，幼獸們的合一比武訓練日漸繁重，時間也就過得飛快。唯一能讓史坎德輕鬆些的，就是和疾隼隊的戾天騎手們一起恣意飛翔。每次例會，安柏都會不遺餘力給史坎德貼標籤，讓大家多加小心，千萬別被史坎德空中施法、不幸中邪，如此云云。後來，李凱斯乾脆禁止她談論元素紊亂，說大家需要集中精力練習飛行。

為了準備混沌盃賽場上的表演，李凱斯和其他新獸們都摩拳擦掌，躍躍欲試，希望自己能得到知名騎手的青睞，能接到橄欖枝——這意味著離開禽巢時，能直接開啟下一階段訓練。安柏和史坎德經驗不足，還不能參加表演，但所有的飛行動作都還是要學。史坎德和惡棍之運最喜歡的一個動作是「旋箭」——獨角獸像顆子彈般發射，而後收攏翅膀，淩空掠過天際時，保持人獸合一的旋轉。

可是，不管怎樣努力地和戾天騎手一起練習特技，史坎德還是無法迴避這樣的事實：幼獸的比武大賽越來越近了。

「你覺得自己目前能排第幾名啊？」史坎德焦慮地問米契爾。他們剛剛結束土元素的比武訓練，正忙著清理獨角獸身上的元素碎片。史坎德和巴比的對戰十分激烈，她從背後進攻，揮著一支硬如磐石的狼牙棒，上面的尖刺還噴湧著沙子。所以現在那些細小的沙粒全黏在惡棍之運的黑色鬃毛裡了。

為了回答他，米契爾從紅色夾克的口袋裡掏出了一個皺皺巴巴的筆記本，翻看起來。

史坎德皺起眉頭：「呃……這是什麼啊？」

「每次比武訓練的對戰結果我都記下來了。」

史坎德下巴都驚掉了。

「怎麼了？」米契爾有點兒不高興地說，「不用我提醒你吧？比武大賽排名最後的六名騎手會變成游牧者，記得嗎？」

「知己知彼，百戰不殆。」芙蘿湊了過來，「如今最優秀的是誰？」

米契爾好像不太樂意回答這個問題。

「是我，對吧？」巴比從獵鷹之怒的圍欄裡跳出來，想看看資料。

米契爾歎了口氣：「對，是妳，蘿貝塔。雖然有好幾次練習妳都沒參加——」

「我就知道是我！」巴比憑空揮了揮拳頭。「吃土的感覺怎麼樣啊，史坎德？」她嘲弄道。

「還不錯。」史坎德氣呼呼的說。但其實，他心裡暗暗高興——巴比又和以前一樣愛拿他開玩笑了。

「其他人呢？」芙蘿有點兒擔心。她到現在也控制不好自己的兵器，因為銀刃的強大能量實在是變化莫測。

米契爾貼近紙頁仔細看了看：「根據練習對戰的輸贏次數計算，赤夜之樂和我排名第十八，銀刃和芙蘿排名第十，史坎德和惡棍之運排……排名第三十。幼獸共有三十七人，我們都是安全的！」米契爾滿意的合上了筆記本。

但史坎德卻有些灰心。第三十名？根本是低空飛過！若考慮到因他身分而形成的桎梏，這樣的排名似乎不太公平。如今艾格莎的訓練日日增強，他現在已經可以使用靈元素塑造出劍、矛和弓箭——弓和箭都是看得見、摸不著的，搭弓射箭著實不太容易。艾格莎甚至開始教他「聲東擊西」了——兵器的幻象在這一邊，實際的進攻卻在另一邊。他只試著塑造過小匕首的幻象，也沒有真正的對手可以陪練，不過，要是能在比武大賽之前掌握這個技巧，說不定還能跟巴比一較高下呢。

最糟的是缺少實踐。且不說水、火、土、氣四元素的訓練本來就遠多於靈元素的課時，僅僅是上次被銀圈背後捅刀，就足夠讓他束手束腳了。他的腦海裡總是迴蕩著卡沙瑪司令的警告：史坎德，我只能給你這一次機會。

於是，除了和艾格莎在一起的時候，他根本不敢召喚靈元素。要是贏了比武卻惹出別的麻煩怎麼辦？萬一自己也受制於羈絆、被獨角獸附身怎麼辦？就像蓋布爾、李凱斯、巴比那樣？

史坎德越是深入瞭解靈元素，就越是明瞭它潛在的風險、無限的未知，以及陰暗的一面。他學著去愛它，卻暫時無法信任它。所以，就算比武時允許使用任何元素，他也不會選擇靈元素。就像妮娜．卡沙瑪說的，荒野那晚就算「到此為止」，可要是再出什麼岔子，他就沒法那麼走運的輕易脫身了。

水慶典當天，大家心情愉悅的換上了藍色夾克，離開了禽巢。惡棍之運、獵鷹之怒、赤夜之樂和銀刃飛抵元素廣場時，史坎德覺得興奮取代了憂慮——哪怕只有一會兒也好。雖然四人組的計畫是以慶典為掩護、拜訪祕密私販，但巴比卻硬是要大家留出一個小時，先玩玩再辦正經事。肆端市人山人海、熱鬧非凡，擁擠程度遠超往常。四大區域的島民們原本該在家鄉歡度節日，但由於元素災害，他們都湧進了首府。好多樹屋都滿員了，就連樹下也添置了不少臨時床位。不過，即使肆端市的空間已經所剩無幾，善意還是有增無減。他們穿行在大街小巷，只聽得四周人聲鼎沸，又見萬頭攢動——顯然，人們渴望忘記煩惱，享受當下，享受今晚。

擠進元素廣場不過一瞬間，史坎德就渾身溼透。原來他們誤入了水仗現場——禽巢的學員們正和混沌盃騎手們混戰，各種各樣水元素招式層出不窮，一道道藍光照亮了整個廣場。惡棍之運抖著翅膀上的水，活像落湯雞，史坎德一邊大笑，一邊引著他往冰雕那裡躲。冰雕的造型是獨角獸，高大威猛，一共八頭。

獵鷹之怒噴出火球，想烤乾自己身上的水，巴比則指著最近的一座冰雕獨角獸說：「咦，這上面的騎手怎麼這麼眼熟？」寒冰雕琢出的騎手神情凜然，五指張開，掌心射出凌厲的冰柱，座下的獨角獸咧開嘴巴，露出了利齒。

「確實很眼熟。」芙蘿騎著銀刃繞著冰雕底座走了一圈，細細觀察。

「因為那是——是我爸爸。」米契爾仰面望著冰雕騎手，結結巴巴地說道，赤夜之樂則忍不住連連後退。「這是在紀念去年的水元素議會吧。哎呀，尼娜可千萬要遵守諾言，別把紙條的事告訴他啊……看，正中央最高的那座是艾絲本．麥格雷。」

看到新紀之霜的時候，史坎德心裡猛然一沉，回憶全都湧上來了：織者騎著前任司令的獨角獸，向他衝來……

他突然覺得，自己可能仍然是那個膽怯的孩子，束手無策等著媽媽奪走他心愛的東西。

他不自覺握緊了惡棍之運的轡繩，意識到這種「等待」依然沒有散去。他一直都不相信自己真的打敗了她。她很可能就隱藏在此刻的人群裡、陰影裡，盯著他，伺機而動。他的內心深處還有幾分想再見到艾芮卡的衝動，就像五歲時，他問肯娜，為什麼其他同學都有媽媽，而他們沒有。水慶典上的喧鬧和絢麗似乎瞬間放大了，彩色夾克和夜城燈火彼此交融，匯聚成湛藍色的漩渦……

「小坎？走呀！」芙蘿喊道，「我們去吃點東西吧。」

但史坎德迷迷糊糊，聽得不甚明朗，彷彿被新紀之霜冰雕的眼睛定住了。

「你們先去，」巴比的聲音倒是實實在在的，「我們隨後跟上。」

史坎德朦朧的感覺到，她騎著獵鷹之怒靠近了惡棍之運。

「個人意見啊，新紀之霜有點醜，像頭騾子。」

史坎德忍不住笑出來。「以前在大陸時，牠可是我最喜歡的獨角獸。我的臥室牆上還貼著牠的海報呢。我成天盯著牠看——我姐姐都快煩死了。」

「不難想像。」巴比咧嘴一笑，「肯娜最喜歡誰？」

「艾瑪．天普頓和她的山巔之懼。」史坎德脫口而出。他儘量不去想，姐姐已經幾個月沒給他寫過信了。

「氣行者呀？好眼光！」巴比讚許的說，「我應該挺喜歡肯娜。」

「我也這麼想。」史坎德說，「說不定喜歡她超過喜歡我。」

「那還用說。」巴比歪著腦袋，直視著他的眼睛，「你現在好多了嗎？」

史坎德點點頭。他確實感覺好多了。巴比提醒了他：在織者面前，他並非自己想像中那麼脆弱；他不孤單，不需要單打獨鬥、一個人扛下一切。

「你想去玩冰滑道嗎？」巴比指著元素廣場一角的高大冰雕問。在那邊，人們沿著冰砌成的階梯往上爬，一直爬到最高的平臺上，然後坐著墊子滑下去。他們一路尖叫著，由滑道末端向上拋起，飛上半空，接著「撲通」一聲掉進下面的熱氣騰騰的大浴缸裡。獨角獸們都緊張兮兮的盯著各自的騎手，不知道該不該衝到空中去救他們。

「我不放心和惡棍之運分開。」史坎德說，「不如去噴泉那邊挑根冰柱吧，還是彩色的呢。」只見不遠處的招牌上寫著：艾克的想像之冰，口味任君挑選。

「好啊。」巴比說，「對了，史坎德。」

「嗯？」

「我不希望島嶼自我毀滅，我更不希望和其他氣行者一起走──想想安柏！誰要永遠跟她在一起啊！我們一定要找到屍骨兵器！」

「一定能找到！」史坎德說。但其實，他並沒有說出來的那麼自信。

「說到安柏，」巴比像往常一樣瞬間換了話題，「你有沒有注意到，她的獨角獸旋風竊賊，最近總是和我們的獨角獸聚在一起？」

史坎德聳聳肩：「見過好多次了。」

巴比不太高興：「這樣可不好。安柏是不是在算計什麼？」

但史坎德覺得，巴比之所以不高興，是因為在這個星期的火元素比武中，安柏和旋風竊賊擊敗了她和獵鷹之怒。

巴比走到噴泉那裡，折了一根如同胳膊那麼長的藍色冰柱。史坎德原本在後面排隊，攤主瞥了他一眼就連連擺手，滿面恐懼的讓他不要久留。幸好巴比沒注意，要不然，艾克的那些冰柱可能會出現在「想像」不到的地方。

他們津津有味的享用著冰柱，聽著吟游詩人歌唱。

「傑米跟米契爾說，她媽媽十幾歲時就唱出了自己的歸真之歌，震驚了所有人。」史坎德說。此刻這首歌唱頌的是水行者司令的勝利，他從未聽過。

「她唱了什麼？」巴比很好奇。

「隔年夏天，漁獲減少。預言確實實現了。」

巴比偷偷一笑：「哇，厲害！」

隨後，兩人和米契爾會合。他正領著赤夜之樂流連在一排藍色攤位間。巴比看了看紅色的獨角獸，狡黠的說：「赤夜之樂今晚簡直光彩照人，比烤焦的企鵝還漂亮！」

「呃……謝謝。」米契爾猶豫的說道。史坎德忍不住咯咯傻笑：島嶼上沒有企鵝，米契爾根本不知道企鵝是什麼模樣，巴比那句胡編亂造的恭維話也就愈發顯得好笑。

「電閃雷鳴！」巴比突然大叫一聲。獵鷹之怒咆哮起來，翅膀上繚繞著電花，灰色的羽毛尖射出一簇細小的雷暴，擊中了……赤夜之樂。

從鬃毛到尾巴，赤夜之樂身上所有的毛髮都豎了起來，像是揉亂了絨毛的獨角獸玩具，又像是實驗出了岔子的電學樣本。惡棍之運對著牠的朋友嘶嘶噴氣——史坎德知道，牠一定是覺得這一幕好玩兒極了。赤夜之樂卻沒理牠，只顧著扭頭望著米契爾，好像在說：快幫我梳理好！

「雷霆密布！你在幹嘛呀！」米契爾又急又氣。

巴比卻是一副欣慰的模樣：「獵鷹之怒，幹得漂亮！我們沒白練！我呀——早就想——試試——啦！」她笑得話都說不清楚了。

「妳看妳——」米契爾的語氣有點兒像他爸爸。

因為知道他們可能要吵上一會兒，史坎德便自顧自的往攤位走去。他沒敢靠太近，躲著攤主，生怕被認出來。這些攤位販售的都是以水元素為主題的食物、紀念品、衣服，這些讓他想起了大陸的海灘小屋。史坎德不理會四面八方投來的目光，只想欣賞攤位上方的波浪形木頭拱頂，正是它為顧客們擋住了打水仗時獨角獸翅膀上甩出來的水花。他逛著「水語者」

攤位，滿目渴望的盯著那些衝浪板。他和肯娜一直都想買一張衝浪板，可是他們買不起。史坎德戀戀不捨的被巴比和米契爾簇擁著到「披水上身」攤位。貨架上滿是亮晶晶的藍寶石首飾和飄逸的天藍色圍巾，真叫人目不暇給。

他們在「弗雷德魚串店」和芙蘿碰面。她正在排隊。

「你們吃嗎？」她叫著問大家。史坎德連忙點點頭，感激她主動相邀，使他不必親自走近攤位，徒增攤主恐慌。燒烤架上冒著煙，聞起來異常誘人。

快排到前面時，芙蘿就管不住銀刃了。魚串上塗著黃油，烤得滋滋響，惹得牠垂涎三尺，想往前面湊。

這時人群中冒出一個帥氣的小伙子，他的獨角獸也熠熠生輝、閃著銀光。「我幫你牽著牠吧。」他說。

「噢！」芙蘿有些局促，「謝謝。」兩頭銀色獨角獸站在一起，真叫人賞心悅目。史坎德看得很清楚：有了另一頭銀色獨角獸的陪伴，銀刃自在多了。這叫他心裡很不舒服。

「又是他。」史坎德咕噥一句。

「誰啊？」巴比和米契爾問。

「雷克斯．曼寧。」史坎德看著雷克斯和芙蘿攀談，從牙縫裡擠出了這個名字，「上次我扮成哨兵溜進銀色要塞時見過他。」

「曼寧所長的兒子？」米契爾皺起眉頭。

「芙蘿怎麼對他和顏悅色的？我還以為她討厭銀圈呢。她還沒退出嗎？」巴比問。

「她無法退出，你不記得了？」米契爾一邊提醒她，一邊費力理順赤夜之樂的鬃毛。

「顯然雷克斯是個例外。」史坎德說，「芙蘿說，她救了野生獨角獸之後，是雷克斯向朵里安求情，她才沒被關進銀色要塞。而且他還努力的阻止他們再次殺害野生獨角獸呢。」

「哦？是嗎？」巴比翻了個白眼，「要是他真想阻止他爸，那麼大可以直接去議會舉報嘛。」

「爸爸們的事總是一言難盡啊。」米契爾忍不住回頭瞥了一眼冰雕。

「唔，反正我不信任他。」史坎德坦白的說道。雷克斯把銀刃的轡繩還給芙蘿，然後就去找自己的朋友們了。看見他，史坎德想起了朵里安．曼寧對妮娜．卡沙瑪說的那些話。他當時好像提到了一個女人——麗蓓嘉——尼娜還說朵里安的判斷有失偏頗。可是那到底是什麼意思，史坎德完全摸不著頭腦。

芙蘿過來了，給每人都拿了一串香噴噴的烤魚。「妳那位帥氣朋友怎麼樣啊？」巴比陰陽怪氣的問道。

「雷克斯勸我參加下一次的銀圈例會。朵里安不會再殺害野生獨角獸了，因為他怕被司令逮個正著。但我還是不會去的！」芙蘿急忙解釋，「雷克斯會替我掩護，說我要請病假。我可不相信朵里安。」

「妳什麼時候變得這麼膽大妄為了，芙蘿？」巴比微微笑著，「我『分枝』的那段日子，妳又是勇闖銀色要塞，又是駕馭野生獨角獸，整段過程就像馴野馬一樣！後來還在獵捕行動中當臥底。現在，妳寧願冒險被他們關起來也不肯參加例會，也太勇敢了吧。我是說，去年我們不過是溜進一座和平友好的監獄，妳都憂心忡忡，現在是怎麼回事？是什麼改變了妳？」

「巴比，妳沒有親眼看到那些可憐的野生獨角獸，牠們在角鬥場裡的樣子太慘了。那麼殘忍邪惡的行徑，我無法同流合汙。」

「蘿貝塔——」米契爾清清喉嚨，「妳別再提什麼『分枝』了，都過去了。」

「我就是要提。分枝分枝分枝！」巴比吐著舌頭，「你想幹嘛？指使赤夜之樂對我放屁嗎？」

「牠現在不會亂放屁了。」米契爾維護道。

看到米契爾和巴比爭來吵去，史坎德忍不住笑了。即使有的東西無法恢復如常，但四人組又是原來的模樣了。

「你馬上就笑不出來了。」米契爾語氣不祥的說，「該去見祕密私販了。」

第十四章—祕密私販

在肆端市最破爛的一條街上，有一座樹屋，祕密私販就住在那裡。陰鬱的樹叢將四人組引向街巷盡頭，他們驀然發現這裡擠滿了一群一群的年輕朋友，或是父母帶著孩子，抑或是與獨角獸相依為命的老人。

沒有人流露出節日慶典中該有的興奮和快樂，他們的臉上只有疲憊和悵然。並非人人都能過個好節——怎麼可能歡欣鼓舞呢？他們失去了家園，失去了生計，失去了正常的生活。殺害野生獨角獸導致了元素災害，所有人都要付出代價。史坎德一想到朵里安．曼寧就怒火中燒：他自私、殘忍，只是為了將靈行者趕盡殺絕，只是為了讓銀圈獨握大權，就做出這麼多萬劫不復的惡事。走在流離失所的難民中間，望著他們的臉，史坎德內心組建軍隊的念頭前所未有的強烈。

與其他樹屋不同，祕密私販的樹屋底下一張借宿的床都沒有。四人組跳下地，把各自的獨角獸拴在了低垂的樹枝上。樹幹上斜倚著一架晃晃悠悠的梯子，樹屋的四角朽爛剝落，屋頂中央都塌陷下去了。

米契爾鼓起勇氣，向梯子靠近，才跨出一步，就聽到樹屋的門「砰」地一聲打開了。

「求求你！求求你！多說一個字吧！一個字就能幫我的大忙啊！」一個年輕人哭喊道。

樹屋裡面的人蠻橫地說：「你的祕密是五個字，我的祕密也是五個字，一換一，這是規矩！」

「行行好吧！」

「快滾！」一聲咆哮，門重重的關上了。

年輕人一邊哭一邊爬下梯子，他看見四個幼獸盯著自己看，立刻嚷嚷起來：「別白費功夫了！什麼等價交換！其實根本不公平！」

史坎德忍不住好奇起來：這個人求問的到底是什麼呢？

「難道還有數學問題？我們的祕密夠長嗎？要不要多塞幾個字？」巴比輕聲對芙蘿嘀咕。

芙蘿立刻搖搖頭：「如是冗詞贅句就不計數，記得嗎？還是別多此一舉了，惹惱他們就糟了。」

「要是你先撒個謊探聽虛實，門口那個小帥哥會不會來救你？」巴比又問米契爾。

「走吧。」米契爾沒理會。

巴比爬上梯子敲門，手指關節立刻沾上了髒兮兮的汙垢，她做了個鬼臉，擦掉了。

「來了，來了。」剛才那個不客氣的聲音近了，門開了。和粗啞的嗓音相比，他本人顯得年輕些，大約五十歲，留著稀疏的鬍子，小眼睛像黑豆似的，眉毛上方有一條新鮮的傷疤。

「是禽巢的小屁孩啊，莫伊拉。」他回過頭大聲問，「值得浪費功夫嗎？」

屋裡傳來了女人的聲音：「讓他們打道回府吧，拉弗，初來乍到的，能知道什麼呢？一定無聊透頂啦。」

男人半句話也不說就要關門，但史坎德一個箭步衝了上去。他已然拉起的衣袖，高高舉起右臂，和拉弗的下巴近在咫尺。靈行者的突變映著燈光，幽幽熒白。拉弗垂目盯著那半透明的皮膚，只見肌肉和筋腱包裹著骨骼，隨著史坎德手掌的張握而繃緊又或是舒張。

拉弗舔了舔乾裂的嘴唇。

「我想打聽一些事，」史坎德篤定的說，「我有祕密可供交換。」

「那就進來吧，靈行者。」拉弗粗聲粗氣的說著，領著四人組走進了昏暗的樹屋。

樹屋裡面和外面一樣可怕。腐爛的木頭和破舊的紙張散發出溼漉漉的霉味；放眼望去之處，全都高高的摞著木頭抽屜；有的抽屜很淺，搖搖欲墜的疊在一起；有的抽屜很深，直接挨著凹陷的天花板；所有的抽屜都鑲著銀質拉手，拉手上掛著紙標籤。巴比走過去的時候順手拈起一張，瞇著眼睛想看看——

「最好把它放下，小姑娘。」這老婦人想必就是莫伊拉。她坐在一小堆歪七扭八、晃晃悠悠的抽屜上，看起來詭異極了，又像叛逆的女學生，又像脾氣不好的老奶奶。

巴比鬆了手。莫伊拉的目光落在拉弗身上。

「我不是叫你把禽巢的小傢伙們趕走嗎？」她的聲音裡有一種警告的意味，拉弗顯然聽出來了，連忙三步併作兩步地到抽屜垛上，陪笑解釋。

「他們當中有個靈行者——就是在禽巢訓練的那個。喏，就是他。」拉弗伸出手，把史坎德往前拽——他藍色的夾克袖子仍然捲在手肘上方。

莫伊拉的態度立刻變了。她嗖地跳了下來，像一下子年輕了三十歲。芙蘿嚇了一跳，不小心撞到了旁邊的抽屜垛。為了不讓那晃晃悠悠的龐然大物轟然倒塌，米契爾只好幫她一起扶著。

「我們想知道開鴻騎手和野生獨角獸女王的事。」史坎德一股腦的說道。

米契爾進一步解釋：「尤其是開鴻騎手的屍骨兵器，傳說那是由野生獨角獸女王的骸骨製成的。我們想知道它在哪裡。你們這裡的祕密能幫上忙嗎？」

莫伊拉淺藍色的眼睛望著米契爾：「到這來打聽開鴻騎手的人，你們可不是第一批啦。不過到目前為止，我們知曉的東西，還沒能換出去。唔，他們的那些祕密都乏味極了。」她說著咂咂嘴。史坎德忍不住想到了最壞的可能：如果你的祕密不能取悅祕密私販，他們就會——殺死你。他不知道這是真的，還是只是嚇唬人，反正他不打算冒險。

芙蘿很困惑：「既然你們知道些什麼，為什麼不肯幫助司令呢？她是為了拯救島嶼啊！」

莫伊拉咯咯咯的笑：「銀圈小姑娘，妳迷糊了吧，我們和別人可不一樣。」

「別人？別人是誰？」

「好人。我們的祕密不是免費提供的，只能一換一。這是交易。要是每個來問東問西的可憐人都要幫，那我們自己有什麼好處哇？」

「妮娜．卡沙瑪已經來過了？」米契爾謹慎地確認。

「顧客的身分恕不能透露。」拉弗又舔了舔嘴脣。

「他們知道我們要問的事，」巴比不耐煩地說，「快開始吧。」

為了增加成功的機率，四人組事先商量好，每個人都要貢獻出自己的一個祕密。畢竟，他們不知道祕密私販手裡有什麼，能換到的字句多多益善。只是，因為大家都同意繼續保守自己的祕密，所以在拉弗拿來的破紙條上草草寫字時，都有些尷尬。

他們一寫好，莫伊拉就拿走了紙條。她在高高低低、大大小小的抽屜垛間踱步，邊走邊看，灰色的裙子和長長的白髮晃來晃去，飄飄蕩蕩。史坎德覺得她一定很享受這一刻，活像隻饑腸轆轆的海鷗，大快朵頤著他們小心翼翼留藏的祕密。

她幾乎是立刻就把巴比的紙條還了回去，還不屑的嘖嘖出聲：「不感興趣，大陸的日常生活在這裡沒有交易價值。」

巴比瞪著眼睛，氣呼呼的把紙條握進了拳頭裡。

然後是米契爾的紙條。「這個我們已經知道了。」她說。

「不可能！」

莫伊拉沒理睬他，繼續讀芙蘿的紙條，眼神只是微微一晃。

「妳倒是像模像樣，銀圈小姑娘。」她衝著芙蘿嘮嘮嘴，「我接受了，換給妳關於開鴻騎手的祕密，八個字。」

「等等！」米契爾連忙說，「還有史坎德的呢！如果妳也接受了他的，能不能給我們長一些的句子？」

「沒這個規矩，伊拉之子，」莫伊拉聳聳肩，「一換一，懂嗎？」

「可是開鴻騎手的事，你們究竟知道多少？我們怎麼確定——」

「要還是不要？」莫伊拉半掩著身子，但史坎德還是偷偷看到，她輕巧的打開了一隻小抽屜，從裡面拿出了一個小紙卷。紙卷遞到芙蘿手裡，她連忙展開，臉上又是興奮又是恐懼。

而芙蘿交出的祕密，則已經掛上了莫伊拉的標籤，小心翼翼地收進了抽屜。

「賜禮離墓，元素之交。」芙蘿念了出來。

「這哪算祕密啊！這是謎語吧！」巴比抗議道，「什麼意思啊？」

史坎德覺得這句話就像歸真之歌的歌詞，語焉不詳。

莫伊拉的笑聲很刺耳：「這些祕密又不是我寫的，解釋也不是我的職責。它們都是一代代傳下來的，外婆傳給媽媽，媽媽再傳給我，等我死了，我的女兒就接著守護它們。」她指指角落。史坎德這才發現，毯子上躺著一個年輕的女人，睡得正香。

「妳這個祕密真的與開鴻騎手的賜禮有關？能幫忙拯救島嶼？」米契爾很不放心。

莫伊拉哼了一聲：「反正標籤上是這麼寫的。」

她說著低下頭，去看史坎德的祕密。

史坎德以為她會害怕，會厭惡，甚至會把他趕出樹屋。畢竟——織者有個兒子，這個兒子進入禽巢參加騎手訓練，並且此刻就站在你的面前——並不是常事。然而，莫伊拉讀了又讀，流露出的神情只有喜悅。

「這就是你的祕密呀，靈行者。」莫伊拉咕噥道，「十二個字。」

史坎德渾身彆扭，好像自己犯了個巨大的錯誤。要是島嶼上的人發現他是織者的兒子，會怎麼樣？惡棍之運會被關起來嗎？就像極地絕唱那樣？他口乾舌燥的覺得有點反悔了，想把紙條要回來。「呃……我的祕密會一直留在這裡嗎？除非……」

「除非有人找上門來，並且獻出一個分量相當的祕密，把它換走。」莫伊拉公事公辦的說。

「好吧。」史坎德低聲道。他不相信莫伊拉。她說的每一句話都有好幾層意思，叫他摸不著頭腦。

莫伊拉在抽屜垛裡翻找起來，拈起標籤，嘖嘖出聲，然後扔下再找。「放哪兒去了？」她嘀嘀咕咕的自言自語。好像找了一個世紀似的，她終於從樹屋盡頭裡面鑽出來了，手上輕輕地捧著一張紙條，就像捧著一隻受傷的小鳥。她把紙條遞給史坎德：「關於開鴻騎手的賜禮，我這裡最長的祕密有十一個字，而你的祕密有十二個字，唔，反正——」她聳聳肩，「也沒別的辦法啦。」

「喂！」巴比不滿的嚷嚷。

莫伊拉的藍眼睛裡閃過兇光：「就這些了，要不就拿，要不就滾。」

史坎德伸出手，接過那泛黃、發脆、皺巴巴的紙條，讀道：「末代女王骨作杖，開鴻親鑴。」

「杖？是指手杖？」芙蘿立刻質疑。

「就是長長的、帶有圓形握柄的那種手杖。」史坎德想起了在大陸時讀過的巫師故事。

「手杖？」巴比焦躁的說，「怎麼用手杖拯救島嶼？它連個尖頭都沒有，打不了仗啊！」

莫伊拉開始往外轟人了，但米契爾不肯妥協。「你的祕密裡沒有提到屍骨手杖的確切位置，」他咬牙切齒的說，「如果找不到，知道兵器是手杖又有什麼用！」

但莫伊拉不為所動：「行了行了，小傢伙們，也分享了也交換了，還要怎麼樣？快從我家滾出去！」

「妳以為我們願意待在這裡！臭死了！」巴比回敬道。

「別忘了。」拉弗惡狠狠的說，「要是你們的祕密是假的，我們絕不會輕饒！」他說著比了個「割喉」的動作。

當天晚上，四人組在門禁前回到了禽巢。史坎德能感覺到惡棍之運的焦躁——被拴在祕密私販的樹屋外面，等了那麼久，而且飢腸轆轆。於是，一回到獸欄，史坎德就想用果凍軟糖哄哄牠。他從口袋裡掏出扁扁的糖果袋子，使勁往外倒，卻只倒出了一點兒白色的糖霜。惡棍之運氣呼呼的叼走了糖果袋子，噴出火球，把它燒成了一捧煙灰。爸爸不像肯娜，他總是忘記要隨信寄來果凍軟糖。

「對不起還不行嗎。」史坎德想拍拍惡棍之運的脖子，但獨角獸狠狠電了他一下。「哎喲！我們一會兒還要去找戾天騎手們玩呢，記得嗎？有聚會喔。」

史坎德離開獸欄時，羈絆裡還震盪著惡棍之運的不悅。

回到樹屋，幾秒鐘後，米契爾就一把抄起了他最喜歡的——

「好！」他用粉筆敲了敲小黑板，「四人組全體會議，呃，第幾次了……」

巴比大歎一聲：「我還真是有點想念這一套了！」史坎德也不知道她是說真的，還是在開玩笑。

「哎呀，先不管第幾次了，」米契爾推推眼鏡，「把那兩個祕密再念一遍。」

先是芙蘿的：「賜禮離墓，元素之交。」

然後是史坎德的：「末代女王骨作杖，開鴻親鐫。」

「簡直是故弄玄虛、胡說八道！」巴比悶悶不樂的說，「不就是開鴻騎手做了一根手杖嘛？還有比這更蹩腳的兵器嗎？」

「芙蘿的那個祕密你理解錯了。」米契爾說，「我不知道莫伊拉是如何衡量祕密的價值，但現在這個祕密非常重要，它明確告訴我們，要把賜禮帶到何處。」

「是哪裡？『元素之交』？那又是什麼？」巴比一連串地追問。

「噢噢噢噢！」芙蘿倒吸一口冷氣，「是元素分界！」

「斷層線交會的地方！」史坎德也興奮起來了。

米契爾在黑板上寫下了「元素分界」幾個字：「結合妮娜．卡沙瑪透露的資訊，我們要在夏至結束前，把賜禮帶到這個地方。」

「噢，我明白了！」史坎德突然想到了什麼，「李凱斯說中了！」

「那是誰？」巴比問。

「李凱斯，疾隼隊的少校。他和我們講過開鴻騎手的故事，當時提到了墓地。這就說得通了，屍骨手杖就在開鴻騎手的墓地裡。」

「可我們還是不知道墓地在哪兒啊。」芙蘿說。

「謎團就要解開了唷！」巴比陰陽怪氣地說。

「和早上相比總算略有進展嘛。」芙蘿很平靜。

砰——

一聲巨響，震得整個樹屋都搖晃起來。四個人蹭地跳起來，手足無措。芙蘿最先跑到了窗前。

「看見什麼了嗎？」史坎德焦急地問。

「山崩土裂，我的天啊……」芙蘿捂住了嘴巴。

「到底怎麼了？」巴比急匆匆的追問，「快說啊！」

「銀色要塞遭遇了大雷暴……」芙蘿愣怔的說，「剛才應該是雷暴擊中了銀戟的聲音。」

「銀戟？是圖書館所在的那座高塔？」史坎德想弄明白。

「對。」芙蘿說，「但現在沒有高塔了，它已經被劈成兩半了！」

史坎德騎著惡棍之運去參加疾隼隊的例會時，銀戟轟然倒塌的餘波未盡，激起的塵土、煙霧仍然籠罩在銀色要塞上空，幾個小時都沒有散去。

當晚的聚會主題是水球大戰——都是李凱斯從節日慶典上偷來的，阿德拉也以同樣的招數從她媽媽的攤位上「借來」不少蛋糕。糖分帶來的衝動引發了一輪「大冒險」：先是凍僵了手的芬恩慫恿普利姆羅斯，讓她在半夜十一點去敲歐蘇利文導師的門，結果普利姆羅斯毫不猶豫動了手；普利姆羅斯接著又起哄，讓芬恩去偷哨兵的面罩——這就不太順利了，所幸芬恩溜得快，這才沒惹出大麻煩。

後來，馬庫斯和派翠克對著史坎德唱起了披鞍儀式上的那首歸真之歌，又是破音又是跑調，氣得李凱斯嚷嚷著叫他們閉嘴。作為社團唯一的大陸生，史坎德帶來了他的混沌卡牌，把在學校裡看來的打牌方法教給大家。當然，在大陸的時候，他總是獨來獨往，沒人叫他一起玩，除了肯娜。就連安柏也躍躍欲試，不過史坎德覺得，她只是想要贏他的牌。

凌晨兩點鐘，李凱斯拿來了毯子，讓大家就在餘暉天臺上睡一晚。不到半個小時，疾隼隊的七名成員就倚著各自的獨角獸墜入了夢鄉，全無飛行精英的模樣。不過，唯有一名成員，哪怕蓋著黑色獨角獸的翅膀也難以入眠。

內疚一點點地漫了上來，史坎德心裡很不好受。和四人組一樣，戾天騎手們也越來越像家人了。但無論如何，他們都代替不了爸爸，代替不了……肯娜。他想念姐姐，想得心都要碎了。他想把她命中的獨角獸還給她，把她本來該有的生活還給她。

他想和她一起在島嶼定居。疾隼隊也肯定會向她拋去橄欖枝。可若不能盡快找到屍骨手杖，屆時島嶼都將不復存在，就算史坎德真的是補魂者，又有什麼用呢？祕密私販提供的資訊是否另含深意？他自言自語的咕噥著：屍骨作杖、元素之交、末代女王……他的眼皮開始發沉……凡人唯有一仗、墓地、鐫刻、一脈承繼大統……祕密層層疊疊，模糊不清，攪動疲憊的思緒，應和著歸真之歌的調子，釀成了沉沉的睡眠和離奇的夢境：

他奔跑著。跑啊，跑啊，已經跑了好久，好久。小腿很疼，上面有一道血淋淋的傷口。怎麼弄的？等等，這有點不對勁。

那不是他的腿。

他慌了，抬起手去摸腦袋——頭髮怎麼這麼長？不對，這也不是他的手！他不是他了！他得看一看，他究竟是誰。心中一動。是羈絆。是惡棍之運。他的思緒，他的心，還是史坎德。可這副軀殼又是誰呢？他腳下踩著的鞋子，是誰的？我，是誰？

突然，他離開了陌生的軀殼，浮浮沉沉，非得抓著陌生人的手才能穩住。不，那不是陌生人——是他的姐姐。他太久沒見到她了，快樂一下子溢滿了胸膛。「肯娜！」他招呼道。可是她不回應，連看都不看他一眼。她疲憊不堪，驚恐萬狀。然而在她的臉上，出現了消失已久的神情——希望。

他們手牽著手，繼續奔跑。他像老鷹似的緊緊盯著她看，而她拚命尋找著。尋找某樣東西，或某個人。「我們這是在哪裡？」他問她。可是她聽不見他，也看不見他。這是個貧瘠而荒涼的地方。樹木沒有色彩，枯萎朽敗。這裡不像馬蓋特，不像大陸的任何地方。他低下頭，入目盡是戰痕累累的荒原。是荒野嗎？肯娜到荒野來了？

羈絆猛地一抽，拉回了史坎德的注意。他幾乎本能的垂頭望向胸口——這是他第一次看見自己的羈絆。白色的，閃閃發光的，直鋪向荒野，方圓幾英里都被照亮。

惡棍之運？他伸手去摸那亮晶晶的紐帶。紐帶拽著他猛地往前一撲，視野兩側的荒野變得模糊了，肯娜遠遠的甩在了後面。似乎有某種潛意識的本能告訴他：不要回頭。現在不要。除非他不想找到……

月光勾勒出野生獨角獸的身影。牠的皮毛是灰色的，點綴著暗色的斑點。史坎德的夢境融入了她的夢境。他知道他見過牠。牠曾一次次地找到他。就是這頭獨角獸。

牠在哪裡？牠在哪裡？牠在哪裡？一連串的問題，不是求索一個地點，而是確認了這頭獨角獸的存在。史坎德想與牠拉開一點兒距離，就像剛才離開肯娜的軀殼，但他動彈不得。

但轉瞬之間，他陷落了。是獨角獸的悲傷、孤獨、失落——還有無邊無際的思念——將他淹沒了。獨自出殼，獨自長大，孤零零的徘徊在荒野，凝視著貧瘠的土地，等待著。等待著有朝一日，命中註定的騎手來這裡找牠。

肯娜來了，史坎德費力的冥想。她會來的。然而，他越是想把自己的思緒從獨角獸的思緒中剝離、抽出，就越是沉溺其中。漸漸的，他記不清自己是有兩條腿還是四條腿了，記不清自己的前肢是胳膊還是翅膀，記不清自己是迷失了還是清醒了——痛苦。劇痛。傷痛無處不在。

「史坎德！醒醒！你沒事吧？」

有人在搖晃他。史坎德睜開眼睛，看見了李凱斯憂慮的臉。他翻過身就在天臺邊上大吐特吐起來。他的頭疼得厲害，就像有人把它擰開了似的。

惡棍之運用腦袋拱著他，急得滿頭大汗，嘴邊都湧出了白沫。牠用軟乎乎的鼻子蹭著史坎德的頭髮，噴出了一團一團的煙霧。

史坎德咳嗽了幾聲。惡棍之運這才滿意的站起來，警覺的護在他的身邊。

「你怎麼了？」派翠克好像嚇壞了，「你剛才一直在出怪聲，就像……就像野生獨角獸。」

「做夢了吧，靈行者？」安柏意味深長的說。史坎德漸漸清醒，他懷疑安柏的爸爸透露過補魂者的事。

「你沒事吧？」李凱斯又問。

史坎德慢慢地坐了起來，茫然無措中，有一件事可以肯定：這不是普通的夢境。他和惡棍之運共赴夢境，並且互換了自我認知。這和書店老闆克雷格描述的一樣。做夢的人是不會被夢殺死的，史坎德刻意略過了危險的可能。這是否意味著，他真的是補魂者？他覺得很有希望。如果這就是補魂者的夢境，那麼那頭灰斑獨角獸，無疑是屬於姐姐的。

戾天騎手們乘著晨光四散而去，史坎德極力地想擺脫夢境的影響——肯娜真的登島了。當然，現實中，她沒來。她怎麼可能來島嶼呢。夢境揭示的，是肯娜本來的命運。是金燦燦的可能——肯娜和她的獨角獸終將重逢。

如果史坎德真的是補魂者，夢境裡的可能，就能成真。

他一定要成功。

肯娜——雷暴中心

雷電是有氣味的。

雷暴的震盪平息之後，肯娜才後知後覺地嗅到。當時，她正在讀艾芮卡．艾佛哈的信——那封透露了真相的信。她儘量不去憂慮夏至之前的漫漫時間，儘量不去想史坎德隱瞞的祕密——尤其是讓她傷透了心的那一個。可是她忍不住琢磨，要是他知道自己已經登上了島嶼，會怎麼做呢？

無所謂了，是他撒了謊。她並不欠他。然而，往日回憶的美好刺痛了她的胸膛。她想起了史坎德的七歲生日。他彷彿就站在她眼前——澄澈的雙眼和寬寬的牙縫，抱著她不肯放手，因為她為他做了一個獨角獸形狀的蛋糕。她豪擲幾個星期的零用錢購置蛋糕模具，又熬了幾個晚上偷偷烘焙，只為烤出最完美的翅膀。史坎德一吹滅蠟燭，爸爸就笨拙的切開蛋糕，把第一塊遞給小壽星。但肯娜記得，史坎德急得淚流滿面，因為他不想切蛋糕，想永遠留住獨角獸。

啪啦——

一開始，肯娜只是聞到了火花、氯氣和新鮮空氣的氣味，但不知道發生了什麼。她抬起頭，透過塔頂望見一絲夜空。隨後，屋頂斷裂、崩塌，星星逐漸躍入了視野。四處爆出嘎吱嘎吱的聲音，肯娜低頭看看，看見這牢獄的地板裂了一道大開口。

屋頂和地板上的裂縫越來越寬，高塔駭人的呻吟著，恐懼取代了震驚。房間一分為二，晃得人頭暈目眩。肯娜從裂縫間瞥見了高塔的螺旋樓梯，也瞥見了「自由」。高塔岌岌可危，亮晶晶的金屬碎片紛紛往下掉。她突然有了方向。她不要在這裡等著夏至到來，等著誰來救她。她不想依賴別人，她要自救。

她把《靈之書》夾在胳膊底下，坐在裂縫邊緣，往下一跳，就跳到了搖搖晃晃的樓梯上。一塊鋒利的金屬劃破了她的小腿，但她咬緊牙關忍住了疼痛。就在她落下去的那一刻，又一道閃電擊中了石頭地板——她剛才就站在那裡。

高塔裂成了兩半，巨響震耳欲聾，樓梯擠壓變形，搖搖欲墜。肯娜把遠處的叫聲和四周的慘況拋在腦後，只專注於腳下。她不能死。她還沒找到她的獨角獸呢。只有一步之遙，絕不能前功盡棄啊。

更嘈雜的喧囂迎面而來。銀面哨兵紛紛湧來，獨角獸嘶鳴著，騎手尖叫著，但肯娜腳下不停，一直往前，終於摸到了一面盾牌壘成的圍牆。唔，以前是圍牆，但現在不是了。盾牌不是彎曲變形就是杳無蹤影。雷暴的破壞力是巨大的，盾牌圍牆根本抵擋不住。

肯娜瞅準一個裂縫鑽了過去——毫不遲疑，沒人發現。逃離朵里安·曼寧的魔爪，比她想像的容易。

從囚禁之地脫身，肯娜激動得拔腿就跑，只想盡快遠離銀色要塞。但沒多久，天色就暗了下來，她又冷又餓，心裡害怕，而且完全迷失了方向。前方伸手不見五指，校服便鞋底下的地面崎嶇不平。她是不是應該乖乖留在銀色要塞？她是不是自作聰明、闖了大禍？

不知何處響起了刺耳的叫聲。肯娜本能俯下身子，趴在地上。是野生獨角獸。小腿上的傷突然成了嚴峻的問題：牠們能聞見她的血嗎？蹄聲陣陣，由遠處迫近，肯娜捂住耳朵，準備聽天由命。

然而，想像中的踩踏並沒有發生。肯娜聽見頭頂上方傳來重重的響鼻，隨後變成了尖細的叫聲。她睜開一隻眼睛，借著月光，看見了一頭灰斑獨角獸。牠透明的獸角直指夜空，就像懸在星星上似的。野生獨角獸用鼻子拱拱她的肩膀，腐肉的臭味令人陣陣作嘔。肯娜強忍著恐懼，沒有作聲。但牠隨即撲騰著翅膀，朝前跑去，見肯娜沒有動彈，還回過頭張望。

肯娜困惑極了：野生獨角獸不是致命的惡魔嗎？怎麼沒吃掉她？

「你想讓我跟著你走，是嗎？」肯娜輕聲問道。野生獨角獸嘶鳴一聲，向著月亮揚起了前蹄。

於是，失意的大陸女孩跟著孤獨的獨角獸，在荒野跋涉。她們走啊，走啊，一直走到了一座小山前面。小山光禿禿的，頂上立著幾棵枯樹，乾巴巴的樹枝上挑著提燈，暗影中傳來低低的私語。

肯娜驚愕的盯著野生獨角獸：「你帶我來找人求助，是嗎？你知道我遇了險——」她頓住了。這會是她命中註定的獨角獸嗎？肯娜伸出手，想摸一摸那花斑點綴的脖子，摸一摸那血淋淋的傷口和結痂隆起的皮膚。朵里安關了她好幾個月，還不如放她自己出來尋找。

然而，肯娜的手指還沒碰到野生獨角獸的皮毛，樹叢中就衝出了另一頭獨角獸——背上還有一位騎手。獸角映著月光，若隱若現——牠也是野生獨角獸。而月色之下，肯娜看得清楚，那騎手披著黑色的披風，白色的顏料從頭頂一直塗到下巴。騎手一看見灰斑獨角獸就怒不可遏的張開手掌，凝聚白光，向著腐朽的身體射出了光球。

「不！」肯娜大喊，「你誤會了！那是我命定的獨角獸——」

「牠不是你命定的什麼玩意兒。」騎手咬牙切齒的又發出一擊。

肯娜來不及解釋——是牠找到了她、救了她——灰斑獨角獸尖叫著，張開破爛的翅膀，飛向了夜空。肯娜癱坐在地上，淚水漣漣，無聲哭喊著。初次相遇，卻似相識已久，那奇異的生物已經帶走了她的心。

這時，一句話讓接下來一切有了翻天覆地的改變。

「女兒。」

獨角獸背上的騎手翻身跳下：「妳提前到來了。」

母親拉起跌坐在地的女兒，緊緊地擁抱。轉瞬之間，似乎一切都不重要了。

第十五章 比武大賽

史坎德的夢境，讓米契爾、巴比和芙蘿心醉神迷，又有點兒害怕。他輕描淡寫夢中的劇痛，也沒提到要是李凱斯沒有及時叫醒他，後果可能不堪設想，只是極盡所能的描述那頭灰斑獨角獸。最終，四人組一致認為，肯娜不可能已經登島，但比武大賽之後，史坎德必須和她開誠布公地談一談。他們會一起幫她尋找命中註定的獨角獸——前提是，那時島嶼沒有覆滅。

接下來的幾個月可謂折磨。白天，他們要參加比武訓練，要磨鍊兵器，要更加敏捷，同時還要照顧獨角獸，讓他們養精蓄銳。而因為銀戟崩塌，銀圈例會隨即取消，何時恢復需要等待另行通知。對於芙蘿來說，這意味著少了其他銀色騎手的幫助，她只能加倍努力練習，以駕馭銀刃的超強能量。三月，四人組連混沌盃資格賽都沒去觀戰。史坎德只顧著訓練，把自己的十五歲生日都忘了，兩週後收到爸爸寄來的生日賀卡才想起來。

然而，訓練只占重負的一半。雖然針對野生獨角獸的殺戮停止了，但島嶼上的元素災害仍然日夜不停。四人組抓緊夜晚的時間，不是聚在米契爾的黑板前面，就是出沒在禽巢的四個元素圖書館裡，埋頭在書堆之中，翻找關於開鴻騎手之墓的線索。史坎德很想專注於這些塵封的典籍，但思緒總是不時飄走。他不停描畫著爸爸和姐姐的模樣，想像著自己終於可以拋出重磅新聞——肯娜的真實身分，艾芮卡．艾佛哈的真實身分。他沒有再嘗試走進補魂者的夢境。他不想在缺乏練習的情況下冒險，肯娜也快來了。只要知道哪頭獨角獸是她的就行了。

可是，到了五月，火慶典來臨時，四人組還是沒能找到開鴻騎手的墳墓。雪上加霜的是，史坎德和艾格莎還吵起來了，矛盾蔓延了幾個星期。越是爭執不休，史坎德就越是不願意向艾格莎坦白：自己已經踏入過補魂者的夢境。他擔心她大發雷霆，不肯在比武大賽後幫助肯娜修補羈絆。而且，就算修補成功了，肯娜這個靈行者也一樣是「非法的」，艾格莎可能會抓住這個理由不放，推諉拖延。史坎德覺得，要是自己吐露實情，艾格沙肯定會讓他等待時機——可是他偏偏等不了。

「史坎德，我嚴肅警告你，要是你不肯使用靈元素，那麼你很可能無法通過比武大賽。」艾格莎放好訓練場上的靶子，踱步往回走。

「我也嚴肅回答妳，使用靈元素有危險。萬一我被附身了，失手殺死了獨角獸，怎麼辦？那可是死亡元素啊，難道妳忘了嗎？他們會把我關起來的！我的排名還沒糟到需要鋌而走險！」史坎德召喚靈元素，塑造了一張弓。他感受著它，摸索著它，相信它的存在，哪怕它根本源自不同的維度。

「亨德森家的那孩子又有多少把握？要是他緊張了呢？被觀眾分散了注意力了呢？要是你一直碰上最強的騎手怎麼辦？我這幾個月陪你訓練可不是為了消遣！」

史坎德伸出三根手指，小心的摸了摸弓弦，另一隻手則憑空抽出了一支泛著幽幽白光的箭。「我怎麼知道？但我可以肯定，只要有藉口，朵里安．曼寧就會把我趕出禽巢。卡沙瑪司令那天說的話妳也聽見了。」

「她也反駁曼寧了啊。她是站在你這邊的。」

史坎德皺起眉頭：「可是她說只給我這最後一次機會。朵里安又那麼恨我。這完全是公報私仇吧，尼娜不是說他的判斷『有失偏頗』嗎？對了，那天她提到的麗蓓嘉是誰啊？」

艾格莎突然黯然神傷，她轉身背對著他，乾澀的答道：「麗蓓嘉是一位火行者，是朵里安已故的妻子。」

「已故？」

「她的獨角獸『雲燼』是殞落二十四之一，所以她……她承受不了永失摯愛的劇痛，食不下嚥，寢不安席，不到一年就去世了。」靈行者導師的白色披風在風中翻騰著。

史坎德心裡一沉。雲燼的死，還有麗蓓嘉的死，都歸咎於他的媽媽。也難怪朵里安如此憎恨靈行者。

艾格莎回頭看著他，恢復了導師的模樣：「射箭！」

史坎德應聲射出了手中的靈之箭，正中五十公尺外的靶。

艾格莎忍不住搓了搓突變的透明臉頰——史坎德現在已經讀懂了：這是阿姨對他沮喪失望的習慣動作。「你看！」她指著靶子對他大吼，「靈元素用得多好！這對你而言是與生俱來的，就像自衛本能。其他元素可就不是這樣了。」

史坎德翻了個白眼——這是跟巴比學的。

「你甚至能用基本款的兵器聲東擊西。聽我的，只要在比武大賽上使用……」

「我沒必要拿個全場第一啊，」史坎德理所當然道，「只要不是倒數六名就行了。」

艾格莎撫摸著惡棍之運的紋路，儘量冷靜下來：「我理解你的意思，完全理解，但是你得答應我一件事：萬一在淘汰賽階段遇上了特別厲害的對手——具體是誰你心裡有數——拜託你用上靈元素吧。」

史坎德嘁了口唾沫。

「他們不會因為你用了自己的結盟元素就把你怎麼樣。」艾格莎添上一句，「這不是你去年跟麥格雷達成的共識嗎？」

史坎德聳了聳肩。

「我說得不對嗎？」她步步緊逼，「可要是你墊了底，那就無疑會被趕出禽巢！」

史坎德只好投降：「好吧好吧，我答應妳，要是覺得快輸了，就用上它。」他頓了頓，決定吐露水慶典以來一直盤桓在腦袋裡的擔憂。「艾格莎？」

「你是不是想說『艾佛哈導師』？」

「呃，是，對不起。我在想啊，如果夏至之後，島嶼真的不能住人了，織者會不會有所行動呢？」

艾格莎愣住了，顯然從沒想過這個問題。

「我只是有點擔心大陸。」他飛快解釋道。不過，這話半真半假。

艾格莎的目光落在某個遼遠的地方：「不論何種動盪，艾芮卡都會全身而退，甚至會利用這動盪，實現自己的目的。想讓她服氣，恐怕賠上整座島嶼都遠遠不夠。」

史坎德摸不清艾格莎話裡的情緒，可不知怎麼的，聽起來很有幾分……驕傲。

當天晚上，史坎德回到樹屋時，發現傑米也在，正和米契爾讀著一本關於歸真之歌的書。看來，這位火行者對「無稽之談」的觀點已經完全變了。史坎德覺得傑米一定挺喜歡米契爾，否則肯定受不了他的絮絮叨叨。他不知道是否應該委婉的提醒一下米契爾，他的鐵匠可是一直都在拒絕子承父業。不過最近，歸真之歌是熱門話題，禽巢裡也傳開了，人人都在擔心，要是找不到開鴻騎手的賜禮，島嶼就要完蛋了。在通道上、在食槽、在餐桌邊，大家都在猜測埋藏賜禮的地點。這倒是削弱了一些對他的敵意。

史坎德在藍色的懶骨頭沙發上坐了下來：「有人有額外收穫嗎？」

傑米歎了口氣：「不好說。我媽媽的一位朋友——很老很老的老吟遊詩人，昨晚唱出了他的歸真之歌。他們都很興奮，認為歌裡有些線索，能挽救島嶼。」

「然後呢？」

「然後……說實在的，根本聽不懂啊。」傑米聳聳肩，「歌裡唱的都是『破碎長戟』、『家族關係』……呃，或許是『破碎關係』、『家傳長戟』？」

「如果是『破碎長戟』，那麼顯然指的是銀色要塞的高塔——銀戟。」米契爾咕噥著，腦袋依然埋在那本《悲劇歸真》裡。

「要我說，不過是海市蜃樓，根本沒用。」傑米動了動身子，稍稍從米契爾身邊挪開，好好看著史坎德說話。

「你的盔甲還能撐一撐嗎？我打算在大賽前給惡棍之運打一副新胸甲。我知道只有幾個星期了，但我一直在嘗試新的技術，好讓邊角不那麼容易脆裂……」傑米滔滔不絕，他對鍛造技術的熱情就像銀刃的盔甲似的閃閃發光，惹得米契爾也暫時放下書本，抬起頭來，仔細傾聽——這可不多見。

後來，史坎德想了想，還是決定到郵務樹去，往樹洞裡放一顆膠囊，給爸爸寄一封信。體驗過補魂者的夢境之後，他一共寄過三封信，卻只收到了那張生日賀卡。史坎德急切的想邀請爸爸和肯娜來觀看比武大賽。他不敢想自己吐露真相之後會得到什麼樣的反應——他不會再隱瞞任何細節，包括織者的事——怕歸怕，正確的事非做不可。

走到郵務樹的時候，天已經黑了，史坎德只好點燈照亮。他擰開蓋子，想把信往膠囊裡塞，可是怎麼也塞不進去。他疑惑的晃晃膠囊，晃出了一大堆信。他瞇著眼睛辨認，認出那竟然是他自己寫的，是他寄給爸爸的信！難怪他一封回信也沒收到！史坎德仔細的看了看信封，發現地址上都蓋著一行紅字：

騎手通訊處查驗：退回寄件人。

原來他的信，根本就沒有離開島嶼。

很快，幼獸們迎來了比武大賽。在等待對決迫近的幾個星期裡，巴比一直很興奮，其他

人則緊張不安。開賽兩天前，更令人心慌的事情發生了：年初和巴比打得火熱的那個查理，不幸成了游牧者。因為一連幾個月，他的訓練都不見起色，導師們認為沒必要浪費參賽名額。去年，亞伯特淪為游牧者時，史坎德沒去旁觀儀式，因為那分別的場面他實在承受不住。但這一次，他和大家一起來到了游牧者樹下，跟查理和他的腹地岩漿正式道了別，也親眼看著他的土元素徽章四分五裂——一塊嵌入樹幹，其他的交由四人組僅剩的另兩位成員：馬麗安和阿賈伊保留。

兩天後，惡棍之運和另外三十五頭披盔戴甲的獨角獸來到了「混沌圍場」——位於肆端市主競技場後面的候場獸欄。

騎手們牽著各自的獨角獸圍成一圈，盔甲映著五月的驕陽熠熠生輝，元素在翅膀、鬃毛和尾巴上旋轉跳躍，嘶嘶作響。在接下來的幾個小時裡，這裡就是幼獸們的臨時駐地了，他們將在這裡緊張等待下一輪比武。即使在這裡，史坎德也能聽到外面動靜——觀眾越來越多，找座位的腳步震著看臺，砰砰直響。

他希望爸爸和肯娜也會來。騎手通訊處至今沒有就退信的事給出答覆，不過他們承諾，馬蓋特的史密斯家肯定能收到比武大賽的觀賽邀請。史坎德因此輕鬆了些：既然能面對面的跟爸爸、姐姐說話，寄不寄信還有什麼要緊？他的一呼一吸都是緊張的，不只是因為比賽，更是因為，他終於要把真相告訴家人了。

傑米帶著幾位經驗老到的鐵匠一起過來，檢查惡棍之運的盔甲。他的焦慮絲毫不亞於史坎德，因為史坎德要是成了游牧者，他也就失業了。

製鞍師們也都圍著各自選中的騎手忙碌，不過，芙蘿的爸爸早在禽巢就檢查好惡棍之運的鞍具了。奧盧想讓史坎德安心些，於是告訴他，薛克尼家的所有成員都來了，大家都會在看臺上為他歡呼——這多少有點兒幫倒忙。

「天吶，怎麼到處都是哨兵！」芙蘿說。她和銀刃都披掛著璀璨炫目的盔甲，令人無法直視。

赤夜之樂也湊過來了，但米契爾還在查閱他的筆記本，說話時連頭也沒抬：「尼娜肯定非常擔心夏至預言，我們的司令都不准大陸人來觀戰，顯然形勢不妙呀。」

「什麼？」史坎德瞪著米契爾，「什麼叫『不准大陸人來觀戰』？」

米契爾總算抬起了頭，有點兒不好意思的說：「火球威猛！我還以為你早就知道了呢！」

芙蘿閉了閉眼睛，深吸一口氣解釋道：「小坎，昨晚鏡面峭壁有兩塊巨石墜落。據我爸爸說，尼娜早就考慮這次不邀請大陸家庭了，昨晚的災害算是添了把火，讓她下了決心。」

「可是……她怎麼能。我必須得見到——這不……」史坎德咬著嘴脣，但眼淚還是流了下來。肯娜必須來島嶼。要是她不在，就算他是補魂者也沒用，什麼都做不成。史坎德失望至極，癱在鞍座上，坐都坐不直了。

「小坎，尼娜肯定另有安排，你們還能見面的。」芙蘿關切的安慰道。

米契爾點點頭：「肯定會的。」

但史坎德止不住的想：那時島嶼還存在嗎……

周圍突然熱鬧起來，騎手們都聚到木頭布告欄那裡去了。史坎德看見巴比和獵鷹之怒也擠了過去。

「小組賽簽位出來了！」傑米飛快的跑過去，想看看史坎德在小組賽中的對手都是誰。按照賽制，小組賽排名將決定淘汰賽的對決雙方，排名靠前的騎手對戰排名靠後的騎手——這是最公平的，可以避免優秀騎手廝殺纏鬥、過早淘汰。

傑米小跑著回來了，皺著眉頭，憂心忡忡：「史坎德，我不想騙你，分組情況不太樂觀啊——安柏和旋風竊賊、法魯克和毒霧、妮阿姆和雪泳者，都在你這組。」

大家突然開始鼓掌。史坎德猜測，應該是四位裁判在賽道旁就位了。四人組的其他人朝著圍場出口走去，惡棍之運也歡叫著跟想上去，但傑米把牠拽住了。

「你必須使用靈元素！」

「傑米，你怎麼也這麼說！你明知道那有多危險！」

傑米連連搖頭：「你就是靈行者，惡棍之運就是靈獨角獸，你們本來就該用它啊。銀圈利用了你的恐懼，可是你不能甘願被他們嚇住啊。你得勇敢些！」

「我絕不能失去牠，」史坎德雙手緊緊扭住惡棍之運的鬃毛，彷彿這樣可以和他融為一體，「我寧願成為游牧者也不能失去牠。」

「你不能成為游牧者，史坎德。」傑米嚴肅的說，「你必須留在禽巢，繼續訓練，繼續學習。」

「為什麼？」史坎德狐疑的問，「為了贏得混沌盃？」

「誰在乎那玩意兒！」傑米急了，「當然是為了讓靈行者重返孵化所啊！為了讓這座島恢復昔日榮耀——我說的可不是利用什麼骨頭兵器，而是停止那些烏煙瘴氣的爭鬥。一代代獨角獸流落荒野，就因為牠們的結盟元素遭受偏見，這公平嗎？阻止這一切，史坎德，全靠你了。抱歉給你壓力，但這都是實話啊！」

「我、我……」史坎德愣住了，他從沒聽過傑米說這樣的話。

「為了那些流落在外的靈行者，勇敢起來吧，史坎德。為了你的姐姐，為了所有被擋在孵化所大門外的大陸孩子和島嶼孩子。為他們而戰的人，只有你一個。可是要是你將勝利拱手讓給朵里安．曼寧，要是你因為害怕就不戰而降——」

「第三組集合，最後一遍！」擴音器裡傳來了歐蘇利文導師的聲音。

史坎德攏起韁繩：「我得走了。」

「記得做正確的事嗎！」傑米在後面喊道。

可是，史坎德已經無法確定怎樣才算「正確」了。

三十分鐘後，場上戰況變得嚴峻。安柏用繚繞著電花的狼牙棒擊中了史坎德，他從鞍座上掉下去時，薛克尼家的支持者們都有點兒心虛了；史坎德的烈焰大刀走了形，側面越燒越薄，眼看就要消失，而馬麗安和古老星光抓住機會，將它一擊即滅；瑪麗薩和水中仙揮起巨大的冰矛，將他從惡棍之運的背上掃了下去，惹得疾隼隊的朋友們不忍細看，捂住了眼睛。這三場史坎德全輸了，而整個小組賽一共八場，他一場也沒贏。這是他迄今為止表現最差勁的一次。他不知道該歸咎於吵鬧的觀眾還是走動的哨兵，抑或是肯娜和爸爸的缺席，反正，他在小組中墊了底。雖然有薛克尼家的鞍具保駕護航，他沒有每次都摔下地，但總體表現，他是最糟的。退場時，史坎德瞥了一眼看臺，看見艾格莎雙手抱著腦袋，沮喪至極。

淘汰賽正式開始前，每組排名最末的兩名騎手還要對決一次，贏得進入最終三十二強的資格。史坎德勉強勝了馬特奧，但那只是因為幽冥之鑽剛聽見第一聲哨響就揚蹄直立，把騎手甩了下去。然而史坎德的積分仍然很低，如果再輸掉一輪，他就會慘遭淘汰，成為游牧者。史坎德不知道，此時再用靈元素，還有沒有救。

史坎德、米契爾和芙蘿正等著第一輪小組賽的結果，想看看誰會拔得頭籌，可是嘈雜的混沌圍場裡突然劈進了一聲怒吼：

「我的兒子絕不能跟靈行者攪和在一起，根本有失身分！」

史坎德還沒反應過來，伊拉就大步流星的站到赤夜之樂前面，劈手奪過了米契爾的轡繩。他怒不可遏的推開赤夜之樂，免得牠離惡棍之運太近，髮辮裡的水花泛著藍色的微光。

「哎哎！」史坎德叫了起來，芙蘿也大聲抗議：「韓德森先生，您要幹什麼？」

而米契爾立刻翻身跳下，從爸爸手裡搶回了轡繩。

「別碰我的獨角獸。」他的聲音微微發顫，但每個字都說得清清楚楚，「不巧，這位靈行者正是我最好的朋友。」

「你的第一輪成績還不錯，我好心前來祝賀，你卻這樣忤逆我，你還是我的兒子嗎？嗯？」艾勒自持而冷漠的說，「真叫我失望，我看你也別想成為混沌司令了。」

米契爾這次沒有退縮：「您說得對，我成不了混沌司令，我也不是您一向以為的，或想要培養的那個兒子。我是我自己，和您想的不一樣。您的兒子其實根本就不想投入一切只為成為混沌司令，他發現自己喜歡變幻莫測、美好動人的魔法，因為魔法並非只在戰場上有用處。」

「你是想說歸真之歌吧，我告誡你——」伊拉怒道。

但米契爾打斷了他。

「只要您不再按自己的意志塑造我、限制我，您也許會發現，其實我挺優秀的。我們都很優秀。」他瞥了一眼赤夜之樂，「整整一年，我和靈行者都在竭盡全力地想辦法，拯救這座珍貴的小島，而您卻只惦記著司令的寶座。或許——」米契爾提高了聲調，「真正需要調整心態的，是您。」

伊拉沒有回答，轉身就要走。就在這時，赤夜之樂突然放了一個屁——前所未有地響亮、前所未有地悠長——然後瞪著伊拉，狠狠用後腿往後一踢。屁被點燃了，又大又亮的炸開來，惹得史坎德和芙蘿連連歡呼。伊拉．韓德森一句話也說不出來，氣呼呼地離開了圍場。米契爾望著他的背影，抖得像一片秋葉。

「哇，真是不可思議啊！」芙蘿說，「要是巴比知道，肯定會說你——」

「超級威！」史坎德和她異口同聲。

米契爾虛弱的笑了笑。赤夜之樂尖聲叫喚，打著嗝、噴著灰，弄得全身髒兮兮，卻一副揚眉吐氣的模樣。惡棍之運高興的嘶鳴，為牠叫好。

「成績出來了！成績出來了！」有人大聲嚷嚷起來。

史坎德無心跳下地去布告欄那裡查看，於是讓米契爾替他確認。

「史坎德。」米契爾瞪大了眼睛，「和你對決的是……」

「我。」巴比騎著獨角獸踱了過來。她仍然戴著頭盔，史坎德看不到她的表情。

「妳得放水，輸給史坎德。」米契爾說。

「不行！米契爾，你怎麼能出這種主意？這不公平啊！」芙蘿不同意。

「怎麼不行？我仔細看了所有人的積分，史坎德要是輸了，就得離開禽巢，但巴比在小組賽中只輸了一場，就算輸掉淘汰賽，之前那麼高的排名也會保住她，不會成為游牧者。這次要淘汰六個騎手，記得嗎？現在已經淘汰了四個，第二輪淘汰賽輸掉的人裡，只要排出墊底的兩個，人數就夠了。所以，蘿貝塔，妳得——」

「閉嘴吧，米契爾。誰都別來煩我啊，現在我得全神貫注，好好比賽，迎接勝利。」巴比的聲音有些壓抑。史坎德覺得，或許就是因為不想讓他們看到表情，她才不肯摘掉頭盔吧。

「巴比，妳……」史坎德伸出了手。但獵鷹之怒往旁邊一閃，他只摸到了鎖子甲。

芙蘿、米契爾和史坎德看著巴比往圍場另一邊走去。沒心沒肺的赤夜之樂又放了一個屁，但牠似乎突然察覺了此刻的嚴峻氛圍，沒有把屁點燃。傑米摸摸牠的鼻子，向史坎德投去意味深長的一瞥。

「靈元素。」他輕聲說道。史坎德心裡七上八下。

率先上場的就是巴比和史坎德。當惡棍之運露面時，牠的白色紋路醒目耀眼，惹來看臺上的觀眾一陣騷動——起哄的噓聲和竊竊私語的議論此起彼落。

獵鷹之怒站在木樁的另一端，石灰色的翅膀上繚繞著電花。史坎德忍不住欣賞起來——

牠多美啊，鬃毛、羽毛一絲不亂，神采奕奕，狀態正值巔峰。這說明，巴比的狀態也極好。他的腦海裡突然浮現出芙蘿的話：你把所有關於媽媽的事情都鎖在自己的腦海裡、心裡，所以才不願意相信任何人。在經歷了一整年的風風雨雨之後，他還相信巴比嗎？相信她會為了他故意輸掉嗎？她向來穩操勝券。放水什麼的，違背她的真心。

史坎德等著賽勒導師鳴哨，而惡棍之運刨著沙土，做好了衝鋒的準備。

哨響第一聲。為了那些流落在外的靈行者，勇敢起來吧。

惡棍之運向前衝去，黝黑的肌肉起伏著。牠的腿是那麼有力，幾乎就要騰空。這頭黑色獨角獸生來就面臨重重困境，戰鬥從未停歇，此刻也不會放棄。

哨響第二聲。

史坎德也不能放棄。他不能放棄尋找屍骨兵器，不能放棄流落的靈行者，不能放棄肯娜，更不能放棄這座島嶼。

起心動念，只在一瞬之間。炫目的白色長弓在右手中成形，靈元素悠遊著、躍動著。史坎德將它舉起，同時也塑造出了三支利箭。他穩穩跨坐在薛克尼家的鞍座上，鬆開韁繩，搭箭上弦。這是近二十年來首次在合一比武中出現靈元素，看臺上的觀眾們沸騰了，而史坎德視若無睹、充耳不聞。

馬刀上的電花滋滋作響，巴比不動聲色，只是握刀的手微微用力，透露了她的驚訝。

史坎德一口氣射出了三支箭。第一箭瞄準她的胸甲，第二箭鎖定她的右肩，第三箭緊隨其後，同樣朝著肩膀飛去。

當灰色獨角獸和黑色獨角獸擦身而過時，史坎德使出了那招聲東擊西。他將意念集中於第三支箭，暗暗換了目標——不是肩膀，而是胸口。當巴比抽出劍來抵擋防禦時，他默默祈禱，希望自己的招數能奏效。

巴比用盾牌擋住了第一箭，用劍柄彈開了第二箭，輕輕鬆鬆。但第三箭——她本來想用胳膊肘上的護甲推開飛向肩膀的箭，卻什麼都沒有碰到。獵鷹之怒一個踉蹌，第三支箭正中騎手的胸膛。巨大的能量將巴比向後噴倒，而惡棍之運疾馳而過時噴出了火花，馬刀擊空了，史坎德毫髮無傷。

賽勒導師朝著史坎德和惡棍之運抬起胳膊：「一比零。」

觀眾們不知該叫好還是喝倒彩，唯有左側看臺上傳來了口哨聲和鼓掌聲。史坎德瞥見薛克尼家大大的橘色條幅就咧嘴笑了，他知道芙蘿的爸爸、媽媽和哥哥都在為他加油。

在賽道的另一邊，巴比摘下頭盔，無聲的說一句什麼。她朝著史坎德比了個「割喉」的手勢，激起了他的怒氣。巴比好勝想贏，不肯放水，他都理解，但也沒必要這麼咄咄逼人吧。

史坎德騎著惡棍之運兜了一小圈，想讓牠平靜下來，好準備下一回合。獨角獸的肋骨一起一伏地抵著他的腿——剛才比武時的猛烈爆發讓牠疲憊，也讓牠興奮。

賽勒導師開始詢問雙方是否做好準備。史坎德攬著韁繩，讓惡棍之運的黑色獸角對準了另一邊的獵鷹之怒。戴著頭盔，看臺上的喧鬧顯得遙不可及。這一刻彷彿只有他和惡棍之運。他深深地呼吸。吸氣，呼氣，吸氣，呼氣。他必須贏得積分。他必須贏。賭上靈行者的身分，不能不贏。

哨響第一聲。惡棍之運猛然衝出。

哨響第二聲。史坎德召喚了一把劍。純然靈元素淬成的長劍。沒有失誤——這是他塑造過的最好的兵器。隨後，他看見巴比漸漸靠近，手上提著她最喜歡的那副閃電弓箭。這時，事情不對勁了。全都變了。

史坎德竟然想殺死巴比。他就想這麼做。只要自己的長劍刺穿她的身體，她的血就會淌到沙地上，淌到他腳下。他想嘗一嘗……血的滋味。他渴望鮮血。鮮血就是力量。鮮血就是生命。他別無所求，只要鮮血。

瞬間——難以察覺的一瞬間——史坎德彷彿靈魂出竅，飄到很高的地方，俯瞰著自己：惡棍之運在競技場中央疾馳，黑色的四蹄發出白光，他的長劍化成數不清的匕首，亮晶晶的朝著四面八方飛去。巴比和獵鷹之怒慌忙拉起厚厚的石英盾牌，而賽勒導師也倉皇閃避。可是她還是慢了一步，裹挾了靈元素的匕首刺向了她的背，一刀，又是一刀。

驚怒之中——對死亡的熱望之中，史坎德迷失了自我，似乎再也找不回來了。

惡棍之運全速瞄準獵鷹之怒，殺戮的欲望攫住了史坎德的心。

史坎德醒來時只聽見四周爭執不休。

「你們不能一直綁著他啊！」是芙蘿。

「都怪我！都怪我勸他使用靈元素！」是傑米。

「他是我們小隊的，讓他跟我們回樹屋吧。」是米契爾。

「他可是個危險分子，關在這裡是為你們好——」是朵里安．曼寧。

「他當時被附身了，不是故意用靈元素狂轟濫炸的。騎手經由羈絆被獨角獸附身，都是這樣的。幾個月前就出過這種事，可是我們的話沒人信啊。」米契爾據理力爭。

用靈元素狂轟濫炸？史坎德想揉揉眼睛，卻發覺自己的手動彈不得。他拽了拽，鐵鍊敲擊著陌生房間的牆壁，鋃鐺作響。

「比武大賽根本就不該如期舉行。」門外傳來歐蘇利文導師的聲音，「我們沒有認真對待附身事件，實在太大意了。」

「賽勒導師怎麼樣了？」芙蘿試探道。

「性命無礙……」歐蘇利文導師歎了口氣，「但是傷得很重。」

史坎德呆住了。他想起了失去意識前的最後一幕——靈元素塑造的匕首飛向賽勒導師。他想起來了，當時，他渴求鮮血，渴望殺戮。對了，還有巴比。怎麼一直沒聽見她的聲音？不、不會吧。難道她……

「巴比！」他大聲呼喊，「巴比還好嗎？求求你們告訴我！她還活著嗎？快告訴我啊！」悲痛的淚水順著他的臉頰直往下淌。「誰能告訴我啊！快說句話啊！告訴我！」他雙手猛拽，拽得鎖鏈叮叮噹噹，好引起別人的注意。

「冷靜點，靈行者寶寶。」

史坎德的心臟漏跳了一拍。暗影之中，有人動了動，然後——

「巴比！嚇死我了——妳還好嗎？」

「哎呀，行了，別大吼大叫了。」巴比說，「我都在這裡待了好幾個小時了。你要是再大呼小叫的，就要把我震暈了。」

「妳怎麼願意來這裡？」史坎德有成千上萬個問題，但此刻他只想問這一句，「我還以為妳再也不想理我了。」

「史坎德——」巴比的聲音柔和了許多，「我知道被羈絆操控是什麼感覺。我也遭遇過同樣的事啊，你不記得了嗎？我知道你不是故意傷害賽勒導師的，不過，小伙子啊，靈元素真是太厲害了，那場面我從沒見過呢。」

「賽勒導師傷得很重，是嗎？」史坎德咬著嘴脣，顫抖得整張臉都變形了。

「療癒師說她能好起來，但是，是啊。」巴比點點頭，「她的傷勢很重。」

史坎德快要吐出來了：「惡棍之運呢？牠在哪兒？朵里安有沒有——」

「牠沒事。」巴比冷靜地說道，「牠在獸欄裡，有人看守。卑劣的老蠻牛原本想把你直接押到監獄裡去，想必安柏先前就在搧風點火——我看見他倆在賽場邊竊竊私語——但歐蘇利文導師還是把你們都帶回禽巢了。」

「有人看守？」史坎德啞著嗓子問。

「兩個哨兵。」巴比壓低聲音答道。

「史坎德在哪兒？我現在就得見到他！立刻！馬上！」這聲音大得連巴比都嚇了一跳。無視朵里安．曼寧的聒噪和歐蘇利文導師的警告，艾格莎從門外闖了進來。她反手關上門，透明的兩頰幽幽地閃著光，狂亂的眼神最終落在了史坎德臉上。她跪倒在地，一把攬過史坎德抱住，力道之大，緊得他都喘不過氣了。然而，一種似曾相識、溫柔親切的感覺油然而生，讓他如釋重負，彷彿這一幕已經出現過千百次似的。

「對不起，對不起……」艾格莎喘著粗氣，「是我的錯。是我告訴你，要是不想輸掉比賽，就必須用上靈元素。你明明提醒我了，我卻聽不進去。」

「容我添一句。」巴比說，「我本來打算放水的。我都想好了，到時候就自己從獵鷹之怒背上摔下去。史坎德，我等了半天就是想告訴你這個。」她臉上的笑意消失殆盡：「你竟然認為我只管贏不贏，而不管你的去留，真叫我寒心。」

「我當時顧不上想清楚啊！」史坎德心裡更難受了，「說實話，我一直都想使用靈元素。它是我的結盟元素啊，我用它，何錯之有？我後來被附身了，也無能為力。朵里安不過是找藉口針對我罷了。」

「靈元素就是如此。」艾格莎恢復了平時的模樣，「我的意思是，難以言傳，但你其實已經意會了。」

經過一番唇槍舌劍，艾格莎總算從朵里安．曼寧那裡弄到了鑰匙，打開了史坎德身上的鎖鏈。他們走出樹屋時，所長已經不見了。

米契爾、傑米和芙蘿跑過來，緊緊摟住了史坎德。

歐蘇利文導師清清喉嚨，嚴肅的說：「史坎德，這次事件非常嚴重，你要認真聽我說。」

艾格莎一隻手攬著史坎德的肩膀，擺出了防禦的姿態。

「混沌司令已著手調查比武大賽上的這一事件。」

「記得一起參考其他被附身的騎手，對待史坎德得一視同仁。」艾格莎強硬的說。

「我贊同。」歐蘇利文導師說，「但這次，整個競技場的人都親眼目睹，禽巢唯一的靈行者試圖殺死導師及其小隊成員。別忘了，那首歸真之歌正在島嶼流傳，人人都琢磨著那句『一

脈承繼大統：黑靈魂之惡友』到底預示著什麼。我們必須謹慎行事。」

歐蘇利文導師長歎一聲，眼睛裡的漩渦打著轉：「意思是，在司令得出最後結論之前，禁止你再騎馭惡棍之運，連摸一下也不行，聽清了嗎？」

史坎德如墜冰窟：「什麼意思？」

艾格莎剛想爭辯，歐蘇利文導師就抬起手制止了她：「行了，艾格莎，妳自己也是泥菩薩過河呢。我們必須做出竭盡全力自查自防的姿態。妳要明白，只要史坎德不碰惡棍之運，就沒人能指控他濫用靈元素——哪怕再次發生附身事件。」

「他只是個小孩啊，普西手妮。」艾格莎毫不掩飾聲音裡的痛苦，「這太殘忍了。」

「幸虧他只是個小孩，否則此刻已經成為游牧者了。史坎德，你得感謝薛克尼鞍具給你撐腰。奧盧·薛克尼極力反對立刻逮捕你——以他在島嶼的影響力，就算曼寧所長也得讓他三分，否則你和惡棍之運可沒這麼容易回禽巢。不過，要是你真的淪為游牧者，禽巢就不能再保護你了，曼寧所長無疑會把你和惡棍之運抓進銀色要塞，永久關押。」

艾格莎沉默了。

「比武大賽暫且推遲，等待進一步通知。等島嶼恢復了正常，你還是有機會競爭升級、成為羽獸的。」

「但如果調查結果是我有罪呢？」史坎德絕望的問，「如果他們不肯還我清白呢？惡棍之運怎麼辦？」

「船到橋頭自然直，且行且看吧。」歐蘇利文導師說。

然而，她沒有直視史坎德的眼睛。

第十六章　兩姐妹的故事

妮娜．卡沙瑪不肯成為歷史上第一個取消混沌盃的司令。於是，夏至的前一天，在元素災害頻發、島嶼自身難保的陰雲之下，《孵化所先驅報》還是用了整期版面來介紹參加比賽的騎手和獨角獸。史坎德已經決定不去觀戰了。

「我真不明白，尼娜為什麼執意要照常開賽呢？」芙蘿說。

米契爾埋頭讀著報紙：「她說附身事件只會發生在沒畢業的騎手身上——也就是我們禽巢裡的這些人。她的研究員認為年輕騎手的羈絆還不太穩定，所以容易出問題。倒也算合理啦，畢竟現有的證據可以支撐她的論點。」

「所以我們也不能騎著自己的獨角獸去觀摩混沌盃，」巴比不高興地說，「走著去競技場得花上幾十年吧。」

「我都不想去了。」芙蘿瞥了史坎德一眼，看見他的香腸蘸滿了美奶滋，卻一口也沒吃。她用手肘戳了戳米契爾。

「啊?噢噢,對啊,我也不想去了。明天就是夏至了,開鴻騎手的墳墓還是毫無頭緒啊!」

「想去就去吧,不用考慮我。」史坎德歎了口氣,最終還是抬起頭來說,「說真的,我們每本書都查了,每種辦法都試了,也不差這幾個小時。你們去看看混沌盃能有什麼影響啊。」

「傑米也要去。」米契爾試探著問,「你也一起去吧,怎麼樣?」

史坎德使勁地搖搖頭:「我不想拋下惡棍之運。」

「可是……」芙蘿想勸他。

「我想陪著牠!」史坎德猛然說道,「就算不准我摸牠,我也不能走遠了。再說,我直到現在也沒有自己的白色夾克;假扮水行者那種事,我再也不想做了。」

最終,朋友們穿上各自的結盟元素夾克,把支持的選手名字塗在臉上,而史坎德則獨自一人,到獸欄裡去了。

自從比武大賽之後他就一直如此。平靜、淡漠,沒有任何情緒。他不憤怒,也不煩惱——就算背後總有人指指點點,就算肯娜和獨角獸的難題還未解決。他第一次發現自己也有無法作畫的時候。不管什麼人、什麼事,也不能讓他高興起來、興奮起來。要是有人表達善意或講了笑話,他得刻意提醒自己,才能報以一笑。混沌盃的壓力會讓他「活過來」,可是「活過來」就有可能撐不住:他不知道自己還能偽裝多久、忍受多久——人們時時刻刻緊追不捨的目光，實在令人生畏。所以，不如躲在這裡，躲在惡棍之運的圍欄外面，倒還輕鬆些。

當然，陪伴史坎德和惡棍之運的並非只有彼此。他們不能獨處了。兩名哨兵守在圍欄外面，戴著銀色面罩，劍鞘裡的長劍寒光逼人。本來，史坎德是願意聽歐蘇利文導師的話的，但一兩天之後，他就開始夢見惡棍之運——騎在牠的背上，撫摸牠柔軟的脖頸、熱呼呼的鼻頭。他趁著夜深人靜來到獸欄，央求哨兵讓他進去看看，哪怕只摸一下也好。可是哨兵就是不放他進去。

史坎德又急又氣、心煩意亂，回到樹屋就大喊大鬧，哭得嗓子都啞了。四人組的其他成員手足無措的安慰他，可是他們無法理解，更別說感同身受。當下史坎德的真情流露嚇壞了朋友們，所以後來，他就把所有情感深深的藏起來了——就像以前在大陸的學校裡被人欺負，他也不讓爸爸知道、不讓肯娜擔心。現在朋友們不清楚他有多痛苦，但惡棍之運一直感同身受，羈絆中時不時地湧動著牠傳遞的慰藉——我在呢，你別怕，我們仍然擁有彼此——有賴於此，史坎德才沒有徹底崩潰。

於是，日復一日、夜復一夜，史坎德一直守在惡棍之運的圍欄門外。哨兵們沉默不語，但偶爾，頗為意外地，獸欄裡會冒出銀刃的身影。這頭銀色獨角獸時常會在白天回到獸欄，遠離陽光，遠離其他嬉戲的同類。牠會站在惡棍之運的圍欄旁邊，用深不見底的黑眼睛凝望牠和牠的騎手，彷彿洞悉著他們的痛苦，並轟隆隆地低吼著，安慰他們。史坎德從未見過這樣的銀刃。

然而，在混沌盃開賽的這一天，有人突然闖進來，攪亂了史坎德的悲情陪伴。

「五元素在上，你在幹嘛啊？」

史坎德抬起頭，艾格莎關切的臉映入眼簾。他歎了口氣。自從比武大賽之後的那個擁抱，他一直沒見過阿姨。

「起來！」艾格莎厲聲斥責。等不及他照辦，她就粗暴的把他拎了起來。這回可沒有什麼擁抱了。

「哎喲！怎麼了？」史坎德抱怨道，「什麼也不幹，不行嗎？讓我一個人待著。」

艾格莎不理會，只管拽著他的手肘往外走。

一來到禽巢的樹林裡，史坎德就甩開了她的手：「我不想離開惡棍之運！妳總該比其他人更能理解吧？」

「成天坐在黑漆漆的地方太不健康了。」艾格莎說。

「怎麼？妳回心轉意開始決定當位好阿姨了？」

史坎德也不知道怎麼蹦出來這麼一句，心裡有些懊悔失言，所以當艾格莎示意他爬梯子以進入樹屋時，他乖乖照辦了。

史坎德赫然發現，這裡正是去年喬比住的地方，只是屋裡的裝潢大不相同。蓬鬆的地毯、彩色的靠墊、軟綿綿的懶骨頭沙發，一概沒有。

「坐吧。」艾格莎生硬地說。

史坎德環顧四周：這不甚吉利的樹屋內空蕩蕩的，只有一架燒木柴的火爐，兩側各有一把鐵藝椅子，地上鋪著羊皮地毯；頗為古怪的是，僅有的一扇窗子旁邊擺了一個鐵製的玩具搖馬——不，那不是馬，是獨角獸。史坎德盯著它的獸角看了一會兒，然後就在椅子上坐下了。還好，上面蓋著毛茸茸的白色椅罩，坐著挺舒服的。

「喝茶。」艾格莎也不問史坎德要不要，就遞過來熱騰騰的一杯。

尷尬的沉默之中，史坎德啜了一小口。「這是什麼茶啊？」他暫且拋開了抑鬱的心情，「還挺好喝的。」他不喜歡喝茶。他和肯娜一向認為，茶是大人糊弄小孩的東西，是故意鼓搗出來的、難喝的棕色液體。可這杯茶——真的很好喝啊！

「來自火之象限，」艾格莎說，「所以有一種煙熏風味，就像火元素魔法，是吧？我唯一能接受的茶就是這種。」她說著，把一綹灰白色的頭髮撥到耳後。這動作讓他想到了肯娜，讓他心痛。他還是為她不能來看比武大賽而耿耿於懷。他甚至都不去郵務樹查看膠囊了。他愛爸爸，可是爸爸寄來的果凍軟糖，和肯娜寄來的，就是不一樣。他無法面對那樣的失望。而且，惡棍之運被關起來了；更糟的是，整個島嶼都可能分崩離析，他的四人組將各奔東西……樁樁件件，他快承受不住了。

「你還好嗎？」艾格莎乾巴巴的問。

「妳覺得呢？」史坎德忍不住語帶諷刺，「呃，抱歉，我……我只是……惡棍之運和我分開了，摸都摸不著，這實在是……」

「我能理解。」艾格莎點點頭，又喝了一口茶。

「妳是怎麼撐過去的呢？」史坎德囁嚅道，「妳也和極地絕唱生生分離，是怎麼忍到今天的？」

「說實話嗎？」艾格莎說，「哨兵在漁人海灘抓住了我——就是去年接你登島的時候——他們帶走了極地絕唱，從那一刻起，我就一心赴死了。真的，還不如讓我去死呢。可是後來呢，偏偏有個惹是生非的笨蛋靈行者闖進監獄去找我。」她對他眨了眨眼睛。

「你的眼睛裡充滿了熱情。你渴望瞭解自己，渴望做正確的事。渴望對抗黑暗。我就想啊——或許，靈行者們，終於等來了希望吧。為了保護大陸，你甘願做任何事情。多蠢啊！」她長眉一挑，「你連自己的安危都不顧了。你這份決心讓我想到了姐姐。」

史坎德驚呆了，艾格莎從沒這麼和顏悅色過。「我的媽媽？」

「你的媽媽，我的姐姐，艾佛哈司令，織者。她有這麼多身分和頭銜，但曾幾何時——對於我來說，她只是艾芮卡。我那才華橫溢、美麗動人的姐姐。不知道你們見面時她是什麼模樣，但史坎德……」

「她很不客氣。」史坎德努力不去想起那一幕。

「她以前不是那樣的。」艾格莎歎了口氣，「她的改變，我多少有些責任。」

史坎德不敢插嘴。他覺得自己彷彿回到了大陸的家裡，聽爸爸講起「蘿絲瑪莉．史密斯」，講起他從未謀面的媽媽，急切的從隻字片語裡抓住零碎的資訊。史坎德一度以為，在發現媽媽就是織者之後，這種渴望就消失了。可是即使他覺得丟臉、羞愧，瞭解媽媽的渴望卻愈發強烈。他不明白艾格莎為什麼終於肯開口了，而且選在今天。或許，是為了讓他不再沉溺於惡棍之運羈絆中的痛苦？如果真是這樣，那麼確實奏效了。

「艾芮卡和我從小一起長大。就像你和肯娜，艾芮卡也只比我大一歲。所以，我們既是姐妹，也是朋友。但艾芮卡一直很有大姐的氣度，對我照顧有加，小小的肩膀扛起沉重的責任。我們的父母過去常常講起我出生的那一晚。凌晨三點鐘，我終於停止啼哭，安然入眠，可是他們卻找不到艾芮卡了。他們找啊找啊，後來竟在我的小床旁邊找到了她。她瞪著眼睛，手裡拎著一根尖尖的棍子。她那時剛學會走路，還不會說話，可是本能的就想護著我。

「後來，我九歲那年，發生了一件對艾芮卡影響很大的事情。我父母總是很忙，照顧我的事就落在了艾芮卡身上。那天，我們在沙灘上玩耍，她的朋友用沙子堆了一頭獨角獸。她要去打個招呼，於是讓我待在原地。我不喜歡她丟下我——小時候的我脾氣也很大——所以偏要做些她不准我做的事，比如爬石頭。我現在還記得自己當時有多不高興，手腳並用的攀爬，每一步都越想越氣，結果不知不覺就爬到很高的地方。然後我就摔下來了，昏迷了三個星期。

「艾芮卡非常自責，一直跟自己過不去。我覺得她好像跟某種神祕力量做出了承諾：等我醒來，就再也不離開我。因為我好起來之後她就是這麼做的，幾乎是寸步不離守著我。我欣然接受，甚至很享受這種形影不離的感覺。後來，她年紀到了，該去孵化所接受考驗了。」

史坎德呼了一口氣，感同身受。

「你明白了吧？」艾格莎點點頭，「艾芮卡知道，如果她成了騎手，而我來年沒能打開孵化所的大門，我們這輩子都將分隔兩地。她希望我們能一起來到禽巢、接受訓練。她希望我們走同一條路，過同一種生活，這樣她就能繼續保護我。」

史坎德不禁想起了肯娜。他們也是從小一起長大，常常一起想望著未來——一起登上島嶼，先是肯娜，等上一年，他隨後就到。他理解這種渴望。這是愛。

「於是，我們有了個計畫。」艾格莎歎氣道，「我們在父親的私人圖書館裡翻找——他也是靈行者——如果我沒能打開孵化所的大門，應該也有辦法擁有獨角獸吧。找啊找啊，終於找到了一個古老的故事，講的是有位靈行者能造出羈絆，把沒能出殼的獨角獸和沒有命定獨角獸的人縛定。這個故事一下子就衝昏了我們的頭腦。因為家族中有多位靈行者，所以我們也想當然的認為，自己也是靈行者，全然不顧其中的風險——把兩個本不屬於彼此的靈魂硬連在一起，這多麼恐怖啊。可是那時已經離夏至不遠，我們沒有時間去思考其中的是非對錯了。

「到了夏至那天，日出時，艾芮卡．艾佛哈打開了孵化所的大門，與她命定的血月秋分見面了。但她離開了新生的獨角獸——就一下子——折回了銅支架那裡。等待來年的獨角獸蛋已經挪上來了，她拿走了一枚。後來的事我記不清了，只記得自己在孵化所後面焦急等著，等著牆壁升起，新騎手出來。我上躥下跳的張望，終於看見了她和漂亮的血月秋分，也看見了她身後的那間孵化室。在那裡——按照我們的計畫——藏著一枚獨角獸的蛋。那是我以防萬一的備選。

「剛出殼的獨角獸們亂糟糟的噴灑著各種元素，我以此為掩護，抱走了那顆獨角獸的蛋，一直藏到晚上，等艾芮卡來找我。後來，她把蛋送到了荒野，藏了整整一年。」艾格莎想必是看出了史坎德的驚恐，急匆匆的解釋，「我們本來打算，要是我也打開了孵化所的大門，就把那顆蛋送回去。艾芮卡一再向我保證，說她會完璧歸趙，說只要我成功了，她就把獨角獸的蛋送回孵化所。」

「第二年，妳確實打開了孵化所的大門，擁有了極地絕唱，對嗎？」史坎德等不及想知道故事的後半段。

「對。但不幸的是，艾芮卡沒有兌現她的承諾。」

「她沒把那顆蛋送回孵化所？」史坎德倒吸了一口冷氣。

「她對我說，她送回去了。那麼多年，她一直堅稱，自己把那枚獨角獸的蛋送回了原來的地方。可是她撒謊了——第一次，對我撒謊了。」

「後來呢？她對那顆蛋做了什麼？」

「做了艾芮卡．艾佛哈一向會做的事。最不可思議的事。她給自己織造了一條羈絆。你可能不瞭解你媽媽，史坎德，她極其聰明，堪稱天才，就算她那時才十四歲。作為雛仔的那一整年，她不停閱讀資料，研究怎樣辦成這件事——當然，當時是為了我和那枚獨角獸的蛋做準備。但對於這種行為會帶來的巨大能量，她已然心知肚明。我們一開始訓練時我就告誡過你，靈行者必須拚力抵抗幽暗深淵的吸引。而她沒能做到。第一年將盡時，艾芮卡贏得了訓練試賽，這並不能讓她滿足。於是，我進入禽巢時，便赫然發現，她擁有了兩條縛定，一條連著血月秋分，一條連著那頭可憐的野生獨角獸。」

「妳竟然沒發覺有一頭野生獨角獸圍著她轉？」

「她把牠送走了呀。送到荒野，讓牠孤零零地長大。我知道我應該意識到事出反常，畢竟，我是她的妹妹，總該有些端倪才對……那憑空織造出的羈絆充滿了黑暗，和正常的羈絆全然不同。它缺少兩個靈魂之間的交流和相互支撐，所以也無法改善獨角獸的本性。而流落荒野，就等於置身於無窮無盡的暴虐和仇恨之中。艾芮卡的能量愈發強大，這一點無須再作解釋。但與此同時，她也變得陰晴不定、反覆無常，蠢蠢欲動的想要織造更多羈絆。我想，這是因為真假羈絆之間有著相互平衡的作用，此消彼長。後來，就在她意氣風發準備第三次連任混沌司令的時候……」

「血月秋分死了。」史坎德一下子明白了，前因後果連起來了。

「血月秋分死了。」艾格莎沉鬱的重複道，「那頭野生獨角獸完全控制了艾芮卡，經年累月的遺棄讓牠憤怒至極。」

「原來殞落二十四事件是這麼回事。」史坎德喃喃道。

「沒有理由，不可原諒。」艾格莎說，「你絕不可以原諒她的所作所為。因為她，因為我，那年有一名騎手，打開了孵化所的大門，卻沒能找到屬於自己的獨角獸。因為她，還有我，二十四頭獨角獸冤死競技場──由此引發的悲劇罄竹難書。她的惡行不可原諒，但某種角度上，可以理解。後來，她自己也想擺脫織造出來的縛定，於是……」

「於是逃亡大陸，」史坎德接著說道，「遇見了我的爸爸。」

「是的。一開始我以為事情到此為止，我甘願成為行刑官，自己能活命，艾芮卡也能獲得新生──改頭換面，重頭再來。然而我不能死，一旦死在銀圈手裡，艾芮卡肯定會為我復仇，什麼可怕的事都幹得出來。我苟活是為了保護她，也是為了保護其他人不受她所害。你能明白嗎？」艾格莎突然急切的追問。

史坎德也不知道自己能不能明白。艾格莎和艾芮卡之間的關係比他想像的還要複雜。愛和祕密，把這兩姐妹緊緊束縛在一起。他不由得想起了祕密私販——他們知道這些前塵往事嗎？想到這些他就不寒而慄。

「我以為她遠離了那頭野生獨角獸，織造出的羈絆也能鬆動。我真的是這麼想的，可是沒想到，牠彷彿陰魂不散……艾芮卡根本避無可避。」

「那條羈絆沒有消失。」細節漸漸明朗，一切都說得通了。織者和野生獨角獸之間的羈絆很不對勁——它難以穩定於某一種顏色，一直失控般的變化著。「我去年看見了，在荒野。」

「野生獨角獸的壽命遠長於她。藉由憑空織造的羈絆，牠會漸漸地吞噬掉她的人性，直至一點不剩。而人，是不可能像野生獨角獸那樣，永遠存在於死亡中的。」艾格莎茫然而絕望。史坎德本能的握住了阿姨的手。他們就這樣靜靜坐了一會兒，猜測著她的姐姐、他的媽媽可能面臨的未來。這種預見化成無法言喻的悲傷，流轉於二人之間。

史坎德先鬆開了手：「妳為什麼現在告訴我這些？」

「我不喜歡你悶坐在獸欄裡的模樣。那讓我想起了艾芮卡痛失血月秋分時的情景。了無希望的眼神。史坎德，你必須對抗黑暗的誘惑。比她更努力、更清醒的對抗黑暗。你懂嗎？」

「要是他們再也不讓我靠近惡棍之運怎麼辦？」比武大賽以來一直縈繞在心裡的恐懼，

史坎德終於說出來了。

「那也要繼續抗爭。」

「怎麼抗爭？」

「總會有辦法的。」

「我真的是補魂者。」史坎德脫口而出。她坦承一切，他也需要以實相告。

「你怎麼知道？」艾格莎警覺起來了。

「我——我做了一個夢。夢見了我的姐姐，還有她的流落荒野的獨角獸。」

「我不是跟你說了嗎？那很危險——」

「啊！」史坎德的腦袋快要炸開了。媽媽的過往、羈絆的祕密、迫近的危險……千頭萬緒快把他逼瘋了。他一踢椅腿：「找不到開鴻騎手的賜禮又怎麼樣？夏至到了又怎麼樣？元素失衡、毀滅整座島嶼又怎麼樣？誰會在乎我是不是補魂者？島嶼要毀滅就隨它去吧！」所有的恐懼傾瀉而出。「是按照結盟元素疏散騎手嗎？把我算成水行者吧！還是以家庭為單位？我、妳、織者還有她那頭變態的野生獨角獸，我們一起走？」

「別做蠢事——」

史坎德來回踱步：「只要能找到那個屍骨手杖，所有難題就迎刃而解了。島嶼能保住，司令能釋放惡棍之運，我的罪名能洗脫——野生獨角獸之死、附身事件、島嶼的報應，都跟我完全沒關係。大家還能開開心心的一起生活。」朋友們的面孔一一掠過他的腦海：巴比、芙蘿、米契爾。還有肯娜，島嶼上應該也有她的位置。

艾格莎轉過身，看著史坎德：「屍骨手杖？」

「對對對！」史坎德一股腦兒說道，「開鴻騎手殺死了野生獨角獸女王然後用她的屍骨雕了一根手杖。所以現在當務之急就是找到開鴻騎手的墳墓……」

艾格莎似乎很困惑：「可是靈行者之間流傳的故事不是這樣的啊。」

史坎德愣住了：「什麼意思？」

「我的父親也曾講過開鴻騎手和野生獨角獸女王的故事，但他們不是敵人，而是同盟。靈行者們口耳相傳的是，開鴻騎手和野生獨角獸女王共同建造了島嶼。」

「可是，既然彼此結盟，怎麼還能用人家的屍骨做兵器呢？」

艾格莎聳聳肩：「不知道。我從來沒聽說過屍骨手杖的事。我們靈行者小時候傳來傳去的就是剛才我講的那個版本。可能真的只是傳說吧。」

「可能真的不是……」史坎德已經準備開門了，「艾格莎。」

「是艾佛哈導師。」

「妳認真的嗎？我們都聊了這麼多了，妳還要我這麼稱呼？」

「好吧，私下可以叫艾佛哈阿姨。」艾格莎不情不願的說，「你要去哪兒？不會還要去惡

棍之運的獸欄吧？」

「去混沌盃的賽場。我得趕緊把這些資訊告訴朋友們。如果開鴻騎手和野生獨角獸女王是同盟，那麼尋找墳墓就有了新的線索。因為，他們極有可能是葬在一起的。」

史坎德跑到肆端市時肺都快炸了。他跑過落鎖的鞍具作坊、靜悄悄的樹屋和人影全無的鐵匠鋪，一直跑到了競技場。他穿過走道，快步跑上看臺，迎面撞上了震耳欲聾的歡呼聲。成千上萬的島民全都站著，對著場邊的大螢幕揮舞旗幟，高聲吶喊。哨兵隨處可見——這倒在史坎德的意料之中。妮娜．卡沙瑪執意照常開賽，但她也很清楚，如此行事的風險極大。

史坎德不理會那些戴著銀色面罩的哨兵，轉而去搜尋四人組和傑米的身影。他知道朋友們都是看臺東區的票，於是擠過身著元素彩衣的騎手和叫賣玉米餅、爆米花的小販，向他們靠近。

「小坎！小坎！」芙蘿招呼他。她的笑容燦爛無比，讓他毫不費力就能露出真心的微笑。米契爾捏捏他的肩膀，傑米拍拍他的後背，巴比心不在焉地揮揮手，眼睛緊盯著大螢幕。最後一輪就要開始。看來，決出結果之前，朋友們是無法專心聽他講野生獨角獸女王的事了。

選手們的身影一出現，觀眾們的吼聲就愈發洶湧。大家一起仰著臉，望著世界上最強大的幾頭獨角獸在天空中翻轉騰挪。巨大的擴音器裡傳來主播的聲音，絮絮叨叨的飄在賽場上方。「最新消息，最新消息，今年的外卡選手──萊昂．克勞福特已被迫著陸，就此出局，所以處於領先位置的只剩下妮娜．卡沙瑪和閃電之誤以及艾洛蒂．柏區和河蘆王子了！」

「她要贏了！妮娜要贏了！」芙蘿跳上跳下地為薛克尼鞍具支持的騎手加油。

「但艾瑪．天普頓追上來了！看吶，山巔之懼從內圈賽道追上來了！」主播喊道。

史坎德看著山巔之懼後來居上，與閃電之誤短兵相接，突然覺得喉嚨發緊。在馬蓋特，肯娜和爸爸也正在看著這一幕吧？山巔之懼還是肯娜最喜歡的混沌盃選手嗎？

「快看！驚天巨浪！」巴比嚷嚷著猛拍史坎德的肩膀。循著她指的方向，史坎德看見妮娜和閃電之誤融合水、氣兩種元素，將水波捲成漩渦，擊中了艾洛蒂和河蘆王子。後者不及防備，偏離了賽道。

「她的速度竟然沒怎麼受影響，真是不可思議！」主播繼續說道，「剛才的進攻之後，閃電之誤僅落後山巔之懼幾翅之遙！」但史坎德一點也不意外，畢竟，妮娜也曾是疾隼隊的成員。儘管那些調查由她主持，史坎德卻還是忍不住為她歡呼，為她加油。到目前為止，她一直頂著銀圈的壓力，保護著他和惡棍之運，不是嗎？

主播的聲音打斷了史坎德的思緒：「可是艾瑪．坦普爾頓絕不會不戰而降！空戰進攻花

費的時間可能會讓妮娜與混沌盃失之交臂！」

「哎呀快閉嘴吧！」芙蘿跺著腳喊道，「衝啊！妮娜！蟬聯冠軍！」

鏡頭拉近，只見妮娜伏在閃電之誤的脖子上，催牠疾馳。差距不斷縮短，史坎德忍不住和大家一起高呼。妮娜和他一樣，來自大陸，讀普普通通的學校，過普普通通的生活，突然有一天，受這座奇幻的島嶼召喚，駕馭地球上最強大的生物，超塵逐電。她真的能夠蟬聯混沌盃冠軍嗎？迄今為止，只有艾芮卡．艾佛哈曾獲如此殊榮——不過，現在史坎德已經知道，媽媽的司令之路，是兩頭獨角獸的魔法共同鋪就的。

「噢噢噢噢！」主播大呼小叫，「高超的火焰魔法！不過費德里科．鐘斯的烈焰長矛並沒有拖慢她們的速度！」他現在幾乎聲嘶力竭了。

確實，妮娜和艾瑪朝著競技場的沙地俯衝，從後方追來的火元素兵器擦過獨角獸的身側，沒有動搖她們分毫。

「費德里科．鐘斯反而慢下來了，他落後了！現在只剩下兩名騎手角逐最後的榮光！閃電之誤看起來還有不少餘力啊！兩名氣行者都沒有使用魔法，這已是全然的速度大比拼，就看誰能率先衝過終點了！」

「妮娜！衝啊！衝啊！」巴比大喊。

「著陸！她們即將著陸！現在可以確定的是，本屆混沌盃將花落氣行者之手，但究竟是哪一位呢？按規則，她們必須先著陸，然後奔跑衝過終點拱門！如果沒能及時著陸，將被取消競賽資格！」

主播故意停頓了一下，史坎德緊張得大氣也不敢喘。

「成功著陸！」主播上氣不接下氣，「齊頭並進！」

即使站在高高的看臺上，史坎德也能看清妮娜的背甲上塗裝著黃色的「卡沙瑪」字樣，而艾瑪的盔甲上閃耀著同樣顏色的「天普頓」。兩名騎手向著終點發起最後的衝刺。

「來自大陸的司令能否創造歷史？妮娜．卡沙瑪能否再次捧得混沌盃？我們拭目以待！」

兩頭獨角獸——白脊白尾灰毛色的山巔之懼和橄欖褐色的閃電之誤——並駕齊驅，眼看就要衝過終點。而就在這一刻，妮娜突然揚起了手掌，動作快得史坎德差點沒看清——電光匕首斜刺向山巔之懼。艾瑪的獨角獸恍神了，哪怕只是一瞬間，也足夠一錘定音。

「竟然在轉瞬之間就能塑造出兵器，同盟元素的運用簡直爐火純青！決勝時刻到了，妮娜．卡沙瑪即將衛冕成功，即將率先衝過終點！」

看臺上如山呼海嘯一般，史坎德扯著嗓子大喊大叫，伸著脖子去看大螢幕上的比賽結果。他想沉溺於這一刻。說不定，這就是最後一屆混沌盃了。說不定，島嶼就要覆滅，朋友們就要分道揚鑣——如果救不了他們的家園，那就好好享受、記住這一刻吧。

「是妮娜．卡沙瑪和閃電之誤！妮娜．卡沙瑪第二次捧回混沌盃冠軍！我們的混沌司令！妮娜．卡沙瑪！來自大陸的氣行者！衛冕成功──」

妮娜穿過賽場邊的出口，返回了混沌圍場，而艾瑪和其他選手尾隨其後，也離開了競技場。

「不可思議！不敢相信！」芙蘿一遍又一遍地念叨著。

「太好了！」巴比一揮拳，「氣行者又贏了！」黃色的煙花綻放在天空中，疾隼隊的成員們騰空而起，慶祝表演在她的臉上投下暗影。「不過……」巴比說，「我要贏三次！混沌盃是我的！加油！努力！」

主播開始複述比賽結果，大螢幕反覆播放妮娜摟著閃電之誤的畫面。這時，史坎德突然發覺米契爾拱起了肩膀，似乎在護著什麼。突兀的舉動吸引了四人組的其他成員，大家紛紛收回了目光。

傑米，好像不太對勁。

鐵匠一綠一褐的眼睛熾烈的亮著，像熊熊燃燒的爆炭，他的耳朵裡冒出蒸騰的白霧，頭髮飄動著，似有察覺不到的微風輕拂。

他突然張開嘴巴，唱了起來。

第十七章　新的「歸真之歌」

「又是島嶼魔法在作祟？難道他也被附身了嗎？」史坎德提高音調避免聲音被喧鬧的歡呼淹沒。傑米像入定了似的。

「不對！」米契爾拽起傑米軟綿綿的胳膊，搭在自己的肩膀上，沿著看臺走道往外挪。「是歸真之歌，他自己的歸真之歌！得找個安靜的地方，不然聽不清！快走！」

「可是傑米並不想當吟遊詩人啊，他怎麼能……」

「他生來就是吟遊詩人——」米契爾不情不願的說，「這還不能說明一切嗎？」

散場亂糟糟的，觀眾們擠得水洩不通，只好手腳並用的往外擠。有人認出了史坎德，便指指點點說：「喂喂，那不是靈行者嗎？」

「……古鏡悲歎沉船，」他們擠出競技場時，傑米開口唱了起來。

「去薛克尼鞍具的遮篷！」芙蘿指了指不遠處的橙色遮篷，那是為混沌盃賽事設置的臨時鞍具作坊。

「要唱多久啊？」巴比問。芙蘿拉開了遮篷拉鍊。

「不好說。」米契爾鬆開傑米的胳膊，扶著他坐在地上。「有可能反反覆覆地唱上幾個小時，也可能唱完一遍就再也不唱了。」他從夾克口袋裡抽出筆記本，開始匆匆記錄。

史坎德呆呆的盯著他的鐵匠——從來不想成為吟遊詩人的鐵匠。魔法元素嘶嘶繚繞，傑米繼續唱道：

靈魂絕唱緘默，
五個起止相隨，
決戰摒棄暴力，
敬意終歸女王。

「什麼意思啊？比之前那首歸真之歌更加不知所云！」巴比手腕上的羽毛都豎起來了。

「等等，別急。」米契爾奮筆疾書。史坎德想叫醒傑米，可是他好像睡得很沉。

「如果這就唱完了，那他的歸真之歌我們幾乎都沒聽到啊。」芙蘿難過的說。

「至少聽到了一部分，」米契爾不同意，「哪怕一點點也可能派上用場。」

「派上什麼用場？」巴比不以為然的問。

「米契爾說得對。」史坎德飛快答道，「剛才那幾句裡提到了『女王』，肯定是指野生獨角獸女王。其實我來找你們就是為了這個，艾格莎提供了新的資訊——靈行者之間的古老傳說稱，開鴻騎手和野生獨角獸女王不是敵人，而是彼此結盟的一對。」

「換做是我，恐怕不會用朋友的骨頭做兵器！」巴比氣呼呼的說，「不過，米契爾，要是你再煩人些，我可以考慮用你的。」

「巴比！」芙蘿責備道。

「重點是，如果他們是結盟的騎手和獨角獸，那麼死後也應該葬在一起，對嗎？」

「開鴻騎手怎麼可能與一頭野生獨角獸結盟呢！」米契爾唾沫飛濺的反駁，「這也太荒謬了⋯⋯」

史坎德揚起眉毛：「那你有聽說過其他的開鴻騎手獨角獸嗎？或是知道牠的名字嗎？」

傑米突然咕噥了幾聲，米契爾連忙彎下腰查看狀況，迴避了這個問題。

「出什麼事了？」鐵匠啞著嗓子問。

「你唱了自己的歸真之歌。」米契爾小心翼翼的解釋道。

巴比誇張的鞠躬：「向吟遊鐵匠詩人致敬！」

「別開玩笑啊！」傑米愁眉苦臉，乾脆閉上了眼睛，「這下我爸媽要永遠嘮叨下去了！」

四人組把傑米送回了他的鐵匠鋪，與他揮手道別。但米契爾堅持目送精疲力竭的鐵匠爬上梯子、安全回到屋裡，才肯讓大家打道回府。

他們步行折返，一番跋涉之後，總算爬上了禽巢的山頂。「我的意思是……」史坎德氣喘吁吁的說，「如果開鴻騎手是和獨角獸葬在一起的，那麼肯定有——」

「——有一棵紀念樹。」芙蘿若有所思。

「獨角獸安息，紀念樹生長。」史坎德朝她笑笑，「去年，在墓園裡，妳告訴我的。」

「野生獨角獸也一樣嗎？」巴比問。

米契爾抱著胳膊：「如果野生獨角獸也如此，那麼我們應該不會錯過牠的紀念樹。想像一下吧，牠們可是跟五種元素結盟的，那樹葉得是什麼樣啊——」

「像那樣？」巴比一隻手叉腰，一隻手指向了禽巢的入口。

四人組驚訝的望著入口處的茂密植被。史坎德一向喜愛這些五彩繽紛的樹葉，但他彷彿直到今天才第一次看清它們——和墓園裡的那些樹葉一模一樣，無風而動，簌簌飄落。

米契爾一下子雀躍起來：「墳墓的入口肯定就在這裡！」

「對呀！」巴比揮揮拳頭，「我又力挽狂瀾啦！討不討厭？」她朝著史坎德眨眨眼，但史坎德卻仰頭望著漸暗的天色。

「我們得加快腳步。天要黑了，過了今夜就是夏至，萬一這座島想提前自我了斷就糟了！」

「史坎德，稍微停下一分鐘行嗎？」巴比沒好氣的說道。她用手按向樹幹，電花嘶嘶閃爍，樹皮移開，露出了裡面的空間，「我們現在要找一座古墓，哪怕是我也得專心致志啊！」

四人組找遍了圍牆的四隅，一遍又一遍穿過東、西、南、北門，激起一陣陣元素的聚合、爆裂。然而，隨著夕陽西下，觀賽返回的騎手越來越多，他們又是笑又是鬧，也沒引起什麼異常。顯然，開鴻騎手的墳墓另有所在——就算他和野生獨角獸女王真的葬在一起，真的擁有一棵紀念樹。

「我們休息一下吧，再研究研究傑米的歸真之歌。」米契爾拽著樹根，好半天也沒見動靜，只好悻悻然站了起來。

史坎德正想建議大家再找找，哪怕爬上樹去看看也好，卻突然聽到了一聲尖叫。

他們連忙往禽巢裡面跑。「不會是我想像出來的吧？」巴比咕噥道。

史坎德抬起頭，看見騎手們在搖搖晃晃的通道上瘋跑。

寇比從樹林裡衝了出來，沒頭沒腦直奔過來，滿臉驚恐，他一看見四人組就問：「你們幾個還正常嗎？」

史坎德覺得有點費解，卻也不好回答，畢竟，在別人眼裡，他們四個都不能算「正常」。

「你們幾個中邪了嗎？」寇比換了個詞。

「噢！」史坎德這才反應過來，「沒有，我們——我們都很正常。出什麼事了？有人被附身了？誰襲擊你了？」

寇比的回答像是大笑，又像嚎哭：「你問誰襲擊我？啊哈，半個禽巢！」

「半個禽巢？都中邪了？」芙蘿嚇呆了。上方突然傳來一聲長長的、駭人的嚎叫，四個人本能的擠成了一團。

寇比點點頭，冰霜包裹的睫毛劇烈抖動著。這位水行者竟也露出了如此脆弱、恐懼的一面，事情顯得更不尋常了。他平時裡可沒少跟梅依、阿雷斯帖一起欺負人。「有些被附身的騎手還領著他們的獨角獸，危險極了！」寇比說著就往最近的梯子上爬，「快進屋去，外面不安全！」

「那我們的獨角獸怎麼辦？」史坎德惦記著被哨兵看守的惡棍之運。羈絆裡一股股湧動著悲傷，無時無刻不在提醒著分離。也許，就是此刻，趁著所有人自顧不暇，他能把惡棍之運救出來。

「導師們會守護獸欄的！你什麼忙也幫不上！快進去吧！」寇比剛閃進樹屋，半空就掠過熊熊大火，史坎德一抬頭便看見安德生導師騎著沙漠火鳥極力阻攔莎莉卡和赤道難題。即便是遠遠望著也能看出導師的用意：他只是想把黝黑的赤道難題逼回地面，而非毫不留情直接擊落。可是莎莉卡並不領情，一次又一次針對沙漠火鳥發起火焰攻擊。她的指甲都冒著火苗，似乎要把自己的導師燒成灰燼才肯善罷甘休。燃燒的樹葉和焦黑的樹枝等灰燼漫天飄蕩。

「快回去！」史坎德指著他們的樹屋大喊。

他們爬上梯子，衝上熟悉的通道，一路上左躲右閃——被附身的騎手對著昔日的朋友發起進攻，不管三七二十一將元素魔法對準有護甲的樹幹，引發連續爆炸。一張張面孔匆匆掠過，暈成模糊的一片，史坎德顧不上細細端詳，顧不上分辨他們的眼神是清明還是……包藏禍心。

他們逃回樹屋，先忙著用書櫃抵住屋門，然後才倒在各自的彩色懶骨頭沙發上——當然，巴比除外，她泰然自若的給自己做了一份「緊急事件三明治」。史坎德聞見辛辣馬麥醬和清甜果醬的混合氣味，竟然覺得莫名舒心，真是離譜。

米契爾起身拖來了他的小黑板。

「現在嗎，米契爾？」芙蘿不可置信的問。

「反正我們也不能出去享受和煦的夏夜晚風！」米契爾發狠道。

「我早就知道，遲早會碰上僵屍末日。」巴比若有所思。

「『僵屍』是什麼意思？」芙蘿突然好奇起來。

巴比嘴裡鼓鼓的塞滿了三明治，正要開口解釋，就被米契爾打斷了：「別說了，蘿貝塔，妳還不知道情勢有多嚴峻嗎？元素已經完全失衡了，禽巢裡的一半騎手都被附身了，要不了多久，妮娜司令就要疏散整個島嶼了！」

「你把傑米的歸真之歌寫上去吧，我們聽見多少就寫多少。」史坎德指著小黑板說，「如果墳墓的入口就在禽巢的樹下，那麼現在的問題是，找到入口，對吧？」

米契爾拿出粉筆，一邊寫，一邊念。他們最初聽見的一句是：

……古鏡悲歎沉船。

以及整首歌的最後一段：

靈魂絕唱緘默，
五個起止相隨，
決戰摒棄暴力，
敬意終歸女王。

巴比發牢騷：「我之前是不是說過，我討厭猜謎語？」

芙蘿沒理她：「『絕唱』應該是指死前的悲歌吧？」

「可是『絕唱』怎麼會『緘默』呢？」米契爾琢磨著。

他們想了又想，猜了又猜，反反覆覆的推求。禽巢之下的大地不安分地震顫，狂風摧折樹木，猛撞樹屋，像狂怒的拳頭。

惡棍之運的情緒全亂了，縛定裡一會兒淌過恐懼，一會兒掀起興奮，一會兒又變回了恐懼。史坎德眼睜睜地看著夜晚將盡，夏至將至。夏至——他忍不住回想起那一夜突兀的五聲敲門，想起了優芬頓的白色獨角獸岩畫，入選的騎手聚集於此，興奮的等待著乘上直升機，前往孵化所。今年夏至，還會有一群十三歲的孩子，在那門口排著隊、躍躍欲試嗎？

天快亮的時候，四個人都撐不住了，就窩在懶骨頭沙發上睡著了。

噹、噹、噹。

其他人都睡得很沉，只有史坎德猛然驚醒。他擔心是中邪的騎手趁機闖入，便先爬上樹幹樓梯，透過圓形窗戶，望向大門外的平臺。

是李凱斯。他看上去還好，神志清醒，只是非常非常憂心。

史坎德不想吵醒朋友們，他小心翼翼的挪動書櫃，打開一條門縫，擠了出去。

「李凱斯？」史坎德在明亮的晨光裡眨眨眼睛，看見少校的胳膊受傷了，「你這是怎麼了？」

「戾天騎手要走了，史坎德，你跟我們一起走嗎？」他聲音裡一貫的玩笑意味消失了。

史坎德眉頭緊皺：「什麼叫『要走了』？你們要去哪兒？」

李凱斯一隻手按著史坎德的肩膀：「你知道『遊隼』是什麼意思嗎？」

「是一種飛得很快的鳥。這不是你告訴我們的嗎？」

李凱斯搖搖頭：「不，不，『遊隼』指的其實是『遊子』、是流浪、是遷徙。今天日落之後，這座島就不能住人了，我不願我們的疾隼隊四分五裂。要是按照結盟元素區分，帶著各自的獨角獸分道揚鑣，我們就再也不能一起翱翔天空了。」

「我不能走——」史坎德話沒說完就被打斷了。

「不用擔心你的『惡棍之運』。安柏．菲法克斯已經趁著昨夜的混亂，避開哨兵，把牠帶走了。」

史坎德愣住了：「在哪兒?牠在哪兒?是安柏救牠出來的？」

「在餘暉天臺。」

李凱斯轉身就走，史坎德毫不猶豫跟了上去。

通往禽巢制高點的路似乎從未這麼漫長：數不清的通道斷裂了，有些平臺甚至整個塌了下去。就算期待著與惡棍之運重逢，史坎德也無法對島嶼的慘況視而不見。肆端市內有些地方已經只剩斷垣殘壁，曾經鮮豔精巧的樹屋淪為瓦礫斷木，競技場的看臺倒塌了，就連終點拱門也垮了。看著摯愛的所在變成這副模樣，史坎德悲傷難耐、心痛不已。

餘暉天臺上一片忙碌：普利姆羅斯統籌調度，發布命令；派翠克把物資補給裝進鞍袋；芬恩安撫著打轉的荏苒星霜；馬庫斯和阿德拉正激烈爭論著什麼。

史坎德看見安柏和旋風竊賊縮在最遠處的角落裡，在她們旁邊，一頭黑色獨角獸不急不躁、靜靜站著。

惡棍之運。

純粹的快樂瞬間溢滿了羈絆，史坎德都要跳起來了。惡棍之運歡快的叫著，翅膀閃爍著白光，朝著他的騎手狂奔而來。而史坎德也撲了過去，張開雙臂，一把抱住了惡棍之運烏木般漆黑的脖子。他的獨角獸身上有「家」的氣味、友誼的氣味、雙生靈魂的氣味。他們彼此感同身受，羈絆中翻騰著寬慰、興奮和愛，強烈的情緒差點把史坎德擊暈。

「你好嗎，我的小傢伙……」史坎德任由眼淚流淌，「帥氣的小伙子，親愛的小傢伙！」他的雙手探進了黑色的鬃毛，他的額頭緊依著柔軟的被毛，惡棍之運轉過腦袋，用鼻子蹭著他的脖子，熱呼呼地又是噴又是呼。他們可以一直這樣依偎著，直到永遠。

過了一會兒，安柏躊躇不決的穿過天臺，向他們走了過來。史坎德想擦掉眼淚，但他知道，自己的臉肯定已經通紅通紅的了。

「謝謝妳。」他抽噎著，幾乎說不出話，「真的，謝謝妳。」

「沒什麼。」安柏聳聳肩，額頭上的星形突變劈啪作響。

「唔，但我還是想不通。」史坎德漸漸平靜下來，「幫我的怎麼會是妳呢？這一整年妳都在跟別人告狀，說附身中邪的事都怪我。巴比還說她看見妳和曼寧所長在競技場邊嘀咕，當時我……」

「巴比．布羅納真是多管閒事。」安柏揉揉翹鼻，流露出些許本性，「我確實跟所長說了幾句，但那是在幫你解釋啊，既然你自己也被附身了，那之前的事肯定跟你沒關係。當然了，他才不會相信我呢，畢竟我爸也是靈行者。」

「意料之中。」史坎德咕噥道。

「我們現在扯平了。疾隼隊例會時，你救了我一命，後來我的四人組欺負人時，你還站出來維護我，現在呢，我救出了惡棍之運，惡棍之運跟你團聚了——這算兩筆啊——所以扯平了。好了，繼續互相嫌棄吧，我早就迫不及待了！」

史坎德大笑起來。安柏一甩栗色頭髮，就回去找她的旋風竊賊了。

李凱斯和普利姆羅斯過來了。後者一看見彼此緊依的騎手和獨角獸，嘴邊就掠過一抹不易察覺的笑意，但一開口就又是公事公辦的語氣：「那麼，你跟我們一起走嗎？我們計畫日落前啟程，趕在妮娜的疏散令之前，免得——」

史坎德已經搖頭表示拒絕了。「多虧了你們，惡棍之運才能安全脫身，我的感謝無以言表。可是我不能走，這座島已經是我的家了。」

李凱斯歎了口氣：「它也是我們所有人的家啊，可是，史坎德，它很快就會消耗殆盡，而我們會建立新的家園。在那裡，也許連結盟元素也不復存在了，不過那又如何呢？開鴻騎手第一次踏上這片土地的時候，也是什麼都沒有的啊。」

史坎德盯著李凱斯。這位新獸幾個月前講的故事，突然浮上了記憶的海面。

「開鴻騎手是個打漁人，他被沖到鏡面峭壁時，比雛仔大不了多少。」

李凱斯和普利姆羅斯看見史坎德變了臉色，連忙問：「怎麼了？」

史坎德翻身跨上了惡棍之運的背。能緊貼著獨角獸，這感覺本就不可思議，然而此刻，能再次相伴的兩個靈魂合而為一，如此完美，如此非凡。在這一刻，世界安寧美好，如同島嶼災難暫且停息，戾天騎手模糊漸遠，只有他和牠——史坎德和惡棍之運——彷彿遠離一切喧囂，享受著幸福。

隨後，現實襲來，史坎德挺起身子，惡棍之運揚蹄振翅，準備起飛。

惡棍之運張開了黑色的翅膀，而史坎德終於答道：「我不想就這樣放棄島嶼。你們也不該放棄。姑且等到日落吧，在那之前千萬別走，好嗎？」

「你到底要去哪裡？」普利姆羅斯追問。

「為什麼？」李凱斯追問。

「答應我！說定了！」史坎德喊道。惡棍之運離開了禽巢最高的天臺，一路俯衝，而後猛地調轉方向，直奔樹屋而去。

著陸之後，史坎德還坐在惡棍之運背上就忙不迭大喊：「巴比！米契爾！芙蘿！你們快出來呀！」

最先衝出來的是巴比，她看見史坎德和惡棍之運在一起，臉上的表情滑稽極了。「你是怎麼把他弄出來的？」她狐疑的問，「你家有一個獨角獸強盜還不夠嗎？」

「說起來挺好笑的。」史坎德說，「但這個不重要。你們聽著啊，我全想明白了。」

「想明白什麼？」芙蘿打著哈欠推開了樹屋的門，一看見惡棍之運就興奮得尖叫起來。

米契爾出來的時候還在推眼鏡。

「我知道墳墓的入口在哪兒了。」

「怎麼？什麼？在哪兒……那是……惡棍之運？」米契爾眨了眨眼睛。

「在漁人海灘！開鴻騎手是被海水沖到島嶼的！他以前是個打漁人！記得嗎？『古鏡悲歎沉船』！艾格莎帶我登島時曾經說過，水手們認為那裡不可能安全的停靠船隻——漁人海灘就在鏡面峭壁之下！而『起止相隨』——開鴻騎手的第一步就踏在了漁人海灘，那麼……」

「他的最後一步——邁向墳墓的一步，應該也在那裡！」巴比已經跳起來了，恨不得立刻行動。

「那『靈魂絕唱緘默』怎麼解釋？」芙蘿問。

史坎德深吸了一口氣：「這個嘛……雖然說出來有點不好意思，但我猜，這部分歸真之歌唱的是我。」

巴比誇張的長歎一聲，不過還是揮揮手，叫史坎德繼續講。

「我是騎著極地絕唱登島的。從另一個角度說，因為我來了，島嶼上幾乎滅失的靈元素才有了轉圜，不是嗎？去年，我和艾絲本．麥格雷談了條件、有了承諾。也就是說，本來已經響起的靈元素的『絕唱』，就此『緘默』了。」

「而且艾格莎和極地絕唱帶你踏上島嶼的第一步，就是漁人海灘？」米契爾總算跟上了思路。

「對！就在孵化所的峭壁之下！我們得趕緊去！立刻就走！」

禽巢裡已經人仰馬翻，前一夜的附身事件造成了不小的損害，而導師們腳不沾地的忙碌著，為即將到來的大疏散做準備。幾分鐘後，四人組全副武裝，惡棍之運、獵鷹之怒、銀刃和赤夜之樂飛離了禽巢的山坡，直奔遠方的鏡面峭壁。

四頭獨角獸排成慣常的佇列飛行，突然，銀刃高聲嘶鳴、咆哮起來，震得史坎德都耳鳴了。

「牠怎麼了？」米契爾立刻警覺起來，頭盔都歪了。

可芙蘿卻哈哈大笑：「牠太開心了！之前史坎德和惡棍之運活生生分離，牠可擔心了，現在牠們團聚了，牠由衷的高興。我想，銀刃現在明白自己也是小隊的一員了，因為缺了誰也不行啊。牠終於有了歸屬感！」

巴比也忍不住笑了。在獨角獸的振翅聲中，她高喊道：「相信銀刃吧！牠總算趕在世界末日之前找到快樂啦！」

這句話把他們拉回了嚴峻的現實。島嶼的災難一刻不停，地動山搖、狂風驟雨、滿目瘡痍……說是「世界末日」一點兒也不為過。史坎德透過惡棍之運翅膀的縫隙俯瞰下方，魔法的瘋狂爆發怵目驚心：肆端市至少有四分之一都在火海之中，空氣中翻騰著煙塵，夾雜著地震和滑坡的隆隆巨響。妮娜．卡沙瑪作為司令，為了保護民眾而選擇大疏散，無可厚非。

四頭獨角獸飛過孵化所的上空，史坎德發現懸崖頂部塌陷了——鏡面峭壁中的兩座已經傾圮。顧不上細看，四人組就已經抵達了島嶼的邊境，他們降低高度，準備在漁人海灘著陸。

著陸時，惡棍之運距離獵鷹之怒、銀刃和赤夜之樂稍遠，史坎德稍稍流露了內心的慌張——太陽已經升起來了，距離夏至日落，他們還有多少時間？這裡遠離禽巢的樹林，萬一墳墓的入口不在這裡怎麼辦？他們要花多久才能找到墳墓，還有屍骨手杖？而且，找到屍骨手杖，就真能如歸真之歌所唱，打贏這「一仗」嗎……

「天才！你真是個天才！」

巴比的叫聲打斷了史坎德的憂慮遐思。她這是在……是在讚美米契爾？

「天生我材必有用，就在著陸的這一刻。」米契爾的笑容都藏不住了，「你們看，這片鏡面峭壁映出的人影是變形的，我顯得又胖又矮，赤夜之樂則像是縮水了。一定是其他部分的倒塌造成了這裡的變形，這就說明，它後面缺少支撐。」

「你確定就是這裡？」芙蘿問道。史坎德也跑過來看個究竟。

「如果把它砸碎，我敢打賭，後面肯定不是實心的石頭。相信我，這片鏡面峭壁和其他部分不一樣。」

芙蘿掌心的傷口立刻泛起了綠光，用土元素魔法塑造了一柄長槍，尖端是鋒利的燧石。大家還沒回過神，她就瞄準鏡面峭壁，投出了長槍。

鏡面峭壁表面應聲炸裂，碎片四處飛濺後落在鋪滿鵝蛋石的海灘上，倒映出大片湛藍的天空。

「洪水奔流！芙蘿！事先提醒大家一下比較好！」米契爾一邊嚷嚷一邊撣掉赤夜之樂鬃毛上的石英碎片，「妳怎麼這麼衝動？」

巴比望著芙蘿，滿臉驚歎敬畏。

芙蘿聳聳肩：「我是土行者嘛，有時候務實理智，有時候喜歡扔石頭。」

史坎德將目光投向崖壁，看到的果真不是他和惡棍之運的倒影，而是一條陰暗的隧道，寬度剛好夠一頭獨角獸進入。

這就是通往開鴻騎手之墓的墓道。

肯娜——夏至

夏至的清晨終於降臨，世界上有那麼多人，而肯娜只想到了爸爸。他今天會做什麼呢？會去馬蓋特的街上買一份報紙，會特別投入的閱讀關於混沌盃比賽結果的報導，一不留神往咖啡裡加了好多糖。她想到那一天，他堅持要自己划船，送她去海上，與那些獨角獸碰面。他替她驕傲。肯娜緊張了：夏至之後，爸爸還會為她感到驕傲嗎？

自從在荒野遇到艾芮卡．艾佛哈，肯娜就一直想給爸爸寫信，把「好消息」告訴他——他深愛的「蘿絲瑪莉」還活著。但媽媽不同意，讓她再等等，因為「時機未到」。

不過，有一件事可以確定，那就是爸爸肯定不願肯娜騎上媽媽的野生獨角獸。羅伯特．史密斯一向在意這種區別：結盟的和野放的。結盟的，是你能控制的；野放的，是會吃掉你的。結盟的，是你的賽場戰友；野放的，是你的奪命死神。

然而，當艾芮卡．艾佛哈的野生獨角獸馳騁在荒野時，肯娜的雙手緊緊摟著媽媽的腰，只覺得無比安心，爸爸的警告和恐懼全都拋在腦後了。現在，夏至已至，她們終於要奔向她

的未來了。那是她來到這裡的目的。

艾芮卡放慢了速度，讓野生獨角獸緩緩走過覆蓋著青草的崖頂。肯娜抬起頭，第一次親眼見到了孵化所。她並沒有感受到想像中的興奮或驚奇，反而體味到了深深的悲傷——那是一種亙古不變的失望。媽媽說得對：她永遠不會屬於這座島，她永遠不會和其他人一樣，為此，她只會恨他們。

她悲憤交加，只想對著天空嚎哭，只想抓住搖搖欲墜的太陽，把它捏成千萬碎片。

這時，島嶼彷彿洞悉了她內心的騷動，崖頂劇烈地震顫起來，震耳欲聾的雷聲轟然響起，閃電裹挾著元素，以雷霆萬鈞之勢狠狠擊中了孵化所。

草地之下的山丘一側裂了一道大開口，開口割裂了大地。

這種破壞似乎取悅了野生獨角獸，它揚起前蹄，興奮無比。肯娜連忙拽緊了媽媽身上的布帶。

艾芮卡尖聲大笑：「哎呀，這可就容易多了！」

肯娜胳膊上的汗毛全都豎起來了，因為媽媽竟然開口唱道：

一脈承繼大統：

黑靈魂之惡友。

新的力量崛起，
消亡一切過往。

「我從來不相信什麼歸真之歌。」她們走向孵化所旁邊的裂谷，艾芮卡對肯娜說道，「但必須承認，這幾句歌詞我挺喜歡。」

這之後就沒時間去遲疑或悲傷了。也不必再去想爸爸會怎麼說，史坎德會怎麼說，曾經渴望打開孵化所大門的小娜會怎麼說。

此時此地，已沒有別的路。覆水難收，未來，她已經選了。

第十八章 少一人

獨角獸們不太喜歡墓道。惡棍之運總想轉身，史坎德的膝蓋就總是撞上硬梆梆的內壁。空氣鹹鹹的、溼溼的，似乎久無人至。他們之前炸開的洞口透進了一絲光亮，但越往前走，墓道裡就越黑。惡棍之運如此不安，惹得史坎德忍不住懷疑，自己的獨角獸是不是早就知道什麼隱情。

「呃，歌詞裡的『一仗』，會不會是種比喻……」芙蘿的聲音迴蕩在崖壁之間。

「應該是吧！」史坎德安慰同伴，也安慰自己，「畢竟開鴻騎手已經死了幾千年，對吧？」至於李凱斯講過的「復仇鬼魂」，他儘量不去細想。

像往常一樣，米契爾已經籌謀起後面的事了——找到屍骨手杖之後的事。他絮絮叨叨的說要盡快把屍骨手杖帶回元素分界，計畫著返回禽巢的最快路線。

與此同時，巴比從盔甲裡掏出了一份三明治。

「這種時候怎麼能吃東西呢？」芙蘿說，「我們隨時都要應對襲擊呀！」

「你不是說『一仗』是個比喻⋯⋯」

突然，整個鏡面峭壁又震了起來，震得大塊碎石從墓道頂壁墜落。巴比撣掉沾在麵包上的灰塵，餵給了獵鷹之怒。

時間越來越少了。史坎德拍拍惡棍之運的脖子，催牠趕緊往前走。可是黑色獨角獸的四蹄像扎根在地裡似的，怎麼也不肯再挪一步。

「加把勁，小伙子！我知道你不喜歡這裡，我也一樣啊！」

「那是什麼啊？」米契爾的聲音尖銳而嚴肅，史坎德不由得後背發涼，連忙抬頭看。

只見一頭烈焰獨角獸擋住了他們的去路。史坎德分辨不出牠的模樣，只知道牠周身劈啪作響，純然由火堆成，沒有皮膚，沒有鬃毛，沒有四蹄，只有熾烈的橙色火焰。

「牠是來幫忙的還是來殺人的？」巴比輕聲道。

彷彿回答一般，烈焰獨角獸身上的火苗陡然增長，向四方蔓延，直至失去形狀，點燃前方的墓道，使之變成煉獄。高溫灼傷了史坎德的皮膚，惡棍之運驚恐地尖叫起來。

「後退！後退！」芙蘿咳嗽連連。她的銀色獨角獸退了幾步，躲開了火焰。

然而一退到相對安全的地方，史坎德就說：「我認為我們肯定沒找錯地方。」

「你認為？」巴比刻薄道，「真幸運啊，有你這般聰明的嚮導！」

「隨妳怎麼說！」史坎德又擔憂又惱火。

他從未見過如此盛氣淩人的元素魔法，或許，有什麼人在遠離火焰的地方，控制著牠。

「那會不會就是野生獨角獸女王啊？」芙蘿敬畏的問道。

「也許是野生獨角獸女王的某一種化身。」米契爾說，「墳墓肯定就在前面。可不能現在就折回禽巢，我們還是闖過去吧。」

「等一下！」巴比說，「我們是四人組，我們是親密摯友，我愛你們，但我真的不想往火裡走！」

「妳不用往火裡走，」米契爾咧嘴一笑，「我是火行者，要去就只能是我去。」

「不行！米契爾！太危險了！」芙蘿大聲說，「難道就不能用水元素撲滅它嗎？」

「對面的魔法能量太強，我感覺得到。再說，這裡應該不適用『水滅火』這種辦法。放心吧，沒事的。」他說，「我讀過所有關於歸真之歌和吟遊詩人的書——都是我爸爸不以為然的玩意兒——但這墓道裡的魔法非常古老，就是吟遊詩人唱過的那種。」

「哎呀，真對不起。」巴比翻了個白眼，「原來你一直在看烈焰惡魔獨角獸的故事啊，怎麼不早點告訴我們呢！」

「不，蘿貝塔。」米契爾難得有耐心，「我們一整年練習的都是用元素魔法塑造兵器，我想這裡就是用武之地。我和赤夜之樂一起塑造火焰，以火攻火，也許能夠逼退牠，讓你們都能過去。」

「米契爾，」史坎德還想勸他，「我真的不確定——」

「沒事的。」米契爾打斷了他，「讓我試一試吧，好嗎？」

米契爾騎著赤夜之樂走向了封鎖墓道的咆哮火舌。在這一刻，史坎德真希望伊拉．韓德森能看看他的兒子：他是那樣勇敢，那樣無私，成為司令並不足以體現他的全部價值。

米契爾的掌心亮起了紅光，將自己的魔法投向前方的火焰。他移動手掌，翻轉變換，將火苗塑造成火圈。赤夜之樂鬃毛蓬亂，被毛虯結，在熾盛的烈焰前揚蹄奮起，助她的騎手一臂之力。史坎德看不見米契爾的臉，他只能看見他的朋友拼盡全力控制著元素魔法，四肢抖個不停，就連手指也幾乎乏力。

這時，米契爾回過頭，聲嘶力竭的喊：「數三下，你們就衝！」

「往哪裡衝？」巴比叫道。

但米契爾已經對準了前方的火焰，右掌狠狠猛擊。

「一！」

他再次出掌。

「二！」

接著是第三擊。

「三！」

狂暴的烈焰之中，米契爾的火圈撐起來了，中央的空間足夠一頭獨角獸躍過。

「衝啊！」他吼道。

獵鷹之怒一馬當先。雖然之前牢騷不斷，但巴比行動起來毫不慌亂。她鎮定自若的穿過火圈，乾脆俐落落在了烈焰的另一邊。濃煙滾滾之中，巴比黑漆漆的身影隱約可見，她高興的揮揮手，好像這只是個尋常的好日子。接著，芙蘿和銀刃也順利的穿過了烈焰。

「那你怎麼辦？」史坎德朝著米契爾喊道。火舌蠢蠢欲動，舔舐著火圈的外緣。

「我留在這邊！等你們回來再撐起火圈！」疲憊使米契爾的聲音有些緊繃。

「這怎麼行！」

「快走！」米契爾大喊。史坎德只好命令惡棍之運對準火圈中央的空間，一躍而過。火圈擦著惡棍之運的尾巴消失了。

「這樣真的可以嗎？萬一再有大火怎麼辦？」史坎德回頭望著米契爾，惡棍之運也嘶鳴著呼喚赤夜之樂，憂慮和悲傷溢滿了墓道。

巴比嗆得直咳嗽：「想知道只有一個辦法。」她不管三七二十一就催著獵鷹之怒往墓道深處走去。

芙蘿騎著銀刃跟了上去，但她不停地回頭，喃喃道：「我不想丟下米契爾。」

「是啊，」史坎德說，「我也討厭這樣。」

「喂，你們兩個！」巴比在前頭喊他們，「猜猜下一關是什麼？」

那是一頭風雷獨角獸，史坎德只能辨認個大概。牠的形狀比剛才出現的烈焰獨角獸還要模糊，只由電花勾勒出輪廓，狂暴的氣旋捲成身體，吞噬著墓道裡的碎石。

「走吧。」風揚起了巴比棕色的瀏海。狂風的蠻力劈散了風雷獨角獸的身形，將它化作無數個小型龍捲風，在狹小的空間裡竄來竄去。好像還嫌難度不夠似的，風中夾雜著枝狀閃電，劈里啪啦的照亮了墓道。

「妳說我們能硬闖過去嗎？」史坎德問巴比，「包含躲開那些閃電？」

「不可能。」巴比搖搖頭，「龍捲風會拖慢我們的速度，然後被閃電劈個正著。讓我想想。」

她默默數起數來，而芙蘿和史坎德緊張的等在一旁。史坎德忍不住擔心起時間來：就算島嶼真的不可避免的陷入自我毀滅，他也不想死在這座墓道裡。

「有了，你們聽著。」巴比說，「我要照著米契爾的樣子，召喚我的氣元素，抓準時機，用颶風打亂前方的氣流，讓那些龍捲風小東西互相反彈。」她對史坎德咧嘴笑道：「就像老式的街機遊戲，你懂吧？」

「那閃電怎麼辦啊？」電流像子彈似的擊中地面，芙蘿跳起來躲避。

「閃電是有規律的。」巴比說，「只要你聽我的，叫你走你就走，那你就能毫髮無傷地穿過那些龍捲風。」

「巴比……」芙蘿嚇壞了。

「相信我，芙蘿倫斯，我可是這一屆最優秀的騎手。」

「也是最謙虛的騎手。」史坎德極力緩和氣氛。可是再怎麼故作輕鬆也沒用，這墓道明擺著是要取人性命。

獵鷹之怒和巴比走近雷電颶風，熟悉的黃光亮了起來。一、二、三……三股颶風從巴比的掌心飛出，它們不像墓道裡的龍捲風那樣隨意亂飛，而是完全臣服於氣行者的控制之下。她的手腕輕輕一動，它們就馴順的依令行事；要是捲得太大或太小，她就像擺弄轉盤上的陶土那樣，重新塑造它們的形狀。史坎德突然覺得，自己似乎從未真正欣賞過風的魅力。

「還有三道閃電！」巴比專注地盯著她的颶風，操控它們將墓道裡的龍捲風彈向兩側，漸漸開闢出一條無風的隱密通道。「我就不必像米契爾．韓德森那樣一本正經的數數了。叫你們衝，只管衝就是了！」

「明白了！」耳畔呼嘯的狂風中，史坎德喊道。芙蘿也點點頭，做好了準備。

啪啦——砰！

啪啦——砰！

啪啦——砰！

「衝！」巴比大喊。

銀刃和惡棍之運從獵鷹之怒身旁掠過，沿著巴比用魔法闢出的無風通道飛奔。

啪啦——砰！一道閃電擦過惡棍之運的後蹄，史坎德後脖頸上的汗毛全都豎起來了。芙蘿在鞍座上扭轉身子想回頭。

「別往後看！」史坎德喊道，「往前衝！」

啪啦——砰！又一道閃電劈了下來。芙蘿尖叫著催銀刃加快速度。快要衝出風雷獨角獸的化身時，因為距離太遠，就不能只靠巴比分析閃電的規律了，史坎德和芙蘿得自己躲過第三道閃電。

啪啦——砰！

閃電落下來時，他倆連大氣也不敢喘。而風吼電閃的另一邊，巴比歡呼起來，豎起了大拇指。

「會不會我們四個人都要面對一頭自己結盟元素的獨角獸？」芙蘿遙遙望著擺弄颶風的

巴比。

「有可能。」史坎德說。傑米的歸真之歌浮現在他的腦海中：五個起止相隨……五個。這個數字一定另有深意。在開鴻騎手的墓道裡，魔法似乎塵封已久，屬於很久很久以前。那時候，針對靈元素的偏見還未出現，五種元素是平等的。也就是說，墓道裡可能會出現五頭獨角獸。那樣的話，他們就少一個騎手。少一個水行者。

史坎德不忍心把這個漏洞告訴芙蘿。還是先別說了。

四人組裡有兩個成員都困在了後面，墓道裡安靜得有些詭異。史坎德和芙蘿默默走著，火光電光遙遙，驅散了前方的黑暗。「你知道我有時候希望什麼嗎？」芙蘿突然開口。靈獨角獸和銀色獨角獸勉強並排前行，兩個騎手的盔甲時不時地撞在一起，在墓道裡激起響亮的回聲。

「希望什麼？」

「希望我們都是普通人。我有時候會閉上眼睛，想像另一種命運中的我們——我的那顆獨角獸蛋破殼了，出來的是栗色獨角獸，而不是銀色的。你呢，站在元素分界，走向斷層線，惡棍之運的紋路只是普通的斑紋，你也只是普通的水行者。」

「但那樣我們就不是『我們』了，芙蘿。」

史坎德突然想到了巴比，想到了她剛才展現的高超魔法。還有米契爾，他是那麼勇敢，第一個直面墓道的挑戰也毫不露怯。想到了在銀色要塞的角鬥場，芙蘿撲向那頭野生獨角獸的時候，是那樣毅然決然。還有安柏，為了救出惡棍之運，她甘願以身犯險。「其實……」他說，「其實，世界上的每一個人都不是『普通』的。就像靈元素塑造的兵器。你可以想像『普通』，但那實際上並不存在。看不見也摸不著。所以我認為，還是盡量與眾不同比較好。」

「唔，這麼說來，還真是挺容易的。」芙蘿歎了口氣，望著前方，「但生活可不是說說而已，小坎，『不普通』真的很難受。」

「我跟妳說，」史坎德想讓她高興些，「等我們穿過整條墓道，找到屍骨手杖，拯救了島嶼，就可以做些『普通』的事了。」

芙蘿笑了：「比如呢？」

「哎呀，我也不知道，反正就是那些無聊的事吧。」在古老而危險的墓道裡說著這種傻話，哪怕只是片刻，感覺也很不錯。或許，他只是害怕，怕得神志不清了。

芙蘿倒是笑得很開心：「你現在什麼都想不起來了吧？」

史坎德也忍不住笑出來了：「誰說的，我當然想得起來，嗯，讓我想一分鐘啊……」

「小坎！」芙蘿的笑聲戛然而止。

面前的獨角獸完全出乎史坎德的意料。他設想過石頭砌成的獨角獸、泥土塑成的獨角獸，卻沒想到，他們遇到的是流沙獨角獸——就像沙堡似的。

「想辦法闖關吧！」芙蘿說。但銀刃剛跨出一步，流沙獨角獸就倒在地上，化成了一灘沙子，黃色的沙粒像噴泉一樣從墓道的四壁洶湧而出。

史坎德這才反應過來。「沙子越堆越高，要堵死前面的路了！」他叫道。黃沙已經漫到了銀刃的胸膛，像一個巨大的沙漏把他們扣住。沙粒很燙，彷彿被驕陽炙烤了幾千年。要不了幾分鐘，它們就會徹底填滿前面的墓道。

然而，芙蘿的臉上露出了堅毅的神色，掌心已經亮起了綠光。土行者不停揮舞雙臂，堅硬的石頭便像導彈似的擊中了前方的沙堆。銀刃領會了騎手的用意，揚起尖角噴出一簇簇小石塊。雖然不那麼迅猛，但篤定自若，芙蘿在黃沙中擠出了一個開口。

她咬緊牙關堅持著。「好了，小坎，馬上就要打通了。一旦沙堆前後貫通，我就要把我自己的沙子通道嵌進去，儘量拓寬，讓你和惡棍之運能夠通過。就像在沙灘上挖洞那樣，」她氣喘吁吁，「但願我能做到。」

前後左右都溢出滾燙的沙子，耳邊只聽得「唰唰唰」的巨響。史坎德提高嗓門喊道：「可是這些沙子太沉了，妳撐得住嗎？」

「巴比或許確實是最優秀的，但我可是銀色騎手啊！銀刃和我的能量足以搞定它，放心吧！」

芙蘿再一次向沙堆轟出石塊，爆炸的衝擊力一直向前蔓延，另一邊的亮光透過來了。

「就剩我一個人了，我怕我不行。」史坎德突然說，「我不是水行者，要是找不到屍骨手杖怎麼辦？要是……」

「你什麼都做得到。」芙蘿說，「因為你是史坎德．史密斯。」她說得斬釘截鐵，史坎德相信了——哪怕只是此刻。

土元素魔法旋轉、擴張，造出了一條沙道，芙蘿的胳膊顫抖著，努力的將流沙獨角獸的幻形擋向兩側。史坎德的腦海中突然浮現出馬蓋特海灘，他和肯娜曾一連幾個小時流連在那裡，建造沙堡。肯娜恍然想起潮水會沖垮沙堡，於是飛快的堆起沙堆，想築起一道沙牆，來抵擋避無可避的潮水。這記憶是如此真實，史坎德甚至看到海水漫過姐姐的腳趾，聽到了姐姐無憂無慮的笑聲。

「小坎，抓住機會！」芙蘿喊道。

童年的回憶如影隨形，姐姐的笑聲彷彿迴蕩在墓道裡，但史坎德把它們甩開了。此刻他必須專注。朋友們都指望著他呢。

惡棍之運不肯踏進滾燙的沙道，所以史坎德決定召喚水元素，在他們深入沙地時往自己和獨角獸身上噴水。史坎德的恐懼化作了惡棍之運的尖叫。芙蘿能撐住嗎？萬一這成噸的沙子劈頭蓋臉傾倒下來……他不能再胡思亂想了。

他們小心翼翼試探。沙道太窄了，不能冒險走得太快，便只好一步一步的往裡挪。

「小坎！」芙蘿的聲音在顫抖，「小坎，我不知道還能堅持多久！」

「我們馬上就通過了！」史坎德叫道，「只有幾公尺遠了！」

芙蘿的尖叫讓史坎德犯了個錯誤：他回頭了。

身後的沙堆轟然倒塌，沙道中斷，芙蘿的身影消失了，滾燙的沙子洶湧襲來，馬上就要將他和惡棍之運捲進熾熱的深淵。

「惡棍之運，快走！」

黑色獨角獸應聲而動。騰騰沙浪已經追上了他的後蹄，觸到了他收起的翅膀，所有的謹慎都拋到九霄雲外，唯有向著前方的一點亮光飛奔。

成功了！真不可思議。惡棍之運的後蹄已經埋進了沙子裡，但幸好他使勁抽了出來，要是再慢一點，沙道就完全閉合了。

「小坎！你怎麼樣？你沒事吧？」芙蘿的聲音模模糊糊。

史坎德鬆了口氣。芙蘿安然無恙。至少，他們都完成了自己該做的。

「我沒事！」他大聲喊，「我們過來了！」

「我好討厭這個地方啊！」

「我也是！」史坎德勉強笑道，「我要往前走了，芙蘿，很快就回來！」

「那我試著清理一下。」芙蘿說，「清出路來我們就能回家了。」

家，史坎德想道。但願他們的家還在。

史坎德剛撣掉頭髮上的沙子，一頭湍水獨角獸就出現在前方，藍盈盈地閃著光。這元素匯聚而成的生靈看起來如夢似幻，像海市蜃樓，在墓道的映襯下幾乎透明。史坎德眨眼的功夫，湍水獨角獸就奔向地面，化作急流，濺向兩壁，如海潮一般向上騰起，由一股無形的力量裹挾著，在他眼前掀起了巨浪。

史坎德第無數次希望自己是個水行者。要是他們叫上寇比一起來該多好——李凱斯也行——他今天早上還見過那位新獸呢。隔元素如隔山，史坎德一點頭緒都沒有……

急流猛擊石壁，激起的白色水花嘩嘩直響。水流形成波峰之後會怎樣呢？

會沖下來。正中惡棍之運此刻站立的地方。

史坎德召喚了水元素，可是完全不知道應該怎麼辦，只能眼睜睜看著水柱沖向後方的沙牆。水元素的氣味——鹽、薄荷、溼頭髮——堵住了他的喉嚨，哽住了他的恐懼。

「冷靜，史坎德，好好想想。」他對自己說，「你會什麼？你擅長什麼？」

惡棍之運顯然覺得這不是該自言自語的時候，只管用獸角對準湧來的急流，驚慌失措的拍打翅膀。

翅膀。史坎德把手探進盔甲，摸了摸疾隼隊的金屬羽毛徽章。

要不硬碰硬，要不巧躲避。眼下這種情況，肯定是躲避的勝算更大。他是疾隼隊的成員，

那可是禽巢的精英飛行小隊。他有主意了。

波峰高高掀起，直奔他們沖來——這正中史坎德的下懷：水流觸底反彈時恰好捲成了一條中空的通道，就像衝浪好手夢寐以求的管浪那樣。

史坎德沒有衝浪板，但他有獨角獸，可以從水浪通道中飛過去。

心領神會的震顫在羈絆中湧動。惡棍之運猛地張開黑色的翅膀，等不及要逃離這湍急的水流。牠揮動翅膀——一下、兩下、三下，幾乎是原地起飛，衝進中空的波谷，迎向四面八方攪動的水沫。

惡棍之運一飛進水浪通道，史坎德就決定同時召喚水元素和靈元素：既然要在翻騰的水中飛行，何不化作水、與之融為一體呢？

惡棍之運收攏了翅膀。

咻！

黑色獨角獸猶如一顆子彈，擦著漩渦邊緣射出，深入水流其中。不慌不忙，悠然篤定，惡棍之運的鬃毛、脖子、胸膛、頭顱、四腿、四蹄、尾巴……全都化作了亮晶晶的水，和那頭設置障礙的湍水獨角獸不分彼此。

墓道中的水流愈發洶湧，翻騰著、咆哮著，似乎在嫉妒他們的機智。史坎德的膝蓋掠過波濤，他幾乎分不清哪些水源自墓道的魔法，哪些水屬於自己的獨角獸。完全被水包圍時，疑慮潛入了他的腦海——小伙子，我們行嗎——但惡棍之運卻向羈絆中注入信心，成了突圍的主導者。牠側轉身體——一隻翅膀擦著浪尖，一隻翅膀掠過波谷，靈巧狡黠的穿過水簾，而史坎德都沒注意到自己的頭盔飛了出去，落入不見底的深水，像戰利品落入怪物的巨口。

惡棍之運的翅膀一張一弛，再次發力——

「呼！」史坎德大叫。他們飛出了水浪——渾身溼透，但終歸成功了。此時此刻，兩年前走在斷層線上的情境歷歷在目。

惡棍之運穩穩著陸，黑色又重回身體，就像濃墨散入一池清水似的。牠拍拍翅膀，水花濺了史坎德一身。

「喂喂！」雖然衣服溼答答的，但史坎德還是開心的大笑起來。

這時，他才想起來要看看前面。到了，這裡就是墓道的盡頭。一扇碩大的、圓形的門赫然出現，和孵化所的大門幾乎一模一樣。

史坎德翻身下地，他已經知道自己該怎麼做了。

他左手牽著惡棍之運的轠繩，右手掌心攤開，用獨角獸出殼時留給他的那道傷疤，抵住了面前的圓形大門。這一刻，墓道裡只能聽見他的呼吸聲——還有完全同步的、惡棍之運的鼻息。

轟隆——墓室的門，打開了。

第十九章 幽魂騎手

史坎德牽著惡棍之運走進了圓形大門，他的心臟怦怦直跳。橢圓形的墓室很大，泥土散發著清新的松木香，熟悉的氣息有幾分像禽巢。彩色石頭拼成了五元素的符號，靜靜躺在地上。上方，泥濘的頂壁探出了一叢叢的樹根，構成一大片根系的森林，枯枝纏繞，有點像孵化所裡倒掛的鐘乳石。史坎德嚥了口唾沫。龐大的根系印證了他數小時前的猜測：墳墓就在禽巢入口之下——地面之上的樹葉五彩繽紛，地面之下的墳墓，必然屬於開鴻騎手和野生獨角獸女王。

但奇怪的是，史坎德和惡棍之運在橢圓形的墓室裡，並沒有找到埋骨的墳塚和傳說中的屍骨手杖。唯一有些特別的，是位於墓室正中央的一堆泥土。它的顏色很深，比其他地方的泥土新鮮。而四周極其安靜——安靜得不同尋常，幾乎要堵塞史坎德的耳朵。

他真希望朋友們也在身邊：米契爾會立刻開始研究那些石頭，芙蘿會安慰大家，而巴比會陰陽怪氣的說，大老遠跑到這裡來，結果什麼都沒有！

史坎德向前幾步，靠近了那堆泥土。惡棍之運把前蹄踏進去試探，用獸角挑起頂端的覆土。史坎德往旁邊一躲，腳下絆到了四環纏繞的靈元素符號，不小心踢出了一塊白色的石頭。

三件事同時發生了：

惡棍之運警覺的嘶鳴，叫聲迴蕩在橢圓形的墓室裡；

上方的根系交錯扭動，吱嘎作響，就像還魂的骷髏胳膊；

一頭白色獨角獸由騎手駕馭，從土堆中一躍而出，攔住了墓室的出口。

史坎德本能跳上了惡棍之運的背──他們合而為一時更強大，一向如此。

史坎德強壓住內心的恐懼，鼓起勇氣，再次抬眸，望向白色獨角獸和騎手。只見他們忽而顯現，忽而消失，身形如水流淌，樣貌混沌一片。他們是鬼魂嗎？他們會魔法嗎？他們是真實存在的、還是他想像出來的？

就在這時，幽魂般的騎手開口了──一切都確鑿無疑、真實不虛。

「你在找我的屍骨手杖吧？靈行者。」白色的光從他的口中湧出，像幽靈在講話，可他的聲音實在而有力，必定是人。

而史坎德的聲音顫顫巍巍：「是的，我需要它。我們需要它。如今野生獨角獸死於非命，魔法將毀滅島嶼。」

開鴻騎手的獨角獸揚起了前蹄，發出駭人而悲傷的嘶鳴。那是野生獨角獸的叫聲。儘管牠的身體是瑩瑩白色，但牠的獸角是透明的。

「你就是野生獨角獸女王。」史坎德驚歎道。

「野生獨角獸的末代女王。」開鴻騎手頷首，「族群遭此大難，讓牠憤怒不已。人類騎手必須將安寧還給野生獨角獸！」他怒不可遏，發光的臉孔扭曲著，最後幾個字幾乎怒吼一般，震得史坎德想要捂住耳朵。而他也能感覺到，開鴻騎手的雷霆震怒迴蕩在墓室裡，嚇得惡棍之運直哆嗦。

「對不起，對不起。」史坎德又急又怕。他想起了捨身抵禦墓道魔法的朋友們，想起了餘暉天臺上準備離開的戾天騎手，想起了可能永遠無法進入禽巢的新一屆雛仔，還有被束縛在大陸的肯娜——然而，在島嶼的荒野，她命中註定的那頭獨角獸或許將永遠流落、與自己的騎手天各一方。這麼多人的命運都壓在他的身上。他深吸一口氣，嚥下了恐懼。

「對於已經發生的不幸，我很愧疚，也很遺憾，但我必須阻止島嶼上的元素災難和元素紊亂。如果島嶼覆滅，那麼女王的族群也將無家可歸。時間所剩無幾，我必須拿到屍骨手杖——島嶼需要它。把它給我，好嗎？」

開鴻騎手的笑聲空洞可怖，他發出的每一點聲音都伴隨著晃動的白光：「我可不能白白給你，史坎德．史密斯，有本事就贏走它。」

「為什麼非要如此呢？」史坎德完全忘了害怕，他追問道，「我說得不夠清楚嗎？島嶼就要完蛋了，沒時間比賽打賭了！」

「有本事就贏走它。」開鴻騎手又說了一遍，好像史坎德說了一堆廢話似的。

「好吧好吧，那我怎樣才能贏走它？」史坎德妥協了。既然開鴻騎手不給他第二個選擇，那他也只能奉陪。

閃著白光的開鴻騎手突然抬頭，恭謹嚴肅的說道：「合一比武，用靈元素，比三局。」

「你……你想跟我比武？」

開鴻騎手擺擺手，讓史坎德往後退：「只有配得上屍骨手杖的人才能拯救島嶼。要是沒有這麼個騎手，那麼它的大限也就到了。所以如果你真的能贏，我就把手杖交給你。」

「那我的朋友們怎麼辦？你讓墓道裡的那些獨角獸停一停好不好？它們其實都是你的化身，對嗎？」史坎德央求野生獨角獸女王。

開鴻騎手替牠答道：「只要你贏了我，你和你的朋友就能安全離開。」

史坎德嚥了口唾沫：「那如果是你贏了我呢？」

「島嶼覆滅。你的朋友們困於墓道，戰鬥不止。而你和你的惡棍之運，就陪著我吧。」

「要……要多久？」史坎德害怕聽到答案。

「唔，比永遠久一點。」

「那如果我拒絕比武呢？」其實史坎德知道，根本沒有這個選項。他必須保護這座島嶼，保護他的家，保護他的朋友們。他不會拋下這一切掉頭逃走的。可是在恐懼的壓迫之下，他還是想問問，有沒有別的路可走。

「拒絕和失敗的後果一樣。」開鴻騎手明明白白的說道。

看來，是沒有別的路可走了。

野生獨角獸女王閃亮的蹄子刨著地，已然準備發起進攻。史坎德緊緊握住惡棍之運的轡繩，害怕得胸口繃緊。他怎麼可能贏呢？開鴻騎手是禽巢的建立者啊。還有野生獨角獸女王，他到底該怎麼辦？他再一次想念起朋友們，要是巴比、米契爾和芙蘿都在就好了。他不想單打獨鬥，連個盾牌都沒有。

撇開開鴻騎手的那些話，史坎德確實想過帶著惡棍之運一逃了之。但只有那麼一秒鐘而已。島嶼是他的家，有朝一日，也可能成為肯娜的家。一想到獨角獸將離開這座魔法小島、騎手們將按照元素分開、四人組將天各一方，他就受不了。他不想跟朋友們永別。他不能放任最慘烈的情況發生。他只能迎向這激烈的一仗。

墳墓中的騎手和獨角獸化作幽靈般的白色混沌向他湧來，史坎德唯有背水一戰。

惡棍之運咆哮著衝向對方，給自己的騎手注入了勇氣。橢圓形的墓室裡，可作為「賽道」的距離比正式賽道短得多，留給史坎德召喚靈元素、塑造兵器的時間只有不到兩秒鐘。匆忙之中，一柄長劍——他最喜歡的元素兵器——在他的右手中成型，而開鴻騎手已經拋出了三把白色的斧頭。斧頭旋轉著飛來，史坎德的長劍失去了控制，遽然變形。惡棍之運在墓室裡轉來轉去，竭盡全力的閃躲騰挪，險些撞上中央的土堆，總算躲過了兩把斧頭。然而，第三把斧頭擦著史坎德的肩膀飛了過去，徹骨的疼痛讓他忍不住大叫起來。

「一比零。」墓室另一邊的開鴻騎手淡然宣布，聲音裡甚至透露著一絲無聊。

不等史坎德回過神來，野生獨角獸女王就又朝著他和惡棍之運奔過來。這一局，慌亂造就了更大的錯誤。

史坎德塑造了一張弓，以為多箭齊發可以提高命中機率。但開鴻騎手的反應實在出神入化，彷彿對方的弓還沒拉開，他就已經預判了箭射出的方向。史坎德來不及命令惡棍之運減速，來不及思考怎樣自衛，一支長矛就從開鴻騎手的手中飛出，正中他的胸甲。

史坎德只好拚命穩住自己，因為一旦從惡棍之運的背上摔下去，他就輸了。他輸了，島嶼的覆滅將不可挽回，朋友們將陷入與結盟元素的無盡對決，而他，將被開鴻騎手和野生獨角獸女王扣留在這座墓室裡，直至永遠。

巨大的力量將長矛向前推，傑米打造的可靠胸甲向內凹陷，擠得史坎德喘不過氣來，不由得在鞍座上向後倒去。但惡棍之運顯然明白他們此刻的處境，於是將自己的身體向前傾，儘量抵消長矛的衝擊。

「謝謝你，小伙子。」史坎德掙扎著在凹陷變形的盔甲下呼吸。

「二比零。」開鴻騎手的聲音迴蕩在墓室裡。現在，史坎德和惡棍之運唯一的勝算，就是在最後一局中，設法擊落對手。

史坎德汗流浹背，頭髮黏在額前，人和獨角獸的恐懼灌滿了羈絆，那岌岌可危的感覺讓他幾乎無法正常思考。

眼看野生獨角獸女王將發起最後一次進攻，史坎德乾脆脫掉了胸甲，否則，他連呼吸都不能暢快，又如何將各種兵器運用自如呢？黝黑的盔甲撲通一聲落在地上，史坎德將以血肉之軀迎戰。

「你的身手不錯！」開鴻騎手喊道，「但要是贏不了決戰這一局，就別想帶著屍骨手杖離開墓室。」

決戰。

決戰摒棄暴力。

傑米的歸真之歌突然閃現在史坎德的腦海。對，就是這句！前兩局，史坎德的所思所想，都是如何去攻擊一頭野生獨角獸，但這正是銀圈將島嶼推向覆滅的原因！如果這個靈感是正確的，那麼史坎德完全可以不戰而勝。可是，萬一他猜錯了呢？開鴻騎手肯定是不會手下留情的。

墓室的兩邊，兩頭獨角獸昂然而立，一頭黑如夜空，一頭白似幽魂。史坎德的肩膀劇痛難忍，胸前青腫一片，四肢百骸癱軟無力，但他的頭腦卻異常清醒。

獨角獸皆直衝向對方！

五步之遙。

四步。開鴻騎手使出鋒芒畢露、帶著尖刺的狼牙棒。

三步。史坎德鬆開右手裡的韁繩，攤開手掌，召喚白光。

兩步。開鴻騎手舉起兵器，對準了史坎德裸露的胸膛，準備一擊必勝！

一步。史坎德破釜沉舟——

他揚起手掌定格在半空，接著於野生獨角獸女王轉動的白色眼眸前上下拂動。靈元素在縛定中翻騰，史坎德的盾牌照亮了昏暗的墓室。這是他第一次塑造盾牌，它彷彿重現了一名靈行者打開禽巢大門時的情景。星塵雖不完美，但千萬顆聚在一起，便可編織成牢不可破的網。

野生獨角獸女王屏息，在這璀璨奪目的盾牌前煞住了腳。突然的減速讓開鴻騎手措手不及，慣性將他向前一甩，甩過了坐騎的頭頂。他詭異縹緲的身體在空中翻了幾圈，砸中了史坎德的靈魂盾牌，隨後撲倒在惡棍之運的蹄前，手裡的狼牙棒化為烏有。

邊。

史坎德垂臂收手，盾牌閃爍幾下，消失了。

墓室裡死一般寂靜，過了不知多久，開鴻騎手才慢慢爬起來，回到了野生獨角獸女王身

「我確實沒想到。」開鴻騎手說道。雖然史坎德不太敢看他似真似幻的臉，卻能感覺到，他好像笑了。「當然，這並不符合我制訂的比武規則。」

史坎德等待著最後的結果，痛苦的每一次喘息都彷彿要撕裂他的胸膛。

「不過，你仍然是當之無愧的勝利者。」開鴻騎手微微點頭，「史坎德·史密斯，你有一顆善良的心。」

「謝謝你。」史坎德哽咽了。他焦慮的瞥了一眼墓室的門，惦記著在墓道裡苦苦堅持的朋友們。

「你的同伴們不會有事的。」開鴻騎手循著他的目光望去，「你剛才獲勝的那一刻，女王已經收回了她的魔法。我們說話的時候，他們正飛奔過來找你。」

「那些究竟有什麼意義呢？」史坎德忍不住問道，「既然我必須通過比武來贏得你的屍骨手杖，那麼墓道裡的那些元素關卡，又有什麼意義？」

開鴻騎手沉默了片刻，史坎德覺得，他似乎在掂量自己值不值得一個答覆。

「史坎德·史密斯，你知道我是怎樣來到這座小島的嗎？」

「知道。」他答道，「你本是一個打漁人，海浪將你沖到了這裡——就是墓道的入口。」

「對。當時我比你還要年輕呢。我隨波逐流，筋疲力盡，感覺生命就要走到盡頭。就在那一刻，牠出現了。」開鴻騎手撫摸著野生獨角獸女王的脖子，而牠頗為滿足的哼了一聲。

「那時候，牠還不是女王，只是才出殼幾個月的白色幼獸。我還記得牠的皮毛有點髒。」開鴻騎手的聲音裡沁出了暖意，「牠發現了倒在海灘上的我。我驚訝極了，因為在我的故鄉，獨角獸只存在於神話裡，但垂死的年輕打漁人卻無意中撞破了神話。

「牠救了我，給了我活下去的力量。我幾乎沒有注意到牠嗜血的天性，沒有注意到牠就是死亡本身，沒有注意到，牠的皮膚是如何隨著時間流逝而衰敗、腐爛。我們通常都會無視摯愛的不完美。我見過牠撕爛飛翔的鷹，撞倒成年的熊，將牠們開膛破肚……但我內心深處清清楚楚地知道，牠不會那樣對我。你肯定也理解這種感覺。」開鴻騎手指了指惡棍之運——牠正好奇的盯著野生獨角獸女王。史坎德點了點頭。

「我們一起長大，一起變得強壯。牠帶我瞭解島嶼，讓我騎在牠的背上，我則教牠戰鬥，將人類的一切展示給牠。我差不多成年之後，有一天，牠用獸角刺破了我的手掌。我不明白牠為什麼要這麼做。那個傷口很疼，灼熱地疼，像一種酷刑。後來，魔法出現了，我這才明白，原來牠選擇與我分享牠的珍寶。我註定是牠的騎手，早在我被沖上島嶼的海灘之前，這一切就註定了。那海浪，其實是牠對命定騎手的召喚。」

史坎德・史密斯，島嶼召喚你。艾格莎在夏至淩晨說的那句話突然有了分量——不易之論，洞鑑古今。史坎德直到這一刻才明白。

「那麼，你們的結盟元素是哪一種？」史坎德好奇地問。

「這個問題不太好回答。」開鴻騎手將往事娓娓道來，「牠成了女王，但終歸與眾不同。我們總是如影隨形，共用魔法，因而愈發銳不可當。牠明白這樣的搭檔關係有益無害。牠擁有了其他野生獨角獸從不知曉的東西——友誼，並且希望牠的族群也能如此。於是，牠帶我去了島嶼上的裂谷，獨角獸的蛋就在那裡。我們堆起山丘護佑，年年看著新生的野生獨角獸破殼而出，看著不死之死的命運在牠們面前鋪開。我們漸漸有了想法：能不能扭轉註定？能不能帶來更多的命定騎手？

「於是我們離開島嶼，遊歷四方，尋找那些羈絆不完整的人——他們睡覺時、工作時，彩色的光會在他們周遭閃爍——然後告訴他們島嶼的存在，獨角獸的存在。其中一些人便願意跟我們走。獨角獸召喚，人類應召，女王教我修復兩個靈魂之間的羈絆。不死的生命變得有限，才能感受到真正的快樂、存在的意義。和女王不同，當這些獨角獸擁有了彩色的獸角，我們便抹去了『野生』二字。

「後來，島嶼上有了小孩，孵化所的大門決定誰能進入、誰沒緣分。我們發現只要在出殼時形成縛定，獨角獸就能和人彼此結盟、一起生活、一起學習。他們可以在真正的夥伴關係中共同成長，就像我和當年的那頭白色幼獸一樣。

「我們建造了禽巢作為訓練場，欣喜的看著擁有羈絆的獨角獸日漸強大，還創立了混沌盃比賽，以規馴牠們的心性。然而，我們仍在牠們的能量中看到危險：有朝一日，牠們可能會轉而攻擊那些沒有騎手相伴、散落荒野的同類。如果野生獨角獸死於非命，島嶼將遭受報應，畢竟，牠們才是這裡的原住民，早已深深根植於元素的經緯之中。死亡存在多久，牠們就存在多久。

「當我老了——形容枯槁、行將就木、準備好面對死亡——我和女王決定，絕不放任島嶼自我報應、自我毀滅。我們知道後人會犯錯——所有人都會，時不時的，迷失方向——所以我們留下一樣東西，讓島嶼得以從一切開始的地方找到返回的路。」

「是屍骨手杖……」史坎德喃喃道。

「女王甘願犧牲自己，獻出不死的生命，因為牠知道我所鐫刻的手杖，將恢復五種元素的和諧，就像我們畢生經歷的那樣。」

自從開鴻騎手從土堆中現身，史坎德就一直有個疑問。此刻，他終於問出了口：

「那……你是已經死了，還是仍然活著？又或是……」

「這是私事。」開鴻騎手說。

史坎德沒有得到明確的答案，於是換了個方式：「但我還是不明白，為什麼要在墓室外面安排元素關卡呢？」

「史坎德，屍骨手杖的要義是『和諧』。野生獨角獸與縛定獨角獸之間的和諧。元素與元素之間的和諧。單打獨鬥的靈行者是不可能進入墓室的。你和你的朋友們不正是彼此襄助才最終走到這裡的嗎？女王和我知道，只要各個元素的騎手都能通力協作，這座島就仍有希望。優秀善良的騎手能扭轉乾坤——這你已經知道了吧。」

這時，墓室的頂壁突然劇烈搖晃起來，泥土像雨點般落在史坎德和惡棍之運身上。

「我們聊得太久，時間所剩無幾。」

史坎德看著開鴻騎手走向墓室中央的土堆，把瑩瑩白亮的胳膊伸進土裡——就像抽獎似的——抽出了一根長長的白色手杖。

開鴻騎手默默不語，只是虔誠的用虛幻的手捧起手杖，交到史坎德髒兮兮卻結實的手中。手杖上沒有接縫，唯一的印記就是鐫刻在冰冷屍骨上的元素符號。最底下是火元素，然後依次是氣元素、土元素、水元素，靈元素位於頂端的球形握柄上。

「希望這是它最後一次派上用場。」史坎德認真的說道。

開鴻騎手卻搖搖頭：「它總會派上用場的，史坎德。幾百年、幾千年，錯誤不可避免。因而我們所希望的是，錯一次，就能多一點愧悔善意。所以，等你完成了任務，可別忘了把它送回來。」

開鴻騎手再次騎上了野生獨角獸女王的背，揚起手向史坎德道別。他們的身體閃爍著，就像故障的燈泡。

「你最愛的人會背叛你，史坎德．史密斯，當心些。關鍵時刻，他們會倒戈相向。」

「什麼？」史坎德大吃一驚，「你這是什麼意思？」

他最先想到的是四人組：巴比、芙蘿、米契爾。然後是家人：肯娜、爸爸、艾格莎。

然而，開鴻騎手和他摯愛的女王就像兩顆星星，越來越亮，越來越亮……史坎德眨眨眼的功夫，他們就消失了。

墓室的門打開了，惡棍之運尖叫著迎向銀刃、獵鷹之怒和赤夜之樂，而騎手們則做出了準備戰鬥的姿勢。

巴比眼尖，第一個看到了史坎德手中的屍骨手杖：「你真的拿到了！氣死我了！你到底有什麼特別之舉？還是說就躺在這裡？等著我們在外面和那些憤怒的獨角獸拚命？」

史坎德不想說這些。他癱倒在地上，純粹的恐懼、萬一失敗的後果，一下子全湧上來了。

突然，有人攙住了他、撐住了他、摟住了他。那是朋友們的臂膀。

「沒事了，沒事了……」芙蘿不停地念叨著。

「我們都在呢，靈行者寶寶。」巴比的聲音都哽噎了。

米契爾什麼也沒說，只是緊緊握著史坎德的胳膊，靜靜微笑著。

史坎德輕鬆了片刻，但記憶很快就隨著恐懼的浪潮再次襲來：「快走，我們得趕回禽巢！」

他們離開了墓室。這一次，沒有野生獨角獸女王的魔法，四人組在墓道裡跑得飛快——生怕耽擱已久。

「你覺得還來得及嗎？」芙蘿擔憂的問。

史坎德渾身一緊：「不知道。但我覺得，要是真的趕不上日落，開鴻騎手肯定會告訴我的。他應該也不希望島嶼毀滅。」

「難道你真的見到了——」

芙蘿的問題被巴比和米契爾的歡呼聲打斷了：大家終於跑出了墓道，獨角獸蹄又踏上了漁人海灘堅實的岩石。

四頭獨角獸振翅飛向天空，矯健的身影映在鏡面峭壁的峭壁上，他們呼嘯而過，直向孵化所而去。

突然，不知何處傳來一聲痛苦的尖叫。「你們聽見了嗎？」史坎德向下張望。惡棍之運揮動的翅膀之間，是孵化所的綠色山丘。

他愣住了。

孵化所的一側裂開了一個大洞，彷彿野生獨角獸永恆不癒的傷口。史坎德心痛得想哭。

「現在顧不得這裡了，」米契爾的聲音隨風而來，赤夜之樂飛到左側，和惡棍之運齊頭並進，「賜禮離墓，元素之交。記得嗎？」

於是，史坎德左手緊握住屍骨手杖，騎著惡棍之運飛過了孵化所的上空。

遙望前方，七頭獨角獸飛離了禽巢——是疾隼隊。他們走了。夏至的最後一縷微光拉長了振翅的背影。

求求你們，他懇求著——不知是向著誰，也許是任何人，甚至包括開鴻騎手——求求你們，讓我成功吧。

肯娜——黑暗中的叫聲

孵化所內，空空的蛋殼像士兵一般默然肅立。肯娜不願想像史坎德站在這裡的模樣：把手放在獨角獸的蛋上，隨後被惡棍之運的獸角刺傷手掌——那麼理所當然、順理成章。

然而，輪到肯娜前來面前這些未孵化的蛋時，卻似乎名不正言不順。它們本應由哨兵送往荒野，是織者強行截下了馬車。打鬥之中，肯娜躲在黑暗中的孵化室裡，只有一把搖搖晃晃的鐵椅子陪伴。你死我活的打鬥與喊叫聲讓她反胃。她在做正確的事，對吧？這就是她想要的，不是嗎？

當艾芮卡一眼興奮的出現、接她離開孵化室時，疑慮消失了。

肯娜終於可以伸出手，一個一個撫摸那潔白的蛋殼了。如果沒能在夏至日結束前找到命中註定的騎手，這些獨角獸幼崽就只能在荒野孤零零的長大了。肯娜儘量不去想那頭曾救過自己的灰斑獨角獸。

牠已經是過去了，媽媽這樣說，牠配不上你。

艾芮卡和她的野生獨角獸距離馬車稍遠，防備著後續趕來的哨兵。她低聲唱著那首攝人魂魄的歌，半是安慰，半是威脅：

一脈承繼大統：
黑靈魂之惡友。
新的力量崛起，
消亡一切過往。

肯娜用手掌拂過一枚枚蛋殼。沒有疼痛，沒有提示。她沒有這個命。但這就是艾芮卡的用意：她希望肯娜是主動選擇的那個，不是被動選中的那個。她希望肯娜像她一樣非凡卓越。母女聯手，必定所向披靡。

於是，在媽媽的幫助下，肯娜把她選中的蛋抱出了馬車，懷抱裡滿是愛意。

「來吧。」艾芮卡扶著肯娜跪在孵化所冰冷的石頭地面上，身後的篝火熊熊燃燒著。她指著女兒懷裡獨角獸的蛋說道：

「從今往後，命運再也不能束縛肯娜．艾佛哈了。」

孵化所上空突然傳來一聲巨響。肯娜恐懼的向上望去。

「別擔心。」媽媽安慰她，「不管出什麼事，也傷不到野生獨角獸。牠們不生不死，一向如此。」

織者的野生獨角獸彎下破碎的膝蓋，讓她騎上牠朽爛的背。肯娜把蛋放在腿上，一隻手托穩，另一隻手按在頂端──就像朵里安．曼寧指點史坎德他們那樣。肯娜做得穩當、熟練、篤定。

靈元素的白光從織者掌中淌出，將肯娜和獨角獸的蛋一圈圈圍繞，看不見的狂風中，棕色的頭髮拍打著她的臉龐。

野生獨角獸的背上，織者淡然安坐，布滿皺紋的手中源源不斷地湧出魔法。她的眼睛隱藏在白色裹屍布後面，全神貫注的盯著女兒。

肯娜閉上了雙眼。

靈元素旋轉著，越來越快，漸漸析出綠色、紅色、藍色、黃色，一刻不停，彷彿將至永遠。

最後，刺目的白光掠過。

啪啦──

破殼聲和尖叫聲同時響起。

第二十章 重聚

「大家都去哪兒了？」芙蘿氣喘吁吁的問。四人組衝進禽巢的大門，迎接他們的只有一片死寂，彷彿連鳥兒都飛走了。至少有四棵大樹連根拔起，許多樹屋傾圮倒塌，草地上堆滿了木板殘件。就連屬於水元素的那一側圍牆也搖搖欲墜，上面的海草都拖到地上了。

「沒關係！」史坎德抬頭望望即將落下的太陽，「以後再找他們！」他緊緊握住屍骨手杖，專注感受著握柄的分量。*優秀善良的騎手能扭轉乾坤*，這是開鴻騎手說的。史坎德希望他們還來得及。

四人組來到操場——這裡本該擠滿禽巢的各屆學員，看著新來的雛仔們沿著斷層線行進、進行引路儀式，可是此刻，元素分界空空如也，沒有金色圓環，也沒有等待的導師。

米契爾已經想好了：「四大區域按斷層線劃分，而四條斷層線的交點就是元素分界，所以把屍骨手杖插進元素分界，它的力量就能沿著斷層線注入各個區域了。野生獨角獸同時與五種元素結盟，並且能保持它們之間的平衡，那根屍骨手杖肯定就像避雷針，或是重啟按鈕——」他歎了口氣：「我怎麼又長篇大論起來了！這只是理論上啊！理論！」

但史坎德知道，米契爾的想法是對的，與開鴻騎手解釋的那些前因後果完全一致。屍骨手杖象徵著野生獨角獸的犧牲——牠們的女王為了摯愛的島嶼犧牲了自己的不死之命。而幾個世紀以來，每當縛定獨角獸死去，騎手們都是將其葬入島嶼滿含元素魔法的大地。讓野生獨角獸女王的屍骨重新入土，就如同釋放出最簡單的信號：錯誤不可避免。我們所希望的是，錯一次，就能多一點愧悔善意。

史坎德從惡棍之運的背上跳下，手指摩挲著鐫刻在手杖手柄上的靈元素符號。

「我覺得把它插進大地時，我們都應該握著它！」他向巴比、芙蘿、米契爾喊道。朋友們聞言立刻跟了上來。

他把屍骨手杖上的元素符號展示給大家看——它們彼此交纏、蜿蜒而上。

「每個人都要握著自己的結盟元素符號？」米契爾有些疑慮。

「在開鴻騎手的墓道裡，我們就是齊心協力、一起合作的啊，不是嗎？」史坎德說，「所以在這一刻，我們也應該同樣團結。屍骨手杖的要義是『和諧』。元素間的和諧，縛定獨角獸與野生獨角獸的和諧。」

「你是怎麼知道這些的？」巴比說，「你現在簡直像是屍骨大祭司！」

「是開鴻騎手告訴我的——唔，也許是他的鬼魂，誰知道呢！」

「好吧，這件事以後再聊，」巴比說，「不過我們眼下有個大難題。」

「什麼難題？」

「我們當中沒有水行者啊。禽巢裡也沒人了。」

史坎德心裡一沉。巴比說得不錯：雖然他們千辛萬苦地找到了屍骨手杖，但他終歸不是真正的水行者。

「不可能所有騎手都離開島嶼了。」米契爾分析道，「現在飛到肆端市去，或許還能……」

「沒有時間了！」芙蘿說。

「不然怎麼辦呢？」米契爾急了。

「先試一試吧！」史坎德說，「說不定屍骨手杖只要接觸地面就行。」

四人組圍著元素分界，站成一個圓圈，每個人都伸出右手，握住了屍骨手杖上的結盟符號。

「數到一就插進去，」史坎德屏息凝神，「五、四、三、二、一！」

他們一起將手杖插入了大地，可是……什麼動靜都沒有。他們等待著。他們等了又等。

他們嘗試了左手右手單手雙手的各種組合，也嘗試了單獨一人握住手杖，但大地仍然隆隆震顫，天空仍然電閃雷鳴，遠處仍然火光烈烈。

「啊啊啊啊！」史坎德煩躁的喊道，「還是得再找一個水行者！這下不得不冒險了！」

「等等，」芙蘿突然說，「等等！有人來了！」她的目光越過披盔戴甲的大樹、分崩離析的樹屋，投向黑暗的森林。

「別開玩笑了。」巴比說著，卻也不由自主的望去。

「來人是水行者的機率高達百分之二十五。」米契爾瞇眼盯著地上的倒影。

「會不會是導師！」芙蘿興奮起來了，「是導師回來檢查禽巢的情況！是歐蘇利文導師吧！」

然而，朋友們的話，史坎德已經全都聽不見了。因為他已經看清了，那個人不是他們渴盼的水行者，也不是禽巢的導師——甚至根本不是島嶼上的人。

那是肯娜。

島嶼的報應使大地滿目瘡痍，而肯娜就像一位叛軍女王，傲然穿行其間。她站在操場邊，向斷層線上張望，先是欣喜若狂，隨後神色大變，彷彿陡然老了幾歲，不再是十六歲的模樣。雖然她衣衫襤褸、遍體鱗傷，但她俯視身旁齊腰高的小傢伙時，卻滿面微笑。

一頭獨角獸。

野生獨角獸。

野生獨角獸幼獸。

史坎德不理解。他理解不了。他不想理解。他看清了——透明的獸角、血紅的眼睛、朽爛的四蹄、褶皺衰老的皮膚。不過出殼幾分鐘，這不生不死之命就已開始走向死亡。對於剛剛誕生於世的生命來說，這個趨勢是非常詭異的。幾乎轉瞬之間，四頭結盟獨角獸一齊低吼起來。赤夜之樂想逃回獸欄，銀刃揚起前蹄，獵鷹之怒嘴邊噴出了白沫，惡棍之運的脖頸上沁出了汗水。

史坎德的手顫抖著，幾乎是本能的按住了惡棍之運的肩頭，然後召喚他的結盟元素，想看看——看看只有靈行者能看到的、騎手和獨角獸之間的羈絆。

不，這不可能！痛苦席捲而來，肯娜和野生獨角獸之間的羈絆是那麼清晰，連著兩顆心；然而，它不受控地閃爍著，五種元素交織旋轉，無法穩定為某一種顏色——和織者的一樣。史坎德恍然大悟，原來，歸真之歌裡的那幾句，唱的根本不是他。

織者偽造的聯結，使肯娜成為織者真正的繼承者。

不。不。不。不。不。

禽巢裡竟然出現了野生獨角獸，這讓其他三人既震驚又厭惡。可是史坎德卻步步靠近，恍若行走在噩夢裡。肯娜到禽巢來了——入夢無數次的畫面終於成真，然而為什麼是這樣？

絕不該是這樣。

「是誰幹的？」史坎德艱難的開口，終於直視著姐姐的臉。

「噢，她啊，你應該也聽說過。」肯娜的聲音裡帶著一絲邪惡。望向史坎德的時候，她的眼睛裡似乎少了些什麼，又似乎多了些史坎德無法辨認的東西——它肯定一直都存在，只是他從來不知道。

他突然想起參加孵化所考試前問過姐姐的那句話：如果我成了騎手，你會不會恨我？他渾身的血液突然冷了。

「是織者？」史坎德問。但這其實不是一個問題。憤怒像岩漿一般在他的血管裡翻騰。織者害了肯娜。誰也不能傷害他的姐姐。任何人。艾芮卡，她憑什麼？她怎麼能對自己的親生骨肉做這種事？羈絆中突然溢滿了怒意，惡棍之運困惑的尖叫起來。史坎德痛苦的擠出幾個字：「她……為什麼？怎麼……」

「我想要的，我需要的，我們的媽媽都給我了。」肯娜深吸一口氣，不慌不忙的說道，「我們的媽媽，她還活著，而你竟然不告訴我！」遭受背叛的悲鳴迴蕩在廣場上，衝散了史坎德的怒意。「你怎麼能騙我，小坎？我是你的姐姐！她也是我的媽媽！你怎麼能這麼對我？」

眼淚從史坎德臉頰淌下。那是羞愧的淚水，不是憤怒的淚水。在這一刻，所有理由似乎都太過牽強，可是他還是努力解釋道：「因為我不想雪上加霜。織者，她——她不是好人。我——去年，她率領了一整支軍隊，小娜，她要進攻大陸啊！我不知道該怎麼跟妳說。」

「說實話就好，弟弟。」肯娜顫抖著，「只需要說實話就好。」

「對不起，」史坎德啜泣道，「是我對不起妳，小娜！」

「太輕巧了，」肯娜冷冷地說，「一句對不起，你說得太輕鬆了！你明知道我命中註定就該擁有獨角獸。你全都知道！我本該通過孵化所考試，我有可能也是靈行者。可是你什麼都不說，任由我被困在大陸。你真的以為我能慢慢接受嗎？去年你讓我騎了惡棍之運，讓我見識了這種種力量，你還認為我能忍得下去？你什麼都知道，卻什麼都不說！」

「我之前並不能確定！但現在我查到了，妳就是流落在外的靈行者之一。他們有一份孵化所考試淘汰名單，妳的名字就在大陸生那一欄裡！我還見到了妳的那頭獨角獸，那頭灰斑獨角獸，牠一直跟著我——我想著要幫妳修復羈絆，如果我真的是補魂者，如果妳肯讓我試一試……我真的一直惦記著——」

「我已經擁有聯結了。」肯娜柔聲說道，垂首望著那頭野生獨角獸幼獸，笑容裡有真誠的喜悅。

我們通常都會無視摯愛的不完美。開鴻騎手所言不虛。

然而，史坎德的腦海裡全是自己在競技場上被惡棍之運附身的感受。他的獨角獸仍保有

黑暗的一面，牠充滿野性，渴望死亡、渴望破壞、渴望血腥，勝過一切。唯有真正的羈絆能夠平衡它，偽造的羈絆永遠無法馴服它。

灰斑獨角獸闖進他的思緒，悲傷的嘶鳴讓他喘不過氣來。錯了。全都錯了。他不知道還能怎樣「力挽狂瀾」。他不知道該做些什麼。他想抓住織者，讓她為自己的所作所為付出代價；可是他更希冀姐姐像從前那樣對他。

「小娜，請你相信，我的歉意是真誠的。我本想等你來看比武大賽時和盤托出，可是沒想到島嶼……妳——」史坎德問不出口。他到底想問什麼呢？妳嗜血嗎？妳變壞了嗎？妳想殺死我嗎？妳想殺死惡棍之運嗎？思來想去，他最終問道：「妳還好嗎？」

肯娜用力搖頭，嘴唇顫抖著。

史坎德的心都碎了。

「她拋下了我。」肯娜輕聲道。含在眼睛裡的淚水映得瞳仁的棕色愈發深重，但她還是不肯接觸他的目光。

史坎德說不清自己的感受。他彷彿什麼都不明白。肯娜究竟是怎麼登島的？他是該責怪她接受了偽造的羈絆，還是該責怪自己？她知道真偽羈絆是完全不同的嗎？肯娜一定是被織者騙了，這不是最清楚不過的嗎？如果設身處地，他會怎麼做呢？很難說吧。去年，他根本不知道艾格莎的身分，不是也跟著她走了嗎？就因為她說能帶他去孵化所，他就一秒鐘也沒多想，不疑有他的相信了。肯娜和他又有什麼不一樣？這根本不是善與惡的問題，而是擺在他們面前的選擇不同。

肯娜又開口了：「媽媽拋下我就……就走了。帶我來這裡的事都是她謀劃的，可我來了，她卻……走了。」說到最後幾個字，她已泣不成聲。

「當然。」史坎德痛苦地說，「艾芮卡．艾佛哈一向如此。」他永遠也不會原諒織者。無論如何都不會原諒。

終於，肯娜迎向史坎德的目光：「我什麼都不懂。我只是想要一頭獨角獸。」在這一刻，史坎德對肯娜的愛超越了一切。她怎麼可能明白呢？她當然什麼都不懂。像其他孩子一樣，她想要的，只是一頭獨角獸啊。

於是，他向前一步，張開雙臂，敞開心扉。「沒關係。」他說。野生獨角獸幼崽細聲細氣的衝著他咆哮。

他們同時垂下頭望著牠。史坎德想後退，但還是忍住了。

「有關係。」肯娜哭出來了，一股腦的傾吐，「我太想要獨角獸了，太想要了！那個朵里安．曼寧來家裡找我，小坎，他說他能給我一頭獨角獸。他說他要抓住野生獨角獸，把牠們養在銀色要塞裡，然後送給我。」

史坎德猛然想起了角鬥場裡那兩個哨兵的對話：看著夠老的，沒辦法給她。

「他以為我會幫妳修復羈絆，對嗎？」幾個月前，艾格莎就懷疑朵里安認定史坎德是補魂者，這下終於印證了。

「我不知道，可是他根本沒跟我說，代價是要殺死惡棍之運！」

「什麼？他要妳做什麼？」史坎德還以為銀色要塞角鬥場裡的朵里安．曼寧就是他最壞的一面，但顯然還不是。

「可是我來這裡之前什麼都不知道，小坎。」肯娜急切解釋，「媽媽昨天才告訴我，是她向銀圈透露了殺死野生獨角獸的方法——他們毫無察覺，但她是故意的。她為什麼要這麼做呢？她為什麼要毀滅島嶼？現在我丟下了爸爸，他一個人在家……我讓他替我寫信，因為我不願意對你說違心的話。他肯定忘了要隨信寄來惡棍之運的果凍軟糖，我提醒他了，可是他還是忘了……」

史坎德的眼淚奪眶而出。她沒變。她剛出現在操場邊時他不敢相認，可是此刻——這個惦記著爸爸，惦記著惡棍之運的果凍軟糖的女孩，毫無疑問就是他深愛的姐姐。他緊緊地抱住了她。

「對不起，小娜！」他蹭著她的頭髮嗚噉，「真的，對不起。我應該告訴妳艾芮卡和靈元素的事。我應該早點提醒妳啊。都怪我，都是我不好。」

「我原諒你了，小坎。」她的聲音有些模糊。雖然看不清她臉上的神情，但史坎德迫不及待地就相信了她。「現在，我也有獨角獸了，雖然牠……不太合規矩。」

史坎德強忍著恐懼問道：「妳現在感覺怎麼樣？有沒有……渴望血的感覺？或者是……呃，想大開殺戒的感覺？」

肯娜真心的笑了：「什麼呀，小坎，我什麼感覺都沒有啊！只是手很疼，真的！」她說著舉起手掌給他看。

沒錯，是圓形的傷痕，紅線蜿蜒伸向五根手指。那是野生獨角獸出殼時、用獸角刺傷後留下來的。是源自孵化所的傷痕。

「真是不可思議！」史坎德驚歎道，「妳是騎手，肯娜。看，和我的一樣。」

史坎德攤開了右掌。肯娜握住了他的手，十指相扣。姐弟倆終於都是騎手了。黑色獨角獸和野生獨角獸一起叫了起來。史坎德突然明白，所謂島嶼上的新生活，並不是自己想像中的那樣。他漸漸明白，生活總有出人意料的轉折，總是不能如人所願。然而，史坎德望向與姐姐交握的手，想起墓道裡為自己拚命的朋友們，他無比確定，在無常的生活裡，你唯一能倚賴的就是愛。

「我可不太喜歡打擾人家團聚。」大家圍攏過來，「但現在是島嶼末日啊，我們還缺一個水行者呢。」巴比歪著腦袋說：「妳好啊，肯娜，幸會幸會。這是野生獨角獸？真特別。」

米契爾和芙蘿盯著幼崽，臉上不可避免地露出了嫌惡。但有礙於史坎德的感受，他們慌忙變換了表情。

「或許我能幫上忙？」肯娜鬆開了史坎德的手，「我是說，你們會不會剛好需要我？」

米契爾有些急躁：「可是妳是靈行者啊，銀色要塞裡的檔案寫得很清楚。我們現在需要一個水行者。」

「她只是想幫忙，米契爾，別那麼粗魯。」芙蘿平靜的說著，但眼神還是在肯娜和野生獨角獸幼崽之間來回飄忽。

「等等——肯娜可能真的抓到了關竅。」史坎德的腦袋裡嗡嗡的，有點混亂。

「唔，野生獨角獸是與五種元素結盟的，」巴比陰陽怪氣說，「我們不就是按照這個線索找到墳墓的嗎？」

史坎德想到肯娜的織造羈絆無法穩定於一種顏色，突然記起了自己與開鴻騎手的對話：

「那麼，你們的結盟元素是哪一種？」

「這個問題不太好回答。」

所以，或許肯娜曾經是命定的靈行者，但如今不是了。或許，與她結盟的，是五種元素，一如她的野生獨角獸。

「就讓肯娜和我們一起握著屍骨手杖試試吧，」史坎德說，「快來！」

肯娜瞥了一眼新生的野生獨角獸幼崽，跟著四人組向元素分界走去。「我應該怎麼做？」她問。

史坎德指了指屍骨手杖上的水元素符號：「看見了吧？妳只要握住這裡就行。我們要一起把它插進大地。」

「當騎手總是這麼酷的嗎？」肯娜驚歎道。

「史坎德，太陽！」米契爾指指天邊，太陽幾乎完全落下去了。史坎德的心揪緊了。

史坎德、巴比、芙蘿、米契爾和肯娜圍著元素分界站成一個圓圈，每個人都用右手握住了各自的元素符號。

「數到一，就插進去！」史坎德再次屏住呼吸，「五、四、三、二、一！」

五隻與元素結盟的手一起握住開鴻騎手的屍骨手杖，插進了元素分界的泥土中。

史坎德閉上了眼睛，對島嶼的愛盤桓在心裡。他沒有去想宏大的或炫麗的畫面。那些其實並不重要。他想起的是——孵化所裡，他和惡棍之運第一次四目相對時的情景；成為雛仔的第一天，獵鷹之怒和惡棍之運針鋒相對的模樣；禽巢外的枝條上白雪皚皚的景象；庇魂所裡的驚喜派對；米契爾站在小黑板前，想到新點子的神采奕奕；巴比的怪味「緊急事件三明治」；與惡棍之運在餘暉天臺重逢時的欣喜；和芙蘿在野花山小憩，四周滿溢的花香，還有家的味道……

足足五秒鐘裡，史坎德一直閉著眼睛。

隨後有了異樣的感覺。似乎有一股能量從他手中的球形握柄中噴出，湧向他的手指、他的胳膊，一直湧進他的心臟。他的突變刺痛起來。

史坎德猛地睜開眼睛，只見其他四人仍然緊握著手杖，但目光卻緊盯著腳下的大地。元素分界閃爍著亮光，先是紅色，然後是黃色、綠色、藍色。幾秒鐘後，顏色離開元素分界，像濃墨入水一般，沁入了四條斷層線，溢出的四色光芒照亮了周圍披盔戴甲的大樹。

「有效了！」芙蘿喊道，「成功了！」

接著，史坎德手中的握柄散發出耀目的白光，注入了下方元素分界所在的大地。又一股能量顯現為強力的光波，撲向了四條斷層線。火、氣、土、水四元素的色彩彼此交融，向四方蔓延，直至鋪滿四大區域。一瞬間，整座島嶼都沐浴在白光之中，猶如一顆新生的元素之星。驚歎溢滿了史坎德的心胸，又化作幸福、驕傲和歸屬感，迸發而出。

他屬於這座島嶼；他正用他的元素治癒它。

當夏至的夕陽完全沉入海中，屍骨手杖的白光暗淡下來。史坎德注意到空氣中多了一種安寧平和，在他與惡棍之運的羈絆中，在他自己的靈魂裡，這正是缺失已久的珍寶。朋友們驚歎敬畏的神情告訴他，他們也有同感。獨角獸們歡快的叫喚著慶祝，五元素終於重歸和諧。

突然，屍骨手杖劇烈的震顫起來。

「怎麼回事？」巴比咬著牙，盡力扶穩搖晃的手掌。

「這是應該發生的嗎？」米契爾問。

「我不知道啊！」史坎德說道。他手中的球形握柄一下子脫落了，代表其他元素的部分也出現了裂縫。裂縫越來越寬，越來越大，最後……

屍骨手杖碎了。

五塊碎片散落在元素分界四周。史坎德滿腦子都是開鴻騎手的那句話：等你完成了任務，可別忘了把它送回來。他說屍骨手杖以後可能還會派上用場，但它現在碎了。是他做錯了什麼嗎？

「呃，史坎德……」米契爾回頭看了看。

米契爾極少有說不出話的時候，於是史坎德也回過頭，向後張望。

朵里安．曼寧騎著他的獨角獸闖進禽巢的森林，狂奔而來，後面跟著銀色騎手雷克斯和六名銀面哨兵。緊隨其後的是混沌司令妮娜．卡沙瑪和七人議會全體成員。

「得把他們殺了！全都殺了！」朵里安．曼寧唾沫飛濺，眼神狂野但沒有焦點。

「哎呀，真掃興！」巴比翻身跨上獨角獸，「我還以為『多笨啊．哞哞』已經離開島嶼了呢。」

「什麼哞哞？」肯娜問。

「回頭再解釋。」史坎德說道。他跳上惡棍之運的背，這才想起慌忙中忘了撿起屍骨手杖的碎片。

但是來不及了，他現在顧不上那些了：「小娜，帶著妳的獨角獸，到元素分界上等著。我們會保護你們的。」肯娜驚恐地睜大了眼睛。史坎德知道，她怕的不只是朵里安．曼寧——要是讓司令看見肯娜和野生獨角獸之間有了羈絆，她必然會聯想到織者，後果難料。

惡棍之運、銀刃、赤夜之樂和獵鷹之怒將元素分界團團圍住，尖角向外，對準狂奔而來的朵里安．曼寧和其他獨角獸。他們的騎手攤開手掌，召喚結盟元素，亮起了四色的光。

朵里安揚起泛紅的手掌，衝著四人組丟出了火球。

剎那間，四人組動作一致地召喚藍色的水元素，拉起了水盾，擋住了所長的進攻。火球偃旗息鼓。他們應該慶幸於朵里安．曼寧的情緒失控，因為這令他的襲擊大打折扣——否則，四個幼獸加在一起也絕不是成年銀色騎手的對手。

「那個女孩夥同織者闖進了孵化所，襲擊了我和我的哨兵！她還和一頭野生獨角獸有了羈絆！」朵里安怒不可遏的大喊，準備再次進攻。

「看來他真的不喜歡你啊，肯娜。」巴比說著用自己的疾風盾牌擋住了一股水波。

「我的妻子就是因為你們死的！」朵里安破口大罵，銀色的舌頭一閃，「靈行者殺人無數！死亡元素必須剷除！」

芙蘿和巴比聯手用閃電盾牌擋住了黃沙利箭的猛攻。

「說實話，我可以這樣打上一整天！」巴比高興的嚷嚷。

「爸爸，住手！」雷克斯撲上來，拚命地勸道，「快停下來啊！是史坎德和他的朋友們拯救了島嶼，難道你沒看見嗎？爸爸，殺死殞落二十四的不是他們，害死媽媽的也不是他們啊！」雷克斯哽住了，平時溫和有禮的面孔上已布滿了縱橫交錯、劈啪作響的電花。

「啊！」狂怒的朵里安．曼寧準備再度塑造兵器、發起進攻，但有人打斷了他。在銀圈人馬和四人組之間，突然有四頭獨角獸著陸——歐蘇利文導師、韋伯導師、安德生導師和賽勒導師趕到了。

「你竟敢襲擊我的幼獸？」歐蘇利文導師眼中的漩渦猛烈旋轉，幾乎看不清瞳仁，「你竟敢在禽巢襲擊騎手？這是嚴令禁止的！」她說著向前一推掌，水柱飛速噴出，把朵里安．曼寧沖下了鞍座。他摔在地上，渾身溼透，嗆得直咳嗽。

「到底怎麼回事？我們本來在組織疏散撤離，卻突然接到銀圈的緊急消息，說——」

妮娜張著嘴巴愣住了。史坎德騎著惡棍之運向她和閃電之誤走來，露出了身後白色的屍骨碎片。

「那就是開鴻騎手的賜禮嗎？」她急匆匆的問道，「我確實感受到了變化。我們途經肆端市時，發現元素平靜下來了。是你？是你找到的？真的成功了？」妮娜越來越興奮，最終流露出她本來的性情——她還是那個領著史坎德他們參觀禽巢的掠食者。

史坎德對她笑笑，啞著嗓子說：「都過去了。」

混沌司令妮娜．卡沙瑪咧開嘴笑了。

「那又怎麼樣！」朵里安．曼寧爬起來，指著肯娜說，「她和那頭野生獨角獸有了羈絆！她是史坎德的姐姐！」

雷克斯．曼寧騎著獨角獸走向司令。「妮娜司令，」他的聲音是那樣悲傷、愧疚，好像就要哭出來了，他撥開垂在眼前的頭髮，說道，「請別聽信我爸爸的話。殺害野生獨角獸的，是銀圈。我的父親，他——我攔不住他。他擔心史坎德會幫那些流落在外的靈行者找回命定的獨角獸，幫他們修復羈絆，所以才出此下策。是他把那可憐的姑娘帶到島嶼來的——他希望這個靈行者為他所用，替他殺死惡棍之運和史坎德，然後作為交換條件，給她一頭獨角獸。」

「靈行者能修復羈絆？你真的能做到？」妮娜問史坎德。

「也許能。不太確定。我還沒嘗試過真正的修復。」他有所保留，希望不要把自己和肯娜捲入更大的麻煩。

雷克斯繼續解釋道：「我想勸爸爸，可是他不聽，也不肯留意歸真之歌裡的警告。等他意識到後果時，已經不可收拾了。」雷克斯垂著腦袋，他的銀色獨角獸安靜的陪伴著。

「你看，」米契爾高聲說，「幾個月前在議事廣場，我們說的都是實話。」

「把曼寧帶走。」妮娜下令。她的聲音裡有著史坎德從未聽過的冷峻。四名哨兵連忙翻身下地，把朵里安的胳膊扭在身後。

「妳幹什麼！妳休想！妳沒這個權力！我可是銀圈的首領！」他叫囂著。歐蘇利文導師緊盯著朵里安．曼寧，直到確認他離開了禽巢，才收回目光。

這時，艾格莎突然從樹林裡衝了出來。她一定是跋涉了很遠，滿頭大汗，身上的白色披風都蹭爛了。

「出什麼事了？我接到消息說……」

歐蘇利文導師攔住了她。

「現在我們該拿你怎麼辦呢？」妮娜的目光落在那頭野生獨角獸幼崽身上。

肯娜挪著步子，靠近了史坎德，她的蜜糖色的獨角獸緊跟在身後。史坎德看見導師們和議員們都向後退了退。

艾格莎彷彿見了鬼似的，一下子臉色煞白。「不！」她怒道，「不！故技重施！賊心不改！」

「是誰幹的？」妮娜問肯娜。史坎德知道，司令正強忍著對野生獨角獸的恐懼，畢竟，唯一一個與野生獨角獸形成縛定的騎手，是織者。

肯娜見到蟬聯混沌盃冠軍的妮娜．卡沙瑪，又是崇拜又是害怕，一時說不出話。史坎德便替姐姐回答道：「是織者幹的。她織造了假的聯結，用的是孵化所裡的獨角獸的蛋——因為未能出殼，它們本來是要送到荒野去的。肯娜的獨角獸幼崽就是這麼來的，不過……肯娜，給他們看看妳的手掌。」

肯娜舉起了右手。清晰可見——源自孵化所的傷痕，此刻還在滴血。史坎德忍不住猶疑：現在應該止住血了才對啊。

七人議會中的兩人驚恐的大叫起來，其他人則憤怒的吵吵嚷嚷。

「哎呀，煩死了。」巴比不耐煩的說。她騎著灰色的獵鷹之怒，站在銀刃和赤夜之樂之間，距離元素分界不遠。但史坎德理解議員們的恐懼：與野生獨角獸的縛定違背了島嶼信仰的一切，是他們浸潤的文化告訴他們，肯娜這樣的人就是可怕的。

「這不是我的本意，不是我真心願意的。」肯娜哭道，「朵里安．曼寧到大陸來找我，說能找到我命中的獨角獸。後來織者也對我承諾——」史坎德暗自祈禱，希望姐姐不要坦承織者就是他們的媽媽。「——承諾給我編織羈絆，可是——」肯娜頓了頓，深深吸一口氣才繼續道，「能讓我留下來嗎？」

一位議員不自在的清清嗓子，警告道：「司令，要是讓大陸人知道了這些——他們的孩子在夏至日被帶到島嶼……」

「這我知道，奧利弗。」司令不屑的擺擺手。

「我不會告訴任何大陸人。要是你們擔心，我就絕對緘口不言！」肯娜焦急地說，「我只想留在禽巢裡訓練，就像我弟弟一樣。」

「所以這句是真的？」妮娜轉向史坎德，「她是你的姐姐？」

「是的，」史坎德點點頭，「所以朵里安．曼寧才找上了她，利用她，逼她使用靈元素對付我！求求你，讓她留下來吧，像其他騎手那樣，留在這裡吧！」

「可是她不可能和其他騎手一樣。」另一位議員咄咄逼人的說道。他留著烏黑的長捲髮，髮梢跳躍著電花。「看在雷閃雷鳴的份上，禽巢總不能收留野生獨角獸吧！」

天堂海鳥踱步而來，朝著其他獨角獸咆哮，歐蘇利文導師淡然插了進來。「無意冒犯。」她的臉繃得緊緊的，指向元素分界，「自從賜給我們那根手杖的開鴻騎手建立禽巢以來，它的用途就是訓練擁有獨角獸的騎手——擁有孵化所傷痕的騎手，擁有魔法賜福的騎手。」

這一刻，史坎德愛極了他的水元素導師。

「她能夠在禽巢接受訓練的理由，與其他騎手一樣——平息混沌，駕馭元素，深化羈絆。這正是為了我們——人類和獨角獸——都少一些戾氣，多一些平和。這孩子是被織者害了，之前那些受苦受難的人也是，這怎麼能怪他們呢？」

妮娜閉上眼睛，思索了片刻：「不能這麼說，普西手妃。」

肯娜哭出了聲，史坎德的心沉了下去，巴比嚷嚷著「此話當真？」，而芙蘿和米契爾一言不發。

歐蘇利文導師據理力爭：「正是對靈元素的猜疑、尤其是對這個男孩的猜疑，造成了野生獨角獸的死亡。或許，我們該試著給靈元素證實自我的機會。」

妮娜搖頭道：「現在的肯娜不是靈行者，她的羈絆也不是真正的羈絆。她和其他騎手不一樣。在經歷了如此動盪的一年之後，讓她留在島嶼，勢必會引起恐慌。我現在不能做決定。這件事我不能專斷獨行。」

「這麼說，還有餘地？」史坎德喘不過氣來。

「我不能簡單回答你行或不行。」妮娜嚴肅的說，「作為司令，我要對整座島嶼負責，對所有人負責，絕不能行差踏錯。肯娜和她的野生獨角獸可以暫時留在禽巢——必須處於嚴密監視下——直待我們做出決定。」

妮娜突然轉向雷克斯．曼寧，認真端詳著，盯得他都臉紅了。然後她又望向北風夢魘背上的賽勒導師，溫和的問道：「斯凱，你還是打算從禽巢退休嗎？」

氣元素導師傷感的笑笑：「是啊，受傷之後，我恐怕無法繼續勝任導師一職了。」

「對不起，賽勒導師，真的對不起。」史坎德結結巴巴地說，「我、我……」

她看著史坎德，脖子上蜿蜒著電光：「這不怪你，史坎德，不需要道歉，何況，你還做了那麼多好事啊。」

「唔，那麼，我想……」妮娜來回打量著雷克斯．曼寧和賽勒導師。

歐蘇利文導師突然來了興致，還有些狡黠：「禽巢和銀圈團結些，也是件好事吧，嗯？」

「我也這麼想。」妮娜說。

史坎德不明白她們是什麼意思。

「他可真是年輕……」歐蘇利文導師咕噥道。

「我也挺年輕呢。」妮娜聳聳肩，直白地的道，「雷克斯，怎麼樣，你願意兼任禽巢的氣元素導師和銀圈的領袖嗎？」

雷克斯驚訝得張著嘴巴合不攏；史坎德覺得，這恐怕是他最不得體的模樣了。「這……不是開玩笑吧？」

「當然不是。」妮娜咧嘴一笑，「我想，你身上具備銀圈需要的東西。」

雷克斯頷首道：「那麼，這是我的榮幸，司令。」

芙蘿很高興，其他導師也是，可是史坎德卻忍不住想，妮娜和歐蘇利文導師之所以這麼熱切地把兩個職位都塞給雷克斯，是為了更密切的關注銀圈。

七人議會準備離開，司令示意史坎德走近些，私下對他說道：「關於肯娜的去留和訓練，很抱歉我不能現在就答應，但我一定會儘量說服他們，不要把她當做危害。」

「謝謝妳！」史坎德感激至極。

妮娜點點頭就走了。

歐蘇利文導師緩緩地、長長地舒了一口氣。「史坎德。」她的眼睛幽幽泛著藍光，「還有什麼驚天動地的大事件嗎？你要不要事先跟我打個招呼？」

史坎德感受到了艾格莎的目光，也明白她的意思：此刻透露他們與織者的關係，對肯娜的處境無所助益。於是他連連搖頭，並且暗自希望不會有人到祕密私販那裡去打探消息。

「普西丰妮，」安德生導師突然開口了，他耳尖上的火苗急促的閃爍著，「疏散還在進行，我們是不是得……」

「哎呀，天啊，」歐蘇利文導師大叫一聲，「大家還以為得繼續逃命呢！」

「快去宣布好消息吧！」韋伯導師擦了擦眼角的淚水。

「還有你，曼寧導師，你也一起來吧。」歐蘇利文導師說道。雷克斯正和芙蘿咬耳朵。

「我得花點時間來習慣曼寧導師的教導，而不是躲著他跑！」史坎德望著走向獸欄的四位導師說道。

銀刃和惡棍之運肩並肩走著，芙蘿回頭看看，確定沒人偷聽才說道：「幸虧肯娜及時出現，我們才能力挽狂瀾呢。不過她真可憐，一定是落入了織者的圈套，才任其織造了假的羈絆。」

史坎德用力點頭，對芙蘿心生好感。肯娜不是織者的同夥。就像開鴻騎手說的：所有人都會，時不時地，迷失方向。現在，肯娜已經來了，史坎德必定會竭盡全力的幫她——哪怕事關野生獨角獸。

芙蘿突然打了個哈欠，捂著嘴巴說道：「睡覺睡覺，我此刻只想大睡一百年。」

巴比咯咯咯地笑著：「這事情發生過。後來大樹瘋長，有個路過的傢伙俯身一吻，喚醒了這個可憐的女孩。哎呀，恕我直言，這可真丟人。」

肯娜忍不住大笑起來。史坎德突然意識到，自己已經很久很久沒聽到過這個聲音了。這笑聲才是純粹的魔法。

「我早就說過了，我跟你姐姐一定合得來。」巴比對史坎德眨眨眼。「管它什麼真假羈絆，別擔心。」她轉而安慰肯娜，「卡沙瑪司令是個好人，她像妳我一樣，都來自大陸。她肯定會批准妳參加訓練。」

「那現在的計畫是什麼？」米契爾不耐煩的環顧四周，彷彿空蕩蕩的禽巢會突然有人跳出來發號施令。循著米契爾的目光，史坎德抬起頭，熟悉的身影映入眼簾：七頭獨角獸飛向餘暉天臺，疾隼隊回來了。

他笑著看看芙蘿：「計畫？我覺得我們絕對應該……過過普通日子啦！」

第二十一章 新的開始

幾個星期後，新生的一排排樹苗間，史坎德和艾格莎．艾佛哈肩並肩走著。史坎德手裡捧著一只噴壺，艾格莎的則緊緊握著，前方，巴比．布魯納、米契爾．韓德森、芙蘿．薛克尼也都各自拿著噴壺。肯娜．史密斯幫不上忙，因為她總有問不完的問題。

比武大賽重新開賽了。這次沒有發生任何附身事件，四人組的表現都比米契爾預測的好——唔，是大部分。只有巴比在決勝局輸給了安柏．菲法克斯。大家都絕口不提，但史坎德不像幾個月前那樣討厭安柏了，畢竟，能和惡棍之運團聚，多虧了她。由於比武大賽是在夏至之後舉行的，幼獸已經自動升級為羽獸，導師們便決定，暫不淘汰排名墊底的六名騎手。今年沒有游牧者，皆大歡喜。

傑米．米德迪奇因為唱了歸真之歌，一直心有戚戚，哪怕聽說這首歌幫助四人組找到了屍骨手杖，也不怎麼興奮。「好啊，很好。」他哀怨的說，「可是我爸媽又要嘮叨個沒完了，說什麼我這麼年輕就唱了歸真之歌，說什麼他們為我驕傲！」

「這不是很好嗎？」芙蘿想勸他樂觀些。

「可是我希望他們因為我是個出色的鐵匠而驕傲。我打造的盔甲擋扛住了開鴻騎手的進攻，這才是真正的成就！」

「差不多就行啦。」巴比咕噥道。

傑米沒理她：「這比唱什麼傻乎乎的歌強多了！」

「我為你驕傲啊。」米契爾的臉紅得像他燃燒的頭髮，「我這麼聰明，我的驕傲也很有分量吧。」

米契爾還另有些驕傲的事情。得知自己的兒子在尋找屍骨手杖的過程中也出了力，伊拉·韓德森專程來到禽巢，表揚了米契爾和赤夜之樂。米契爾說這雖然有點尷尬，但也許是個新的開始——爸爸終於明白，他無法替兒子選擇朋友、以及決定要成為什麼樣的人。

屍骨手杖恢復了元素間的平衡和諧，但這一年來的種種災害、損失，卻沒有魔法能瞬間修復。從禽巢到肆端市，再到四大區域，島民們都在忙著重建家園。不管是雛仔、鐵匠，還是混沌司令，所有人都親力親為。

要做的事很多，但史坎德覺得，大家團結起來、互幫互助，是一件很美好的事。他仍然惦記著屍骨手杖的碎片，認為至少該將它送回開鴻騎手的墳墓，可是那天夜裡他回去尋找時，那些碎片卻不見了。

史坎德陪著艾格莎往前走，腦海中梳理著最近發生的事。他彎下腰給一棵小樹澆水，心裡溢出了些微自豪。夏至幾天後，銀色要塞地牢裡那些給肯娜準備的野生獨角獸終於重見天日，被放歸野外。史坎德給卡沙瑪司令寫了信，建議好好安葬那些死於非命的野生獨角獸，並與縛定獨角獸一視同仁。在島嶼漫長而血腥的歷史上，這是第一次有騎手提出讓野生獨角獸魂歸大地。妮娜同意了——不死之死的隕落，應該得其所哉。

於是，此刻他們漫步的地方——禽巢城牆之外，就是野生獨角獸的長眠之處。

「葉子長出來會很漂亮。」艾格莎說。但她的聲音裡透露著一種顧左右而言他的意味。

「妳在擔心肯娜。」史坎德說。

「當然，我能不擔心嗎！」艾格莎脫口而出，隨即又壓低了聲音，「看看偽造羈絆把艾芮卡變成什麼樣了！要不是多年前與血月秋分真正羈絆的影響仍在，還不知會糟糕到什麼程度。」

「也許這就是問題所在，」史坎德聳聳肩，「也許肯娜也會因此不同。」

他無法裝作不在意、不擔心。他做過噩夢，夢裡，那頭灰斑獨角獸矗立荒野，痛苦地嘶鳴。他輾轉反側，不知道織造的羈絆能不能安全解除。不過，肯娜似乎很正常，完全是原來的模樣，也沒有任何嗜血的表現。她是那麼愛她的野生獨角獸，史坎德都有些擔心，把她們分開——如果有可能的話——會不會被姐姐記恨。只能先等著司令批准她留在禽巢參加訓練了。

「野生獨角獸和縛定獨角獸不一樣，史坎德。我知道你的朋友們顧忌肯娜的感受，裝出不在意的樣子，可是那頭獨角獸沒有為肯娜付出過什麼。」

「我不明白。」

艾格莎揉揉突變的臉頰，有些黯然。「你和惡棍之運形成縛定時，牠放棄了永生，從此他的生命與你的等長。但那頭野生獨角獸永遠不會死，哪怕肯娜死了，也會一直存在。偽造的羈絆意味著，騎手將暴露於獨角獸的原始本性中。牠只索取，不給予。你還記得被惡棍之運附身時的感受嗎？嗜血的本性占領了你的靈魂，儘管只有短短幾分鐘。史坎德，我和艾芮卡很多年前就從書中讀到過這樣的警告……」

「肯娜是與五種元素結盟的！」史坎德急切的反駁道，「那頭野生獨角獸總不可能什麼也不付出吧！」

「你仔細想想吧，五種能量將你拉向五個方向，可能出現五種突變，駕馭獨角獸需要駕馭五種元素——」

一脈承繼大統：
黑靈魂之惡友。

「開鴻騎手也是與野生獨角獸結盟的，他不是好好的嗎？」史坎德堅持道，「他還建造了孵化所，設立了禽巢，發現了縛定的祕密。肯娜也會像他一樣的。」史坎德不願去想開鴻騎手的警告，可是自從在墓室裡聽到那句話，它就一直停滯在他的腦海裡：

你最愛的人會背叛你，史坎德・史密斯，當心些。關鍵時刻，他們會倒戈相向。

艾格莎忍不住連連搖頭：「史坎德，如果開鴻騎手對你說的是實話，那麼他的縛定肯定不是織造的。友誼和愛綿延多年之後，野生獨角獸女王與他共用了自己的魔法特權。這是一種根植於慷慨的羈絆。而織造的羈絆根植於貪婪，是占有原本不屬於你的東西。」艾格莎歎了口氣，繼續說：「肯娜和艾芮卡一起待了不短的時間，她們在幹什麼？她跟你說，雷暴那天，銀戟倒塌，她逃出了銀色要塞。那可是好幾個星期之前的事了！艾芮卡如此處心積慮的把肯娜接到島嶼，給她找了一頭野生獨角獸，為她織造聯結，最後一走了之？這根本不是艾芮卡會做的事。你之前對肯娜隱瞞了那麼多，你真的相信她已經原諒你了？你不是說她出現在禽巢時很憤怒嗎？她——」

「她那時候完全慌了神，所以不太對勁。」史坎德固執的說道。他在一棵小樹旁停下腳步，直視著阿姨的臉：「如果她有異樣，我肯定會知道的。她是我的姐姐。」

「而艾芮卡是我的姐姐。」艾格莎重重拍了拍史坎德的肩膀，「謹慎些，別輕信——我要提醒你的只是如此。」

然而，當史坎德看到肯娜和自己的三個好朋友開懷大笑時，就忘記了艾格莎的警告。這就是肯娜——小時候哄他入睡的肯娜，替他擦去淚水的肯娜，堅信他會成為騎手、比他自己還有信心的肯娜。她有一顆最最善良的心。就算是野生獨角獸和織造羈絆，也不會改變她的心。

如果必須與黑暗鬥爭，肯娜一定能贏。

史坎德眨眨眼睛，認真看著及膝高的樹苗。細嫩的新枝上，已經抽出了新葉——像雪一樣白。像靈元素一樣白。

生機勃勃，充滿希望。猶如全新的開始。

尾聲

無月黯淡的夜晚，戰後狼藉的平原，兩頭獨角獸橫穿荒野。其中一頭獨角獸應著未蒙面騎手的催促，風馳電掣的跑著。另一頭獨角獸的腳步，則和著背上騎手漸漸腐壞的心跳。那節奏緩慢、穩定、慣於混沌。

蒙面騎手率先抵達了碰面的地點。無盡黑暗中，他眼中的火焰是僅有的光亮。他看著織者靠近，座下衰敗的獸蹄，拖過塵土，一聲一聲，彷彿葬禮上的鼓點。

織者的不朽神獸步步進逼，逡巡打轉。蒙面騎手的眼睛裡閃過恐懼。他一直怕她。這懼意讓他覺得，自己還有一口活氣。

織者知道他怕了。人人都怕她。她已毫無感覺。

「我不明白，這一切究竟有什麼意義。肯娜就那麼留在禽巢了。」言辭從他顫抖的嘴巴裡擠出來，就像垂死鳥兒的翅膀。

織者笑了，嘴唇上的白色顏料應聲開裂：

「那就是肯娜·艾佛哈該去的地方啊。」

致謝

最先要感謝的是你們，親愛的讀者。感謝你們信任這些嗜血的獨角獸，願意陪伴史坎德和惡棍之運完成又一次冒險。你們本來有各種各樣的選擇，卻欣然把時間花在這本書上，這對我的意義簡直無以言表。在這趟旅程中，有你們與我同行，這感覺就像獨角獸與騎手的羈絆——是你們將肯定和寬慰源源不斷注入了我的心。

續寫第二部和開啟第一部是完全不同的。不論是《史坎德：獨角獸竊盜者》的順利面世，還是《史坎德：幽魂騎手》最終付梓，大家的支持都令我感激不盡。

史坎德看重友情和親情，對我而言亦是如此。害羞的「安妮」變身為「塑造獨角獸的女作家」，我的家人功不可沒。每當我倍感壓力，我的母親海倫就會百般鼓勵，或是講個有趣的小故事，讓我振作起來。我的哥哥雨果長住世界的另一邊，卻總是熬夜等我，和我一起聊人生、聊獨角獸。我的哥哥亞歷克斯和準嫂子漢娜熱情的化身推廣大使，想必肯特的所有人都聽說過史坎德了！謝謝你們！

感謝莎莉、肖恩和奧利熱情的為獨角獸的故事吶喊助威，你們的支持意義重大。感謝所有的朋友們，總是在我需要的時候陪伴我——在忙碌的日常中擠出時間一起吃頓午餐，或是週末到公園裡玩些傻呼呼的遊戲——雖然工作繁忙，不能膩在一起，但你們還是包容著我的愛。感謝作家同仁露絲、愛斯琳和克雷爾，你們早於其他人讀了這部書稿，不吝讚美鼓勵之詞，給了我莫大的信心。

感謝經紀人山姆．科普蘭的建議和指點。在我摸索創作之路時，你表現出的幽默感堪稱珍貴。感謝電影經紀人蜜雪兒．克羅斯和索尼團隊，獨角獸的大銀幕之旅就靠你們了！

正如史坎德在禽巢找到了第二個家，西蒙－舒斯特出版公司的優秀團隊也讓我有了家的感覺。《史坎德：幽魂騎手》得以與讀者見面，實應歸功於團隊協作，每一個參與其中的人都值得我真心的感謝。

蕾切爾．丹伍德，你對「史坎德」系列的厚望和雄心完全不亞於你的寬厚溫柔。伊恩．查普曼和喬納森．卡普，你們作為同行認可我、鼓勵我，熱心支持「史坎德」系列，真是慷慨高義。還有英國、美國的諸位編輯：阿里．杜格爾、肯德拉．萊文、迪巴．扎格普爾和洛里．瑞維斯，即使我用每一種語言表達感謝，也仍然遠遠不夠。你們對「史坎德」系

列的欣賞、奉獻和熱情讓我自歎弗如，多虧了你們，這部續集才能像它的藍色封面那樣閃耀奪目。

感謝蘿拉．霍夫、丹尼．威爾遜和S&S全球行銷團隊不知疲倦的工作，讓「史坎德」遍布各地，只要你想讀，就一定能買到。感謝莎拉．麥克米倫、伊恩．蘭姆、伊芙．沃索基．莫里斯以及英國、美國的行銷和宣傳團隊，抓住一切機會，推廣嗜血獨角獸的故事。感謝製作奇才蘇菲．斯托爾、西蒙－舒斯特出版公司設計團隊，以及索雷爾．派克漢和兩點插圖工作室，是你們讓《史坎德：幽魂騎手》擁有了動人心魄的封面。莫德．塞普特、西奧．斯蒂恩、艾米．弗萊徹以及國內外版權團隊，感謝你們幫助這些獨角獸飛越全球。還有世界各地的編輯、譯者、文字編輯、校對編輯和出版商，感謝你們繼續相信我、相信我書寫的故事。

在成長的路上，史坎德結交了新的朋友，此系列作品亦然。芙蘿倫蒂娜，感謝你對史坎德的支持，獨角獸們得以恣意翱翔，你功不可沒。《史坎德：獨角獸竊盜者》問世後，我結識了很多傑出的書商——凱特、羅比、瑞切爾、艾曼達、里安農、克雷格……要是都列舉出來，字數可就要超過了！許多同仁素未謀面，但你們對史坎德的支持、致力於將書送達讀者手中的承諾，都讓我受寵若驚。還有所有向學校、班級和社區推薦「史坎德」系列的圖書館員、教師和閱讀部落格，謝謝你們！這是真正的魔法，我的感激銘記在心。

最後，感謝我的丈夫約瑟夫。每當他站在我身後，看著我和史坎德徜徉翱翔，總是笑得那麼開心。如果沒有他，如果沒有他堅定不移的信念和矢志不渝的愛，這部續作和上一部恐怕都不會存在。

國家圖書館出版品預行編目資料

史坎德：幽魂騎手／A.F.史黛曼著;Two Dots繪;吳華
譯.——初版一刷.——臺北市：三民，2024
面；　公分.——（文學森林）
譯自：Skandar and the Phantom Rider
ISBN 978-957-14-7730-5（平裝）

873.57　　112020809

文學森林

史坎德：幽魂騎手

作　　者｜A.F. 史黛曼
繪　　者｜Two Dots
譯　　者｜吳　華
責任編輯｜欒昀芳
美術編輯｜陳宥心

創 辦 人｜劉振強
發 行 人｜劉仲傑
出 版 者｜三民書局股份有限公司(成立於 1953 年)

三民網路書店
https://www.sanmin.com.tw

地　　址｜臺北市復興北路 386 號　(復北門市)　(02)2500-6600
臺北市重慶南路一段 61 號(重南門市)　(02)2361-7511

出版日期｜初版一刷 2024 年 2 月
書籍編號｜S873070
I S B N｜978-957-14-7730-5